食为政首，要在安民，富而教之。

周 习 著

中国农民

山东文艺出版社

图书在版编目（CIP）数据

中国农民 / 周习著 . —济南：山东文艺出版社，
2022.12

ISBN 978-7-5329-6507-6

Ⅰ . ①中… Ⅱ . ①周… Ⅲ . ①长篇小说—中国—当代
Ⅳ . ① I247.5

中国版本图书馆 CIP 数据核字（2022）第 228880 号

中国农民
ZHONGGUO NONGMIN

周习　著

主管单位	山东出版传媒股份有限公司	
出版发行	山东文艺出版社	
社　　址	山东省济南市英雄山路 189 号	
邮　　编	250002	
网　　址	www.sdwypress.com	

读者服务　0531-82098776（总编室）
　　　　　　0531-82098775（市场营销部）
电子邮箱　sdwy@sdpress.com.cn

印　　刷	山东临沂新华印刷物流集团有限责任公司	
开　　本	710 毫米 ×1000 毫米　1 / 16	
印　　张	22.5	
字　　数	350 千	
版　　次	2022 年 12 月第 1 版	
印　　次	2022 年 12 月第 1 次印刷	
书　　号	ISBN 978-7-5329-6507-6	
定　　价	68.00 元	

目 录

目录

第一章　过黄河

一

王为民猛一抬头，黄河 A 字型大桥迎面而来。原来他已经到了黄河入海口了，他想，过了黄河就到家了。

2018 年 12 月 19 日一大早，百姓书记王为民坐着车，从北京往山东菜乡老家赶。看到黄河大桥，瞌睡虫也离开了，王为民心头一震，他立刻坐直了身子，愉快地将脸贴着玻璃，眼睛一眨不眨地看着扑入眼帘的风景，大桥上的栏杆像琴弦一样傲然耸立，黄河蜿蜒而过。

这条中华民族的母亲河，直到今天也独一无二，敢和世界上任何一条河流竞美，因为她自始至终属于中国，属于中华民族，自古到今流淌千万年，始终不改初心。所过之处摔滚跌爬，无所畏惧，捧出从青藏高原巴颜喀拉山带来的泉水，尽情地奉献给沿途的子民。本来只是两千公里的尘与土，她却走了曲曲折折五千四百五十四公里的云与月，不惜把自己的身体扭成一个"几"字，润泽了近百万平方公里的土地，让炎黄子孙生生不息。她遇高山拐弯，遇深壑荡平，逢水吸纳，所向披靡，挟裹漫漫黄沙，气势如虹，滚滚而来。大海近了，她采撷了菏泽的牡丹、济南的荷花，满身花香直奔太阳升起的东方。

黄河来到东方，已是满身沧桑，一碗水半碗沙，平均一年带着 16 亿吨泥沙来填海，于是渤海每年能多出陆地 30 平方公里。后周时期在沧州河边建了一个吉祥物铁狮子，叫做镇海吼。它是为了把时常发洪水的黄河镇住，如今已离海70公里。黄河孕育了山东、河南、安徽江苏四个省份，形成了黄河三角洲和著名的华北平原，而王为民就出生在华北平原。

王为民很满意老百姓叫他百姓书记，这说明他得到了老百姓的认可，心里非常自豪。他挠了挠已经稀疏的头发，翻开中央奖给他的"改革先锋"大红证书，似乎还沉浸在昨天人民大会堂庄严欢乐气氛里，似乎领袖的那双大手还握着自己的手。他清楚地记得，他在主席台第二排挨着走廊的位置，而领袖就在自己的右前方讲话，这么近距离地看着领袖高大的身躯，他觉得很幸福。他是作为改革开放40周年40个改革先锋人物来参加会议的。在庆祝改革开放40周年大会上，他见到了领袖，也见到了一些平常日子在电视上才能看到的人物，比如篮球健将姚明，香港富华国际集团董事局主席、中国紫檀博物馆馆长陈丽华，全国劳动模范、全国优秀共产党员、第一至第十三届全国人大代表、山西平顺县西沟村党总支副书记申纪兰。申纪兰是全国仅有的一名连任13届全国人大代表……最后一个环节合影的时候，王为民个头不高，身子单薄，排在前排的第四位，当总书记走向他时，几乎同时，他和总书记的右手握在了一起。他朝总书记微微一笑，他感到总书记伸出的左手轻轻地拍了拍他的右手背，一股暖流涌上心头。

是的，总书记对他很熟悉，十年前，总书记给他回过信，勉励他珍惜荣誉，保重身体。当时菜乡市委市政府给他在人民大会堂举办先进事迹报告会，总书记会见了报告团成员，赞扬王为民同志是新时期县委书记的榜样。从此这个评价伴随着他，得到了老百姓的认可。

王为民虽过古稀之年，头发也开始稀疏了，依然理着一种叫模糊头的发型，就是没有发型，只是理短了而已。他的头发看上去依然是黑色。他的腰板挺直，骨骼不凡，清朗俊奇的脸上，也留下了岁月的皱纹，两片薄薄的嘴唇紧抿着。只是因为生过两次胃病，动过两次大手术，体型看起来偏瘦，从鼻子到嘴巴之间便有了两道深奥的法令纹。虽然看起来与常人无异，但是，你直视他的眼睛，就会感到他目光如炬，执着坚韧。于是你会信任他，依赖他，继而从内心佩服他。他是山东菜乡家喻户晓的人物，焦裕禄式的好干部，新时期县委书记的榜样，绿色革命三个发起人之一。他1943年2月出生，菜乡北柴村人，他有句老话是："共产党的官就是百姓的官，百姓的官就得时刻想着老百姓，干大事就要吃大苦，急难险重的活就得一把手靠上抓。"

王为民挪动了一下因长时间坐车而有点麻木的身子，拽了拽身上一件黑色的上衣。这是一件崭新的夹克，他喜欢穿这样的衣服，一条拉锁贯穿上下，里面不必打领带，可以随着季节任意搭配厚薄内衣，整洁舒适也庄重。

王为民熟悉窗外这块年轻的土地，他也知道在这渤海之滨黄河入海口，有一座很年轻的城市叫东营，那是他创业萌生火花的地方，火苗燃成了熊熊的火炬，烧遍了祖国各处的野草，富裕了农民的口袋。他从心底感谢胜利油田所在的这座城市。

王为民让司机停下车来，他一把敞开车门，走下车。冬季冷风嗖嗖，呼呼作响，他回身将大衣穿上，来到黄河边，遥望辽阔的田野里红色的磕头虫有节奏地采油，低头看着翻腾的黄河水，涓涓汤汤。他觉得自己的脚实实在在踏在黄河口的东营大地，今天他要好好感受一下这块土地的博爱。他发自内心感激这块大地，感激这块大地上有了这么一座年轻的有着30万人口的城市——胜利油田。那时候王为民在济南上大学，中间到黄河以北的齐河搞社教，得知中国地质部在山东省东营市东营村，安营扎寨搞石油勘探，他特别关注这件事。1961年4月16日在东营村附近打出了第一口工业油井，就叫华八井。1962年9月23日，单日出油最多，轰动全国，成为全国第一口千吨井。他跟着兴奋，和室友讨论了一个下午。后来中央正式批准组织华北石油勘探和油田建设会战，从大庆、玉门、青海、四川、北京调集石油会战队伍和技术人员一万多人，在渤海之滨黄河两岸汇集，才有了1965年开始建设的胜利油田。他十分佩服中央的决策。他得到的启示是，要干成一件了不起的大事，单靠一个人是不行的，必须汇集力量，集中财力物力人力去干，才有可能成功，人多力量大。

胜利油田在行业中排行老二，仅次于大庆油田，东营、滨州、德州、济南、潍坊、淄博、聊城、烟台8个市区都属于它工作的范围；新疆的准噶尔、吐哈、塔城，青海的柴达木，甘肃敦煌等盆地也是他们的找油区域。胜利油田机关、学校样样俱全，人口多，消费水平高，而这里是不毛之地，无法种植蔬菜，吃菜要去外面进。从胜利油田往南去有一条卧甲路直通菜乡，所以胜利油田出来的车辆只要到了菜乡，或者绕道菜乡，必定会买大量的蔬菜捎回去。

当年这座新兴的石油城市，是多么的神秘呀！他时时刻刻牵扯着王为民的心，在他当了县委书记后，帮着王为民向市场经济迈出了勇敢的一步。他果断地瞄准胜利油田这个市场，让菜乡的老百姓发挥自己的长处，大力发展菜园子，才有了北京菜篮子之说，成全了买全国卖全国的江北第一家，才有闻名世界的中国蔬菜之乡。可以说，胜利油田是菜乡成为全国菜篮子的源头。

二

正想着心事，有电话打过来，王为民低头一看，是王仁义打来的。王仁义是他多少年的好搭档，也是冬暖式大棚之父，也是同班高中同学的哥哥，任三元朱村党支部书记。王为民见面很少喊他书记，都是亲切地喊他二哥。王仁义虽然人长得高大威猛，说起话来委婉柔和，他说："嘿！王书记呀！祝贺您得奖呀！我呢，从新闻里知道了这个好消息，禁不住给您打电话，找个时间来家里吃个饭吧？"

王仁义是冬暖式大棚的推广者，是给王为民带来这个荣誉的直接参与者。当年，王为民和韩大山、王仁义这两位农民结成兄弟，种植推广冬暖式大棚，引起了一场改变中国农业的绿色革命。所以听到王仁义的要求，王为民心头一热，立刻说："二哥，很好呀！我马上过去。你在家里等着我，和以前一样，我去家里吃个饭，啥也不要用准备，有小葱就行。"

王仁义说："王书记，您尽管放心，就是家常便饭，小米粥，我一定先熬好。"

王为民和王仁义的友谊，是在王为民当上县委书记之后，因为包靠三元朱村，两个人事业心都很强，互相欣赏，心心相印了。王为民的家离着三元朱不远,一个在菜乡的南部,一个在菜乡最西部的北柴村。王仁义从年轻的时候就当支书,常常开会,倒是和王为民的父亲王诚早就熟悉。王诚个子高大,脾气很好,新中国成立初期就加入中国共产党,一直在村里担任村干部。王为民从小受马保三影响很大,往北十多里路,就是牛头镇村。这是菜乡最大的村子,村子附近有个巨淀湖,长满芦苇,马保三在这里领导了著名的牛头镇起义,组建了"鲁东抗日游击队第八支队",又推起小车、抬着担架,跟着陈毅走向了解放战场。王为民从小就听着马保三打鬼子的故事长大,从小学到初中,学校每年都在清明节的时候为烈士扫墓,养成了他崇拜英雄、热爱英雄的心理。他幼小的心里有了学好知识,成为国家栋梁的决心。他初中毕业后顺利考到了菜乡一中,在一中,他和王仁义的三弟成为同学。王为民学习成绩好,班级工作认真,担任了校学生会主席。他在班主任刘老师的指导下,开展活动,学生会工作做得有声有色。后来他的同班同学都是德才兼备的人,学有所成,成为国家的栋梁,没出现违法乱纪的人。

毕业前夕,中共山东省委党校理论班来提取录取学生,经过考察,经过学校推荐,王为民直接被选入中共山东省委党校理论二班学习。从1964年的9月到1968年的8月,经过严格的四年大学学习,奠定了他的世界观、价值观和人生观,为他步入社会,走向为人民服务的工作岗位,奠定了坚实的理论基础。

四年的学习,主要是学习了马列主义毛泽东思想,接触到了农村、工厂、学校、机关,为步入社会打下基础。一月召开一次民主生活会,开展批评和自我批评。省级领导干部经常来给同学们讲课,学校经常请全国有名的人士来讲课。有时间就看革命电影,参加老百姓互助劳动,确立了无产阶级的世界观、人生观。王为民在他的学习总结里写道:无产阶级的人生观有四条,一是全心全意为人民服务,你不要半心半意,也不要三心二意,要为绝大多数人服务,不要为少数人服务,也不为小集团服务;个人利益和集体利益、国家利益发生矛盾的时候,无条件的服从集体利益和国家利益;人民的利益高于一切,要毫不利己专门利人,对于技术精益求精,为人民利益而奋斗,甚至牺牲自己的生命,为人民利益而死,重于泰山;为法西斯卖力轻于鸿毛。这些观点都是学习毛主席著作《为人民服务》《纪念白求恩》《愚公移山》老三篇中总结出来的，他和同学们背得滚瓜烂熟。学习了一个月，结合学习雷锋、董存瑞、黄继光等英雄人物，老师从理论和实践上阐述的观点，讲得深刻透彻。第二个是实事求是，一切从实际出发，理论联系实际的观点，就是把马克思列宁主义普遍原理同中国革命的具体实践相结合，民主革命时期取得了胜利，社会主义革命和建设时期，也要这样结合起来，调查研究是第一步，没有调查就没有发言权，主观主义、形式主义、官僚主义是共产党的大敌，在实际工作中，一定要把上级的指示和本地的实际情况结合起来，创造性地开展工作。一个国家如此，一个地方也是如此。第三个就是对立统一、一分为二的观点。这是马克思主义的核心，矛盾无处不在，我们要分清主要矛盾和次要矛盾，主要矛盾解决了，其他的问题就好办了。而且干部要善于抓主要矛盾。第四是群众路线，一切为了群众，一切依靠群众，从群众中来，到群众中去，把马克思列宁主义关于人民群众是历史的创造者的理论应用于党的全部活动中。

他信奉的一句话是：我们干事是为老百姓干的，不是给少数人看的。绝对不能有投机钻营的思想。

三

王为民坐着车沿着公路一直走，直奔三元朱村而来。

兽异羽孽、山川变异，有异象就有异事。

还没到镇政府那条路，王为民说：“小马，咱们还是先到静山看看吧，虽然它是块石头，我走到这里，就想去看看它。”司机答应着，打开右闪，往静山方向而去。

三元朱是菜乡的最高点，有一座全国最小的山——静山。这座静山，看上去，它是一块略成长方体的石头，长 1.24 米，高 0.6 米，宽 0.7 米，山体有南北向的水纹 4 条，最低的地方才 0.1 米。至今无人敢爬、无人敢挖、无人敢在附近搞建筑，打破了吉尼斯世界纪录，被称为全国最小的山，今日已经成为网红打卡之地。王为民知道，考古发现，在清末，全县划分 15 个区，这里叫静山区，说明历史上是认可这座山的。那时候，他还当副书记，分管文化工作，就让文化局把它列为县级保护单位，特意制定了三项保护措施：一是不准对静山进行深挖；二是不准在静山附近搞建设；三是防止个别人砸山取石。

静山一年四季相伴的农作物不同，春夏周围多是碧绿的麦苗、金黄的麦浪，秋季多是高挑的玉米林、青纱帐，遇上换季的时候，他才显出真面目，静静地窝在黄土地之上。每天都有很多孩子骑着自行车或者坐着车来看看这座不平凡的山。

拜过静山，王为民沿公路继续向前走。

通往冬暖式大棚发祥地三元朱的是 2005 年新修的一条公路，又宽又平整，是菜乡人带着感情修的路，说是迎接国家领导人来三元朱参观。菜乡从村村通沙子路到村村通柏油公路，已是全省的标杆，若没有一条代表地方水平的公路，岂不是很掉价。这条应运而生的公路，不仅打通了当年王为民为解决九巷蔬菜市场交通问题而修的南环路，还成为菜乡人去青州站和青州北站坐高铁的最佳路线。

大棚闪过，又路过一条铁路线，这条铁路线也是王为民当年为发展工业把碱厂的产品往外运而建的，已经和青州古老的铁路连接起来了。那个碱厂的上马，费了老鼻子劲儿了，锻炼了一个干部，叫杨成。这个个子不高的干部，从乡镇干起来，可是个绵里藏针的人，脾气大行动果断，去省城找分管省领导，不找到不回来。

车子继续前行，右侧一棵千年的银杏树像一个大的华盖飘进视野。这是王为民走到这里仰望的一棵树，似乎成了他的信仰。旁边就是王仁义捐资盖的仁义小学。这棵古树历经岁月，夏季依然青枝绿叶，繁茂如初。人们在树下乘凉，开学习会；秋季树底下会一片金黄，孩子们在树下做游戏。它的树干粗大笔直，六人合抱才能圈起来。旁边的仁义小学，书声琅琅，称为天籁。再继续走，有个范于村，这个村子出了个陈少敏。陈少敏可了不得，年轻的时候在家是大脚，敢用脚踢伪军。陈少敏在青岛搞地下工作的时候，把女儿寄养在范于村母亲家，8岁的时候生病而死。后来陈少敏和李先念一起在中南局工作，打倒刘少奇的时候，她是唯一一个不举手的人。关键是挨饿那一年，她来探亲，从安徽引进地瓜秧叫菜乡人种，当年就让乡亲们吃上了饱饭。现在范于村的人也住上了楼房，在村子旁边，王仁义他们倡导捐款建了一座陈少敏纪念馆。

王为民太熟悉这片土地了，那几年以三元朱为标杆，推广冬暖式大棚种植，隔几天就往三元朱跑，可以说用脚量遍了三元朱的每一寸土地。看看天还早，他没有立即去王仁义的家，而是打算和司机先到埠子岭转一圈。这座埠子岭在菜乡和青州、昌乐三县交界处，属于三元朱村的最高处也是菜乡的最高处，大约海拔49.5米。

那时候，王为民无数次和王仁义来这座埠子岭上转悠，找致富的门路。王为民背着手往上走，司机在后面跟着，就见前面一个穿淡蓝色格格上衣的女性，正要弯腰棚里钻。看他两人来，吃了一惊，一个穿着红格格上衣的女人惊喜地喊道："她爹，快来，王书记来了！"一位男人披着一件绿色的军用棉衣出来了，里面露出深蓝色的保暖内衣。一定是棚里温度很高，穿得单薄，出来只好披件外套吧。"棚里原来种着苹果树吧？"王为民问道。红格格女人接过话头说："不是了，那苹果树年份多了，结果少，已经砍掉了，我们重新种了大樱桃。"王为民点点头，他隐隐约约看到里面的樱桃已经开了花，等着坐果。王为民对蓝格格女人说："这不是赵银杏吗？你在医务室工作，还有空种大棚？"赵银杏说："现成的，当年有人转包，我就要了。是乌克兰大樱桃，王书记，明年春天，来这里吃樱桃呀！"赵银杏是三元朱发展大棚的那一年，娶过来的最漂亮的媳妇。这蓝格格上衣，穿在人家身上是工作服，土气，穿在她身上就成了时装。白里透红的脸，杏核一样的眼睛，长长的睫毛，秀气的脸蛋，一头柔顺略黄的头发，盘着发髻，加上一米六五的个头，婀娜多姿。平日里她穿一件白色的隔离服，怎么看怎么顺眼。王为民很了解她，1989年，三元朱妇联换届，她干了主席。以后几十年，她在领着干呢。因为三元朱男性大多数被派到外地当技术员，棚里的活全靠女人干。王为民问："乌克兰大樱桃好卖吗？"赵银杏说："以前都是小商小贩过来摘，现在我们有个妇联群，棚里有什么活，碰上什么事，大家在群里一说，办不了的，技术上的事就请专家，也帮着联系培训班。通过微信群就把樱桃卖了，接订单、发快递，电商创业的互联网＋，妇女们掌握了。"王为民很赞赏这位巾帼。

王为民答应着，边说边继续往上走。忽然，他站住了，转回身来，他在一个高坡上往北看，一片蓝色的大棚，横成排、竖成行，一派现代化农业的田园风光。

"三元朱村真的变靓了！像一幅画一样。"王为民点点头，由衷地感慨。从这里看过去，无数大棚围着一座小城市，原来杂草垛、趴趴房不见了，完全是现代化社区。最南边是一栋独立的大楼，是科技少年宫，接着是一排排崭新的单元楼，往后看，有公园、别墅区、休闲娱乐区、科普教育区。

赵银杏站在王为民的身边说："村子美，妇女也参与，我们组织了一个叫巾帼美家活动，别墅区个人负责，公寓楼选楼长，自觉打扫卫生和自觉维护。"两人聊了一阵，赵银杏继续回大棚干活，王为民沿着小路往下走。

王为民边走边看，司机开着车，慢慢地跟着。王为民来到老年公寓，门口一块大牌匾上面有幅照片，是习总书记到老年公寓看望老年人的情景。王为民站下仔细端详着。王为民知道，养老方面，王仁义做得好，60岁老人每月发100元，70岁每月发200元，到了80岁，村委给过生日，发礼物。其实王仁义做得更好的是，老年公寓配备中医，给老年人看病和推拿按摩。最后是村委大院里，进村庄时，已经看到有一尊贾思勰的雕塑。这时候大街上热闹起来，有卖熟食的，有卖气球的，走着南腔北调的人。一家大超市，几家小超市，三元朱村和高科技示范园一样成为国家4A级景区。农知大道、村史博物馆、高科技温室示范园、民俗文化走廊、农业科普教育走廊、高标准酒店餐饮、樱桃采摘园、农家乐，每年都吸引着十几万游客。村西南有一片单元楼，大约有十多栋，是本村村民购买的，也有附近村子的住户。与三元朱一路之隔的三元王村，还是以前的土门楼、平房的农村情景，而三元朱村完全是城市样貌，干净现代。单元楼以北，和新村委相邻的是两排别墅区，都是村民自愿报名建造的。王仁义的家也在这里。

　　王为民一直研究土地政策的变化，民族要复兴，乡村要振兴，三农问题很关键。总书记在 2018 年中央农村工作会议上也强调，在向第二个百年奋斗目标迈进的历史关口，要坚持把解决好三农问题作为全党工作重中之重，举全党全社会之力推动乡村振兴，农业高质高效、乡村宜居宜业、农民富足富裕。我们党成立以后，充分认识到中国革命的基本问题就是农民的问题，把为广大农民谋幸福作为重要的使命。今天的三元朱就是按照上级要求来做的，远远走在其他乡村的头里。王为民心里清楚，这些年三元朱村就是火车头，带着大伙子往前跑，冬暖式大棚不断升级换代，越种越先进。稻田镇崔西、洛城镇东斟灌的大棚已经装上了"智慧大脑"，每个大棚里安装了很多先进的设备和传感器，对空气温湿度、土壤温湿度、光照、二氧化碳浓度都进行采集和监测。农民用手机可以远程种菜，大棚自动控温、智能雾化、臭氧消杀、水肥一体机等设备，物联网应用达到 80%。

　　王为民蹲下身来，抓起一把黄土，端详着。他想，千百年来，面朝黄土背朝天的农民什么时候靠土地富裕过？我们共产党人做到了！何作家曾对他说，靠工业或者能人致富的村庄，只能羡慕不能复制，而像菜乡三元朱出现的靠土地上劳作致富的农村可以复制，因为中国是个农业国，假若中国农村 662238 个村子，在村支书的带领下找出自己土地致富的密码，努力下去，会怎么样？

　　这个时候，王仁义又打过电话问快到了吧？王为民说："我先来埠子岭看看，马上到你家。"王仁义说："我在家里泡好茶水了，正等着您。"

第二章 到山东去

一

辽东平原的瓦房店和昌潍平原的三元朱，本来隔着中国最大的内海渤海，相距三万八千里，互不相干，岂料到了 20 世纪 80 年代末，却因为腊月二十八的一公斤顶花带刺的鲜黄瓜结了缘。

三元朱村坐落在山东菜乡的最南部，而菜乡又在山东的中北部，北纬 37 度线从此穿过，充足的光照，温暖的季风，携着雨水，滋润大地，生长万物。

黄河入海口南端，那里有一条河与黄河平行，叫小清河，也流入渤海，自古至今一直特立独行。历史上黄河夺大清河入海，夺淮入海，夺济入海，也试图淹没挤兑过小清河，但是终究在治理之下，这些年来和小清河平行流淌。小清河里的水是泉城济南的泉水汇聚而成，出大明湖一路向东，奔流入海。泉水也是黄河水钻入山谷，又流出来的，从根子上来说，也是黄河水，黄河永远是中华民族伟大的母亲河。

小清河在入海口也接纳了一条从南面流过来的小河，叫弥河。弥河入海的地方高出水面不足一米，它将菜乡这块一马平川的土地贯穿南北，就如庄稼地里的沟渠，数千年来灌溉着两岸的土地，灌溉着土地上生长的粮食和蔬菜。若逆河水南去，越走越高，就到了菜乡最高处，海拔 49.5 米的三元朱。要到三元朱，还要经过三个对菜乡来说最奇特的地方。

在冬季最农闲的时候，恰是勤劳的菜乡农民最忙碌的时候。

听到王仁义的声音，王为民心头一热，和王仁义种蔬菜的事涌上心头。菜乡真正成为世界闻名的蔬菜之乡还得从 1988 年腊月二十八说起。

渤海北岸的韩大山那时候才三十八岁，正是一个男人要强的时候，他起早贪黑在大棚里摘黄瓜，过着汗流浃背的生活。渤海南岸的三元朱村却下了一场大雪，天空中噼噼啪啪传来零星的鞭炮的声音，狗儿在三元朱村的街道上散着欢，摇着尾巴，这嗅嗅，那蹭蹭。家家户户的大门上换上了新对联，大大小小的门楼，被红对联、过门笺的鲜艳遮蔽起来，看起来都是新的。村东南头第一户人家，红砖门楼，窄窄的过道，直通四间北屋，北屋出厦，墙裙是黄绿相间的瓷砖，半米高的花墙上养着一盆盆橘子树，大头兰已搬到了屋里。这叫锁皮厅，是农村新兴的一种时尚房屋，门子和窗子上都镶嵌着玻璃。这算是比较好的房子了，还有很多户的房子是土坯的，缮着麦草。有的是栅栏，连个院墙也没有。这个院子里种着一棵大石榴树，石榴树下站着一个比韩大山大十岁的男人，个头有一米八，典型的山东大汉，一头黑发刚刚理过，人显得十分精神，他叫王仁义，是这个村的支书。他整理一下院子里的卫生准备过年，平日里一切事都让妻子干了，自己天天为村里的事不着家。这个时候闯进来一个年轻人，是堂弟王鑫。

"哎！稀客来了！"王仁义喊道。要知道他这个堂弟人品很好，诚实可靠，脑子又灵活，常年在外面贩菜挣大钱，据他估计，堂弟手中的钱可能在全村也是一号的。为啥呢？因为呀，这个平日里不显山不露水的堂弟王鑫，却是他家族里第一个到新建的九巷蔬菜批发市场专做蔬菜批发的人，俗语是菜贩子。他跑到 50 公里外的临淄，把刚刚成熟的西红柿卖到大连，又把清明节前，吸收日月精华蓄满元气的独根红韭菜卖到东北的佳木斯，0.3 元批发的韭菜能卖到 3 元。王鑫长着和二哥一样的国字脸，宽肩膀。贩菜是有了菜市场后，发展起来的一个新兴行业，干这一行的人被称为能人，过去叫投机倒把，是被禁止的，现在菜农可是最喜欢他们。也只有村里的能人才干得了这行，这种人常年在外，见多识广，到年根了才回家。一进院子，王鑫嘴里喊着："二哥，我常年在外跑，也没有什么好东西孝敬您，给您捎了二斤黄瓜尝尝鲜，在冬天，这黄瓜的价格，可比肉贵。"

　　王仁义招呼堂弟进屋来，接过王鑫手中的黄瓜，眼睛一亮，他仔细端详着，看到这黄瓜很鲜嫩，头顶上的黄花还在盛开的样子，墨绿色的黄瓜浑身的毛刺很清晰，就像刚刚从棵子上摘下来。他很吃惊问道："这季节还有黄瓜？哪来的？"王鑫说："大连瓦房店，别看那么冷，大棚里种出来的，还不烧煤。"

　　王仁义吃惊了。他说："兄弟呀！我看你啥也别干了，赶快去看看，打听好，我们去学学。"

　　王鑫说："那个人叫韩大山，他当过兵，我们都是战友。他的大棚全种的是黄瓜，人家的黄瓜蔓子这么粗！"王鑫伸出右手，拇指和食指组成了一个圆圈，吸引着王仁义的目光。"那么粗的蔓子，咱没见过，不知人家怎么种的？"王仁义说。王鑫沉浸在对辽宁瓦房店大棚的印象中，他继续沿着自己的思路说："产量真高啊！一茬子就摘1千多斤，我们去收他的，开始还卖8块钱，到年底了吧，我卖到10元一斤。猪肉才2块钱，是不是二哥？都比猪肉贵了吧？"王鑫的眼睛发出很是自豪的光，他看着二哥说。

　　王仁义感叹道："那可是，和金子一样值钱啊！"几年来，王仁义天天想着怎么让土地长出金子。一根小黄瓜就卖几块钱，这不是金子是什么？同样是土地，让村里的地里也长出金子该有多好啊！王仁义招招手，正在读中专的二女儿爱芹笑着过来，他说："把你的中国地图拿来我看看。"扎着两条长辫子的二女儿急忙给他找。王仁义找到东北三省的位置，一眼就看到了瓦房店。它在辽东半岛上，和山东半岛成抄手状态。瓦房店是辽宁的一个普通山村，在渤海的北岸，距离大连一百多公里，王仁义当年去东北林场的时候从大连路过，他觉得不陌生。人们最早叫东北为关东，闯关东，去了很多山东人，那是为了活命。王仁义17岁那年去东北林区，是为了当工人，吃上公家饭。他琢磨琢磨瓦房店所在的位置，他要去找一个叫韩大山的人。

　　按说东北三省在这个季节最不适宜去，为啥？冷呗，听说，东北人一到冬天学生不上学，农民不干活，闷在屋里打牌，吃乱炖。一出门尿成棍，能冻掉耳朵。可是能在这么冷的冬天，不用烧炉子就种出了鲜黄瓜，这个叫韩大山的有什么秘诀？打开这个秘诀的密码是什么？这个必须去看看。王仁义很和蔼地看着二女儿爱芹，却发现大女儿美芹在恼怒地看着他，他摇摇头，清醒一下，一时他分不出给他拿地图的是大女儿还是二女儿。这两个女儿相隔两岁，像一个模子刻出来的。可是令他心疼的大女儿美芹，在十六岁的时候永远地走了。

说起缘由，更令人心痛。美芹生在农村，十六岁回村后，就想跳出农门。机会来了，上边下来了一个招工名额，刚初中毕业的美芹，满怀信心地认为，父亲是支书，这个名额一定是自己的。事实上，这个名额就是给她的，为了照顾支书，因为当支书是义务工作，一分钱的报酬也没有，全凭责任心。可是，父亲把名额让给了别人家的孩子，她气不过，骑上自行车去县城里找三叔，看看能不能把名额给自己。那时候她三叔是县委书记，谁知道三叔和父亲一样，先人后己，根本不答应她的要求。美芹失望地回到家里，被奶奶和妈妈说不懂事，给三叔添乱。因为在奶奶和妈妈的心中，人不能因为当官就搞特殊占便宜。美芹跑到自己的屋子，捂着脸哭起来。她想，没有一个人替自己做主，全是指责，心里很失望，也感到很丢人。三元朱村在外人口中就是"要饭村"，自己生在这么一个穷村子有啥出息？从窗子，她看到南墙根，有几瓶农药藏在一堆兰草边。她走出来，看看金黄的太阳，可能下午五点钟左右吧。秋日里，院子里静悄悄的，趴在南墙根下的黑狗打了一个呵欠，又提醒了她。她穿着一件白底碎花的短袖，一件蓝色的裤子，脚上穿着母亲梁佛手做的布鞋，跑出来，蹲下身子，拿起农药瓶，用手摇晃着。觉得一瓶里面的分量还可以，就仰起脖子，屏住呼吸，一口气喝了半瓶，连连咳嗽，眼泪都出来了。她觉得肚子开始难受，跑回自己的屋子，砰地关上了门。傍晚，家里人回来了，美芹却冰冷地躺在床上，永远地走了。

王仁义急急地从外面回来，咧开大嘴哭起来："你个傻闺女啊！在家干活不好吗？你这是干啥呀！"可是女儿再也不会回答他。他的心在滴血，接下来的一段日子，他反复在想，农村就这么不好吗？这么留不住孩子们吗？我要让村民的日子过好，能够早日对大女儿美芹说，在农村也一样好，一样有好饭吃，一样有钱花，一样住楼房。

在王仁义的心中，瓦房店就是西天取经的唐僧心中的佛国。他一天也不能等待，他要去瓦房店看看，带着几个人必须去一趟。他似乎觉得，锅里的水煮开了，要找米下锅，米就在瓦房店。他要去那儿找种菜的密码，一旦这个绿色密码找到，村里就会富起来。

王仁义心中有了这种念头，再也无法消除。晚上躺下来，他盼着天明，鸡开始打鸣的时候，他家里的鸡也叫了起来。王仁义凑到窗户上看了看，天空微微发亮，他蹑手蹑脚地回到炕上，他耳边响着堂弟王鑫说的话："这是从沈阳一家超市里买来的，是辽宁瓦房店韩大山种的。"晚上，王仁义就睡不着了，他就想着这些话。妻子梁佛手粗着喉咙说："拉开灯就行，我也醒了。你这么早起来干啥？"王仁义说："早啥？哪天不是这么早？"妻子说："你真犟，这不是又早了半个小时，大冬天的有什么非干不可的事？"王仁义说："有那两根鲜黄瓜，我实在睡不着了，我得让王为民书记知道这件事。"妻子说："好，我给你去下面条，你吃了快去。"王仁义说："吃不下，我得早去，一上班，他处理事情，处理完，他会出去到各地调研，很难找到他，我还是上班前赶到他的办公室。"于是，妻子不再说什么。王仁义从东屋里推出自行车来，这是一辆大金鹿，车把上缠着花花绿绿的皮子，是二女儿缠上的。

王仁义把昨天晚上堂弟王鑫送来的小黄瓜，拿出三根来，对媳妇梁佛手说："这新鲜的黄瓜，大冬天谁见过？王鑫有孝心，你拿起来，给咱娘看看，给她做做吃。"然后他用报纸包着剩下的那几根黄瓜，小心地装在他随身携带的人造革手提包内，说："我要去找王书记，他也没见过，和他商量商量，想个法，咱们能种就好了。"于是王仁义推着大金鹿自行车出门来，他跨上车子，迎着刺骨的北风，沿着一条土路向县城方向来。约一个小时后，王仁义从三元朱村行程二十里路来到县城渤海路 20 号的县委大院。

王仁义外面套着一个短棉大衣，紧赶慢赶，骑得很快，他感到全身热乎乎的，推着自新车进了大院。那时候太阳刚刚露头，天空很寒冷，树条枝枝丫丫的，也很好看。县委大院静悄悄的，前天的雪落在树枝上，背阴处还没融化。大院里只有一栋三层小楼，满院子的梧桐树，他径直上了二楼，走廊里没有人影。快到王为民的办公室时，张主任跑了过来，知道是来找王为民的，朝他点点头，领着他进去。

王仁义轻轻地推开门，看到王为民正捧着他的"天天读"。他这个"天天读"，是九巷菜市场管理中心每天给他送来的蔬菜价格表，上面列着上市蔬菜的数量、品种、价格、交易量。表上的加号多了，表示交易量大，群众利益多，群众高兴，他也高兴。相反，减号多了，证明交易量少，群众会不高兴，他也会寝食难安，一定去找原因。王仁义见到读表的王书记格外尊敬，其实，王为民中等个头，头发也没有型，很短，乌黑，很普通，当地人称这种发型叫模糊头。他穿一件蓝色的中山装，朴素，自然，年纪四十多岁。他抬头一看，三元朱的王仁义进来了，忙站起来，握手，客气地让座，问："仁义呀！都腊月二十九了，你还跑什么？我本来要去菜市场搞个调研，可文件没看完，心里总觉得有事，心神不宁的，就把会议推到明天上午了，这不，还真等着你了！"说完笑了两声。

王仁义迫不及待地从黑皮包里掏出几根黄瓜放在了王为民的手里，说："王书记，您看这是什么？"王为民接过来，仔细端详着，一副吃惊的样子，"仁义，大冬天的，哪来的这么新鲜的黄瓜？顶端还带着花，这可不是冷库里保存的？"这时张主任过来，给他们分别倒上了一杯白开水，看到了桌子上的黄瓜，好奇地凑过去看，瞪着眼说："哪来的这么鲜的黄瓜？"

王仁义说："东北那边种出来的，据说不生炉子，就长出了黄瓜。"王仁义就感到王为民的目光里不光有分量还有亮度，他说："这不是黄瓜，这是黄金呀！东北能种，我们也能种。"

自从当上县委书记后，包靠的村子就是王仁义所在的三元朱村。这是一个惯例，县委书记和常委们每年都要分工包靠一个村子。王为民包靠三元朱，天天琢磨找到一条什么路子就能让村民富起来？

二

王仁义将这些话记在了心里，他就按照县委的嘱咐，没白没黑地去寻找三元朱村致富门路。三元朱村在菜乡的最南部，他的村子东南西方向有三个埠子岭，地势很高，有530多亩，占了村土地的一半，土质很差，浇不上水，种菜菜也不长，种粮粮食也不收，怎么办呢？他就找了一个农民专家农业大学的李教授，请他来讲课。李教授戴着眼镜、背着手岭上岭下在村里转了两天，最后下结论说你们岭上的土质比青州山上的好，种庄稼不行可以种果树。在李教授的指点下，他们就种了果树，看上去是东岭苹果、西岭桃、南岭山楂带葡萄。果园挂果多，效益好，人均收入由原来的400元达到了1200元，成了小有名气的致富村。王为民包靠三元村，两个人接触多起来。每次出去考察，把他带上，这年春天，王为民带人到胶东考察学习乡村企业，把王仁义也叫上了。回来后，王仁义照着做，他搞了村办企业，费了很大的劲儿，搞了个面粉厂，觉得还可以，又上了面条加工厂、罐头厂。王仁义到了年底算算，虽然年年挣了十几万块钱，富不了各家各户啊，所以他觉得，搞村办企业不是最佳选择。

王仁义去王为民办公室，向他汇报以后，王为民说："还是在种菜上做文章吧。"

一天，王为民从北京开会回来，他告诉王仁义，在北京他到了一个叫四季青的农场，那里面种大棚蔬菜，很气派，让王仁义去看看。王仁义买上去北京的车票，专门去四季青农场看看，他看到大棚的主体用钢管和玻璃钢构建，里面还通有暖气。问起造价，对方工作人员说，可能一平方米需要1000多元。王仁义再也听不进去，他认为造价太高，农民一定种不起。但是王为民记得王仁义从四季青农场师傅那里知道了，搞温室大棚，关键是保温和光照问题，所以他就琢磨着土大棚能不能把后墙增厚。这一次，就提高室温的问题，王为民和王仁义有了大段的谈话。王仁义将茶杯放在桌子上，说："要保温就必须烧煤生炉子。"王为民说："仁义你说，这么一个棚，一冬得烧多少煤？""一冬加早春，少说也有五六吨吧！"王为民说："就照五吨，全县有8万个低温棚，都生火，是个什么数？"王仁义说："这好算，不就是40万吨煤吗？"王为民说："能堆一座山了，消耗这么多煤，成本太高，又污染环境，划不来！"王仁义说："确实是这样。"两个人忽然沉默起来，王为民忽然抬起头对王仁义说："想个办法，不烧煤还保温那就好了。"王仁义回家后，反复琢磨这句话。他就琢磨怎么种菜不烧煤还长得好呢？没办法，他向书本要。于是找来很多有关的书籍看，于是一段时间，他的桌子上、床头上都放着关于蔬菜种植、保护土壤、有机栽培方面的书籍。白天干活，晚上看书，回家只要有空他就是读书。有一次晚上，老婆从睡梦中醒来已经凌晨一点了，灯还亮着，看到王仁义还在读书。老婆一生气，把灯给拉灭了，他才睡下。日有所思，夜有所梦，梦里也在种菜。

三

其实，王鑫早就有了让韩大山来菜乡种菜的打算。循着瓦房店黄瓜的气息，王鑫下了火车，坐上汽车到县城的时候，天已经黑了。

出了汽车站，他雇了一辆三轮车，颠簸着来到了瓦房店村。渤海就如一个大写的 C，也有人说像一个葫芦，它和南海、东海、黄海不同，它几乎是封闭的，是唯一的内陆海，当然和世界上最大的几内亚湾不同，沿海只有三个省，沿岸著名的城市有天津、唐山、北戴河、大连。而瓦房店坐落在一处平地里，一百户人家，三百口子人，种小麦，出门就是麦地，没有几条像样的路，都是土路，也叫生产路。村南边是一片连绵不断的山。

韩大山家的邻居认得王鑫，知道他是来收黄瓜的，赶紧去大棚里找干活的韩大山。韩大山火急火燎地往家赶，他很高兴，心想刚过了年，就有买卖了，好兆头。王鑫看到好几个人往这边走，其中一个瘦瘦的、中等个头的男人朝着他们走过来。他戴着一顶蓝色的鸭舌帽，很惹眼，上衣是军绿色中山装，下身穿着一条蓝色的裤子。身后跟着一个大眼睛、短头发的女人，和男人的年龄不相上下，三十多岁的模样，也是中等个头，看起来长得很洋气。王鑫认出这是韩大山夫妻，他们两个很豪爽，一个劲儿地将他让进屋里取暖。这是一个普通的院落，四间大北屋，一处东屋，大院子，新门楼，门口停着一辆新的汽车。王鑫说："韩大哥，还请多多关照啊！"韩大山看到王鑫在里面，压根就没往别处想，说："您甭客气，我祖上也是山东人，说不定还是老乡呢，咱们又是战友。"王鑫笑起来，觉得一下子拉进了距离。韩大山转向王鑫说："我刚从大棚里回来，黄瓜鲜着呢！年前摘了头茬，这第二茬又下来了，说吧，你要多少？怎么装车？"

王鑫先看看韩大山是怎么种黄瓜的，于是就跟着韩大山一块来摘黄瓜。他们来到一处山坡前，蓦然一座大棚出现了，足足有五间大北屋那么大。王鑫格外留意这个大棚在一座山的南面，北面的墙体有一米多厚，侧面一个小门，半米高，得蹲下身子爬进去。进去后，王鑫觉得身上立刻暖和起来，大棚内碧绿的叶子层层叠叠，滴着水珠，碧绿的叶子下面，露出一个个顶着黄花的头，有的露出半截身子，全都水灵灵地带着毛刺。一行一行的黄瓜秧子高过人头，齐着腰的叶子最浓厚，只有一扎长短吊在枝子上，半遮半掩；眼睛平视处叶子嫩黄，须儿卷曲着，时刻想把住杆子往上爬，一朵朵黄色的鲜花，开在枝头，看得出那是将要坐果的。王鑫感觉到黄瓜蔓子这么粗，从来没有见过。他蹲下身子看了一会蔓子，自言自语道："蔓子这么粗？"直率豪爽的韩大山说："嫁接的。"王鑫心里一喜，他还想再看看，韩大山说："走吧！再看也是这个样子。"他们恋恋不舍地离开了这里。

四

王鑫又到大连瓦房店陶村敲开了韩大山家的门。

这一次是他的媳妇周慈姑开的门，热情地将他迎到炕上坐着。王鑫愿意批发韩大山家大棚里的黄瓜，因为韩大山种的黄瓜刺密、颜色深绿，明显地好看，在市场上受欢迎，好卖。韩大山说："我使的底肥足，夏天的时候，我也不歇着，我和你嫂子去村里养殖场收鸡粪、牛粪，去人家猪圈里起底猪圈里面的肥。我们到离县城4里路的县城，起早贪黑去拉粪。"

周慈姑听到韩大山说到这件事，她插话说："可不是，不能嫌脏呀！我将水桶的粪往车上大铁桶里倒，手里一晃，粪溅到衣服上，刺鼻的味道，让我好几天吃不下饭呢！"

王鑫说："那是沤肥吧？我小的时候，还是生产队，队长就带着社员天天沤肥。"

周慈姑说："这就是有机肥，种出来的黄瓜好看，味道也好吃。看着了吗，我们在棚后面挖了一个大坑，将各种肥料倒进去，放上杂草玉米杆之类的植物，和泥将这些粪和植物沤肥。凑上去，闻闻，一点臭味也没有了，可能就发酵好了。8月份施到地里，今年要撒上一扎厚的肥。"

王鑫来瓦房店收黄瓜，韩大山把他当做自己的战友，呵护有加，把自己的手扶三轮车也用上，一次性收到1000多斤黄瓜。王鑫一次能挣1000多元，这可了不得。县委书记的工资才107元，一年也就是1000多元。王鑫这位头脑灵活的农民，收入很可观，在村里成了最有钱的人，王鑫心里很自豪。

结了婚，租了一套房子住，接着盖了三间房子，卖了黄瓜后，盖了四间大北屋。底下不够高度的地方，用石头垒着，拔了十二登台子，大屋朝阳，更显得明亮，玻璃窗子。过一段日子，装上栏杆，刷上蓝色的漆，不让孩子掉下去。

还是韩大山帮着王鑫上货，有些人给黄瓜箱子里放石头，有的压秤，韩大山很担心这么远的路，王鑫收黄瓜的时候被坑，时时地护着他。王鑫这一次开门见山地说："我们那里的地好，我家里也有块地，你去建棚，建好几个，我给你干活，你也可以雇人干活，我们那里有劳务市场，找人干活很容易。况且我们还有一个九巷蔬菜批发市场，你种多少菜，我就能卖多少，你不是能挣更多的钱吗？"韩大山忽然瞪大了眼睛，站了起来，借倒水的机会，调整了自己的思路。他承认王鑫说的是个好办法。

韩大山似乎答应了王鑫的要求，不像村里那户，听了王鑫的建议，直摇头，可不想离开自己的家。晚上，韩大山临休息前，特意对王鑫说："这是个好办法，让我想想。"

王鑫心情可好了，虽然他躺在韩大山另一间小房子，三个来贩黄瓜的大男人挤在一张床上，盖着一条棉被就睡，睡得可踏实了。他似乎觉得心里有了盼头，心中升起了太阳。第二天他起了个大早，虽然辽宁还是春寒料峭，一片萧条。但是他们随着韩大山进入大棚后，满眼的绿色洗去了心头的烦恼。这一天，韩大山话也特别多，先讲他是怎么建大棚的，先找一个山的南面，背风，然后把土地平整，让山成为大棚的一面墙。用土把它们严丝合缝的垒起来，前面和顶上盖上薄膜，最好是无滴膜，就是太阳照在上面也没有水滴。

只育黄瓜苗还不行，因为黄瓜太细了，所以还要用南瓜苗打底，黑籽南瓜苗最好。南瓜苗和黄瓜苗同时开长，种植时，把黄瓜苗嫁接到南瓜苗上，它就有了粗大的根和蔓子。王鑫用心地听着，很高兴。

韩大山送走山东的客人们，回到家里，看到妻子周慈姑的脸黄黄的，说："这么多人来家里，把你忙坏了，可也不能不开心呀！"

周慈姑说："不知道为啥，他们要请你去山东，我心里堵得慌。总觉得那里有不对的地方。你看，我们现在有来钱的地方，有车有房子，日子刚刚平静下来，孩子还小。"韩大山说："我就是去种菜，你担心啥？一整天在外面，顾不上孩子，去学校里把儿子接过来。"夫妻俩走在路上，去学校要绕过一片池塘，池塘里荷叶盛开。周慈姑说："今年暖得快，荷叶开始长了。"其实，周慈姑心里搁着很多话，一旦韩大山去山东留在那里，自己也要过去，她回首望望，村子是多么好，有自己的七大姑八大姨在这里，过年过节是多么热闹，一旦离开，心里舍不得。

五

弥河两岸的桃花一开，又是五月的季节。王鑫担心今年如果不来种大棚，又要错过一年。王鑫心里很着急，他也不想等了，他决定第三次去了辽宁瓦房店贩黄瓜，顺便再邀请一下韩大山。

韩大山还是那么热情，王鑫开着玩笑，把他领到自己家乡种大棚的事又提了出来。韩大山沉默着、衡量着。

这两年，王鑫已经成为他的好兄弟。王鑫第一次来这里收黄瓜的时候，就让韩大山起了同情心，原因是两个人都当过兵。王鑫在青岛当过4年的海军，复员回家后，在县府招待所工作，做小灶。承包土地单干的时候，他给自己算了一笔账，于是回家种小麦种蔬菜。后来把临淄的西红柿卖到大连，把清明时候的韭菜卖到东北佳木斯，天南海北地跑。韩大山对他，就和一般贩菜的不一样，这是自己的战友啊，大老远的贩菜，叫人坑了怎么办？于是让王鑫和三个一起来的住在自己家里，家里的大院子就是他们临时储存蔬菜的场地，收好了，一起往外走。王鑫拿出一张船票对韩大山说："大哥，现在大棚里的活干完了，也该歇一歇。船票给您买好了，你权当跟着我去山东旅游一次。"韩大山心里已核算，这个月份，大棚里黄瓜架附着枯黄的黄瓜蔓子，黄瓜也基本卖完，正是拔架歇地的时候，由妻子周慈姑在家里照看着两个孩子，把黄瓜架清理出去。再说了刘备三顾茅庐请了诸葛亮出山，我不是诸葛亮，战友说过几次了我就借这个机会到关内看看也好，大不了再回来。于是他答应下来。当天找出了一个久久不用的行李箱，把自己需要的物品装上，一个人告别家人，就先是坐汽车到大连，接着坐船，再转汽车一路颠簸来到三元朱村。

这里的路真平，庄稼地多，村子的人多，黄土地很肥沃，路边都是青青野草。韩大山一个人来到内地的菜乡。王鑫想给他安排在镇上的招待所，他坚决地拒绝了，他说能少花一分钱就少花。王鑫找了一户人家，有三间小破屋闲着，其中一间打扫了一下，让他住进来。晚上，韩大山听到屋顶上的老鼠跑来跑去。

白天，王鑫领着韩大山到他家的地里去。韩大山在地里走来走去，用步丈量一下王鑫家的土地。远处平整的土地一望无边，韩大山俯下身去，双手捧起一捧土，仔细地端详着，妈呀，这是多么肥沃的土壤呀！黑黝黝的，用手捏着捻一捻，一粒沙子也没有。韩大山老家的土地，在山脚下，一块一块的，巴掌大小，高高低低，沟沟坎坎，掘一掀土，都是些石子瓦砾。种植黄瓜，一根主蔓到顶，喜肥，大棚靠整肥来种植，要费九牛二虎之力。

韩大山把王鑫家的承包地，用脚量遍了，来到地头上说："兄弟哎，这块地太小了，建个小棚，出不来产量。"王鑫听了，很失望，他想了想说："不要紧，我们家的几个兄弟听说要种大棚，都想种，这样吧，我去问问俺家当支书的二哥王仁义，看看他有没有办法，能不能几户联合包块大地？"韩大山这才看到王鑫的家族里，那些愿意种棚的人，站在地头上，过来和他很热情地打招呼。树上的小鸟，啁啾不停韩大山觉得鸟儿都在欢迎他。

三元朱支书王仁义也就是王鑫的堂哥，他在县里刚刚开完会，听说王鑫把种菜的师傅请来了。饭也没顾上吃，来到大队部，看到一位瘦削的青年人站在那里，长方形的脸棱角分明，眼神倔强而自信。这一定是瓦房店的韩大山了。果然，王鑫介绍后，韩大山向他问好，一口东北普通话，王仁义紧紧握住韩大山的手，诚心诚意地说："韩师傅，欢迎你到三元朱来！"韩大山很激动，握着王仁义的手，晃了晃，王仁义说："从今以后，三元朱就是你的家，菜乡就是你的家！"

这时候，王为民赶到了，王仁义介绍说："这是咱们县委书记王为民。"王为民微笑着，紧紧地握住韩大山的手，韩大山看到这位和自己个头差不多的人，也很瘦，穿着很朴素，一件蓝裤子，一件长袖白衬衣，外面是件很普通的夹克。他感到一股熟悉的味道向他袭来，这股味道像父亲抚摸他的大手，像母亲揽着他的胸怀，他眼睛湿润了，身上立刻涌上一股暖流，认定了这位书记就是自己的老大哥。王为民转向王鑫说："你辛苦了！真是功夫不负有心人呀，你为大伙子请来了财神，功不可没！"说完笑起来，在场的人也都跟着笑起来。

六

韩大山来到三元朱，村里炸开了锅，街上的行人陡然多了起来。王鑫得知自己的土地因为面积小不合适垒棚后，就和王仁义带着韩大山满坡转，为的是选一个合适地段种大棚。越看越让韩大山非常失望，因为三元朱村东南西是埠子岭，地势虽高，能挡北风，可是上不去水，保不住肥。其他地方一马平川，站在大田边，脚下是郁郁拔节的玉米苗，韩大山摇摇头说："老弟，你这地方怕是搞不成大棚。"

王鑫问道："韩师傅怎么能这样说呢？"

韩大山手一挥说："你看，一马平川，没遮掩，冬天的西北风厉害着呢！"

"这不怕，没有山，我们有土啊！土厚就成墙，照样挡住寒冷的北风呀！"有人说话，王鑫一看是二哥王仁义。王仁义觉得王鑫和老少爷们的事就是村委的事，他这个支书不能不管，于是韩大山来这里想建大棚后，王仁义也在琢磨这件事,他忽然发现用一米厚的土墙替代山,效果是一样的。于是他们穿过村子,在一片挺拔的玉米前站住了。这个地块大,离村子近,有水井,紧靠着一条进村的主路,便于卖菜。王仁义和两人就初步商定大棚建在这里。

这几天,韩大山、王鑫和王仁义形影不离,建大棚的地方有了,王仁义召集大伙子开会报名种大棚,韩大山跟着一起开会,他要回答村民的提问,和村民算算种大棚的成本。王仁义很激动,让村委会成员动员村民参会,每家保证一人来。这些年包产到户,各干各的,开个集体会很稀罕,村民也很捧场,呼啦啦来了很多人,会议室里很热闹。王仁义满怀激情地讲了一个多小时,不料大家反应平平,有的村民认为他简直是白日做梦。会还没开完,人已溜掉了一半。王仁义心里有些着急,他拉住一个正在往外走得村民,一看是发小王土豆,他叫大哥。他说:"大哥,为啥要走,为啥不愿意干?"大哥掰着指头给他算经济账,说:"咱三元朱人手里没几个钱,万元户找不出两户来,手里哪有钱呀,建一个大棚没有 6000 元可不行,6000 元能盖四间大北屋啦!"韩大山没有机会讲技术,他这个时候过来打消王土豆的顾虑,他说:"投上 6000 元,只要不出特殊情况,当年会赚回来的。"听他说得这么肯定,王土豆说:"你说能挣出来,就挣出来啦?大伙儿也不信啊,没有亲眼看见,冬天怎么能不生炉子就能够达到 30 度呢?"王仁义意识到自己这样开村民会议,是瞎子点灯白费蜡。会后一天过去了,两天过去了,王仁义让媳妇出去打听一下大伙议论啥?媳妇梁佛手对王仁义言听计从,从不打折扣,她立刻放下手中的活,弹弹身上的灰,换上一件干净的短袖,拿着蒲扇,来树底下乘凉。知了在树上拼命地叫着,树下几个人坐着马扎,正在说话,没看到佛手。一穿碎花上衣的老奶奶说:"冬天不烧煤、不生火,长黄瓜,除非太阳从西边出来。"另一个穿着黑背心的男子说:"钱又不是土坷垃,借上大半万,打了水漂怎么办?"说着一抬头见是王仁义的媳妇,就住了嘴。碎花衣服奶奶对佛手说:"事是个好事,我们也没说别的,听起来挣钱很容易,有点不相信呀!"佛手笑笑说:"开始我们也不相信,侄子王鑫他去辽宁三趟,亲眼见了。"说了半天话,梁佛手回家来,王仁义问她听到了什么,佛手如实相告:"人家还是不信冬天种黄瓜不用生炉子,还有的人怕贷款打了水漂,还有的说这投资虽然不算大，但也不算小啊，万一赔了，何时能返过摊来。"碎花衣服奶奶说这些话的时候，王仁义也预料到村里会出现这些闲言碎语，他还是不着急，也不上火，打算再开会，再动员。因为要改变农民旧的思想观念、旧的种植习惯，肯定不是一件容易的事，他准备着受磨难。

第二天晚上继续开会，来的人少了很多，王仁义说得口干舌燥，还是没有报名的。开会休息的时候，他就偷偷地拉着王扁豆去外面谈谈。夜风温柔，天上有月亮，在忽明忽暗的夜光里，王仁义蹲下来，对矮瘦的王扁豆分析了种大棚的好处，说："大哥，种大棚也有时令，村里人不响应，这样下去啥也耽误了。你威信很高，平日里，你做个啥，大伙儿都跟着学，都很信任你，你若是报名，带个好头，说不定这事就好办了。"王扁豆说："我手里没钱，怕贷上款，还不上，老婆孩子跟着我喝西北风怎么办？心里也没底呀！"王仁义说："你先报上名，建大棚的钱，咱们凑，我也可以出一半，如果折了，我不要了。如果你挣了，就还我本钱就行。"王扁豆点点头。等王仁义回到会议室再号召的时候，王扁豆站起来说："给我写上，我要种大棚！"负责记录的小李笑了，赶忙写上王扁豆的名字。看到有人报，坐在是下面的几个人也报了名。王扁豆说："我相信仁义说的话，在辽宁韩师傅都种出黄瓜来了，这大棚还有假？我就报名了，我希望大伙也一起报！"呼啦啦，五六个报名的。

第二天晚上，村里继续开会，民兵连长王土豆是王仁义的侄子，徐子茄是团委书记，论起来是表姐家的儿子，在农村这种亲戚比比皆是。徐子茄也报了名，王仁义很感动，关键时候见人心。对于今天晚上两位年轻人的表现，王仁义赞许地点点头。他宣布散会，愉快地回了家。刚要进屋听到隔壁有个男人在说话："不要听你二叔的，他净胡说八道，不烧煤就长黄瓜，这不是白日做梦吗，俺们种了一辈子的菜，也没有听说，从东北请人，东北人不爱干活，光想好事，靠谱吗？"隔着墙王仁义咳嗽了一声。里面的声音没有了。王仁义知道这是王土豆的媳妇杨椒回娘家借钱来了，看来没有借着。王土豆的亲家和王仁义家邻居，都是当庄的亲戚。

报名的户少，韩大山着急，王仁义更着急，他想若没人报名，没有人种大棚，用上吃奶的力气请来的师傅，有本事也使不出来。这天傍晚，他正在着急的时候，王为民来了。王为民没去办公室，直接去了韩大山的宿舍，他坐在床上和韩大山聊天，问他适应内地的气候吗？村民种大棚报名情况。正说着，王仁义过来了，王仁义一五一十把报名的情况和他说了，并说，这是第四次开动员会了。王为民说："报名的少不要紧，实在不行让干部带头，看看党员干部的情绪对不对？群众看的还是党员干部啊！"王仁义说："我也想做做党员干部的工作，让他们带头，王书记，这一次，您参加我们的会吧，您在会上再强调强调，要党员们带头。"王为民说："你这个想法很好，告诉他们头一年搞大棚，如果搞砸了，一切损失，县里听着。"王仁义说："王书记，有你这句话保证能把大棚搞起来，没问题，你放心吧！"到了晚上再开会的时候，王为民到了会场，群众爆发了热烈的掌声，他们根本想不到，王书记这么忙，会记挂着一个小小村庄的事。农业银行行长寿山和王耀也赶到了，王为民拍着王耀的肩膀说："好钢用在刀刃上，你们这农业银行一定要大力支持群众建棚啊！"王耀说："这是当然的，银行就是放钱的，您说了，我们很放心。"王为民又说："两位行长，有求必应尽最大的努力，来支持三元朱村民建棚！"

不知道什么时候，镇委书记李培也赶过来了，他站在王为民的身后，也表态说："不就是几万块钱么，没有什么大不了的，我和王书记汇报了我们镇上的方案，挣了钱是村民的，赔了钱是镇上的。镇里还不起，还有王书记，还有县委，你们甩开膀子干好了。"王为民微笑着说："对！党员干部大胆干，村看村、户看户，群众看党员干部。"

劣质烟叶的味道弥漫了屋子，韩大山嗅出了父老乡亲的味道，尤其是父亲的味道。从小到大，他跟着父亲，晚上去的最多的地方就是生产队的记分处。会计记工分，社员把自己一天干的活报上去，会计眉头一皱，就记上，3分还是5分，还是10分，全凭会计的经验，也许存在着不公平，大家也没有计较。这种每天一聚的集体感随着改革开放而消失了，十多年后，集体感以这种方式回归了。他内心激动起来，他有了归属感。这个时候，他的思绪重新回到眼前，他看到会议室墙上很整齐地挂着五本记录簿，一张长方形的桌子横在前面，算是主持人所在的位置。下面是学生前几年换下来的旧课桌，做了会议室的桌凳。王为民和李培走后，大家坐在下面。王仁义坐到了主席台上，下面一位小青年赶紧搬了一把凳子上去，韩大山坐在旁边。也许内心很激动，王仁义说："我们大伙子商量了，决定在村北头最好的那块地里搞实验，有愿意报名的老少爷们，还来得及报，今天是最后一天。"果然，人群中又站出来几名党员，上前报了名，加上昨天晚上的，共有17名党员愿意建大棚。韩大山站起来，拍了拍自己的胸脯，高声说："老乡们，不要怕，也不要担心，我有经验，我和大家一定会种好大棚！"

王仁义说："过几天再不开始建大棚就耽误农时了，17位报名的党员到前边来，我们搞个宣誓。"党旗在黑板的一侧挂着，下面贴着入党誓词，每年入党都在这里。王仁义说："种大棚对于咱们村来说，是开天辟地的大事，这个仪式少不了，我们要重温入党誓词。"然后王仁义站在最前面，韩大山、王土豆、王扁豆、徐子茄等一帮人站在他的身后，他庄重地举起拳头，他说一句，其他党员跟着说一句："我志愿加入中国共产党，拥护党的纲领，遵守党的章程，履行党员义务，执行党的决定，严守党的纪律，保守党的秘密，对党忠诚，积极工作，为共产主义奋斗终身，随时准备为党和人民牺牲一切，永不叛党。"

谁知道，王仁义宣誓完非常高兴，他刚刚回到家，就听到门响，梁佛手一开门，冲进一个人来，指着王仁义就责问："为什么指使我家的徐子茄种大棚，他这么年轻，还没结婚，背上一屁股债，找不上媳妇怎么办？他不种行不行？"王仁义一看是表姐，他不高兴了，说："你不种行，徐子茄不种不行。他不种不能当党员，也不能当干部。"看到徐子茄母亲在撇嘴，王仁义说："是的，徐子茄有文化又能干，能出把好手，这点风险都不肯担，还怎么能在班子里干。"

一个说不种，一个说必须种。王仁义的表姐说话像打机关枪，在村里没输过，这次她更不肯服输，几个回合下来，表姐红了脸。本来经常来来去去的表姐，一下子气呼呼地扭头就走了。梁佛手遗憾地对王仁义说："谁种棚，谁挣钱，你真是不嫌操心。看我们两家来往很好的，这下子，把表姐气走了，两家不会来往了。"王仁义说："不来往就不来往，有啥大不了的。我有数，为这事我也不会惹着她。"

事情好不容易定下来了，去整地的时候，他们又犯了难。他们眼前是一片长势很好的玉米地，风一吹，绿色翻滚，玉米刚刚吐穗。韩大山说："按时间算，要想在元旦左右采摘黄瓜，必须八月份开始建棚。若超过下种的期限，怕是不赶趟，怎么会保障黄瓜顺利成熟呢？"但是王仁义站在地头上，看着眼下的玉米刚刚鼓泡、灌浆，还舍不得。韩大山说："若等玉米收下来再动工，就晚了，效益就不行了，要当机立断，不行就杀青。"

17个大棚需要占地36亩，不是个小数目。王仁义说："可是，杀青有过犯错误的教训，这次杀青我拿不准到底算不算犯错误？我得问问。"王仁义骑着自行车去孙集镇党委找李培。得知李培到县城开会去了，于是他又骑上自行车跑到李培开会的地方，等到了他，问道："这36亩玉米砍掉责任谁承担？"李培说："我在孙集镇当书记，三元朱村搞农业科学实验，也就是党委政府搞实验，出了问题党委政府集体承担！"话虽然这么说，但是李培还是就这件事在电话里向王为民汇报了。第二天，王为民立即赶到孙集镇，在孙集镇党委召开了县委办公室，县政府办公室、宣传部、粮食局、农业局等单位参加的小型会议，专题研究建大棚，要损失部分玉米的事儿。会上大家发言讨论，王为民总结了大家的意见，他说："三元朱这次砍玉米，不是无故杀青，而是为了搞蔬菜大棚实验，县委支持你们！只要对老百姓有利的事，咱就大胆干，做好群众的工作，对老百姓的损失可以搞点补偿。"

8月10日，王仁义领着村里报名种大棚的人们来到村北玉米地，他们手里拿着镰刀，准备割玉米。站在这一片一人半高的玉米前，看着吐露着红色樱子即将长粒的玉米，有的不忍心了，他们把镰刀扔在地上，蹲在地头上唉声叹气。刚刚上任的年轻镇长马涛，急三火四地赶来，从一个党员手里夺过镰刀，说："乡亲们割吧！塌了天，我顶着！"他拿着镰刀第一个上来"嚓"的一声，割了一棵玉米。他说："为了群众更大的利益，该舍得的时候就要舍得。"他的行动带动了其他不敢下手的人，一看他干了，也跟上来，用力割起来。很快他们的身后一片青纱帐倒下了，土地呈现在大家的面前了。

平坦、辽阔、肥沃，昌潍大平原的土地，一下子勾住了韩大山的魂，他蹲下身来，喃喃自语，捧起一把黄土，高高地扬起，土地是一个农人安身立命的法宝。

七

听说韩大山从山东回来了，去娘家走亲戚的周慈姑，急忙领着孩子往家赶。走到池塘边，绿意满堂，荷花盛开。住在他家里的侄子韩林过来问道："婶婶，你家这就搬走吗？俺叔叔把车子和大棚都卖了！"周慈姑问道："卖什么呀？"听到婶婶一副惊讶的样子，韩林很奇怪地说："俺叔叔已经将你家的车子、大棚卖了！"

"是你叔叔老韩卖的？"周慈姑一听如雷轰顶，她着急地说："我真不知道，我这不是还没见到他吗，山东那边叫他去，他没说一定去呀！"周慈姑的心里七上八下的，便领着儿子深一脚浅一脚地往家跑。果然，那个买他家大棚的人，过来拉绳子，光草绳子就装满了一车。周慈姑气得说不出话来，心里想，他连房子都卖了怎么办？

进入屋内，周慈姑看到韩大山更瘦了，胡子也没有顾得上刮，才三十八的人，说他五十岁，也有人信。心疼归心疼，说出来的话，不好听。原来韩大山怕妻子不愿意，根本就没有同她商量，义无反顾地卖了大棚。周慈姑声音里带着哭声，她问道："你是不是把咱家的大棚卖了，把车也卖了？"

韩大山说："你不知道，那边的土地有多好！很适合种菜，我答应王鑫过去种菜，会挣很多钱。"

周慈姑说："我不愿意你过去，你不是也不愿意去吗，为什么就变了？"韩大山对周慈姑说："哎！你不知道，那里一马平川，土地肥沃，种什么长什么。北魏时期，菜乡有一个在外地做官的叫贾思勰，写过一本种菜的书《齐民要术》，现在，那里人想种大棚，叫我当老师，我准备去大干一场。"周慈姑满眼忧虑地看着他。

韩大山自己倒上了一杯水，喝着，他对周慈姑说："这两年，你跟着我受累了，黄瓜嫁接、落蔓子这些很耗费心力的活，你都干了。有空的时候去买件好衣服穿。"

周慈姑没有接他的话头，只是反复强调："老韩呀！咱们家在村里算是富裕户了，才盖了新房子，谁不羡慕呀，当初我们刚结婚的时候，租了一套房子住，接着盖了三间房子，大棚试种成功后，卖了黄瓜，盖了四间大北屋，还不够好吗？"周慈姑为自己新盖的房子感到可惜，这套房子，用石头垒着，拔了十二级台子，装上最时髦的玻璃窗子，朝阳，更显得明亮。周慈姑打算，过一段日子，装上栏杆，刷上蓝色的漆，不让小孩子掉下去。他们奋斗了这十多年，终于过上了像样的日子。

他们手头宽裕了，家里买了一辆小车。韩大山没有抽烟喝酒打牌的坏毛病，一门心思看书钻研种菜技术，天天围着大棚转，摘菜都在凌晨，也没有叫过苦。女人的心细，想了这么多，眼睛里就有了泪。

周慈姑心里很难过，她用手攥着韩大山的胳膊说："看你瘦的，胃病犯了几次？你不会做饭，我真担心，记住吃饭要按时，咱们日子过好了，身体也要好，不要觉得自己没有七老八十，就不在乎！"韩大山说："男人嘛，就是要干事情，才觉得有尊严。我已经答应王鑫，也答应三元朱的支书王仁义了，要过去指导种菜，不能反悔呀！"周慈姑黯然神伤，她说："你看去了这些日子，就瘦得皮包骨头，一直吃饭不讲究，我就猜着你没有好好吃饭，是不是天天凑合着吃。"韩大山说："我只会煮面条吃，吃饱肚子就行，讲究啥呢？"周慈姑哭笑不得，她说："远利难求，你听说过这句古语了吧？前一阵子，一个人去山东枣庄，挣了钱，也拿不回来。咱们日子刚刚好过，有新房子，有车，有存款，两个孩子都上小学，你就出去，你让我一个人怎么办？也教他们技术了，也去指导了，回来吧，别想那边的事了。他们什么时候用着你做指导，电话里可以问问，不过去不行吗？为什么要扔下这个家？"

韩大山说："趁着年轻干点事，我有这么一点技术，听说人家县委书记很看重我，要给我最好的条件。"韩大山也恼了。两个人互不先让，不欢而散，各自背过身去睡了一晚上。

周慈姑不说话，韩大山也不说话，二十多天，两个人互不理睬。

　　刚刚进入 7 月，韩大山没有和周慈姑说一句话，就收拾了行囊带着卖大棚和卖车的一万五千元，坐汽车坐轮船来到了三元朱。

　　这是一个平原上最常见的小村子，没有几户像样的房子，倒是横平竖直排列整齐。王仁义的家门口有一棵几百年的大树，多毒的太阳光也晒不透。树上有红嘴的小鸟，跳来跳去，那么快活。

　　心里再难过，也得问问情况，周慈姑打电话嘱咐韩大山，种苗子前，要让这十多家子备足农家肥。啥叫农家肥？王仁义知道，种地这些年，大粪、牛粪、鸡粪、猪粪都是好肥料，最不好时，要用沤肥，这也是前几年大集体生产时的做法。挖一个大池子，放进很多柴草一类的，倒进大粪，用薄膜盖好，看到生毛了，再过一个月，毛没有了，就揭开。一定要等它发酵好，若是没有发酵好的肥料施进地里，遇到合适的温度继续发酵，就会烧死苗子，所以第一关马虎不得。

　　村北的田野空旷起来，36 亩新整好的地里，垒起 17 座冬暖式大棚，1 号 2 号是韩大山的，紧挨着的 3 号是王鑫的。韩大山和王仁义靠在地里，忙前忙后，王仁义说："用土堆墙，就像盖房子一样。"王仁义拿着竹竿，太阳出来的时候，他就琢磨怎么样才能让大棚面接受更多的阳光。他根据本地的气候条件，把墙体加厚 1 米多，这样即使速冻层是 70 公分，你还有 40 公分左右的保护层，他用老花镜的原理，将一溜斜坡，改为中间高，增大了采光面，大棚的坡度也由 25 度增加到了 45 度，便于大棚里的热量储存。盖的薄膜是无滴膜，淘汰了平日里用的白薄膜。白薄膜露水大，遮光，用无滴膜透光度由 45% 提高到 90%。为了减少遮阴，他又把那个支撑的竹竿换成铁丝，铁丝很细。韩大山教他们用云南黑籽南瓜嫁接黄瓜技术，黄瓜的低温期怎么解决？大棚的朝正南偏西五度，更科学和实用。白天，这 17 户人家就在地里干活，晚上他们就开碰头会，提出遇到的难题，最晚的时候靠到半夜三更，天晚了，就在棚里睡。徐子茄问王仁义："还有啥好办法，因为大棚里用的小竹竿架黄瓜遮光很多。"为了做试验，大家干脆在一个棚里排上一排竹竿，丈量阴影面积，想对策。

　　王仁义躺在被窝里也想，反反复复地想，他忽然想到了塑料包装绳透光，可以扯起来架黄瓜，非常高兴。有了这个念头，他再也睡不着了，披上衣服就往外跑。老婆佛手说："你搞大棚搞疯了，这么晚要到哪里去？"他不说话，敞开门就跑了出来。挨户去拍人家的大门。他们商议都到村委的办公室去，后来直接去了韩大山的住处。喝水、抽烟，屋里的气氛温馨起来，韩大山很激动，他听到王仁义介绍了自己的想法。大家听到觉得很在理，干脆跑到大棚里做起实验来。白天了，他们带着竹竿、尺子、罗盘表、就在烈日下蹲了一周，太阳照着，每个人身上都脱了几层皮，高温时密封消毒，墙上放着红色的标注，大棚里达到了理想的温度，这一关键技术突破了。王仁义心里的石头落了地。王仁义在墙体的厚度、顶棚结构、大棚的骨架、塑料薄膜、方向等五个方面进行改进，还是采用韩大山的云南黑籽南瓜与东北长春密刺黄瓜嫁接技术，利用远缘杂交优势。

王为民这时候来到了三元朱的大棚地，王仁义、王鑫和韩大山正在那里量土地，建大棚的人们看到王书记过来了，停下手中的活儿。韩大山在王为民面前有些腼腆，王为民握着韩大山的手，久久地不放开，他嘱咐王仁义一定要集思广益。他说："咱们要多听听韩大山的意见，韩大山你也不要保守，要把真本事拿出来，我们的党员干部和乡亲们一定要听王仁义和韩师傅的指挥，咱们是在搞实验，关系重大，丁是丁，卯是卯，一点也不能马虎。"大家都答应着。17个冬暖式大棚建成后，全部种上黄瓜。

这个时候，周慈姑在家里坐不住了。她想，光生气不是办法，十月里，黄瓜要嫁接，他要当老师指导17个大棚，听说他自己种了两个棚，那得多少活？他自己是干不过来的，我得去帮他。于是周慈姑给远在60里路外的老爹打电话："爹哎！死犟的老韩去山东了，到那边教人家种菜，他自己也种了两个棚，十月里，要嫁接黄瓜，我干活比他强，我得去帮他。可是两个孩子都小，在上学呢，你来帮一下吧？"

周父在电话里说："行是行，我做的饭，大人凑合着吃还可以，小孩子不知道能不能吃得下？"

周慈姑说："爹，好吃不好吃，我们不讲究，不饿着孩子，不冻着孩子，就行了。"

周父说："慈姑，那我收拾一下，明天就过去，你尽管买票吧。"

周慈姑一边收拾东西，一边掉眼泪。自己的母亲去世得早，一辈子让父亲受累，一言难尽。周慈姑的家离着瓦房店60里路，她和韩大山的缘分，说来话长。韩大山9岁的时候，父母因病先后去世了，他一个人无依无靠，上面三个哥哥，自己好歹照顾自己，几个大姐姐成年后陆续成家，没有人顾得上他。只有和他年龄很近的小姐姐，与他一起生活，可是小姐姐到了18岁也出嫁了，他是多么伤心呀。他一个人在大队办公室住了两年，等到16岁的时候，队里干部推荐他去当兵。复员回来后，在二哥家住，二哥也生活很紧张，他就去60里路外的小姐姐家，在姐姐家附近的企业里上班。小姐姐的婆婆是周慈姑的大姨，周慈姑去大姨家串门，大姨看到周慈姑亭亭玉立，落落大方，很喜欢，就给两人牵线。周慈姑和韩大山见面了，韩大山望着这个大眼睛的姑娘，心虚地说："我家里穷，你嫌吗？"周慈姑说："这个年头，我们不怕穷，咱俩都有一双手，只要不怕受累，我们会过上好日子的。"

周慈姑的婚事，由自己的父亲承办，就给他们置办嫁妆，所有的费用，周父都承担了，他既当岳父又当父亲，给他们举办了体体面面的婚礼。过段日子，两个年轻人想回到自己的家乡发展，正赶上村里开始承包土地，韩大山就和伙伴们承包了邻村的山地，开始了钻研蔬菜果树种植。

韩大山在部队里养成了爱看书的习惯，有一天，他忽然看到一本外国书籍，是关于蔬菜种植技术，他想何不把种果树改为种蔬菜呢？于是，他琢磨着承包的山地如何种蔬菜。

他试探着和伙伴们种大棚，于是日光式大棚应运而生了。起初，他们用的是白色的薄膜，露水太多，他们改用黑龙江浑江牌无滴膜，温度上去了。可是不久，村里的大棚都遇到了一个问题，黄瓜蔓子疯长，叶子茂密却不结黄瓜，棚里温度高达七十多度，叶子都烧焦了。周慈姑正在家里犯愁，邻居过来喊道："慈姑，快去看看，你家的老韩疯了，他在后墙上掏了几个大洞，把大棚的后墙搞坏了。"周慈姑穿上鞋子，穿上棉衣，急忙往大棚里跑，真的看到自己家的大棚后墙，被老韩用锄头砍出了几个大豁口。周慈姑很生气，质问他："不结黄瓜，只长叶子，得问问为什么，不能拿墙出气！"

　　韩大山恼怒地说："你不懂，跟着瞎嚷嚷！"于是扭过头去不理她，对于她问的问题也不解释，一个星期后，大棚里的黄瓜叶子不焦了，变绿，出现了很多小黄瓜纽。人们才明白，这叫放风。于是周围村里的人家，纷纷这样做，这一年，黄瓜又大丰收了，卖的钱比任何一年都多。于是周慈姑对自己的丈夫老韩刮目相看，以后大棚每天放风成了必做的功课。

　　周父过来了，周慈姑知道父亲只会焖米饭，再也不会做其他的了，可是没办法，为了丈夫能种好大棚，她得上阵。

　　于是周慈姑坐车、坐船两天后，来到了三元朱村。发现韩大山住的地方很干净，也很宽敞，心里安慰了一些。然后，韩大山领着她来到村北的大棚地，周慈姑一看，这大棚比自己东北的大多了，土壤黑黝黝的，一看就肥沃，棚上盖得薄膜也是采用韩大山推荐的无滴膜，心里舒坦了些。

　　周慈姑立刻劳动，和大伙子一块嫁接黄瓜。

　　日子这样过着，大棚里的黄瓜秧子一天天长大，绿叶分披，花开蝶飞，周慈姑和韩大山在大棚里干活，他们说起女儿和儿子来，在老家瓦房店的时候，放了学，女儿韩青青会领着弟弟韩伦伦来大棚里。韩大山的住处有女儿两人的合影，韩青青圆圆的脸蛋，粉扑扑的，穿着一件蓝格子外套，齐肩的秀发，带着一条和黄瓜花一样艳丽的发带，在绿丛中像只蝴蝶飞来飞去，帮着干农活。周慈姑由黄瓜说到了女儿，韩大山眉头紧锁起来。

　　这个时候，进来一个人，是徐子茄，他着急地说："韩师傅，快去看看，几趟黄瓜叶子有些卷，边变干，快去看看吧！"韩大山立刻放下手中的活，跟着徐子茄就走了。周慈姑看到，十多个大棚，韩大山出了这个进那个，一天马不停蹄地转，饭都不能好好吃。

　　约莫过了一个多月，天忽然阴了，下起大雪来。日光式大棚，没有日光怎么成？韩大山开始坐立不安。因为菜乡遇上了多年未遇的寒流，半个多月了，天空阴云密布，北风呼啸着，大雪纷飞，天气冷得很。周慈姑和韩大山很心焦，王仁义也很心焦，大伙子都提着心眼子，他们蹲在大棚里，看着似乎停止生长的黄瓜蔓子发愁，他们知道嫁接的蔓子有一指头粗，暂时抗住了寒冷，若是普通的黄瓜蔓子遇到低温早就冻死了。

似乎心有感应，王为民在县委办公室里想到了三元朱的大棚，心想这么冷的天，不知道三元朱大棚里的黄瓜长得怎么样了？受不受天气影响？越想越睡不着，第二天他急急地来到三元朱村。

王仁义和韩大山看到书记来了，十分感动，要知道他们正发愁呢。王仁义说："王书记，你看怎么把您惊动了？"

王为民说："仁义，我这么长时间没来，天气这么不好，不知道你们有没有困难？"

王仁义一听正中下怀。他说："哎呀，天气冷，就是缺盖头，我们正在往上面加棉被，不顶用，棚里的温度不能再低了，再低了就要了黄瓜的命了。"原来天气一变化，本来黄瓜都是青枝绿叶的，生长很旺盛，偏偏寒流来了，温度只有一二度，黄瓜根开始收缩，蔓子不见长，黄瓜纽子不见大，再这样下去，黄瓜苗子也保不住命了。天气好像专门与三元朱的大棚赌气一样，就是不出太阳。王仁义和韩大山蹲在大棚里，眼瞅着黄瓜苗，看温度计的变化。王仁义绞尽脑汁想办法，动员大家凑棉被盖上，也不见好转。王仁义不停地问韩大山怎么办？韩大山也唉声叹气，他觉得自己也没招了。王为民来了后，他们就觉得有了依靠。

韩大山灵机一动问道："王书记，能不能借雨布盖盖？"

王为民一听，说："只要有办法，我们就去试试！"他立即打电话给供销社李胖子和烟棉公司，要求他们全力支持。当夜烟棉公司开着卡车运来了30多块大篷布，几个小伙子一起动手帮着三元朱人把17个大棚盖了个严严实实，顶住了寒流。

蔬菜大棚的出入地方改为一间小屋，放上一张简易的单人床，角落里，可以放农具。韩大山就和衣睡在一进大棚的简易床上，不分白天黑夜，这里面十分暖和，他可以随时处理一些小问题。谁家叫他，他就快去，生怕耽误了黄瓜生长。裤腿上有泥点子，鞋帮上全是泥巴，手上缠着胶布，裂开的口子时常流出血来。一天说全年的话，嗓子冒烟了，咳咳咳！这样又过去了一个多月，秧子下面的黄瓜呈现墨绿色，韩大山在黄瓜架种后挨个查看黄瓜成色，他蹲下、起来，再蹲下再起来，反复比较，终于，他对王仁义说："二哥，准备好，通知各户，第一茬可以摘了！"

雪后的大地，清冷刺骨，王仁义却热血沸腾，他站在大棚外面，招呼着车辆和村民，他们这一天要摘黄瓜了。外面滴水成冰，大棚里面温暖如夏，青枝绿叶间，一行行的黄瓜架有一人多高，黄瓜头顶鲜花，摘了一筐再一筐。这一天是1989年的12月24日，农历腊月二十五，三元朱的田野里响起了鞭炮声。价格有5元的、8元的、10元的，最贵的卖到12元，预计要出17个万元户。三元朱村的老百姓轰动了，十里八村的人也轰动了，都来看摘黄瓜。

这一次王仁义骑着自行车还是按照原来路线来到县委办公室，提包里鼓鼓的，县委大院里的人都认识王仁义，纷纷向他点头。来到二楼，他说："王书记，我给报喜来了。"说着从包里拿出几根黄瓜递给王为民。王为民笑着接过来，他像端详一个刚出生的婴儿一样，仔细地端详着黄瓜，也是顶花带刺，一扎长短，非常鲜亮。王为民的嘴咧开了，眼睛弯成一条线，他脸上的笑再也掩盖不住。他对王仁义说："大棚成功了！这可是咱们地上种出的黄瓜，仁义，你们立功了。"王仁义听到县委书记的夸奖，更有信心了。王为民心里很激动，第二天，他对县委办公室吴秘书长说："快，我们一起去三元朱大棚看看，新鲜黄瓜下来了。"

王为民和吴秘书长跟着王仁义钻进了韩大山的大棚里，有两个男人在摆弄黄瓜。只见棚里温暖如春，到处青枝绿叶，绿叶下是墨绿的小黄瓜，抬起头，全是笑吟吟的笑脸。王为民说："祝贺你们，成功了！也受累了！"王仁义和韩大山笑着对王为民说："多亏您的支持呀！这是咱菜乡的成功，祝贺您呀！"

冬暖式大棚在三元朱村试种成功了，吸引了很多来参观的人，为方便讲解，王仁义在村委收拾一间房子给他住，和驻点的一位农业局干部老信相邻。怕他住不惯，专门买一张最时兴的宽大的席梦思床。韩大山就住在那里。一个黑色铁艺的脸盆架，放着一个红色牡丹花的瓷脸盆。周慈姑过来的时候，韩大山已经住进了村委办公室，所以周慈姑对他的住宿很满意。

人都是有软肋的，没有人知道韩大山的软肋是什么？其实当他听到王为民、王仁义都是为大伙子谋利益的时候，他就动心了。因为他从小没有父母，在村委大院里长大，是村集体养大了他。他吃住在村委的一间房子里，见的最多的人就是村委成员，他们都有集体观念，学习文件，为老百姓做事。他现在又被安置在村委大院里，这是多么熟悉的味道！一下子像过电影一样，眼圈都红了。

韩大山刚来的时候，屋子里只有一个电饭锅，韩大山不会炒菜，他每顿饭都是吃面条，清水煮。王仁义的媳妇佛手看着他天天吃面条，就有些不忍心。这一天，拿着一把青菜说："韩师傅，你天天清水煮面条，我都心疼呀，放上点菜啊，你是我们请来的贵客，可不能委屈你。"韩大山心里热乎乎的。

以后的岁月，韩大山 38 岁，王仁义 48 岁，王为民 46 岁，三个人拧成一股绳，开始了绿色革命。

第三章 韩师傅

一

从韩大山踏上菜乡土地的那一刻起，他获得了一个专用称呼——韩师傅。

韩师傅带着建造大棚技术、黄瓜嫁接技术来到了三元朱，三元朱就成了中国冬暖式大棚的发源地。冬暖式大棚的样子远看像一座房子，后面是用泥土捣着麦草垒起来的一面土墙，两侧像半个弧形，侧面的短墙上留一个进出的小门，小门开在一间小屋子里。朝着太阳的一面全是塑料薄膜，依照韩大山的经验，要用黑龙江出的浑江牌无滴膜，否则有水滴生成，影响产量。在三元朱村后形成了这样17座排列整齐、大小一致的大棚风景。

韩师傅每天出入这里，从王为民、王仁义到见到他的每一个菜农，不分男女不分老幼，一律亲切地喊他韩师傅。他活力四射，戴着有条纹的鸭舌帽、眼镜，穿着西装，冒着严寒，每天无数次地出入17个大棚之中，一身泥一身水，头上常常沾满草叶，在一群穿中山装、带蓝遮沿帽的人群中很耀眼。

黄瓜一扎长短的时候，活太多，他干脆在大棚里睡，王鑫、徐子茄这些30岁左右的年轻人，也像他一样睡在大棚里。尤其是摘第一茬黄瓜的日子，凌晨2点开始摘，早上4点前赶到菜市场去批发装车。就像当年教人躬耕的汉武帝，又像辞官回家写出《齐民要术》的贾思勰。

阴历腊月二十三，是中国传统的小年。王为民来到了三元朱村。本来这一天是忙年的开始，家家户户祭灶，让灶王爷上天言好事，也是清扫除尘的日子。这些事，王为民都留给妻子做，也可以说自从结婚后，王为民从来没有做过这些事，他心里只有工作，一年到头都在工作。他觉得求神不如求己，让老百姓通过自己的勤劳和智慧过上好日子，才是一个共产党员真正的追求。

王为民和干部们却没有闲着，他们决定在这里召开一次现场会。在王为民的词典里，没有节假日，没有星期天，和农民一样整天劳作，县委干部是这样，乡镇干部是这样，当然村里的支部书记也是这样，他们和农民一样，一年到头就是工作工作。

王仁义对在大棚里劳作的韩师傅说，王书记要来开现场会号召各乡镇推广大棚。韩师傅忽然看到一辆吉普车开过来，路边停下来了，接着王为民和一位年轻人从上面下来。韩师傅认识那个年轻人，是县委办公室的吴秘书长，看得出，王为民很高兴，他的眼中写满了兴奋和骄傲。他先和韩大山握手，很真诚地说："韩师傅辛苦了！"接着和王仁义握手，然后说："大伙子都来了，到大棚里看看，我开个会。"接着韩大山看到很多人过来了，有坐车来的，也有骑自行车来的，大大小小的车辆排满了路两边。天气很冷，他们穿得也不是很厚。王仁义一直站在1号棚的门口，逐个对他们笑着说："快进大棚，里面暖和。"韩大山的1号和2号大棚在最前头，当然先进他的大棚参观。韩大山将大棚的门敞开，里面露出了一幅厚厚的棉布帘子，布帘子阻挡着冷风吹进来，免得降低大棚内的温度，影响黄瓜生长。单纯从经营方面考虑，韩大山是不愿意很多人进来的，娇嫩的植物也怕生病，人会带进来病菌，传染给黄瓜。但是干部们参观大棚是政治任务，必须这么做。他们一个个弓着身子进了大棚，大呼太热了，果然，来人发现大棚里温度接近30度。外面万物萧条，冰天雪地，大棚里温暖如春，两重天。王仁义看到王为民来了，十分高兴，老远就同他打招呼，领着他来到了韩大山的1号大棚内。这一次距离摘第一茬黄瓜快一个月了。王为民的身后，除了吴秘书长，还跟着很多人。三元朱村开天辟地头一回容纳这么多外面来的干部，不光三元朱村民赶过来看热闹，邻村的人也好奇地观望，大棚边、地头上站满了人。

韩大山想也许是来学技术的,我就好好教吧。王为民却很随意地说:"来大棚里开现场会,我觉得比坐在会议室说大道理强,没有告诉你们,就带他们来了。"大家听他这么一说,才松了一口气。这些干部从他的1号棚开始看,1号棚内,有比较宽的一块空地,是育苗后留下的,韩大山种了一片生菜,绿油的叶子,水滴滴的。高个子的姜县长先说了话:"今天,本来在县城开干部会,县委把会场搬到大棚里来开现场会。参加会议的有各乡镇党委书记,各部门的负责人。"

起初,韩大山很纳闷,这些人不是农民,就是干部,人长得白白净净的,穿得也干净,哪像干农活的人呢?这可怎么教?看到王为民很高兴的样子,韩大山不便说什么。他站在大棚里面,一个一个让这些人进去。这些人脸上写满了狐疑的表情。这里青枝绿叶,可爱的小黄瓜探着小脑袋,顶着鲜艳的小黄花,仔细看去,浑身小小的毛刺,要多新鲜有多新鲜。大家狐疑的神情不见了,他们在黄瓜架种来回看,各个脸上出现惊喜之色。韩大山知道这些人都是各单位管事的人,进大棚的时候,脸上写满了不屑和怀疑的表情不见了,面对着滴着水珠支楞着绿叶,露出半截身子鲜灵灵的黄瓜,他们瞪眼睛、伸舌头、做鬼脸,个个心悦诚服,惊叹不已。

于是这些人讨论墙的厚度,讨论黄瓜蔓子的粗细,讨论黄瓜这时候的市场价钱。王为民在现场,没有人敢大声说话。

一阵自由活动后,分管农业的副县长说:"安静一下,今天,大家也都看到了,黄瓜长得很好,已经卖了一部分,咱们在这里开个会,算算种大棚的账,下面让王书记来说。"

王为民向前走了两步,他说:"我把会议安排在这里,这就是我们推广蔬菜大棚的第一个现场会。韩师傅和王仁义试验成功了冬天不需要烧煤的日光冬暖式大棚,结束了北方冬天不能生产蔬菜的历史,这是一个创举,必将成为一场绿色的革命!"大家一阵掌声。

接着韩大山听到了王书记说到他的名字。"据韩师傅和王仁义讲,一个大棚一亩地产黄瓜至少5000斤,现在呢,可卖到8元钱1斤,如果平均起来也到3元钱1斤,一个棚最少收入一万五千元。就是说,一个户种一个大棚,一年就成了万元户呢！我们天天说让老百姓致富，怎么去致富？我们菜乡当地有好土好水好空气，适合种菜，啥叫因地制宜，这就是，我们就把这项新技术给推广开来。大家想一想，如果是全县20多万农户一户一个大棚，一年下来不就都成为万元户了吗？带领群众致富这就是个好门路啊！再说了，我们县有个大市场，菜再多也不愁卖，我们就要放开胆子，带领群众奔小康！致富不能光停留在口头上，不能只写在文件上，重要的是落实在行动上。前天我们县委常委已经开了会，决定了，这一年我们县的中心任务重中之重就是推广三元朱的大棚！这是今年我们为全县一百万人民办的第一件实事、大事、好事。请各个乡镇的主要负责人，回去好好研究一下，你的乡镇到底能搞多少这样的大棚？统计数字不要保守也不要冒进，要实事求是，有根有据搞得科学一点。县机关各个部门要配合乡镇工作搞好。我就说这些，大家回去落实，散会！"

听的人们似乎还没从兴奋中缓过来，好几个乡镇党委书记在原地站着没走，反而蹲下来仔细研究，尤其是文家乡的孙声书记，拉着李培探讨经验。然后他又和王仁义谈，大有争第一的来头。他对韩大山说："到底一个大棚需要多少钱？需要多少个劳动力技术？怎么说就能让群众接受？我回去好好做工作。"韩大山一一解答了他的问话。整个上午孙声都在大棚里转悠，看了一个又一个，几乎把17个大棚都转遍了。韩大山和王仁义一天没脱身。

王为民从整地、建大棚、采摘，每个环节都没有缺席过，不知不觉，韩师傅和王书记的感情悄悄地升温了。韩师傅从心底佩服王为民，同样是领导，韩师傅就觉得王为民可亲可敬。王书记从开始就靠在这里，说话很内行。韩大山目送着这些人出来，他们的表情已经透露出胸有成竹的样子，有的人正盘算自己乡镇能建多少个呢？韩大山和王仁义走出来，一一送大家上车。

在韩大山眼中王为民是条真汉子。看得出，他认准的事，抓住不放，一干到底。王为民临上车，回头握着韩大山的手说："蔬菜大棚这件事是大事，是全县最大的事，我必须亲自抓，靠上办，一切工作都得为这事儿让路。"

最早报道三元朱日光式冬暖大棚这个消息的是当地的报纸，接省里的《大众日报》和中央的《经济日报》把这个消息传遍了全国，都知道在菜乡的三元朱村有个东北来的技术员大冬天种出了黄瓜。渴望致富的农民和基层党组织同时捕捉到了这个信息，也引来了国家科委的一位领导人的关注。

春节过后，阳历的 1 月 29 日，阴历正月初十，天上刚刚下了一场雪，这位科委领导人，就从北京赶过来了。他踏着积雪，穿着一件短棉衣，一脸的疑问，带着几个人来大棚看。他对农业科技特别关注，第一次看到这么简单的棚里，长出这么鲜亮的黄瓜，他蹲下来，用手拔一拔，确认黄瓜是长在土里的。然后他从大棚里转出来，转到大棚的后面，从雪里走出一条路来，看看有没有炉子，是不是烧煤？积雪薄薄的，覆盖着大地，任他一条路走下来，也没看到墙后面有炉子的迹象，他判断确实没有烧煤。当他再次走进大棚后，脸上有了笑意，心里的疑问解开了。他高兴地对王为民说："你们农民用土办法，技术解决得这么好，深冬生产精细菜，不烧煤、不加温，这是件了不起的事。你们要把这技术向全国推广，解决吃菜难的问题。"瞬间，这条新闻影响到了全国，都知道三元朱有个农民韩大山和王仁义，他们冬天种出了蔬菜。

二

冬暖式大棚在三元朱村落地成功，韩大山心里一块石头落了地，美美地睡了一大觉。三元朱村出名了，王仁义觉得这个苦没有白吃，有种扬眉吐气的感觉，但是他变得更谦虚，说话更和气了。

王为民终于看到了菜乡农民致富的密码，那就是把韩大山留住，推广冬暖式大棚。

17 个万元户一出来，三元朱村再也不用动员种大棚了，他们纷纷到村委或者王仁义的家里，要求划地建大棚。这个时候，王为民接到王仁义打来的电话，上午还见过韩大山，下午就找不到他了，他可能和他媳妇一块走了。

王为民心里一惊，他着急地说："赶快查一查火车时刻表，是不是他回东北了？"王仁义说，只有下午六点的一趟，我清楚。快去找一找。

过了德国建造的一排古建筑，就到了济南火车站，车站的广场上、大厅里，人山人海，广播里一遍又一遍播送祝福和春节期间注意安全事项。一位服务员看到一个带着旅行箱的人躺在联椅上休息，她主动地给他看着行李，让他去接热水。韩大山说，你的口音像菜乡人。服务员说："是的，我是菜乡的。你怎么知道？"韩大山说："我在那了干过活。"正说着话，王为民的司机过来了，喊道："韩师傅！我找得你好苦啊！你不能走。大过年的。"正说着话，王为民和张主任也过来了。王为民一把拉住韩大山的手，说："韩师傅，你不能走，受了好几个月累，在这里好好休息休息。我们菜乡，老百姓就是穷呀，好容易找到这个致富门路，你就留下吧！"说着眼泪也流下来了。

韩大山一看王书记哭了，不知如何是好，他的手被王为民攥着，听到他真诚地说到穷字，自己的眼泪也来了，沿着腮帮子滚下来。

他说："好的，王书记，那我们回去，我们不走了。"

原来王仁义真的猜对了，韩大山悄悄地去济南火车站了。他们想回瓦房店看看上学的孩子们。于是韩大山和周慈姑一商量，先去济南逛逛风景，奖励一下常年劳作的自己，然后坐火车回家，来三元朱村半年了，他们想孩子想得要命。

王为民说："知道你们想孩子，县委已经派车去你家了，把孩子们接过来，来这里过年。"韩大山看到王书记亲自出来追他，有些不好意思。王仁义说："张主任，赶快给韩师傅退票，咱们回去。"张主任过来和韩师傅说："县委食堂也给准备了一份年货，不知合不合东北人的口味，这可是特意给你家准备的，别人没有。"韩大山一听，感到自己受到尊重和关爱了。王为民说："咱们回去，我就召开常委会，给你落实待遇。"

王为民要办公室赶紧落实留住人才韩大山的政策，开常委会。他没想到这么费周折。这件事在社会上反响很大，王为民也听到了很多反对的声音，但是他知道这个议论也是正常的，在全省范围内，还没听说过哪里有对农民如此重奖。于是他专门为这事开一个常委扩大会议。他主持会议，同样没有过多的套话，办公室已经把开会前定的标准发给每一位参会者。

王为民说："对韩大山的待遇，我和有关部门协调商量正在落实中，我听到了很多不同的声音这很正常，但是普通人有疑问咱们当领导的可以解释，但干部自己都不能正确认识，就会误导群众，所以今天开这个会很有必要。首先是身份问题，聘请韩大山为蔬菜办公室顾问，晋升为农艺师，推荐他当潍坊市劳动模范；奖励8万元，商品房一套；配备一辆吉普车；家属农转非。"会议室里响起来嗡嗡声，大家讨论，前几条这个大家没意见。对于"家属农转非，女儿安排在最好的单位"，有人想不通，很多常委的媳妇都是农村户口，认为很多干部家属还解决不了，凭啥给他全家农转非？王为民解释说："大家知道，人家虽然是农民，可是他的技术是一般干部比不了的，在这方面比我这个县委书记厉害。这一点我看准了，留下他是我的目的。第二个是住房和车子问题，给他最好的商品房，我才踏实，人家撇家舍业来到这里，这是应该的。至于8万元的工资，更是应该。这8万元里面奖金是5万，3万元是一年的工资。"

这时有位资历很深的老干部接着说："这不是我是一个人的看法，很多人不理解，他一个农民，我们给他工资就可以了，过多的奖励，会打击干部们的积极性。我们一个月几百元，年工资不超过5千元，他8万元，高离谱了。"

角落里坐着的干部说："他一个农民，给他安排食宿就不错了，奖金几千元就可以，不该那么多。"

还有的说："不该给他商品房，这可是菜乡第一批商品房，给他不合理，县委几位领导还在住平房，好多干部职工没有住房，他为啥就拔尖？"

有人说："不该给韩大山安排专车，因为很多科局长、乡镇党委书记还没有专车，下乡都骑自行车。"

王为民听着大家七嘴八舌地发表意见，似乎都有道理，但是他不为所动，他悄悄地告诉自己要冷静，要有胆量和超前意识，要在招聘人才、尊重人才、重奖人才上，思想解放，敢做敢为。他对大家说："我想留住人才，这是我想到的最好的办法，谁还有留住人才更高明的办法说出来，还要比这个好，我们可以采纳。"大家默不做声，空气骤然紧张起来。王为民咳嗽了一声，说："开这扩大会议，就是要形成专门的文件，做什么事都要有法可依，有章可循。"菜乡这一举措天下难找，除了深圳特区有重奖的事，全国可没有第二家。大家的口号是：只讲奉献，不提倡奖励。有的人悄悄地把这个事捅到了上级机关。所以王为民多次召开书记碰头会，统一思想，对有不同意见的干部单独做工作。然后，他才开了这个常委会扩大会。这件事招来了满城风雨，王为民顶着压力，向有不同意见的人解释。接着他又开常委会议，督促各个部门落实对韩大山的政策。今年全县各个乡镇要推广大棚，把优惠政策落实好，让他安心地扑在蔬菜大棚的指导上。

三

天气开始转暖，大棚里黄瓜架子整理干净了。再过几天，韩大山就决定深翻一下土地，让劳作了半年的土地好好歇一歇，歇好了地，再进一批黑色的塑料筐，准备育南瓜苗和黄瓜苗。他不知道这两个大棚的育苗够不够？参加过王书记召开的动员会，再也不平静了，他觉得王书记这个人很执着，看准了的事想方设法干成，他还是第一次见这么大的干部，第一次这么近地与县级领导打交道。

这一天，韩大山接到了县委办公室张主任的电话，说明天上午车去家里接，一块去北边羊口看海。韩大山立刻紧张起来，连连拒绝。羊口是菜乡人的打卡之地，是山东人的青岛，是中国人的香港。在菜乡境内，到这里去看海去吃海鲜，就是最高待遇了。还没听说，王书记领着谁去看海过，恐怕他连自己的老婆孩子也没有领着去过，在人们的眼中，王为民书记只会工作。

韩大山是一名农民，他不知道怎么去和县委书记打交道，心里忐忑不安。他听人说过，一个干部为感谢进城和媳妇团聚，送到县委办公室一筐鲜桃子，是自己菜园里种的，拿给王书记和办公室人员品尝。可是王书记让办公室的人给他送回来了，还批评了一通。这件事传开后，没有人敢给王书记送东西。韩大山告诫自己，好好传播蔬菜技术，就能对得起书记，别的也不用去想了。

韩大山非常好奇王为民的身世，他从来没有见过这样的官，恰好，北徐村的梁元来了。梁元喜欢科学种田，他是中专毕业，上学的时候，见过吕正操。他爱写诗，文字水平高，和谁见面，都能聊得来，自来熟，和人很容易沟通。虽然他和韩大山的事业是矛盾的，甚至有冲突，就是这些耕地，蔬菜种植面积多了，小麦面积必然减少。他和韩大山两个人聊天，韩大山对王为民特别感兴趣，从梁元这里探听王为民的家事。

梁元说起王为民的事来，如数家珍，他说："王为民生于1943年4月，他比王仁义小两岁，1964年还在大学学习期间，碰上搞社教，同年10月份他到黄河以北一个叫齐河的县搞社教试点。这一段日子是他理论学习收获最大的时候，他背老三篇，学习《毛主席选集》。工作中和聊城的一位老同志发生了一些纠纷，工作组长是民政厅的一名副厅长，叫王默村，听了汇报后，说你们两个没有原则纠纷，只是在一些小事上有不同意见。要记住，在工作中，大事讲原则，小事讲风格。原则大事上要清醒一点，生活小事要糊涂一点，这样才能团结一班人。共同奋斗，干一番事业。后来'大事讲原则，小事讲风格'成了王为民的座右铭，他给我们这些支书们开会，开口就谈这个。"

梁元正说得起劲，韩大山听得起劲。王仁义过来了，知道他们在谈王为民，就坐在一旁听。梁元、韩大山站起来和王仁义打了招呼，梁元接着说："王书记这个人，领导水平高，媳妇跟着他去北京看病，都是自己掏钱吃饭，公私分明。送东西不收，他说，就是惹人我也不收，不收总不是毛病吧。人家不理解，他就解释说，你们不要这样，要按规矩办事，搬个金山给我，我也不办。因为办了，对不起党和人民，让办公室一一送了回去。有一次一个干部送了些东西给他家放下了，他的媳妇侯莲花追出二里地去，硬是还给了人家。"

王仁义插话说："大山，来这里，跟着王书记干，你尽管放心，他提拔上千名干部，没有一个是照顾关系上去的，都是任人唯贤。不留任何小辫子，就能理直气壮地和歪风邪气作斗争，敢于说服教育别人，心底无私天地宽，无私才能无畏。他和我们说，领导干部要多想可怕的事，所谓可怕的事就是意外事故、法律的制裁、党纪的处分、上级的批评、群众的反应等。这些事要经常想一想，如果发生了，自己的心情如何？会产生什么效果？怎样杜绝或减少这些事的发生。凡事先考虑全县人民的利益，从来不考虑个人利益得失，他恪守'水能载舟，也能覆舟'的古训。当领导干部就要考虑为人民谋利益，让全县人民尽快富起来，这是他终生的理想。"

梁元说："办公室主任老董，想着改善一下县委的交通工具，就购进一辆咖啡色普通型桑塔纳轿车。县委常委会和县长们一致同意给王为民书记坐。他想了想，坐车是生活小事，应当讲风格。于是他说，给姜县长坐吧，他分管工业，在外面跑得多，代表菜乡的形象，有粉还是往脸上搽吧。这样安排最为合适。我多在县内活动，还坐那部老伏尔加就行。姜县长很感激，干起工作来更有力了，他跑济南北京，引来了许多大项目。"

梁元对韩大山说了很多事情，说董主任还在留意着车的问题。过了一年，县委又添了一部皇冠轿车，档次比桑塔纳高得多。大家一致认为，这一次得让王书记坐了。不料，王书记还是不坐，最后让到王副书记的名下。王副书记不敢坐，他说："您是书记，是一把手，坐好车天经地义，不要再推辞了。"王为民说："你是常务书记，整日主持机关处理党务，还要陪上级来的领导参观考察，车子差了会误事，这辆小车必须配给你。再推让就没意思了。"王副书记最了解王为民的性格，他说一不二，光明磊落，开诚布公，于是默默应了下来。省市领导来指导工作时，王为民也用这辆车陪同，但从不把这辆车作为专车。

经济好转了，各单位都在购置车辆。县物资局购进了六辆皇冠轿车，价格不高，30万一辆。县委做计划要买几辆，征求王为民的意见。他说："你们没听到老百姓骂吗？当官的一顿饭一头牛，腚下坐着一栋楼。我们的经济还比较落后，各方面的资金还十分紧张，我们节约一点好啊。有了钱，可多往教育上投点资嘛，何必换好车！等我们的经济上去了，财政收入达到三四个亿，我们一律换最好的皇冠。我们努力搞建设的目的就是提高生活水平。"来人哑口无言，从内心里服气。

韩大山听说王为民坐过的车，有双排客货两用车、北京吉普车、北京213越野车、上海牌轿车、伏尔加。他有个规矩：自己坐的公务用车，从不允许家属亲友沾光。

韩大山听了梁元和王仁义对王为民的介绍评价，觉得自己这一辈子跟对了人，跟着这样的大哥干事情，哪有干不成的。

四

又到了五月花开季节，大棚内的黄瓜已经卖完了，大棚开始收工，歇地，准备下一年的栽种。韩大山的大棚里，只留下了叶子变黄后的棵子，棵子上留有一个两个小指头肚粗细的小黄瓜，小黄瓜头顶上带着焦黄的花朵。村里的大娘们过来摘棵子上的小黄瓜，他们把小黄瓜，带回家洗干净，撒上盐，腌制成咸菜，端在餐桌上。

三元朱的村民们对韩大山异常的尊敬，在街上遇见，老远就发招呼："早呀！韩师傅。"

韩大山觉得很多事不可思议，去年的今天，他还在犹豫不决，来还是不来菜乡？今年已经让三元朱村出来了17个万元户，整个菜乡就像春风刮过，都是希望，三元朱村越来越多的人开始申请建大棚。

这天上午，韩大山一边拔黄瓜架，一边想心事。忽然看到一些人进来。数了数足足有三十几个人，他看着有些面熟。想起来了，这些人来过，上次开现场会的时候来过，这一次，也可能也是开现场会吧。

春天的田间地头满是绿色的麦苗，路边杨柳吐绿。这一片大棚突兀在绿色的田野间，因为是土墙是黄色的、薄膜白中带蓝，像一片大海。

轻车熟路，这些人来到了三元朱，三元朱村北路边一时停满了车。似乎三元朱17户人家的快乐得到了分享，蓝蓝的天空中，阳光明媚。大棚里因为黄瓜基本卖完了，黄瓜棵子稀疏起来，蔓子下面的大叶子发黄卷曲，只有上面的小叶还绿意葱茏。一行一行的小黄瓜成为妇女的新宠，她们摘下来腌咸菜。有的地方薄膜被敞开，韩大山不再顾虑带来病菌和凉风。来人的脸上已经没有了狐疑，说话声音也大了，这一次问秧苗嫁接问题和收入情况。

韩大山这才想起来，他已接到通知下午去镇上开会，还要讲述种大棚的技术。来咨询他的，大多是乡镇的干部，他们必须完成规定的大棚种植任务。干部们问他很多重复的问题：种植黄瓜得多长时间收获？累不累呀？要用几个劳动力？黄瓜长得怎么样？问了他之后，他们觉得掌握了很多很细致的情况，然后，又分别到其他大棚里看看，一般一个干部大约有一个多小时的时间和菜农交谈。他们也会帮着干点小活，为的是解决自己更多的疑问。韩大山听得出他们最担心自己乡镇上老百姓不接受的问题，若老百姓不种大棚，这个乡镇完不成县委交给的任务，王为民书记就叫党委书记下课。这就是常说的，干部在这个位置就要换思想，跟上时代的步伐，不换思想就换人，这是才是干部们最害怕的，必须想尽一切办法完成任务，才确保自己不被免职。但是真正上进的干部可不是这个思想，包括王为民自己，他常说："只要对老百姓有好处，就是不当官了，也要干。"

所以，那些像孙声、马涛这样的干部，他们觉得以王书记为首的县委县政府号召各个乡镇种大棚，是老百姓致富的途径，他们发自内心支持，不遗余力地推广。

马涛爱上了种大棚，他的父亲是机关干部，自己大学毕业后成了公务员，从他砍第一棵玉米种大棚开始，他认准了这里的老百姓只要种大棚，就能致富的道理，因为自然条件得天独厚呀！孙集镇老百姓口中流传着，大棚蔬菜82天有结果，马涛往大棚跑了83次。

这次干部们问菜农的收入，笑声多起来。半个小时看现场后，纷纷回到影剧院，开蔬菜生产动员大会。

韩大山换上干净的衣服，虽然天开始转暖，可是风还是有些凉，他精心穿上自己刚刚置办的一套崭新的灰色西装，打上一条粉色的领带，戴上眼镜，头上戴一顶有灰色条纹的鸭舌帽。他找找脸盆架上方的小镜子，觉得胡子太长了，慌忙去找剃须刀，仔细地抹上膏，滋润了一下下巴，小心地刮起来。不小心碰到了指头上的伤口，他觉得刺心地疼。忽然，听到有说话声，王仁义吃饭后过来叫他，说县里王书记特意派了1号吉普车来接他们，以后1号吉普车就放在三元朱村供韩大山和王仁义出去指导蔬菜使用。

韩大山觉得受到了尊重，每个细节，王书记都想得十分周到，比自己的亲大哥还关心自己。从小到大，他没有感受到，心里直觉得很温暖，他抗拒不了这个关心。

在孙集镇的影剧院开县里全体干部大会，也是第一次。孙集镇影剧院是菜乡南部最繁华的地方，影响着周围村庄。这一次，王为民打算长会短开，他亲自主持，省下别人请示的环节。开场白后，他叫王仁义来介绍一下三元朱村 17 个大棚建设的过程。

王仁义坐在第一排，他站起来给大家鞠了一个躬，就开始说起大棚建设的过程。大家看到，他戴着一顶深蓝色的有遮掩的帽子，一套蓝色中山装，他声音不高，听起来有些委婉，和他五大三粗的外形，有些不相符。他很熟练地讲着，把冬暖式大棚发展的过程一一介绍，下面传来一阵阵的掌声。他特别说到王书记带着他到六个省取经考察的事，包括到北京海淀区四季青，一直说到怎么遇上韩师傅，怎么按王书记的要求，让王鑫把韩师傅邀请到三元朱村来，说到动情处潸然泪下。他又说如何发动党员群众种大棚，自己是如何顶着压力做的。王仁义说："我们蔬菜发展路子走对了，摸索了这么多年的经验都不如这个经验好！"他的话引起了会场上一阵热烈的掌声。

王仁义说着说着眼睛湿润了，他说："我总结了三条经验，三元朱村搞的 17 个大棚，已经统计了确切数字，黄瓜平均亩产收入 2.24 万元，卖到 3.03 万元，最少的棚收入 2.07 万元。八个半月就能挣这么多钱，真是震撼人心，三元朱的老少爷们，从来没有见过这么多钱，真是连做梦也想不到。这都是县委领导得好！共产党好！社会主义好！"人们以为他说完了，又是一阵热烈的掌声。不料他又说："就像王书记说的符合群众利益的事就一抓到底；群众一时想不通的事，就由党员带头，县委加强党的领导是成功的关键！老少爷们想来三元朱村问技术，尽管来，我们双手欢迎！"他说这些话，也是经过了斗争的。

过年的时候，还有村里人告诉他，要封锁三年，村里就会都富起来。有的说："应该保密！为啥呢？自古以来，说了实话，完了自个。"有的人说："教会一个徒弟，培养一个对手。"王为民和他分析："不应该保密，应该彻底放开。不是说一枝独秀不是春，万紫千红春满园。我们是共产党员，应该放开。再说，这种技术，瞒得住一时，时间长了，会传出去的，技术不复杂，很容易学。再一个，菜多了，我们的市场作用更大。"最后王为民和王仁义诚恳地说："仁义呀！你找着这么个好办法，让村民富了。我是一个县的负责人，我要让一个县富起来，你得传授经验！"王仁义也知道，请韩师傅时的艰难，知道王为民作为县委书记的为难，思考了几天，和韩师傅商量，一定听县委书记的，两个人虽然都是农民，但都是共产党员呀！过去，战争年代，一个真正的共产党员要做好流血牺牲的准备；现在是和平年代，要"绿色革命"也要做出奉献。王仁义和韩大山思想统一了，县委让咋干，我们就咋干。

一时间，社会上流传着这样的话：一旦把技术传出去，菜乡的大棚菜会成为没人要的白菜帮子、玉米叶子。菜乡好不容易鼓起来的腰包，很快就会瘪下去。王为民觉得这些话，不顺耳，猛然意识到：思想狭隘，意识守旧，才真的可怕，是菜乡的最大的敌人。县委县政府专门下文件：凡是来取经的，全面参观，认真传授；应邀讲课的，讲深讲透，有问必答。技术员要多少派多少，并且派最好的去。

轮到韩大山上台了，他主要讲技术。起初在台下，他挨着王仁义坐着，周围全是县里的副书记、人大主任、政协主席之类的干部。也就是说，王仁义和他的地位，在县委书记的眼里已经高于一般干部了。主席台在下面坐着黑压压的一片人，比上午去他们大棚的人多了三倍，粗略估计有一千多人。韩大山不知道的是，全县三十多个乡镇的基层干部和他们发动的蔬菜大棚的带头人都来了，所以这位操着东北口音的韩大山一上台，他们都高度兴奋起来。韩大山心里有些紧张。从小到大，他根本没有在这么多人面前说过话，也没有机会参加这样的会议，他甚至不知道第一句话要说什么，但是总归要开口说话呀。于是他客气了一句，就开始说种大棚的事。因为讲的都是自己亲自干活的细节，所以很流畅，声音也越来越清晰。这一讲就如拧开的水龙头，水哗哗地流出来，下面鸦雀无声，大家好像听呆了一样。他发言的时候，主要把自己的思想变化，怎么来的，受到两个王书记的热情接待，他经过了哪些思想斗争，种植黄瓜有哪些要求？嫁接、授粉，哪些节点容易出问题，他足足讲了两个小时，大家都认真听，没有一个人上厕所，没有一个人走动，就是电台的记者也停下了脚步，怕发出声音扰乱会场。大家听着，露出很惊喜的表情。看见韩大山走下主席台，大家鼓起掌来，很长时间才停下。

王为民一边鼓掌一边又站到主席台上，他做总结发言。王为民先讲了在全县推广蔬菜大棚的意义，主要是给大伙子算个明白账，说照三元朱一个大棚的平均收入 2 万元，今年全县若有 5000 个大棚起来，大家算一下，财政纯收入不就是一个亿吗？人群中发出哇的一声，因为机关人员工资一年才一千多元，大家从心里服气。王为民又讲了县委县政府的决心和办法，推广的组织领导和应该注意的事项，也讲了县委常委会的意见。他特别强调要成立一个领导小组推广蔬菜种植。他自己任总指挥，王山、杨荣两位副县长任副总指挥，都亲自靠上抓。特聘王仁义和韩师傅为县委县政府的蔬菜顾问，全权负责全县蔬菜大棚的规划、设计和技术指导。有大棚任务的乡镇，党委书记和一名副乡镇长亲自抓，各个乡镇都要成立五到六人的技术指导小组靠上抓。

王为民有几句话，令在场的人们有了压力。他说："在种大棚这个问题上，我听韩师傅和王仁义的，你们听我的。王仁义和韩师傅来市委找我，不管我多么忙，不管我在干什么，不用打招呼，随时可到我办公室，我就是正在开会讲话，也要先接待他们两个。"又是一阵掌声。

会后，韩大山拿着王为民在会上宣布的关于蔬菜大棚的领导小组看，在这之前，他没有料到种大棚这件事县委看得这么重，竟然由一个村的事变成了一个县的事，为菜乡感到高兴，为自己能够用技术让更多的人富起来感到高兴。他的耳边还回想着王为民的声音："凡是有条件搞大棚，而不搞大棚或搞不好大棚的班子就是不合格的班子，年底一律主动让位。"

从此以后，孙集镇的影剧院，成了韩大山固定讲解蔬菜知识的场所，他每周来这里举办一次技术讲座，座无虚席，每次都在一千人以上。会后，韩师傅身边往往围着几个乡镇干部或者支部书记，他们都争着抢着邀请他去讲课。他就认真地记下来，按顺序排好号，一一去指导。技术上的难题都来问他，他有时累得腿都软了，嗓子哑了，咬着牙坚持着。

马涛风度翩翩，温文尔雅，他走到主席台上和王仁义说话。他刚刚到了北部沿海的五台镇做党委书记，但是这个乡镇过去属于北部的盐碱地，改造盐碱地大会战后，很多地里的碱不见了，土地能够种植蔬菜，于是他觉得不能落后其他乡镇。他看到王书记认准了种大棚这件事。散会后，他第一个来到王仁义、韩大山面前，诚恳地邀请他俩等他调好了地后，他们就过去指导种大棚。王仁义微笑着说："马镇长，您在孙集镇当领导的时候，对我们三元朱大力支持，我们很感恩，您需要的时候，我们俩一定去帮着干，没得说，随叫随到。"

马涛说："谢谢两位大哥的支持！有你们这句话，我马上回去落实。"

王仁义认为自己就是个农民。虽然自己没有种大棚，但是他是最懂大棚的农民。他爱土地，爱自己的村庄，更爱父老乡亲，他要用大棚留住年轻人，不能让年轻人一味地逃离土地。围绕在他身边的徐子茄、王土豆、王扁豆都是得力干将。古代《汉书·食货志》载"辟土殖谷曰农"，也就是说从事这个行业的人叫农民，而这里的农民在王仁义的带动下却成为农业革命的先锋。

孙集镇影剧院蔬菜大棚推广大会后，韩大山打电话告诉妻子，他已经下了决心在菜乡一辈子。妻子周慈姑万般无奈，她只好含着泪，把家里锁了门，告别父亲，告别邻居，领着两个孩子来到了菜乡。韩大山掐着指头一算，来菜乡两个月的时候，吴秘书长没有告诉自己，就直接到租住的房子里，领着自己去南关小区。吴秘书长拿着圆形的一串钥匙，说："选房子去！菜乡第一批商品房。"韩大山又惊又喜，他选了一套50平的，又自己掏钱买了一套70平的。

后来韩大山才知道这是全县第一批商品房，王为民把组织上分给自己的那一套，给了韩大山。他自己家还住原来的小平房。韩大山很不理解，他问王仁义："我知道的是单位上分房子，按职位分，谁官大谁住好房子。"王仁义告诉他："王书记可不一样，他在大会上说，全县的财政收入不过两亿，他绝不住楼房。他说到做到，真的没住楼房。县里财政收入一亿七，他一家五口人住在四间低矮的平房里，这套房子住过六任县委书记了。他家两位老人来过年，都是和孙子孙女挤在一张床上，家里没有像样的家具，院子里墙边下摆着木柴，垒着煤池子。在分房子上，他起了带头作用，县委盖过几栋宿舍楼，都分给了一般干部，7名副县长住的都是旧的小平房。"韩大山吃惊地说不说出话来，他觉得真正的共产党员就在眼前。

王仁义说："和王书记打交道容易，他下乡来，从不喝酒，接待就是四菜一汤，来我家，就是让你嫂子擀个单饼，炒盘虾酱，卷上大葱，坐在马扎上就吃。呵呵呵！"仁义笑起来。

司机小王将车开过来，这是给韩大山和王仁义坐的，吉普车号为鲁 J5252，定为 1 号车。韩大山问自己："我就是一个农民，天天与土地打交道，何德何能，高于一个县太爷？"

周慈姑是读过书的人，她心里害怕却不敢说破，他们全家已经很沾蔬菜的光了，女儿分到了国营单位县政府招待所，这是全县有名的好单位，每年的两会都在这里开，进人很严格。儿子上了工业小学，全家农转非，成了公家人。这是她在瓦房店时，从来没想过的事，如今实现了。

周慈姑没有看错的是，韩大山就是个爱钻研爱学习的人。婚后他们不打工了，两个人回到瓦房店，村里开始包田到户，韩大山可不愿错过这次机会，他想自己有两只手，只要勤劳，会有好日子过。于是他每年交 10 元钱的承包费，包了村南部的一大片山地，山地高洼不平，不能种庄稼，他们就种桃子、种苹果、种葡萄，最后实验出了种大棚蔬菜。王书记给他的条件，帮他实现了年轻时候梦中的理想，也看到了不曾想过的荣誉。是的，人除了吃饱穿暖，还有更高的理想，要为别人着想。

周慈姑说："你就是这么要面子的人，人家对你一点好，你就用尽全力去报答人家！"韩大山承认妻子很了解自己，自己就是这么义气。

周慈姑看到王为民这样对待韩大山，心里隐隐不安，她听过的吴起的故事，王书记怎么这么像吴起呢？吴起在军中做将军，从不搞特殊，士兵穿什么衣服，他就穿什么衣服；士兵吃什么，他就吃什么；士兵睡在地上，他也睡在地上。士兵没有马骑，他就不骑马。一位士兵生了疮，化了脓，他用嘴给他吸出来。士兵的母亲听说了，不但不高兴，反而痛哭流涕。他知道遇上吴起，儿子会战死沙场，因为他会和自己的父亲对待将军一样对吴起忠诚。而丈夫干起活来，不知道吃饭不知道休息，一口一个咱要对得起王书记，令她提心吊胆。

五

1号吉普车，车身为军绿色，大轮胎，后面有一个备用的挂在车后面，车号为鲁J5252。之所以叫它1号吉普车，是因为这辆车是专为县委书记王为民买的。然而王为民书记主动坐旧车，把崭新的吉普车作为重用人才的条件之一，给了从辽宁瓦房店聘请来的种菜师傅韩大山。

应邀，周六，韩大山和王仁义愉快地坐上1号吉普车去羊口。吉普车飞快地沿着向北的一条大路跑起来，大地空旷，路边的大树矮下去、稀少起来。天空中飘着鱼腥气，越来越浓，有邓丽君的绵绵歌声飘过来，一座滨海小城出现了。一大片一大片小黄鱼，晒在地上，充满了大街小巷。韩大山根本没有见过这么多的小鱼。1号吉普车停一座大牌坊边，韩大山抬头一看，写着：河海清晏。

韩大山没有理解什么意思。当王为民聘请他顾问的时候，他也说没文化，当不起。王为民安慰他，不用你文化水平很高，只要蔬菜技术好就行，术业有专攻。他才放心地来了蔬菜局。他下决心把技术毫不保留地教给菜乡人，并且，继续探索新技术。王书记赠给他一本线装的《菜乡县志》，一本《齐民要术》，他如获至宝。他知道了菜乡不愧为菜乡，柿子、辣椒、茄子、豆角、香椿、芹菜……什么都可以在大棚里种植。而菜乡的北部却冰火两重天，一派海洋风光，呵呵，神秘的菜乡呀！

韩大山从司机小王的嘴中，得知，王书记从来没有陪过什么人来这里专门看海过，包括自己的妻子和孩子，可是，为了留住自己，他愿意带着自己来海边看看。羊口又叫羊角沟，是比青岛还早的一个码头。唐王东征的时候也到过这里。抗日战争时期，从这里装上物资，沿小清河逆流而上，运到济南抗日战场。韩大山知道他家乡辽宁也有一个这样的港口，也叫羊角沟，一字不差，只听说过，可从来没有去过。这个时候，韩大山穿着那件去孙集影剧院时穿的浅灰色的西服，还带着那顶新鸭舌帽，戴着变色太阳镜，整个人看起来很洋气。韩师傅在菜乡没有亲戚，可是王书记待他如亲人，王鑫是战友，他觉得自己有了依靠。

岸上没有风，上了船风却吹得人睁不开眼，韩大山赶忙戴上眼镜。一会儿，有人放在他们面前一张小方桌，很矮，齐着他们的膝盖；一会儿，有做好的食物用塑料袋装着送过来，不只是梭子蟹，还有大对虾。人们捏着长长的须，让来让去。还有皮皮虾、海肠子、银鱼汤。王为民给韩师傅说了自己的打算。韩师傅让王书记放心，他已经把家搬过来了，会全心全意为菜乡服务。

王为民就想着把自己家乡最美好的一面展示给这位能人，让他喜欢这里，永远留在这里。他说："羊口作为码头，历史比青岛长呢，我们有块碑，被青岛借去了，我们有机会要回来。清朝的时候，有些南方的帆船过来，贩粮食。看到这里有这么多的蔬菜，就不走了，在这里住下来，成了村子。小清河里的水，是泉水，也许全国只有一条河里的水是泉水吧！是河海联合的港口。解放前，这条河直接通到山东的省会济南，运去城市里需要的海产品、盐巴、粮食、丝绸、蔬菜。看看这只梭子蟹，又大又肥，这是我自己掏钱请你们吃的，不用害怕。"韩大山答应着，十分高兴。

羊角沟和菜乡两个天地。王书记陪着他在海上走了一段路程，一直到了小清河入海处，广阔的海面出现了。海风吹得他们眯着眼睛，王为民说："对面是日本和韩国，我们的渔船返航后，在岸上交易。"海边对于韩大山是新鲜的，他看到卖鱼的人多，都用泡沫大四方水箱子盛着。低矮的，从旁边走，就看得清；盛在高大封闭的水箱子里的，只能从透明的小窗口看到很大的鱼慢慢地游过来游过去。卖鱼的大姑娘小媳妇，个个泼辣，只要你一往前靠，就有人问："买鱼吗？特新鲜的鱼。"韩大山就买了几条鱼，回去给妻子和孩子吃。他决定自己以后单独带妻子和孩子来这里玩玩。还有牡蛎，他知道《我的叔叔于勒》不就是吃牡蛎吗？他决定下一次带着妻子孩子来这里吃牡蛎。王书记把自己当兄弟，让他轻松一下。他知道，王书记就是让他在菜乡扎下根，好好干一番事业。

王为民走到哪里，都有老百姓围上来和他打招呼。韩大山跟着王为民走，大片大片平整的盐田出现了，一眼望不到边。小张说这是三年前王书记领着修的三个一百亩，一百亩盐田、一百亩虾池、一百亩棉田。韩大山知道，这就是人们口中的寿北大战。傍晚回来了，韩大山把买的鱼送到家里，让老婆给孩子做做吃，自己去蔬菜办公室看看。他已经有了新办公室，在乡政府办公楼上。他看到桌子上有几个信封，一一拆开，一律是邀请函，有河北、河南等省里来的，有淄博、临沂地级市发来的，都是邀请他过去传授蔬菜种植技术的。菜乡普及种植大棚的计划够他忙的，他带出的技术员可以出去。他知道有的地方出高待遇让他过去落户，有的说要什么待遇都满足，只要过去指导就行。他想王书记这么重视我，这么信任我，我就要一心一意在菜乡，谁叫我也不会答应的，逼急了，他就说："你们去找领导吧，领导答应我就过去，我就过去，我自己说了不算，我是蔬菜办公室一员，出门我要有县委领导的批示。"

韩大山数不清有多少地方的人来学习技术，也数不清多少个人来说服他去做技术顾问，数不清有多少人抱着希望而来，带着失望而归。当韩大山谢绝各种诱惑后，他打电话诚恳地对王为民说："我是一个粗人，但是滴水之恩当涌泉先报的道理我还是懂的，菜乡的领导和群众对我这么好，尤其是您王为民书记，对我如亲兄弟，我怎能一走了之？"王为民也说："您有什么困难，尽管提，我一定帮你解决。"韩大山和王为民说："好啊！我对您和仁义二哥，真有了感情，我不会忘恩负义，请您相信，我不能走，也不会走，您撵我走，我也不会走。我要把技术奉献给菜乡，把心交给广大的菜农。"

第四章 盐碱地

一

从羊口回来后，韩大山心里踏实多了，他也怕当地人欺生，时刻想着挣点钱再回老家去。可是和王为民交往后，他觉得自己在菜乡有了依靠，王为民就是他的靠山。他看到多么骄傲自负的干部，在王书记的面前也十分恭敬，干部们都憋着劲干工作。韩大山觉得王为民就是有威信，这个威信是他实干出来的。开始他还怀疑，17个大棚在三元朱村费了吃奶的劲才种出来，全县推广有可能吗？到了北大洼，看到了他改造盐碱地的现场，韩大山服气了，全县推广大棚的疑虑没有了。

原来在黄河的入海口，有个莱州湾，莱州湾的南岸，有个靠近公路的小村子叫小赵家村，小赵家村北是一望无边的麦田。麦田的南边有一口井出甜水，地北边也有一口井，提上来的水却是咸水，当地老百姓叫它懒水井，喝到嘴里涩涩地抽不出舌头来，马儿喝两口都要昂着头嘶鸣一阵，主人就说，它嫌给它喝懒水呢，我得去南边打甜水去。人们才明白为什么南边的麦苗长得好，绿油油的一片；北边的麦子出苗不全，像癞蛤蟆头，黄一块绿一块的。直到胡岳来菜乡区划办任职一把手，才彻底解开了谜底：原来这是咸淡水的分界线，人们才明白了地下有一条线，这条线的一边是海水，另一边是淡水。胡岳说："当年地矿部作协第一届主席奚青，1960年从北京地质部来这里测水时，这条线还在北大洼盐碱地里，二十年的功夫，它跑到县城北边的小赵家村了，南移得也太快了。看来海水南侵是个大问题，南边没有淡水喝了，可不是个小问题。"胡岳带着技术人测量，得出结论这条咸淡水分界线从东到西在菜乡境内约有 40 公里，穿过小赵家村的麦地，横贯东西，把整个菜乡的土地自然分成两部分。

胡岳大学毕业后留省城工作，无论他多么努力，一直是个科员，觉得有些屈才。恰在这个时候王为民新上任县委书记广揽人才，就有了一系列人才政策，县里大大小小的头脑去省城等外地办事，特别是吃饭的间隙就把这一政策落实了，到各地挖一批人来，委以重任，其中就有胡岳。

胡岳就在盐碱地里出生，吃螃蟹、搂好草、找鸭子蛋。都说吃鱼多的人聪明，胡岳生在盐碱地，鱼虾不断，果真聪明，他在大学里学的专业就是土地规划设计，自然成了这方面的权威。胡岳人长得很瘦，戴一副近视眼镜，斯斯文文的，很认真很严谨，凡事都讲科学，同事们开玩笑就叫他胡科学。他抬起头，望着对方，琢磨这个词的褒贬义，觉得算是褒义词，科学是第一生产力，领袖说的，应该没错，英国、美国都是注重科学的国家，都很发达，于是他默认下来。

初秋的早上，天高云淡，还有一丝丝的凉意，阳光透过县委大院一排杨树，照到正在擦车的司机小张的脸上，他感到特别的舒服。他收拾好抹布，扣上车后盖，发动起车来，开到办公楼门口，等着王为民上车。往常只要王为民上了车，小张就拉着他围着县城转悠。王为民有个习惯，上了车就闭目思考问题，司机也不敢问去哪里，等他思考好了，说咱到哪里去，小张立马加快速度向那个方向开过去。

一只鸟儿飞到了二楼的窗沿上，小张抬头看，却看到王为民从楼上下来了，四方大脸的吴秘书长也跟着，他们上了车，小张就开着往外走。还没出县委大院门，副驾驶座传来王为民的声音，今天去大家洼！大家洼就是这个县最远的乡镇了。小张从反光镜里发现后面跟着几辆车，其中一辆大面包车上有胡岳，他摇下车窗来和一位刚来上班的领导打招呼。

王为民带着胡岳等 18 个人要到北部大洼镇去，他收到一封人民来信，非处理不可。

走到小赵家村北部的麦田里，麦田里刚刚露出地面的麦苗，在深秋的季节里摇曳。在咸淡水分界线处，王为民要求大家下车，谈谈对马上要进行的寿北开发的认识。因为寿北开发的主战场就在咸淡水分界线以北1200平方公里的范围内。

你一言我一语，大家正在发表自己的高见，却听见"嗤"的一声，一辆黑色的桑塔纳一个急刹车停在了路边。车上下来一个挺着大肚子的上了年纪的秃顶男人，阴沉着脸，扑通一声给王为民跪下了。

王为民正在和大家讨论得起劲，没看清是怎么回事，见一个人忽然跪在眼前，本能地退后一步，以为是本地上访的农民喊冤。不料，等那人抬起头来，却是马上要退休的县物资局局长李胖子。王为民说："李局长，你这是干什么，男儿膝下有黄金，你一个年过半百的人，一大早的，为何事给我下跪？"

李胖子早已老泪纵横了，王为民更加摸不着头脑。李胖子抑制住哭声，气愤地蹦出一句话："书记，咱叫人欺负了，您一定给孩儿们做主！"

其他干部看到此景，害怕知道了别人的隐私，惹一身骚，脚底抹油早溜了。李胖子听王书记这么一问，急忙返身从车上抱下一堆衣服来，扔在王为民面前。

大伙不知什么时候又聚拢来看热闹，扔在地上的是女人的花上衣、乳罩，还有一件男人的裤子。原来昨天下午李局长的儿子告诉媳妇，自己出发了，晚上不回来，不要等自己吃饭了。谁知爷们儿杀了个回马枪。晚上十一点钟，李胖子和儿子偷偷地去了儿子家，把儿媳妇和工贸局长郑旗堵在了床上。李胖子二话不说，指挥儿子抱着一堆衣服就走了。所以一大早李胖子就去了县委，找王书记给他伸冤，得知王书记出发到大家洼，他立即追来了。

难怪出这件事。李胖子在位多年，家境好，从儿子二十岁就发话，一定要找个全县最漂亮的女孩子做儿媳妇。结果如愿，一个长得像二十世纪四十年代上海滩挂历上的美女一样的招待所服务员，进入了他的择媳视野，不过那女孩子学历低一些，小学还没毕业。女子无才便是德，没学历不算啥，漂亮就行。于是经别人牵线，嫁入李家。当年儿媳妇就被提拔为客房部经理，县里开会，乡镇上的干部住宿，都是由她安排。如今漂亮的儿媳妇出了此事，儿子要死要活的，自己颜面无光，令李胖子悔青了肠子，如果有个地缝，他肯定会立刻钻进去。

王书记很同情他，说："李局长，唉，怎么会出这事？我最看重的是寿北开发，你是准备物资的，头绪繁杂，你可不能有情绪呀。这件事，我立刻叫纪委去查，从重从严查处，我绝不姑息。"

李胖子站起来，拍拍膝盖上的土，上车回县了，王为民一行 18 人继续北上。今天王为民要去的这个村子叫双河村，在大洼镇中部，地盘全在盐碱地内，没有可耕地。这封人民来信是改造盐碱地发出通知后收到的第十二封人民来信，都是反映征地问题的。

过了分界线，大地寂静起来，就像一个时光老人，在默默地见证着几千年不变的这块古老的土地。在这块空旷的大地里，很少看见像样的庄稼。公路两侧起初还是白杨树，走着走着眼中的植物渐渐地矮下去，矮下去变成了黑黢黢的四处伸张的荆条。年年歉收的庄稼，秋冬季节，长着长着苗就干枯了，等到授粉时只能拿三成苗，地里白一块绿一块。这样越往北走，植物便越少，再走下去就只剩白花花的一片碱地了。用指头抿一下土地间隙白花花的粉状东西，放进嘴里咸咸的，这就是老百姓口中的盐碱地。大地上平时白花花一片，上潮时一片汪洋，寸草不生；有一眼望不到边的潮间带和浅海滩涂。到处是水洼、芦苇，芦苇丛里有蟹。站在水边，看白鹭伸着腿掠过芦苇，看长脚飞虫在水洼里点水。

大片的地空旷起来，偶尔有一片坟头，坟地的旁边往往会有一个几十户人家的小村，在白花花的阳光下诠释成一堆黑影。

九月的北方平原上，到了中午还是酷暑难耐。连着走访了两个村子，到大洼镇地片后已是中午。陡然有个奇遇，平地上突现了三棵胳膊粗的小槐树，让过路人眼睛一亮。这里的槐树都长不大，三年五年的就死去了，原因是盐碱地，树扎不下根，不会像县城里的槐树那么根深叶茂，动不动就有"张飞勒马看古槐"之说。

王为民又看向那三棵小槐树，三棵槐树间有座土屋，约有四间，是养牛的地方。在前不着村后不着店的地方，这座土屋也是过路人很好的避雨场所。见王为民一行人往这里看，养牛的大爷佝偻着身子伸着头看，他六十来岁，头发花白，他认识王为民，赶紧上前和王为民打招呼。见王为民身后还跟着一大队人马，心里无底，怯怯地不敢多说话。王为民说："大爷，我们要到大洼镇双河村的村委去，到了吃中午饭的时间，我们大伙想在您的树底下吃个饭。"

"好啊，好啊！您来俺村肯定找支书，您吃着饭我去叫他。他是我的一个侄子。"王为民说："您吃过饭了，就去，没吃，就不用去，吃过饭我们再过去找他。"老汉边走边说："吃过了，吃过了！"

小槐树的北面是个池塘，满塘的芦苇，抽出雪白的芦花，算是盐碱地里的一处风景。人太多，屋子里是进不去的，他们来到树下，拿出自带的火烧、咸菜。刚要吃，双河村的支书来了，支书说："王书记，知道大伙来，我一直在村委等着，知道你们不去大饭店，就和村里的小饭店说了，给留了两个桌，一等不来二等也不来，我就出来看看。碰上俺叔说你们来了。"

支书提来一壶热水，大伙喝着热水吃火烧。支书心里惴惴不安，不知道王书记会不会发火，那封信是什么内容他一概不知。只好一壶又一壶地提水过去，大家都在开水泡火烧。村支书说："你看，王书记，俺村的小饭店有咱盐碱地的特色菜，有卤腌小虾、蚱子酱。"

王为民说："知道有好吃的，但咱们人多，村委没钱，增加老百姓负担不好，在路边吃个火烧，这样更好，省事，你就别愧疚了。"

村支书等着知道信的内容，更想知道县委是怎样处理的，心里一个劲儿地打鼓。终于王为民看大伙都吃饱饭了，就说："这几天，我收到了几封信，都是反映规划中不合理做法的，其中有一封就是咱村的，反映的问题很重要。所以有关部门分管的同志都来了，咱现场办公，一旦通过，咱们的寿北大战马上开始，都快进入十月份了，不能再拖了，再拖，天冷了，民工受罪。"

村支书头轰的一声，心想，这么严重，坏了，王书记要开始批评了。他汗顺着脸颊流了下来，心咚咚地跳。不料却听王书记心平气和地说："南河、卧铺也有这种事，我才处理下来，走，大伙看看咱村的地，支书领着跑跑，看看群众说的对不对？"大伙拍拍身上的土，跟着支书深一脚浅一脚看地去了。

约莫一个来小时，大伙陆陆续续回来了，身后跟了一些看热闹的老人和小孩。顿时牛棚边热闹起来。原来按照规划，双河村1600亩土地，大部分适宜建盐场，规划小组全规划成了盐田，群众知道后不干了，给王为民写信，要求留下250亩土地种粮食，保证全村人的口粮。

18个人跑完了双河村村前村后的所有土地，七嘴八舌地议论一番，大家都说信里群众反映的是实情。王为民当即同意了群众的要求，说："这样吧，250亩留给你们做口粮田，县里再无偿地送给村里两副盐滩，给村里安排60名合同制工人。拨付给你们20万斤统销粮，同时带救济款。"村支书心里轻松了，当即脸上露出了笑容。几个跟过来看热闹的老年人也夸王书记就是和老百姓一个心眼。

王为民其实最看重老百姓的评价。大洼镇的镇长李红妹为什么这么佩服王为民，和她爸爸老李有关。她爸爸老李也是个乡镇干部，已经退休了，王为民在道口镇代理镇书记的时候，他在王为民手下干过，他佩服王为民，每每对李红妹说起王为民干工作的事来，就滔滔不绝。他说："道口镇的老百姓都说，王书记看打扮可不像个当官的，穿得和我们村里人一样，鞋是胶底的，打着掌子。多数时候穿着一双黄色解放鞋，不穿袜子。可是开会时，一开口说话就不一样了，很有水平呀！王为民的头发长了，到支书家里，叫支书随便理理。没有肥皂，用清水沾沾，凑合着理了。所以王书记的头就是农村流行的模糊头，没个发型，只要短了就可以。几十年如一日，从不变样。"

王为民的口头禅是：只要对老百姓有好处，我就去干，免职也不要紧。恰恰这样，为民着想，上级一贯肯定他的成绩。麦收前，青黄不接，他去县里给道口镇要返销粮，一趟不行两趟，怕饿着老百姓呀。当时镇上有一个一千多口人的大村，从老辈子里就喝不上干净的水。村东一个大湾，下雨后，厕所里的水也往里淌，可是人做饭还得去挑水。后来也打过井，都没成功。王为民帮着村民打了第一眼深二百五十多米的钢管深水井，当年正遇上大旱，湾里水少，村民说幸亏打了井，同时五根管子上水，村民吃上了好水还及时种上了棉花。

后来爸爸当着李红妹的面，常常说起王为民的一些典故，一方面赞扬王为民，一方面勉励女儿做个好干部。他说，王为民当了县委书记后不愿只听汇报，要看行动。他要看一个乡镇的浇地情况，自己先到地里去，到地头上问问老百姓，再问问支书，最后才轮到镇委书记向他汇报。镇委书记如果说外行话或者说假话，他当场就指出来毫不留情。时间一长，没有干部敢撒谎。

正式上任的第四天，也是他出门调研的第一天，他哪里也没去，一大早坐着辆旧吉普车叫上盐碱地专家胡岳一块到最贫穷的乡镇——大洼镇去了。那里喝水也很困难，那里有他关心的问题。

王为民坐在吉普车上，脑子里闪过很多想法，近一个小时的路程，他和司机一句话也没说。

到了镇委，李红妹恰好也刚到院子里。太阳刚刚从盐碱地的薄雾中挣脱出来，最多也不超过早上八点钟。李红妹吃了一惊，王书记可是刚上任呀。办公室的工作人员小元快步跑出去，毕恭毕敬地把他往镇党委书记的办公室里领。王为民看了一下手表，对李红妹说："把你们的党委书记叫下来吧，天不早了，我从县城来到这里用了近一个小时，我们还是到外面转转吧。"李红妹答应了，边和王书记说起话来。镇上没有人能够猜得出新任县委书记上任第一站就到荒凉偏僻的大洼镇干什么。以前，新上任的县委领导，一般情况下，是先到四关城里的富裕村调研，最后才转到这里。他们都想知道这次王书记调研葫芦里到底卖的什么药？镇上的其他干部以为王书记是来开会的，争着去会议室。一听不开会了，又争先恐后地挤出会议室，要看看新县委书记。王书记微笑着向大家摆摆手，让其他干部上班，他就领着大洼镇领导班子出了镇委办公室，直截了当地向盐碱地深处的一个村子奔去。王为民十分清楚盐碱地里的农村现状。麦收时节，一个五口之家种植的小麦，两个成年人一上午就能轻松地收获，捆在自行车上带回家，一年中半年的日子只好用野菜充饥。没有甜水，只好喝又苦又涩的咸水，下雨的时候大盆小盆地接雨水，留起来给客人喝。地里到处白花花的，一辆新买的自行车不出十天辐条会全部生锈，家里凡是水管、把手一类的铁件全是锈迹斑斑。

空旷的盐碱地，稀稀落落地散布着几个村子。走在土路上，鸭蓝子，学名云雀，在空中盘旋着，拍打着小小的翅膀，在空中做着短暂的停留，突然一个猛子扎下来。这时留着寸头的小孩子追过去，鸭蓝子单腿蹦着走了。那小孩子会在方圆3米之内寻找，就会找一个帽子大小的草窝。往往在一棵婆蓬或者黄蓿菜底下，寻过去，会有三到五个圆溜溜的鸭蓝子蛋安静地躺在草窝里。

跟着找到鸭蓝子蛋的小孩子走进村里，李红妹原以为王为民当了县委书记到乡镇转转，只是例行公事，没想到王为民调研得非常仔细。李红妹领着他走进大洼村最东户，说这户人家住的房子是村里最好的。王为民看到房子是四间大北屋，很宽敞很亮堂，院子里空荡荡的，屋里也是空的，连个坐的地方都没有。一盘土炕，炕下是一口大锅，几根棉柴堆在那里，有个荆条编的粮食囤。很多农户家只一口土坯屋，没有院子。"心酸呀，咱们的老百姓最好的户过着这样子的日子，那穷困的会是什么样呀……"王为民一边看一边感慨地对镇干部说："多少年了，北部的老百姓，守着大片的土地，却祖祖辈辈与贫穷、饥饿打交道，咱们当干部的，要想尽办法改变这种情况。再说这是革命老区呀，抗日战争做出了巨大牺牲和贡献，说啥也不能再让老百姓过苦日子了。"王为民说着说着眼睛有点湿，他仰起头，抑制住眼泪，心想，不为群众干实事，当干部还有什么意义？

李红妹和随行的干部们一个劲儿地点头。整个莱州湾畔地势低洼，河沟狭小，无力容蓄排泄大量的降水，过去自然灾害特别多，不是旱就是涝，大雨连绵的时候多，所以涝是一个北部碱场地里常遇上的事。民国初年，当地的农民想了一个办法挖沟掘土，撒在田里，经水冲压，变成良田，叫台田；沟里水多了，种植蒲草。蒲草喜水，夏秋季节，禾黍油秀，蒲草繁茂，各有效益。新中国成立不久，菜乡就在两块洼地治洼改碱。人民公社时期，十个公社开始河网化基本建设，干渠、支渠、斗渠、农渠、排卤沟等，面积达十余亩。有一年，出现了历史上少有的洪涝大灾害，县里在北洛洼里成立治洼指挥部，修渠到800多条。一些公社希望用水种稻子，可这里的水，忽多忽少，只好变为旱田。

王书记把北部的盐碱治理历史读了个透。他近期头脑里有了一个大胆的想法，回头对身后的吴秘书长说："今天我不走了，立刻把北部五个乡镇的干部叫到地头上来！"

他知道盐田是非建不可的。全县境内海岸线 32.5 公里，北部大海和广袤寂静的平原有一块白茫茫的潮汐地带，这块人烟稀少的盐碱地，却蕴藏着丰富的盐资源，从而使莱乡成为中国历史上最早、最富庶的海盐产地。中国产量最大的是海盐，占世界第一位，其次是湖盐和井矿盐。

盐区滩涂属于沙质平原海岸，土质良好，气候适宜，发展盐业有着得天独厚的自然条件。西周时期，姜子牙治理齐国，就大兴渔盐之利。管仲做了齐国的丞相，首创盐铁专卖，实行"官山海之策"，富裕了国家，使齐国富兵强，帮助齐桓公成就霸业。管仲被尊为盐神，自此以后盐成了历朝历代国库收入的重要支柱。

夏禹时，盐就被定为贡品。王为民从小记得一副对联：万般行业农为先，千种滋味咸居首。也记得一个俗语是：卖盐的老婆喝淡汤。说明盐是很珍贵的，人们一顿饭也离不了。

莱州湾咸咸的风掠过苍茫的盐碱地刮过来，那些蓬蒿疾速地扭着身子。王为民就想到了这块土地遥远的过去。趁着空隙，王为民和胡岳聊起天来。胡岳因为从小和盐碱地打交道，现在又研究盐，说起盐的事，他滔滔不绝。王为民老家北柴，也算是盐碱地上出生，与他很投缘，两人这一阵子只要见了面，三句话不离盐和盐碱地。

王为民向胡岳请教有关西周青铜器上有"锡免卤百樽"、唐朝有"天下之赋，盐利居半"的说法。

李红妹和吴秘书长也凑过来听。胡岳和王为民解释完了，见李红妹还在直着耳朵听，就问她："李镇长，你在盐碱地里做官，听说你很爱看书，我问你，中国最早的制盐技术是谁发明的？盐宗是谁？"

李红妹说："知道，叫煮海为盐。盐宗是管仲。"

胡岳哈哈大笑说："亏你还是镇长，王书记，该你告诉他了。"王为民笑了笑说："管仲是盐神，盐宗就不知道了吧？盐宗是宿沙氏。这里有个煮海为盐的故事，我也是听胡主任说的，权当复述一遍吧。看来真是艺不压身，人掌握的知识永远没有多。"

王为民是这样讲述的，传说五千年前的神农氏时代，有一支靠打猎为生的部落生活在菜乡北部盐碱滩上，部落里有一个强壮又聪明的首领叫宿沙，他膂力过人，善使绳索。一天宿沙在海边煮鱼吃，他和往常一样提着陶罐从海里打半罐水回来，刚放在火上煮，突然一头大野猪从眼前飞奔而过。宿沙见了岂能放过，拔腿就追，等他扛着死猪回来，罐里的水已熬干了，罐底留下了一层白白的细末。他用手指沾点放到嘴里尝尝，味道又咸又鲜。宿沙用它就着烤熟的野猪肉吃起来，味道好极了。那白白的细末便是从海水中熬出来的盐。

这大约是炎帝时候的事。

胡岳接过话头顺便讲了"盐"字的来历。说最初文祖仓颉造"盐"字的传说也来源于宿沙煮海。当地人爱提仓颉，原因是仓颉的墓就在这里，有仓颉双井古迹，有新建的仓颉祠，说起来很自豪。胡岳说，仓颉结合宿沙氏煮海过程及身为炎帝之臣等多重含义，就造出了"盐"字。他张开一只手，用另一只手比画着，这个盐字有"臣""人""卤""皿"四个部分组成。"臣"代表盐是由人在监视卤水煎盐，"皿"则说明煮盐所使用的器具。

李红妹和吴秘书长哪敢再插话，只好洗耳恭听。

五个乡镇党委书记很快来到了。

王为民说："咱菜乡有个传说，汉武帝在这个巨淀湖岸上耕种，教当地老百姓学种田，古代封建帝王都知道爱民。如今解放多少年了，有些户还吃不饱，孩们上不起学。唉，咱是共产党员，当着干部拿着工资，不挨饿，不受穷，可咱的父老乡亲还在受穷，咱们惭愧呀！咱要想个办法，让老百姓富起来，有饭吃，有钱花，孩子上得起学。"

王为民很清楚，盐碱地搞开发，重头戏就在大洼镇。

坑坑洼洼的土路上，一辆辆吉普车、半截头车开进盐碱地里来了。他们都是几个乡镇的党委书记和镇长，这一队人马跟着王为民走走停停，围着一百多万亩的盐碱地转。千百年来，这广阔的盐碱地任野菜自生自长，也许除了历史传说的汉武帝躬耕巨淀湖、唐王东征等大人物来过这里，从来没有聚集过这么多干部。

走着走着，他们被一条河拦住了去路，王为民认出了这是大洼镇西部的一条人工河，当地人叫它营子沟。这里地势南高北低，河流由南往北，经羊口，流入渤海。他们站在河东岸，被眼前的景色震住了，只见在茫茫盐碱地里，有万亩左右高标准的条台田。王为民眯着眼睛约莫着这条台田南北长一百米，东西宽五十米。他走近一步，目测着这条田沟大约在一米宽，上口或许有三米左右，深最多一米的样子，放眼望去，直如线，平如镜。有沟有路有渠，全面配套，能做到旱能浇，涝能排。天一下雨，雨水就渗到沟里，因为沟沟相通，雨水最后流到营子沟里，盐碱就随雨水冲下去，盐碱地很快就变成了粮田。这里多数种棉花，正是秋季，棉花挂着硕大的桃子，白嘟嘟地吐着富裕的信息。王书记兴奋地对大伙说："这里能搞条台田，别的地方为什么不能搞呢？咱要让能搞条台田的地方都搞好！"

大伙附和着，表示能搞。

王为民领着大伙继续向北去，一直到了一个叫老河口的地方。老河口算是菜乡最北的地方了，它位于潮间带老弥河入海口，大伙子眼前出现了白亮亮的一万亩虾池。

波光粼粼，无数个小虾池排列着，每个池子边都有一个小屋子，是养虾人居住的地。旁边都有一个扬水站，每月要给池子换一次水，每个池子边还有一条小船，是用来喂虾的。王为民手搭凉篷望过去，船上有两个人，一人撑船一人投饵，嘴里哼着悠长的歌谣：海水波澜，弥河浩渺，拓我万古心胸……见王为民过来，那哼歌的渔民赶快过来和他拉呱。他过来握住王为民的手不放："哎呀，老书记呀，你为俺做了好事！大伙忘不了你呀！"

"老哥！现在你这里亩产多少公斤大虾了？"王为民问。

"大约在一百公斤以上吧。"船上投饵的人直起身子说。

王为民说："收入还可以呀！看来当年投入了三万人的劳动没有白费呀。"这个地方王为民太熟了，这些虾池就是他代理道口镇委书记时建成的。

王为民领着他们不停地走，不停地看，他们发现在羊口镇的南边路西，有一大片整齐的盐田，每排制卤池和结晶池的边沿全用红砖铺了。红白相间，非常有秩序，这是省盐田的一万亩样板田。

李红妹和其他四个乡党委书记跟在王为民身后走，非常羞愧，话不敢多说一句，他们常年生活在这里却对这些熟视无睹。王为民一边看，一边用步子量，还掏出随身带的卷尺，量出数据，记在小本子上。一天时间他和五个乡镇的干部们对盐碱地上"三个一万亩"的奇迹挨个看了个遍。晚上，王为民现场办公，立即在大洼镇召开座谈会，围绕着这"三个一万亩"是谁搞的？什么时候搞的？用多少人？花了多少钱？群众还愿意不愿意再搞这些？要求大家一一进行调查。

这时五个乡镇的领导们才明白过来，王为民要把整个北部盐碱地搞成三个样板田的模样，哎呀，这个可是一般人连想也不敢想的。

二

咸淡水分界线以北，面积占全县的五分之三，三十万人口分布在涝洼、盐碱、滩涂之地，很贫穷，等待脱贫。他要搞一次全县规模的大开发，这个开发工程一次得上 20 万劳力。要建盐田、建虾场、压碱、种棉花，这个念头如盘旋在心头的一股气，搅得他一刻也坐不住。

一定要在各方面考察论证后，觉得合理才能上马。王为民决定再讨论讨论，与大自然打交道必须讲科学，要实事求是，要从盐碱地里找切实可行的东西，这是他多年基层工作中得来的经验。

在盐碱地里，他信心百倍，恨不得明天就开工，可是一回到县委大院，回到办公桌上他心头的兴奋点迅速下降。现实给他的打算泼了不少冷水：现在改革开放了，不是当年的计划经济时代，他想知道农民还出不出义务工？包产到户也有五年时间了。如果不出义务工，就要付给老百姓工钱，可 20 万人的工钱掰着指头一算，天呀，是个天文数字，从哪里来？财政没有呀。

再说了这盐碱地怎么治理就出成效，他思忖再三，不能蛮干，得有个方案，可是方案又在哪里呢？干部们先得统一思想最重要。他逢会必讲北部开发的重要性，他的意思就是先让干部们把这个开发的事过过头脑，民意是最关键的。干部是领头羊，让干部从心里认准这个事，他们才能领着干。

这时办公室的门被推开了，是吴秘书长给他送材料。他对吴秘书长说："吴秘书长，下个通知，明天召开一次常委扩大会议，让区划办的胡岳准备一下参加会议，说不定让他发言，让北部乡镇分管负责人和一部分老干部都参加吧。"

第二天早上八点不到，县委会议室已坐满了人。王为民坐在会议长桌的一侧，他说话不绕弯子，也不打官腔，开场就问大伙："今天，请大家来，商量个事，咱们来个北部开发行不行？"很多人不知道县委书记葫芦卖的什么药，不敢轻易接茬。

王为民启发说："北部这么大的地盘，荒着实在可惜，可是这么大的一片盐碱地，单靠一镇一村来治理，是不可能治理好的，力量太微薄了，只有集全县人民的力量搞一次大会战，才会改变北部现状，向盐碱地要粮要棉，改变北部老百姓祖祖辈辈缺吃少穿的穷苦命运。"一听是这么个话题，很多人的眼睛里闪出了光亮。"大伙都好好寻思寻思，谁有好谱就拉拉！"

人们不敢轻易发言，只在下边交头接耳，没有人站出来说话。王书记看到坐在离他不远处的胡岳正襟危坐，就说："老胡，胡科学，你是搞区划的，也是盐碱通，你先说说，给大伙引个头！"

胡岳听到王书记点自己名，心里有些紧张。胡岳知道工作上准备不充分就意味着挨批评，王书记是个黑白分明的人，想在王书记面前糊弄过去门都没有。唱高调更不行。有一回一个干部晚上同书记聊弥河治理的事，让他好批。那人建议说："咱治理弥河，先干县城一段，顶多十公里，搞得档次高一点，上级领导来县里，都走这个地方，一定会受到赞扬。下了功夫有看点，出成绩快。"王为民当时脸就拉下来了，粗声粗气地说："我们是给多数人干的，不是给少数人看的。不搞面子工程！"所以老胡要考虑自己怎样说才让书记和大伙满意。

开门就讲，听得出胡岳声音里含着激动和紧张。他工作认真出了名。全县哪个地方水位几米、是甜水还是咸水，哪块地适合种小麦还是种棉花，都在他心里装着，沉甸甸的，有时压得他喘不过气来，这个会就像给他准备的一样，终于有了发言的机会。

胡岳自从被委以区划办主任这个位置后，一头钻进业务里，天天手里拿着一张县域地图研究，做了一大摞笔记，发表过几篇分量很重的论文。这次可派上用场了，他走上前来，稳稳神，抖抖地展开一张图，别人帮他粘在墙上，胡岳就用一根教鞭指着图，压抑着激动，很有条理地说："我还是从咸淡水分界线说起吧。"胡岳面貌清瘦，中等个头已届中年，算是有学问的知识分子。"这片黄色的地方是滩涂，适合养虾，面积有近二百万亩；浅灰色这一块，地下卤水储量达四十亿立方米，适合晒盐，搞盐化工……再往南这一块，呈红色，是粮棉区，压压碱就是粮田，有八十多万亩……"

胡岳一讲完，王书记腾地站了起来，拍着他的肩膀说："胡岳讲得好，很不错，很讲科学，和我想到一块了，大家再说说，还有更好的办法没？我们搞北部开发，什么也不为，就是为了让老百姓富起来，有钱花，大家不要有顾虑。"讨论结束后，王为民和几个常委议论了几分钟，当场读了县委的决定，由副县长、政协主席负责全面规划，任命他们为正副组长，下面又分设了虾场、盐田、条台田三个实施小组。

在这次县委常委扩大会上，王为民当即拍板形成了北部开发的计划：滩、田、路统一规划，旱、涝、风、潮综合治理。农、林、牧、渔、虾、盐全面发展。开发近海滩涂，发展养殖业；开发盐卤资源，发展盐化工；开发荒草场，发展畜牧业；开发盐碱地，发展种植业，同时要建起防潮坝，挡住海水南侵。

春节一过，乡镇上收到的第一份县委红头文件就是搞规划测量学习班，要各个乡镇拿出两到三人参加。规划测量学习班就设在离大洼镇很近的巨淀湖农场。

这天是正月初八，天空中飘着鹅毛大雪，李红妹就带着三个年轻人来到了规划测量学习班学习。县里要进行北部盐碱地大开发。李红妹心里揣着一团火，她意识到，县委每一个动作都与那件大事有关，一定要认真对待。进入作为教室的大仓库，李红妹感到一股阴冷潮湿的气流向她涌来。有人同她打招呼，她看到来学习的人员多是农业、水利、盐业、水产等方面的专家。

到了上课时间，李红妹却看到先是坐前排的站了起来，接着一片一片的人站了起来，并且发出吃惊的欢呼声。李红妹这才看到是王为民书记进来了，只见他跺跺脚上的泥，上了讲台，原来他给大家上第一课。

王为民说了几句拜年的话，转入正题："县委决定要向北部盐碱地进军，做好规划是很重要的一件事。国庆节之后，忙完了秋，我们就准备上阵，大战盐碱地，能不能准时上阵，关键看你们的工作，你们工作量很大，工作任务非常艰巨，必须振奋精神，日夜突击，精心测量，一丝不苟，才能完成任务。规划中要注意三个问题。第一，先把盐碱地、潮间带和浅海滩涂三个层次的边界搞清楚并埋桩定线，计算出虾池、盐田、条台田的面积。第二，在全面规划的基础上，哪一个乡镇干不了，需要由全县干的工程确定下来，今秋先把这块硬骨头啃下来。其他工程后年大后年各自为战，村自为战。要把这些样板研究透，都按样板的标准规划，不准走样……"规划小组整整干了八个月。

三

这期间，王为民对群众到底支持不支持还是不放心。一有空，他就到老百姓中间问。

王为民走到哪里也谈这个话题，就他担心的事到处问人家。单干已经很多年里，再组织出义务工，真拿不准。在一些干部群里，有人说："一家门口一个天，别说组织 20 万人上阵，就是组织 3 千人撇家舍业的，到北大洼安营扎寨，一住一个月，也拉不上去。"就是上去了，吃住都这么苦，工程量大，活又累，也不一定能干得下来，弄不好是半拉子工程，劳民伤财的。"

他叫来吴秘书长问这几年国家或者省里有没有关于义务工文件？

吴秘书长给他找出了三份文件放在他的办公桌上。王为民看到有一份是省委的文件，有关于"每年每个劳力投 15 个义务工"的规定；一份是国务院的文件，一份是潍坊市政府的，关于"凡农村劳动力的十八到五十五岁的男性公民和十八到四十五岁的女性公民平均每年都要投入十个至二十个水利劳动积累工"的规定。他兴奋地对吴秘书长说，今年咱把这些义务工水利工都用了，每个劳力出工三十五个，乡镇村一律不准使用这两个。

吴秘书长答应着。

还有一个问题是大部分的劳动力来自南部乡镇。南部乡镇是什么看法，王为民想弄明白。那天是胡营大集，集市上人来人往，在头上蹲着一个卖菜的老头，戴着斗笠。王为民买了老头的一个大南瓜，顺便把他的两把豆角也称了称。这老头一高兴，和王为民拉起呱来。王为民问他："开发北大洼，咱南部的人愿意出伕吗？"

那老汉说："怎么不愿意呢？县里帮着咱们抓市场，帮着咱发展蔬菜，咱南部的老百姓口袋里有钱了，也不能撇下北大洼的兄弟不管呀！"

王为民说："我们划地，哪个乡镇建成，属于哪个乡镇，收益五年，五年后返回当地村民。"

老汉说："别说还有受益的事，就是让咱帮工，也得好好干一场。"

王为民听了心里很踏实。

他想听听南部乡镇领导们的意见。于是他和司机到了县最南部的纪台镇，纪台镇的党委书记到外地参观了，一个武装部长在家值班。武装部长是个老资格的人，比党委书记大得多，称得上长辈了，一辈子就在这个乡镇干。王为民对他说："今年，南部乡镇帮着北部乡镇建台田、搞盐田，明年，北部乡镇帮着南部乡镇治理尧河、丹河、弥河、桂河等八条河流。实行换工几年清的办法，谁家也别吃亏！你看怎么样？"

武装部长说："一定很好啊，我很同意，又不吃亏。"

正说着话，这里的孟乡长回来了，王为民和他拉起了补偿问题，说："南部乡镇可以到北部盐碱地以股份制的形式建农场、林场，在潮间带可以建盐场，在滩涂可以建虾场，大体先给南部20个乡镇规划5000亩盐田和虾池，这样有积极性吗？"孟乡长笑了说："可好了，乡镇可增加点收入。"

傍晚，王为民回到了县委，正碰上了分管农业的副县长，他谈起给征地老百姓的补偿问题。他说："新建的盐场、虾场，可以五年内免税，银行部门优先贷款。"

两人谈如何调动大家积极性？王为民说："咱们对干部、知识分子和其他技术人员，要重奖。提升、晋级、记功等。你看如何？"副县长说："知识分子很爱荣誉，我看你说的这几项，什么也包括了，效果肯定好！"

王为民想知道寿北开发物资准备得怎么样了，忽然记起了李胖子儿媳妇的事，忙问纪委情况。这空挡，石油公司的总经理来汇报汽油柴油的准备情况，他说："工程上多少人，上多少机械，上多少车辆，需要多少油料，县委开会，我们就有了数，这一次，总共需要一两万吨油，我们早做准备，我们把计划内的指标，全部拉进来，以免油料不足，再计划外采购，我们为了计划外采购，跑济南，跑北京，跑铁道部，天天跑，跑直了腿，磨破了嘴，最终把油料购足。王书记，多亏您和我们一块去北京汇报情况，人家觉得县委书记出马了，确实有困难，一下子批足了数。盐碱地大会战，油没问题了！"

王为民很高兴，叫吴秘书长再问问银行贷款的事。吴秘书长汇报说，1500万贷款，跑了一个冬天，五次去济南，四次去北京，请上面三级行长，信贷处处长，来北大洼，看了咱们这里的实际情况，没问题了。

吴秘书长说："王书记，你可把银行行长感动坏了，他那天住了院，是你亲自安排的，一天一个电话问病情，医院里拿着当最重要的病人，他只好用做好工作来报答你。"王为民说："我就是希望大家都干好工作，别无所求。"

王为民说："电力部门这一次搞得不错，建了老河口千伏变电站，围绕寿北开发建了六个变电站，人家一年建一个，咱是三个月建一个。打破常规，分几路人马，搞土建的，管设备的，管安装的，分兵把口搞物资的，一起上。很好！"

解决好了农村上访问题，物资准备基本充分，王为民想该一心一意上战场了，意想不到家里又出了一件事。早上他刚打算提前去指挥部，小儿子在中午就出事了，说是倒了车子，碰到了路沿石上，已经住进医院了。王为民脑袋"轰"的一声，如果坚硬的路沿石磕着后脑勺，那可不是闹着玩的。他急忙来到医院，进了病房门，他瞪着眼，刚要批评小儿子不小心，妻子和医生七嘴八舌地告诉他原因：中午放学路上，十岁的小儿子王贝骑自行车放学回家，快要走到家属院门口了，一辆自行车飞速过来。他有意避开，可是那个叫猛子的同学，平时喜欢找同学茬，飞快地赶上来，故意用右脚往王贝的车后圈上一蹬，王贝人和车子瞬间倒在一边，撞到路沿石上，右臂骨折，幸亏有放学的老师路过，送到了医院里来，又通知了王为民的妻子侯莲花。

老师和医生们说一定要叫猛子的家长赔偿，妻子侯莲花也同意，要不真的很窝囊。王为民一瞪眼说："赔啥呢，人家肯定已经很害怕了，都是孩子，不懂事，咱就不计较了。"别人听他这样说，也不敢再插话了。王为民说："真不巧，我明天就去北大洼。"侯莲花十分着急，她说："我一个人在家，要给两个上初中的孩子做饭，没法陪床。"王为民说："明天，我是一定要去的，那就叫王贝他爷爷来，让他替着你给孩子做饭。"侯莲花只好答应。一个电话，七十多岁的老人下午自己就坐公共汽车来了。王诚已经习惯儿子的规矩，知道儿子从不让人坐他的车。

一早，王为民急着去北大洼，侯莲花做好了饭，她说："你先吃饭，尽管去大家洼，我去医院替咱爸爸回来吃饭睡觉。"王为民觉得昨天的事很不好意思。他掏出50元钱给侯莲花，让她给孩子们买点苹果，别让他馋别人家的东西。说完弯下腰将钱压在茶几的玻璃杯底下。昨天儿子馋人家的苹果，吴秘书长看到了，自己花钱买了一网兜苹果，给了他的儿子，不料王为民大发脾气，给吴秘书长退了回来。吴秘书长虽然觉得没有脸面，过后也释然了。他知道，王书记从没收过人家的东西。曾经有一个农户听了王为民的主意，在村里种了桃树挣了钱，以村里名义送了两筐桃给王书记尝尝鲜，王为民当即让办公室给送了回去，吴秘书长没来县委的时候，就听说了这件事。

王为民刚要走，被撤职的工贸局长郑旗来了，他低着头，不敢看王为民的眼睛，昔日的风流倜傥、诙谐风趣全不见了，像一个蔫了的茄子，无奈挂在枝子上摇晃。他小声地说："王书记，对不起呀，对不起呀！"

王为民说："唉！怎么说你好呢？咱县要大力发展市场经济，我觉得工贸局分量很重，调你来这个位置，是觉得你年轻，有作为，想不到你这么不争气！你没个感情克制力？君子对待男女感情要发乎情、止乎礼。你？"王为民暴躁的性情克制着，摆摆手让他走了。

郑旗一句话也不敢说，事到如今后悔也没用了，想想自己真是不争气呀，才从乡镇提拔起来进城一周，就遇上了所谓的爱情，把自己事业给毁了，愧对王书记的厚爱，愧对部队多年的锻炼。

王为民咨询了纪委，纪委说，可以警告处分，也可以免职。纪委本着从严的原则，下了个免职处分。王为民说："免职就免职吧，不过这是个人才，让他去管工程质量吧，他是盐校毕业的。"

四

王为民提前三天来到了县委指挥部，指挥部就设在三棵树旁边的牛棚里。三棵槐树在空旷无边的盐碱地里，是一处风景。树下的土屋，虽然是又矮又小，却是方圆几十里最好的建筑，昔日是赶路人的避雨场所和歇脚地，今日有了更大的用途。见王为民到来，屋西边那间拴着的四五头牛朝他哞了两声，似乎是欢迎他到来。养牛的老汉从屋东头走出来，眼角堆满笑意，又有些不知所措的样子。王为民和老汉已经是老熟人了。

吴秘书长把王为民的铺盖、自己的铺盖和胡岳的铺盖都搬到里间，在最外间安了一张旧办公桌做了办公室。

这是大洼镇双河村的地盘，大洼镇镇长李红妹和大洼村支书魏大勇来领任务。

魏大勇说："王书记，这是四间屋，也没个窗户，到时候我找村里人给安个窗户。"王书记说行，他抬头一看，门外竖着一杆大旗，挂上了喇叭。屋桌子上安上了一部摇把子电话。"这是我的办公桌了？"王书记笑哈哈地问。吴秘书长说："是呀，条件太差了，你看屋子连个窗户也没有。"

吴秘书长说："路西20米处，还有一个机井屋子，六平方米大，里面按了一张床，门糊着塑料纸，中午你就在那屋休息吧。没办法，条件太差！"

王书记走出屋子，空旷无边的盐碱地里人们都在挖地扎帐篷。这是一块靠近海的地方，高处是平整的沙土地，略微低的地方显然泛着鱼鳞似的白碱，一条又一条深不可测的细沟没有规则地刺在地面上。

王为民指着不远处正在掘地窝子的民工说："一点也不差，咱的民工比我住得还差，他们全住猫耳洞呀。"

王为民一边说一边往前走，不一会儿，来到了大洼地片，这是一片相对较高、相对平整的地块。大家洼镇的李蓟等几个年轻人持着铁锨，挖起来，不一会就挖了一尺多深的地窝，支起几根竹竿几根木棒，盖上块塑料薄膜，厨房师傅老赵从车上拖下一块席子，两块草毡子，弄点野菜棵子压一压，周围用土培一下，就成了猫耳洞。在它的旁边埋上四根木头柱子，撑起帐篷，就是伙房，老赵很满意，忙着放锅灶。到了下午，在伙房的周围，猫耳洞一片接着一片，是民工的宿舍。

入住盐碱地的第一个夜晚，风在漆黑的夜里吼叫，王为民翻来覆去，一边听着东间里老汉的如雷鼾声，一边听着牛倒嚼的声音。他爬起来，从旁边的箱子里摸出一瓶寿春香白酒，倒上一茶碗，昂起脖子，一饮而尽，辣喉喉的，他擦擦嘴，倒在床上。以前他当文字秘书，为写好稿件，落下了失眠症的毛病，实在睡不着了，他用白酒当作安眠药用。

太阳刚刚升上来，两个年轻人开着一辆吉普车来到指挥部，从车上跳下来，打开车后备箱卸东西。吴秘书长说："王书记，县水产局给指挥部送来了30斤鲜鱼，100斤虾酱，表示慰问，他们觉得咱们和民工一同吃饭，怕受不了，这是他们的一点心意。"

王为民一看，忙摆摆手，说："都让人送到伙房去，民工们出力比我多，让他们吃吧！"

王为民一直和住在这里的民工在一个锅里摸勺子，就咸菜，吃大锅饭，从没单独开过小灶。

吴秘书长说："那天伙房给你盛了一碗羊肉，你不吃，端回去，给民工吃，伙房师傅都对你不满意了。"

王为民不高兴了，说："民工们很苦很累，我怎么能争他们的嘴呢？"

正说着，大洼镇的人来了，带来了一箱子大虾，还没放到地上，王为民拉长了脸，说："赶紧放到车上，拉回去！"扭身就走。吴秘书长催着来人快回去。

吴秘书长知道，在这吃饭的事上，王为民没搞过特殊，那天到了马店乡工地上，已经中午了，坐下来吃饭，端上来的菜好了点，他的脸就阴了，说："端回去，给民工吃！"爬起来就走。一个随行的党委书记，好说歹说劝住了他，只留了两个青菜，几个人边吃边谈工作，吃完饭，工作也谈完了。

见吴秘书长不说话了，王为民开导说："咱是党员，吃苦在前，享受在后，这话什么时候也不能忘了。不多说了，快给伙房送过去，吃过饭我还要去转转。"

秋末的太阳，无遮拦地照在这块荒滩的沟沟坎坎上，那稀稀拉拉成墩的篷子菜，已变成了黄土的颜色，在风中瑟瑟着。天上一大朵一大朵白云慢慢地移动，地上便游弋着一块一块的阴凉。苍茫的天穹下，盐碱地里到处是拖拉机、地排车、小推车。随风劲飘的小红旗，红得耀眼，像古战场上的对仪，二十万奋战的民工像蚂蚁一样搅动了沉睡千年的盐碱地。

王为民蹬上黄球鞋，挽起裤腿脚，同过去一样到工地上转。他很少坐吉普车，一般顺着大坝走，哪个地方是重点工程，他就多到那里去，碰上活干活，发现了问题就一同研究解决，有好的经验立即推广，走到哪里住到哪里，嗓子累哑了，有时就讲不出话来。有时遇上一些有趣的事，他也和大伙一样开心。那天在大洼地盘上，一块地方马子走在上面像打鼓，人们以为有啥宝贝，却挖出了些大坑，全是草木灰，听说是古代的十八支炉。传说十八支炉是唐王征东时打造兵器的地方，人们怀疑打造兵器应该有铁屑铜屑的，怎么只是些草木灰呢。找来找去，有人说捡到了护心铜镜，也有人说捡到了耳坠，都不能说明是唐王的部队。相信那是远古的事，现在的山东人多数洪武年间从洪洞县迁移过来的，也就是几百年的历史，只凭想象很难说这块土地上到底发生过什么。这给菜乡的历史又增添了些资料。

日子过得很快，转眼半月有余，这天早饭后，国家农业部的林部长和一位副省长来菜乡视察，按常规去了县委大院。院子里出奇地静，值班人员说，县委书记去北大洼了，县府那边县长在值班。

他们要找县委书记，就走了一个多小时来到了北大洼工地上。工地到处是推车子掘土的民工，也没见到闲人，也没看到干部模样的人。于是大家来到工地，四处张望，非常焦急，不知道县委书记在哪办公，忽然省长远远地看到一个满腿泥巴、挽着裤腿，脚穿一双解放球鞋的人从窝棚出来，副省长上前问道："民工大哥，你们县委书记在哪里？"

他说："我就是呀！"

林部长站在一边，吃惊了，愣了一下，过了一会儿，上前紧紧地握住了王为民的手，激动得说不出话来。停了一会儿，他望着眼前这位泥腿泥脚、脸上黝黑、瘦得皮包骨头，满脸憔悴的县委书记，对着副省长非常感慨地说："一个县，有这样的县委书记当领头雁，还有什么办不成的事呢！"

一场秋雨一场寒，工地经受着大雨的洗礼。

王为民从潍坊开会往回走的路上，天还在哗啦啦地下雨，这场秋雨已经下了接近一天了，吴秘书长劝他回家，说："王书记，你来工地上快四十天了，今天下雨，在工地上很冷，嫂子和三个小孩子在家里不容易，你每天都在工地上，也不差这一天，借开会顺路回家看看，大伙也不会说什么。"

王为民很烦躁，他不知道大洼工地上下的雨大不大，民工简陋的窝棚里进不进水，接近四十天了，民工的情绪怎么样？他一刻也等不及了，恨不得立即去民工窝棚去看看。他打断吴秘书长的话，说："咱是指挥员，指挥员不能离开战场，应该坚守岗位，制度是给大家定的，自己都不遵守，还怎么去要求别人！己所不欲，勿施于人啊！"

"天不好，听说工地上有什么困难了吗？"他问。

吴秘书长说："很多乡镇的伙房找不到生火的干柴。有些民工想回家拿点东西。"

看来民工情绪不稳了。他很焦急，就催司机往北大洼工地赶。在柏油路上，车子还往前走，一到了泥路上，车子就开始打滑。走走停停，有时要下车在泥窝里走，到了一个盐场的场部，他决定将车子扔在这里，走着回去。他们拿着手电筒，迎着风雨，深一脚浅一脚，在泥窝里奔走，直到晚上十一点钟才走到指挥部，衣服也没换，晚饭也没吃，就带着吴秘书长去了民工窝棚。

有的窝棚确实进了雨，又冷又潮。王为民问一个党委书记："民工有回去的吗？"

党委书记说:"有,他们说要回家拿东西,不让他们回去。一回去,他们肯定就不会回来了,我们正好缺人呀。"王为民说:"愿意回去的,就让他们回去。我不走,乡镇党委书记就不走,村支部书记也不走,村支部书记不走,民工也不会走,就是走了,也会回来的。"

王为民一个窝棚一个窝棚地转。民工们有的哭起来,他们说自己的难也说领导的难。在一个窝棚内,有一个七八岁的小孩,原来是宣传部黄部长的孩子,黄部长是位女同志,嘴里有溃疡,吃东西疼,脚又扭伤了,在工地上一瘸一拐的,七岁的儿子想妈妈,想得直哭,丈夫就搭车过来,让儿子见妈妈一面,不想遇上了雨,打算在窝棚里住一夜,等路好走了再回去。女部长是常委之一,县里共有十一名常委,有九名常驻工地。

王为民正和民工们说话,党委书记张红薯浑身淋得精湿进来了。民工七嘴八舌地和王为民说,张红薯把吉普车让给了基层干部和群众了,这不又组织着把乡镇指挥部的面粉给村里断粮的送去。

五

北大洼分为七大战区,每个常委分管一个战区,他们之间在悄悄地展开比赛,谁都不服输。西北片区总指挥是组织部长张明,他刚刚38岁,工作积极性高,提拔了一批工业年轻干部后,立即来到寿北战场。可是他病得厉害。王为民派人将他的被子给他搬出去,强迫他回县城治病。王为民知道身体可不是闹着玩的,一个人没有身体什么都没有,他是知道的,这么恶劣的天气,这样条件,只要有人不舒服,立即换人。他爱护每一位群众,况且是他的手下干将。这一天他要各地看看,竟然看到张明在工地上干活,难道这么快,他身体就好了?走过去一问。他根本就没有回去。他叹口气,不是让你回去吗?你怎么还在这里?张明说:"快好了,出出汗,没有大事,回去我会很焦虑。"

一个小伙子坐立不安,张明说:"他添儿子了,是大伯哥拉着去医院的,现在母子平安。快回去看看。"小伙子说:"再过两天就完工了,一块回去吧。"

孟镇长挑大梁，他的党委书记患病了，他挑起来全乡建设盐田的重任。才30来岁的他，潮水冲毁了迷窝棚，他第一个跳进水里，捞民工的铺盖，年老多病的父亲因病住院，家里三次来信叫他回去，他都忍着，没有一天离开过工地，他说："人少，我更不能离开。"很多乡镇已经验收合格回家了，天气越来越冷，人心不稳。王为民看了看都10月中旬了，他老家西北柴的工程两次验收都不合格，他心里着急，就来看看。在西北柴的指挥部里，锅刚刚揭开，热气腾腾的，露出令人垂涎的大包子。见县委书记来了，正在吃饭的支书忙拿起一个大包子，递到他的面前，微笑着说："吃个包子吧！"他立马瞪着眼睛，一把推开，吼道："吃、吃、吃，验收不合格，你还有脸吃饭，现在就返工！"

空气瞬间凝固了。支书放下筷子，拿起铁锹，招呼乡亲们："先干活去！咱们不能给为民丢脸呀！"于是一屋子的人，不管吃饱没吃饱的，统统地放下碗筷，抄起工具，走出来。两天过去了，验收合格了，王为民带着瓶酒，来到指挥部，对支部书记说："那天，我态度不好，给你们道歉，今天来为你们庆功！"说得大伙子眼睛湿润了。

王为民来到东埠乡的地盘上，还没有完成，中间一个大水坑，要填起来，必须到两公里外的地方拉土，这个乡镇人少，车也少。党委书记张红薯累哭了。有人说，进度赶不上了，少填土吧。这件事不知怎么传到为民书记耳朵里了，他说，我可以找其他完成任务的乡镇来帮你，可千万不能偷工减料，谁偷工减料，谁就是"败家子"。张红薯咬咬牙，坚持再坚持，质量拿了第一。王为民见了他，也掉下了眼泪，两人抱在一起，这里面有多少辛酸呀！

王为民一个窝棚一个窝棚地走，他遇到一个镇书记因胃疼，晚饭没吃，在地铺上躺着，吃点药，坚持着。还一位党委书记正在打吊瓶，病了也不回去。

王为民几乎跑遍了各个乡镇的窝棚，多少漏雨的，多少潮湿的，多少做不熟饭的，他心里有了数。连夜往县委值班室打电话，要求组织力量，集中物资，支援工地。

第二天一大早，雨还在下着，一开门，李胖子跟着车送物资来了。王为民站在雨里，也没打伞，看着一车一车的东西，眼里有了泪珠。李胖子说："王书记，我们县部门和各乡镇机关的，组织了支援北大洼突击队。各个饭店的油条、大包、馒头，都不卖了，全装在车上运过来了！各个企业伙房还在继续蒸馒头，这几天你们不用做饭了，反正点不着火，都由我们突击队送。衣服、雨伞、雨布、篷布都有。还有三辆车没进来，链轨车正在拖呢。"

李胖子说话像打机关枪，王为民一个劲地点头。民工们过来拿食物，李胖子看着他们吃完，急着回去。王为民说："我算着你五点就往这儿走了吧，吃过饭了吗？"李胖子才想起自己还没吃饭，嘿嘿笑了两声，说："回家再吃吧！"

北大洼工程就要搞一个段落了，很多村里来了车拉民工回家，王为民说："快回家吧，天气预报大海潮要来了，会有大雨。"

王为民认为质量是第一位的，要求县里专门训练了一只2900人的技术员队伍，成立了10个验收小组，人员多是水利和盐校毕业的学生，工作年限接近十年的，培训了10天。他对各个乡镇的党委书记说："你们虽是党委书记，但在质量上都要听技术员的。技术员说返工，党委书记要服从。验收合格与否，都听验收组的，这是铁打的纪律，谁也不能违犯。"

胡岳回来了，他说："李红妹指挥民工重点加固了防潮大坝几处低矮工段，护篷布、打木桩、用麻袋装泥土，他们下决心护住大坝。"

六

忽然天空中掠过一阵疾风，霎时淹没了秋天的明媚。早晨起来，穿上厚厚的外套都感到丝丝的寒冷，临近中午了，只穿一件上衣还感到出奇地燥热。29岁的女镇长李红妹挽着裤腿角，轮着一把大铁锨，正一锨一锨地在大坝上摞土，李红妹的两只脚陷进蓬松的沙土里，白色的球鞋已看不出颜色，挽着的裤腿脚上挂满了土。直起腰来的李红妹发现刚才还好好的太阳，突然间戴上了一个昏黄的圈。李红妹心里直纳闷，自言自语道："秋老虎早就过去了，按说不该有这莫名其妙的燥热。"

　　李红妹站在大坝上就像模特站在聚光灯的 T 型舞台上，是众人的聚光之地。人们在抬头歇息的间隙也会抬起头，看上一眼，盐碱地里没有绿色的植物，没有活蹦乱跳的动物，实在是没有别的风景能吸引人，只有天上的白云游走不定，空旷的洼地里，偶尔有长嘴鸟，啁啾啁啾地划过蔚蓝的天空。沉寂了五千年的盐碱地，一夜之间人山人海。渤海南岸荒滩上，民工们一堆一堆地在劳作着，个个汗水淋淋，大车小辆来来回回。庞然大物似的喝泥船，扬起长长的脖子将泥沙一口一口地吞进肚子里又回头吐在人工修建的坝上。坝北掠过一片滩涂，海水一波一波地荡着涟漪，直到远处天水相连。一溜又一溜的海风儿携着咸咸的尘土盘旋着，在人群里撒着欢儿。

　　漂亮女人永远是一道风景，就是在寸草不生的盐碱地也不例外。29 岁的女镇长李红妹所在的拦河大坝就成了盐碱滩上人们注目的地方。李红妹留着一头齐肩短发，一边长一边短，顺溜溜地给脸部画出了柔和的弧线。圆润而小巧的下巴，给人一种甜妹子的感觉。但那双眼睛聪慧中带有一丝锐意，这是与一般性情柔和的甜妹子的不同之处。这样写作者是想卖个关子，人们之所以关注这个地方，其实是因为李红妹是大家洼镇委的领队，找她有事的人多。

　　穿着旧中山装的大洼村支书魏大勇就想找李红妹，一抬眼往大坝看却被吹过来的细沙样的尘土迷了眼睛。魏大勇 40 岁出头，宽宽的肩膀，他抬起右手揉了揉，眼睛掠过 5 米多高的拦海大坝。看到的李红妹和端坐在办公室里，判若两人。倒是顺着风势飘起来的短发，透出了这个年龄女人特有的妩媚，而妩媚中又有飒爽英姿的滋味。不管是妩媚还是英姿，不过魏大勇心里再也不敢澎湃了。

　　李红妹站起身来擦汗，一眼瞥见了老魏朝这里来，心里就有些忐忑不安。但老魏已经到跟前了，嘴里说着什么。李红妹刚要张口，一阵风忽然刮过来，一嘴盐碱地特有的细沙土，咸咸的。她呸呸吐了两口，扯过脖子上的白毛巾来擦嘴角，右手往后一扬又将白毛巾搭在了肩上。

　　老魏不怀好意地笑着，不管老魏有没有不怀好意，在李红妹看来，他是这样的。这种尴尬的关系，原因只有一个，李红妹刚参加工作时，老魏已是办公室主任了，李红妹就成了老魏手下的一个小办事员。十年前的老魏是领导口中的小魏，30多岁，风华正茂。老魏曾经在办公室无人的时候向新来的李红妹飞过几次秋波，也趁醉酒的时候往李红妹身上靠过，并且说："妹子，是个男人就喜欢你，可是你谁也看不上！"手就轻轻地搭在了李红妹的大腿上，李红妹像个不解风情的生妞子，忽地站了起来，众目睽睽之下，呵斥道："拿开你的脏爪子！"当时小魏的酒就醒了一半，以后的小魏的目光里就有了冷冷的恨意。老百姓说机关人员素质高就高在没有当面撕破脸皮的，见了面客客气气。私底下可不是这样，科里推选先进，立马没有李红妹的份，再到年底分工时，李红妹就下去包片了。不料，李红妹到了农村，她上得了农民的炕，也下得了臭水横流的猪圈，很得赏识，几年工夫，李红妹从办事员、到镇团委书记，到副镇长，再到镇长，十年之间事业大有起色。因为镇委班子成员按规定必须有一名女性领导，李红妹顺理成章地成了候选人，群众测评时，唯独老魏投了反对票。老魏眼见一个比自己小十岁的女人，转眼间就要超过已是副镇长的自己，对着李红妹从没有好脸色。不料在年底查出他挪用了三千元的公款，给表弟治病，虽然款很快就还上了，但还是被免职到自己的老家大洼村代理支书。

受他昔日的下属来领导，魏大勇的心里说不出啥滋味：羞愧、不服气，似乎浑身长满了刺，镇上召集支部书记会，他能不去就不去，推不过去就派他的民兵连长李蓟去开会。有一次是李红妹主持会议，忍无可忍，将李蓟骂了回去。总之魏大勇和李红妹之间的关系疙疙瘩瘩很不理顺。

李红妹不愿意和他打交道，但老魏朝着李红妹过来了。老魏弯着腰像登山一样爬上大坝，强挤出一点笑意说："李镇长肩膀上搭个白毛巾很像柯湘啊！哈哈。"

魏大勇这一代人在童年时期浸泡在过八个样板戏之中，《杜鹃山》里的柯湘就是女共产党员的代表，而李红妹的发型眼神的确和柯湘有惊人的相似之处。

李红妹对魏大勇既有恐惧更多的是反感。但她知道在这荒滩上，还是男人有优势，在体力上是个男人就压女人三分，况且他是主力村庄的带头人，干活的进度还是靠他们呀。于是李红妹淡淡地回敬说："您可别说，我还真崇拜柯湘，如果回到战争年代，我会手拿双枪，骑大马，啪啪，我就是双枪老太婆，我什么也不怕！"

老魏说："李镇长你说话不要带火气，我是来向你汇报情况的，前几天回家从集市上找来的那一批人，干活还行；我们的民兵连长李蓟的老婆生了孩子，是早产，他也没回去。村里有些家属嚷嚷着要来工地看看，我觉得让李蓟回去趟，把想来工地的女人孩子捎到工地上来，免得大伙回家耽误进度，咱们一鼓作气修完大坝再回家不是更好吗？"

李红妹说："你就让他尽快回趟家！老天爷再给两天工夫，只要大坝在海潮来之前顺利合拢，咱镇上就满收了。"

李红妹想当先进，绞尽脑汁地想，想得嘴里起了溃疡。

"哎哟！肚子怎么又疼了。这风！"李红妹紧握着铁锨的手一下子捂在了小肚子上。她以为是刚才那一阵风灌的，却感到小肚子里像针扎一样的疼痛，越来越疼，那痛感一波一波地向全身荡过去，刹那间，一股热流从大腿根释放出来。李红妹的脸也扭曲了。"坏了！坏了！这可怎么办？"李红妹焦急起来，她顾不上再同老魏砸牙，经验告诉她，不是风灌的，是身上来好事了。

好事是当地女人对月经的别称。李红妹这几年来似乎没有怕的事，却怕来好事时肚子疼，来好事的第一天，就像一个生锈的龙头，纠结半天才能打开，往往是脸色蜡黄，疼得爬不起来，饭也吃不下，整个人就疼得变了样。可是只要过了第一天那疼痛就会完全消失，基本上没感觉。初三那年的春季，李红妹第一次来好事，就疼得晕了，老师派上学生把她送到家里来。妈妈吓得面如土灰，以为出了什么事，等弄清缘由，妈妈说，这是遗传，等你结了婚生了孩子就好了。就是那一次妈妈特意嘱咐了一个青春期女孩子应该遵守的事项：来好事时不能吃冰棍、水果等容易着凉的东西，尤其不能泡凉水，不能淋雨，落下病会后悔一生。

妈妈的话还真灵验，生了儿子后，来好事肚子疼得差了，人也不晕了。这次赶上超负荷劳累又疼痛难忍了，再疼咬着牙忍忍就好了，可令人恼火的是，李红妹忘记带卫生垫了，她原来想离家近随时可以回家的，想不到来到工地上一次也没空回家。这几天她扳着指头算着快回家了，也没想到好事提前来了，她还没带卫生垫，这可麻烦了。她自言自语道："这讨厌的好事！真不看时候，在前不着村后不着店的盐碱地里，到哪里去找垫的东西？"

李红妹不自在起来，偷偷地朝周围瞄了一眼，看到也没注意她的。李红妹想如果让这些男人看到女镇长屁股上有血迹，多难为情，还有什么威信可言？

七

李红妹避开众人的目光处理女人的私事，怎么说也得先喝口热水暖暖肚子，她自言自语道。于是挺直了纤细的腰身，扯了扯汗衫，她用白毛巾擦了擦顺着额头流下来的细密汗珠，拖着铁锨快步往离堤500米的伙房走去。

李红妹这次来工地是带队的。按说每个镇都是党委书记带队，可是大洼镇的党委书记刚刚动了手术，这就给大洼镇出了难题。李红妹是一个女同志，还有个儿子刚刚两岁，在盐碱滩里干活，还是挖沟修坝的力气活，还要吃住在工地，应该是男爷们的事，党委会上没有人同意她来。可是李红妹没服过输，她从来不信女同志干工作不如男同志。李红妹主持会议一开始就点了题说："先说个要紧的事，我是党员也是镇长，工作上不谈什么爷们娘们！况且大会战是在咱的地盘上，咱要借力，想法子让老百姓致富，但指望咱镇上建虾池是猴年马月的事，县里给咱了这个机遇，咱就要抓住，我还谈什么条件？这个队我带定了！"她是镇长，书记不在场，她就说了算，便没有人再反对。

李红妹因为在自家地盘的优势，带着队伍提前一天来到了盐碱滩。原以为来得可能很早，到了工地上一看，起码有五六个乡镇已经来了部分打前站的人，一望无际的盐碱地里人们都在挖地扎帐篷。李红妹也和各村的支书看地盘。

李红妹这里看看，那里瞅瞅，她看到伙房师傅老赵和三个小伙子跟在魏大勇身后，已找到了一块好的位置，安下伙房。这是一片相对较高相对平整的地块，就着一块涯岭，挖起来，不一会就挖了一尺多深的地窝，支起几根竹竿几根木棒，盖上块塑料薄膜。老赵从车上拖下一块席子，两块草毡子，弄点野菜棵子压一压，周围用土培一下，就成了猫耳洞。在它的旁边埋上四根木头柱子，撑起帐篷，就是伙房，老赵很满意，忙着放锅灶。大洼村的李蓟正在猫耳洞里铺干草，一个女人骂着赶过来："这是俺的棉花柴，都叫你们这些贼偷了，冬天俺烧啥？"李蓟很尴尬地站起身子，年轻的脸像红布，黑黑的大手无处安放。李红妹过来了，说："这位大姐，这地是你们村的吧？"

那妇女说："是的，都是俺村的！"

李红妹说："你知道这些人来这里睡地上是干啥的吧？"

"知道，是出伕。"

"知道就好，俺来这里，不拿工钱，就是干活，睡地上，湿乎乎的，搞虾池，建盐滩，为的啥？还不是想让你们有钱花。用了一抱草你就骂骂咧咧的。我可知道，你们村，在战争年代，可是陈毅担架连的骨干，推着小车支前，他们的后代就你这个水平？"

那女人一句话也说不上来，脸红着转身走了。

李红妹镇上分的任务是修虾池，她们拿足了6000人，定的是夺第一，保第二。

李红妹从当上乡镇干部的那一天起，就已经把自己当成了一位女强人了，她要求自己干工作要泼辣、大方，事事不能落在男人后边。这两天县里检查，她们镇的进度处于全县第二的位置上，她对这个结果非常满意，她估摸着到最后她们多拿人在保证质量的情况下赶进度，拿个第一很有希望。就像800米中距离跑，自始至终不能离开第一名，但最后一定有力气加速，超越第一，自己才能成为第一。李红妹和民工们同吃同住，一起把虾池底的红粘土掘上来，贴在池子最上面用碌碡压好，不漏水。到了晚上，往铺上一躺再也不想起来，壶里没有水，不想起身去打。

她倡导镇上的宣传委员办了战地简报，在民工中开展三比三赛，比政治工作，赛组织纪律，比工程质量，赛工程进度，比干劲赛安全。她还拿出了5000元，奖励前十名，设立流动红旗。

可是有一天县委书记王为民和几个专家来到工地察看，站在第三虾场工地上，王书记比画着说，如果北面不修一条大的拦河大坝，如果来一次大海潮，潮水就会涌进来，不光第三虾池受害，挨海近的这些盐池，也会被冲了卤。等于白干活，以后养虾，虾被冲跑，晒盐盐被稀释。

王书记回过头来对李红妹说："我看这一段修大坝的任务还是交给大洼镇吧！要保质保量啊！"

李红妹答应着，压力随即来了。她感到胸闷气短，当头一棒。因为用毫无粘性的碱土修筑大坝，两面还要贴上石头，那大坝要顶宽 6 米，底宽 16 米，整个第三虾场的长度大约 8500 米长，最高处得 5 米。这要多少个工才能完成呢？这么一来，李红妹感到不光争第一的希望是落空了，保第二也难了。因为有的乡镇来拖拉机往回运民工了，民心有些动摇，这里也有人盘算着回家了。

更让李红妹气恼的是，广播里连续几天预报这几天要有大海潮，"十月无风九月九，神仙不敢海边走。"细细数来，有四五天的西南风了，如果陡然转成强东北风，必定又一次大潮，风会刮到 9 到 10 级。可是这条大坝才完成了五分之四，别看这条大坝像长城那样牢固，从缺口处，像蚕吃桑叶那样，海水眨眼间就会吃掉它。

李红妹的心里像压了一块巨石。她也想再多添些人手，可是村里只剩下妇女和老人了，妇女老人还要照顾上学的孩子，怎么出得来。

望着大坝，李红妹琢磨：一定要在海潮来之前将大坝合龙！要不镇上损失可大了，以后我这当镇长的还有啥威信？不光魏大勇们瞧不起我，李蓟们瞧不起我，县委王书记更瞧不起我。李红妹嘴里的溃疡还没好，嘴唇上又起了一圈小小的泡，红嘻嘻的，像烂嘴角。

"再累也能不抱怨。"李红妹想，"谁叫咱是乡镇干部呢？爸爸常说，有累活苦活的地方，才锻炼人。"盐碱地就像战场，战场只分胜负，不分男女，李红妹要做一个王书记眼中的好干部。她脑海中不断闪现着王书记决心治理盐碱地的场景。

八

一阵风刮过来，把李红妹的思绪拽回到了现实。往南走，约百十米就是镇上的伙房，由十几根木棒支撑起来的简易窝棚，比民工们就着高地挖下半米搭起来的窝棚精致了一点。

赵大叔见红妹弯着腰走过来，脸干黄干黄的，心疼地说："李镇长，你是个女人呢，像个男人一样没白没黑地干，小心身子骨吃不消呀，再说了，你从小跟着爸爸在城里生活，又不在农村，没练出来，这个干法，不行呀，看你的脸黄黄的。"

"大叔，快给我倒点热水喝！"李红妹顾不得说客气话，吩咐道。

赵大叔赶紧倒水，在他眼中，开朗、聪明、能干，赵大叔愿意为她做事情咐。

李红妹把茶杯举到嘴边刚喝了一口，就听身后猛然有人喊："李镇长，不好了，要上海潮了！"真如六月里的一声响雷，猝不及防，预测上大潮最早也在明后天，怎么今天下午就上来了呢。是李蓟在喊，李红妹一个箭步冲出去，上了大坝，喊道："李蓟，你不是回家吗？怎么还没走？"

李蓟说："来不及了，大海潮要来了！我懂天象。"

李红妹说："天还好好的，不会这么快吧？"

李蓟说："我说的话你总是怀疑。"

李红妹说："好！别没办法，传话过去，告诉你们村加紧合拢，干部包段，人在大坝在！"

李蓟说："李镇长，这潮来势不会小，咱要早做打算千万不要大意，该退咱就早退！"李蓟常常出海打渔，水性好，就是说话比较随便。李红妹很反感他这一点，他才22岁平日里就像是魏大勇的跟屁虫，李红妹觉得他年龄小，和老魏一个鼻孔出气，没把他的话当真。

李红妹想李蓟老婆生孩子都没回去，是个好典型，值得表扬，叫人写在简报上。过去李红妹觉得李蓟这个人很聪明可脱不了农民式的狡黠，属于专拣干地走不沾泥的那种。前几天李蓟和一批人闹情绪，嫌不能回家，嫌老赵蒸馒头不熟，嫌喝的水恶心。在盐碱地里吃水是个问题，开工前，县里先找人新挖了一条沟，从南边引过水来解决二十万民工喝水问题。很多晚来的民工不知是引水渠，就在渠里方便，大便都在里面，水来到最北边，就有了一股难闻的味道。老赵知道，李红妹也知道，可有什么办法，总不能喝苦涩的海水。老赵只好多让水沉淀一会儿。李蓟这个小伙子不买账，鼓动着人找，说喝这种有大便的水拉肚子。最后还是以大局为重，李红妹毫不留情地批评了他："李蓟你这个小伙子，你要看清你是个啥人物，你是个民兵连长！在盐碱地里，你上哪里喝甜水？咱这些人吃这个苦，受这些累，还不是为了叫老百姓喝上好水，吃上好饭，你计较个啥？"

李蓟说："水的事可是实情。"

李红妹说："李蓟，凭良心说话，除了几个阴雨天，老赵没蒸熟馒头外，其他时候馒头可是很好吃啊。我们是不是三天杀一只羊，五天宰一头猪，鸡鸭兔子是不是天天有，干活累是不差，可比在家吃得好吧，家里没亏待我们出伕的吧？"

李蓟那一次没答不上话来。

李红妹回过神来才发现手中还拿着水杯，她一扬手扔掉了，这不是屋漏偏遇连阴雨吗？她的泪要流出来了，保住大坝就保住了6000人的劳动成果。

太阳已略有偏西，耳边的风大起来，所有的草都往一个方向倒，天空更加阴沉，一会儿工夫，已变得抽人的脸。西南风转成了东北风，东北方向黄天黄地如沙尘暴一般。

没料到特大海潮说来就来了！

下午2点40分，一阵9级强东北风裹着黑云像一群怪兽，张牙舞爪地急扑过来。李红妹看到天气骤然间变了，天空中电闪雷鸣，大海发怒了，大浪头有一米多高像一只发威的海狮，肆无忌惮地向大坝猛扑过来。所有在干活的人都涌向大坝，用推土机和装着泥土的草包、麻袋堵大坝的缺口。天开始下起了小雨。李红妹感到身上阵阵发冷。可她不能走，她走了，民工干部会随着他一起走，大坝也就没了。她最终也没找到换的东西，就跑出来和大家修大坝。一行人肩挨着肩堵口子，哗哗一阵浪过来，吞去了一块大坝。用和泥船挖上来的泥，太阳一照几乎成了干泥巴，可是经海水一冲却如散沙一样无力地与海水同流合污了。被海水冲决的口子眼看着变大了，李红妹招呼一部分人往外走，离开危险之地。李红妹怕撤回的人过不来，忙找麻袋装土，往缺口处放。李红妹发现自己脚下站立的大坝也决口了，她喊着："快拿麻包来！快拿麻包来！"她的话一出口风就刮跑了，没有人听到李红妹在喊。李红妹只好自己去拖麻包，她试探着，第一脚踏上去是硬的，第二脚也行，第三脚只要迈过去，麻包就能拖到手。她却感觉到脚不听她的使唤了，脚在一个劲地向东去，不好！没有任何防备，她被吸进了水里，带淤泥的水，她越想上来，越往下滑，水没到小腿了，水没到大腿了，水没到腰……

李红妹站在那里不敢动了，她感到呼吸非常困难，她很难过：儿子才两岁呀，我不能走啊！我不能走啊。她影影绰绰地感到她面前的人多起来。两把铁锨伸过来，她一手抓住一根……两个小伙子往上拉，用力过猛，锨头掉了，红妹在水里动也没动，在冰冷的水里，她感到腰部以下变得麻木起来，她看到一圈一圈的波纹里似乎有红色的流动。

她隐隐约约地听到伙房的老赵的声音，看来是老赵过来了，只听他喊道："快去拆伙房，把木棒拿过来救人！"转眼间，屋子顶没了，老赵和几个人抱着十几根木棒放到她的身边。她用力爬到上面，她感到有种浮力，身子不下沉了。周围的人们叽叽喳喳地议论着、忙乱着。

雨大起来，人们更忙碌了，她隐隐约约地看到离她不远处有一辆还在发动着的拖拉机只露着烟囱，突突突就沉到了泥里。她忽然觉得自己太危险，她没想到一向认为很牛的人在大自然面前就是一只蚂蚁，甚至连蚂蚁也不如。她试探着晃动身子，喘气匀净了。她嘤嘤地哭起来，儿子！妈妈走了，你可怎么办？心里痛起来。她又想爸爸妈妈会多么难过，她在学校里干团支书，数学成绩稳居班内前三名，县里去学校选拔德才兼备的干部，先笔试再面试，她与另一名男同学被选上了，那时爸爸像中了举一样。县里把她放在最艰苦的大洼镇去锻炼，她免不了和同伴们爬墙看电影、打牌等，爸爸知道了会狠狠地批她。她和丈夫都是干乡镇工作的，平时忙得不可开交，不是把儿子放到母亲那里，就是把儿子放在姑姨那里，谁给她看孩子，她就把人家当恩人看待。晚上开会的时候来不及找人看孩子，就把儿子锁在家里。邻居说："我们听到孩子哭个不停，心里着急，我们围着房子忙转，怎么也进不去。"李红妹回来后，发现儿子尿了，在尿窝里睡着了，也许儿子那时想尿尿，下不来，就哭，实在没办法，尿到了床上。时间长了她的儿子谁的家也乐意去。丈夫为她一心工作很少干家务多次吵架，即使刚吵完架李红妹也要及时上班，李红妹上班要走一段沟底，几丈高的土堆随风扬起细碎的沙土，她常常走沟底，浑身便沾满了这种北部带碱性的细土。

哗！一阵大浪过来，李红妹打了个颤，她忽然觉得腿上轻松多了，是大浪冲走了附在她腿上的烂泥。她一用力整个人趴在了几根木棒上，那几根木棒像筏子那样将她驮着，岸上的人高兴起来，迅速过来拉她。这时冰冷的海水已经把她冻僵了，不能动了。李蓟猛力拉过筏子，一把抓住了她的手，抡到自己背上，背着她上得坝来，赶紧去了没屋顶的伙房。她缓过神来，发现浑身湿透了，她发现屋角有一条开了缝的裤子，赶紧换下来穿上，上衣就湿着。有人送来一件小棉衣，很短，她忙换上，只盖过大腿根子，她蜷在铺的一角，瑟瑟发抖。

天完全阴下来了，小雨变成了大雨。

李红妹发现身子热过来了，就出来往坝上走。老赵从外面进来拉起她就往南跑，被拉出五十米远。

老赵对李红妹说，已接到上级通知：海潮马上到来，县委要求丢坝撤离！

六千人像蚂蚁一样往外撤，大浪追着民工，越过大坝肆虐着一切，瞬间，大坝不见了，拖拉机不见了，几个窝棚不见了。

李红妹、老赵走在最后，"快上车！"一个司机喊道，一辆大链轨车驶过来了，几个人慌忙爬上去，车跑起来，车后一片汪洋。

"不好了，还有十七个人没撤出来！"喘着粗气的李蓟过来说。李红妹以为她听错了，李蓟又重复一遍。李红妹呆在那里，望着茫茫一片水域，水火无情呀，还有比这个消息更令人难受的吗？

魏大勇，你这个狗操的！不是不知道海潮的厉害，你找死还拉上我这个垫背的。为啥不和他们一起撤回来？

老赵说："你说这些都没用了。快想办法救救人！"

哪有赶上魏大勇对海潮有经验的，他们有足够的时间撤离，那十七个人为什么没撤回来？李红妹很不解很气愤。她抬手看了看腕上的手表，2点50分。

河岸上老赵仰脖喝了两口酒说："不要那么哭，我会水，我要把老魏背过来，我要下去一个一个背他们过来！"一家人拉着他。李蓟过来说："大家别慌，我水性好，我过去看看什么情况。"

李红妹牙齿打着颤说："赶紧报告县委指挥部，求援！"

九

指挥部在盐碱地最南边小槐树旁边的那座土屋里。狂风一阵阵拍打着指挥部窄小的门子，一股股污浊的雨水顺着变了形的门框挤进来流到了屋地上。王为民站在门口，外面大雨如注，才下午四点钟天已经暗得看不清东西。望着阴暗的天空，心情异常沉重，他清楚地知道这场突如其来的大海潮意味着什么，意味着六千人十八天的血汗将被海水冲没。

桌子上的电话骤然响了起来，吴秘书长接了，他皱着眉头焦急地说："王书记，各乡镇已按你的命令撤离，可是刚才大洼镇来电话，还有十七个民工没来得及撤就被大水围困了！"

王书记腾地转过身来："什么？还有十七人没撤出来？快再问问具体情况，赶紧求援！"

王为民说完自己焦急地跑到电话旁边，一把抓起电话摇把子，向在家的县长要求，赶紧调集精干力量来抢险！

接着不放心，向济南空军求援。

济南很快来电：阴天，飞机无法起飞。

转而向驻潍的解放军求救。

来电说："先自救，我们马上派冲锋舟赶过去！"

王为民坐上吉普车带着吴秘书长往出事地点赶去。雨哗哗地下着，车开不快，王书记急得火烧火燎。他一个劲地催促快走，恨不得一步跨到出事地点。

这一年王为民四十二岁，一双眼睛里蓄着焦急。他尝够了大饥饿缺吃少穿的滋味。大专毕业后，回到了家乡，第二年他便入了党。他的父亲一边在油灯下缚条帚，一边说："柏祥呀，你姊妹六个，你是老大，如今成了党的人，就要为党做事，什么时候咱也要上进呀！"

菜乡是个农业大县，无论父老乡亲多么勤劳，走到哪里都是一个"穷"字，用什么方法就能让人们富起来，过上不愁吃，不愁穿的好日子？这种压力时刻伴随着他，他一天也没有忘过。当上县委书记后，这种压力更大了。王为民想，当了干部，就想着为群众做些好事。眼下老百姓就盼着过上吃不愁、穿不愁的日子，有劲就往这上面使。

工程基本完工，谁知最后老天爷用这场大海潮来考验我们呢？

王为民和吴秘书长坐上车子，冒着大雨往出事地点赶，走着走着，越急越出事，车子陷进了泥里，车轮打着滑不往前走了，王为民跳下来车来，一脚泥水，他和司机说我俩推，你把好方向盘。车子打滑，雨水进了眼里，睁不开，他低下头，一二一二，车子呜呜地爬出了泥洼。王书记抖抖沾在身上的泥点子对和吴秘书长说："只要死了一个人，我就写辞职报告！"

十

离海潮一百多米的地方，李红妹和人们焦急起来，盼着援兵早点到来。

李蓟蹲在地上哭着说："老魏是好人呀，是他帮我媳妇去医院的，我还没报答他呀！"那天魏大勇回村的当天晚上，刚躺下还没睡着，就听到后窗户有人喊："魏大哥！魏大哥！俺嫂嫂要生了，羊水都破了，俺哥还没回来，找不到和俺嫂去医院的，您快想想办法呀！"那小姑娘要哭出来了。老魏翻身坐起来，到大队部里找到地排车，拉着去了李蓟家。李蓟妻子也哭了，老魏安慰她，没事的。一边在前边拉，李蓟妹妹在后边推，李蓟妻子抱着小被子、卫生纸、小垫子坐在地排车上去乡镇医院。还好，乡镇医院清闲，值班的大夫很有经验，李蓟的儿子顺利出生了，才四斤半。医生检查了，算是很健康，就是早产个头小。李蓟的妹妹守着，中午老魏回家打了个盹，雇了几个外地民工，回到了工地，并将消息告诉了李蓟，李蓟开心也挂心，单等活一结束，快回家看儿子。他要好好琢磨琢磨，给儿子起个有纪念意义的名字。老魏开玩笑说，李蓟，我替你关键时候当了爸爸！

李红妹迎着海风对李蓟说："你放心，咱说啥也要救他们呀。"

李蓟扑腾一声跳到水里向对面游去，游到十多米远，让海浪打回来了。过了一会儿他又要往水里走，别人拽着他不放。

天阴得什么都看不见了，只听到轰轰的海浪声，让人心惊胆战。

被围困在大坝上的那些人还在不在？谁也不敢问。

李蓟又一次往大坝方向游去，这时，他隐隐地看到手电筒的光亮。他身上有了力量，拼命向他们靠拢。

人真的还在，李蓟松了一口气。

原来魏大勇和李蓟都在组织民工撤离，李蓟领着大伙走了，魏大勇走在最后，往北一看，还有十多个人在工地上，不紧不慢地在潮水里捞压路板子。他喊道："什么时候了还顾不得上捡这个，快跑！"那些人都是些小青年，根本没把他的劝告当回事，还在弯着腰一块一块从地上捡。魏大勇骂道："找死呀！"一位十八九岁的小伙子不服气顶嘴地说："吓唬谁呀，丢了板子，我们就拿不到工资了。"魏大勇又气又恼，他真想自己跑掉，可他知道海潮的厉害，这群小伙子很少人见过大海，面对一望无际的海面，他们就兴奋，还庆幸自己开了眼界。是带班的人吓唬那些年轻人，说把压路板带好，要不罚款，那雇来的年轻人从小没见过海潮，根本不知海潮的厉害，等直起腰来，大水已冲毁了堤坝。魏大勇的头轰的一声，大喊道："快跑！危险！"拉着他们就往大洼村成型的 5 米高坝上奔。此时，海浪就像一头饥饿的老虎吼叫着追了过来，滚滚浪潮像一群脱缰的野马，急驶而来，只听哗啦一声，40 米长的大坝顷刻间两头被冲毁，外围 3 米宽的护堤麻袋瞬间没了踪影。汹涌的海潮切断了这十七个人的退路。魏大勇意识到他们被大潮围困了。这十多个民工都来自南部山区，从没见过这种危险的场面，吓得面如土灰，瑟瑟发抖，他们惊恐地望着魏大勇，有人大哭起来。

魏大勇从小在海边长大，水性好，在部队游泳比赛中得过第一名，魏大勇在自己村里干支书，群众基础好，整天帮这个干活帮那个干活，村里人都喜欢他。出了这件事，魏大勇二话没说，领着村民进了滩。

两个小伙子惊慌地想跑。有的会水性，抱着块木板就要游水走，魏大勇一把拉住他，说："看，水头太急，你一下水，不知会把你冲到什么地方，看那坝上多少人，他们一定会救我们的。他们过不来也不要紧，等天黑退了潮，我们就可以过去。你相信李镇长一定来会派人救我们的！"

魏大勇喊道："谁也不准乱跑，听我指挥！俺是共产党员，有俺在，大伙就在！"他可以游到岸上脱离危险。可是这是十多条人命呀，魏大勇想我怎么能扔下他们不管呢？

大家一下子精神起来，小伙子们感到有了主心骨，情绪稳定了。魏大勇想，说归说，还得自救，他和大家扎了四个筏子，先做好自救的准备。

天越来越黑了，海风猛烈地刮着，吹着湿淋淋的衣服，像鞭子一样抽在人们身上，那雨点也像石子一样敲着人们的脸颊，那种冷呀，深入骨髓。一个小伙子从头到脚浑身打着哆嗦，牙齿打颤，他蹲下来两手握拳举在胸前，再也站不起来，话也说不出来。魏大勇说："快用鞋底打他的后背和屁股，让他血液流通。"旁边的两个小青年马上照办，费了好大劲小伙子才站起来。

"轰"的一声，魏大勇看到他们立足的脚下，大坝一块又一块地塌落，眨眼间巨龙似的大坝只有十多米了，他们脚下站立的地方成了一个孤岛。

坚持一定要坚持！坚持住就是胜利！魏大勇知道，上潮四个半小时，落潮也是四个半小时，只要坚持住这四个小时，只要脚下的大坝不全塌陷，就有胜利的可能。

他看不清对面，除了怒吼的海风，什么也听不到。

四点三十五分，县委王为民书记赶到了现场。

县公安局带报话机来了。

县医护人员来了。

邮电大楼话务班密切配合，迅速传递消息。

潍坊公安局通讯科当即开通大洼镇边防派出所——菜乡至潍坊无线电联络保持通讯联络畅通。

王为民用报话机焦急地报告着情况，请求上级赶快支援！

海天一色，海潮汹涌！风像老牛一样喘着粗气，看来已达到九级或者十级大风了，人的声音被咆哮的海风吞没了。

一股绝望之情笼罩着人们。

这个时候谁能比王为民心里更难受？寿北大战是自己主张发动的，一旦有这么多人失去生命，他将……

本地舰队来电：因水位不够，救险船搁浅。

港口报告：抢险船受阻。

人们又一次陷入绝望之地。

王为民掩住焦急的心，商定方案，派人带着绳索游过去，然后拖，漂浮救人。大洼村民兵连长李蓟领着会水的两个民工跳下去，可没游过七八米就被推了回来。

五点三十分，天黑得伸手不见五指。

潮水还在肆虐，孤岛上的民工看不见了，人们的心提到了嗓子眼儿上。

再也不能等了。

王为民让打开所有的车灯，照着让会水的三个民工游过去。一会儿，在大雨中，车灯暗下来了。

大洼镇的李蓟拿着三节电筒，三人背上绳索，下了水。

大约过了一刻钟，闪了三下微弱的光。证明民工还在，人心稍稍稳定了些。

六点钟，潍坊市的领导来了。

侯莲花骑着自行车往回走，天阴下来，门口很高，她推着车子往上走，一个人拉了她一把。她一看是邻居，他刚从寿北工地上回来。他说："工地上情况不太好，我回来想办法。"说完急急忙忙走了。侯莲花的心咯噔一下，噗噗地跳个不停。夜里雨更大了，侯莲花睁着眼睛睡不着，她也不敢打电话。

于是就跑到院子里，披着一件雨衣，跪在泥水里，默默地祈求："老天爷行行好！保佑我孩子的爸爸平安无事，保佑所有参加寿北大开发的村民们平安归来！

九点钟，驻潍部队来了。

"王书记，部队来了！"老赵大喊。王为民看到一辆军车开过来了，人们心头有了一丝希望。

一群年轻的身影迅速从车上下来。这里面有要退伍的战士，领章都摘了，一听说有情况，二话不说，爬到车上来抢险，还有的战士怕来不了，藏在冲锋舟里过来了。

冲锋舟、橡皮舟很快被推下来。

连长毫不犹豫地跳下水，去探索路线，冲锋舟被迫前行。

公安局的照明车和通讯车来了，照明灯的光柱能照出两三千米，它划过夜空，穿透大雨，照亮了孤岛上和岸上6000多人的心。

师长亲自指挥，连长跳下了水，冲锋舟紧随其后，两个小时的往返，至零点十分，十七个人全部获救，岸上一片欢呼声。

王为民看了看表，正是零点十分，他长长地舒了口气。在他旁边的大洼镇长李红妹自己发现牙齿冻得咯咯打颤，嘴唇都咬破了。

包括大洼村支书魏大勇在内的十七人全部脱险。

奖罚总是分明的，王为民一直这样做事。寿北会战结束后，县委县政府在影剧院召开了1500人的大会。说是庆功会也好，说是总结会也好，说是检讨会也可以。因为开着开着，王为民就检讨起自己的失误来。王为民说："同志们，今年是不寻常的一年，家家出工，户户上阵，人人皆知的寿北会战取得了胜利。在莱乡历史上留下了壮丽的一笔。20万民工，顶风冒雨奋战45天吗，盐田、条台、虾池三大建设任务完成了很大一部分。"

说着说着，王为民站起身来，大家都愕然地看着他。他离开座位，深深地鞠了三个躬。会场上的人们不由自主地站起来，报以热烈的掌声。他回到自己的座位，嗓子有些沙哑，眼圈有些发红。他详细地寿北大会战的情况特点和七条经验，表扬了很多人。正当大家很兴奋的时候，他话锋一转，批评自己。他说:"同志们,这三项工程本来打算干 20 天,最多 25 天,谁知道对工程量和工程进度缺乏准确的测量和估计,原测量 1700 万方土,实际 2400 万方土,发现土方测量不准确的时候,又不能半途而废。只能干到底不可,这就造成了工期长,干部民工受累吃苦的情况,这是决策上的失误,指挥上的失误,责任在我,望干部民工同志们深加谅解!事到如今,我没有别的办法弥补,只有奋发图强,尽我所能,不为名,不为利,只为菜乡的群众办好事,为菜乡的振兴鞠躬尽瘁,死而后已!"

他第三次离开座位,给同志们鞠躬。泪水顺着他的脸颊淌下来。

第五章 现场会

一

王为民心里也没有数，全县报上来的这 5000 大棚能不能顺利建成。

于是，他决定一杆子插到底，继续开现场会。

8 月是建大棚的有利时节，秋老虎热得很，王为民早早地和吴秘书长来到了三元朱。他要在这里召开第三次现场会。

办公室在二楼沿街，楼梯露天，王仁义和韩大山接着王为民上了楼，没想到农业银行行长王耀早到了这里。王耀中等个头，雪白的短袖衬衣，衬衣上右胸前别着一枚鲜红的党徽，深蓝色笔挺的西裤，圆脸，光洁的皮肤，头发后梳，戴着一副近视眼镜，微微地有点茶色。他年龄大约 45 岁。王耀从沙发上起来和王为民握手。王为民说："王行长，其他乡镇的老百姓不会比三元朱人富裕，建大棚老百姓愿意，还要敢于贷款，还得贷得出来，这需要银行的配合。"

王耀行长立即说："这是我们农业银行的业务，必须做。"

王为民说："王行长，需要你费点心，全县要推广大棚，要贷款，具体贷多少，我也说不上来，你到现场看一下，咱们共同商量。"农业银行是 20 世纪 80 年代的支柱银行，王为民点名让农业银行的行长参加，是有用意的。中国农业银行是在 1951 年成立的农业合作银行基础上，建立的第一家专业银行，也是新中国成立的第一家国有商业银行，可见党和国家领导人对农业农村农民的重视，做了很多公益事业。它的网点遍布中国城乡，是中国网点最多、业务辐射范围最广的大型现代化商业银行，设有"三农"发展委员会。

王耀听王书记这么说，很紧张，贷款的都怕还款难，但在王书记面前，他不能说出他的担忧。

办公室的小姑娘过来添水，王为民看看手腕上的表，说："离开会还差半个小时，我们过去吧，天气有些热，早开完早回去。"

王仁义、王耀一行人往村北去。王为民想，还是要开现场会才能放心。牵牛要牵牛鼻子，要每个干部到大棚边，亲自问问大棚需要的材料，心里清楚。

果然，王为民到村北大棚地的时候，路边树底下都是人，这些人穿着很随意，他们是第一批报名种大棚的农民、村里带队的支书和各乡镇带队的干部。推土机、地块一一落实，具体一个大棚需要多少材料，可不是小事，一旦供应不及时，误了农时，可不是好玩的。王为民把推广冬暖式大棚当做菜乡的头等大事来抓。

见王书记过来，高大的李胖子一步跨到王为民面前。李胖子穿着一件条纹短袖T恤，显得十分精神，可显得王为民更加朴素，一件发黄的白色短袖衬衣，皱巴巴的深蓝色裤子，一双黑色的布鞋。李胖子说："王书记，听说您单独指定让我到场，有什么事尽管吩咐啊！"王为民心里早就盘算好了，让李胖子帮着三元朱办超市经营无滴膜和其他材料。但这个时候，人很多，他点点头，没有多说话。

王为民看看表，大声说："同志们！天气太热，请大家来到地头，开会，目的只有一个，我们都要成为冬暖式大棚的内行。我很高兴的是，今天来的都是非常关键的人物，亲自种大棚的农民兄弟、村里的支部书记和各乡镇分管这项工作的负责同志。"

他顿了顿说："只有真诚地为老百姓办实事，他们才会相信你，跟你走。老百姓是天，老百姓是地，老百姓是共产党执政的根基。上次在孙集镇影剧院开会落实得很好，报上来5000个大棚，很令人高兴。来现场看，没有水分，告诉老百姓个确数，现在大家分头打听，半个小时后，我们汇总，看看一个大棚到底需要投入多少资金。"

呼呼啦啦一大帮人，陆续散开，他们像小学生一样围着各个大棚的主人，详细打听建棚情况，墙体有多高，多厚，用多少人干活？把建大棚用的东西和工具记下来，筑墙用的链轨车、拖拉机、夹板、石夯，盖棚所需要的塑料薄膜、稻草苦子，嫁接用的竹竿、刀子、夹子，还有种子、肥料、无公害农药等这些很零碎的生产物资，一一咨询，当场算账，总造价可能6835元。

韩大山站在一旁听着，觉得王书记真是一个干实事的人，去年在三元朱建17个棚的时候，王书记三天两头来地里看，每个环节都做指导，打破了他印象中县老爷只会坐在办公室喝茶，发号示令的常规，他看到王书记布置任务，和他种大棚一样，一环扣一环，哪一环也不放松。

兵马未动粮草先行。干任何项目都要先投资，最起码要有足够的资金和物资来保障。很显然，靠手中没有余钱的农民来完成这件事，等于天方夜谭。王为民心里早就想过，要想成功，必须层层推进，步步为营，稳扎稳打。他指定农业银行的行长王耀必须到场，不限制县里其他银行参会，管物资的供销合作社主要领导李胖子必须参会。

王为民照样做了一番动员，韩大山报出了建好一个大棚的确切造价。王为民对跟在他身后的王耀说："今天请你来，让你看看大棚，这样的大棚，刚才算了总账，建的时候就花6835元，卖了黄瓜能赚到两三万元，你看可以不可以推广？"王为民这句话问得王耀脸红起来，就是不挣钱，县委书记说了，下边的局级干部也是一百个答应。他们深知即使属于条条管理，在提拔干部的关键时刻，县委书记不一定能说上话，但是，只要他加一句坏话，你这个干部就提拔不了。还有一个重要的事情，就是各个部门的利益，银行就是做这项业务的，权衡利弊，只要不给国家造成损失，就要积极主动地承揽业务。王耀说："王书记，账您都算出来了，当然可以推广。"

王为民紧跟上一句："可是建大棚的老百姓没有多钱，很多户需要贷款，我让办公室统计了一下，全县大约需要贷款2000万元。"咦！王耀发出了一声惊叹。他原来预测的也就是几百万元，没想到这么大的数额，他们这个县级银行一年也没有见过这么多钱。

看到他在犹豫，站在一边的韩大山轻松地对他说："下来黄瓜就能还上！王行长，这个数字我算得出来。"

王耀再也笑不出来，他看了看他们，硬着头皮小声说："好吧，我回去想想办法，争取办好。"

听见王耀这样说，王为民心里松了一口气，转过头来，问李胖子道："李主任，能不能保证供应5000个大棚所需的物资？这些物资还是供销社专营吗？"李胖子眨巴眨巴眼睛，不知道该说是还是不是。按说，物资还是供销社专营，在这件事上，供销社会大赚一笔。但是都改革开放十年了，中国公民只要在合法年龄内，向工商局申请办个营业执照，只要有营业执照就可以开店。

"王书记把我叫来，这样问，就是不按常规出牌，不让供销社从中挣钱。"李胖子听得明白，有道是听话听音。果然，王为民沉思了一阵后，开门见山和李胖子商量这件事。大体意思是，他听说，大棚使用的无滴膜只有东北有，是浑江牌的，不遮光，保温效果很好。它不是没有水滴，而是不直接聚水，从棚膜上滴下来，而是形成流滴，滑落到棚的前沿或两侧。其他牌子的塑料薄膜不适合大面积用，若用了，滴水多，影响产量。

王为民对王仁义和韩大山说："你们认为怎么好，咱就怎么办。"韩大山说："把这些东西交给三元朱村委集体去经营吧。"王为民就对李胖子说："最重要的是塑料薄膜的使用，得保证是浑江牌的，我建议让三元朱来经营，其他物资也让他经营一部分。韩师傅和王仁义在这里把关，保证质量，三元朱村有点资金积累，算是对村里的补偿吧。"

李胖子听完王为民的话，点点头，连声说好。他总归没有想到，还以为让他来是备齐物资呢。李胖子不是一个贬义词，他有弥勒佛的可爱。胡科学夸人好看，都是以他胖乎乎的孙子为标准。在菜乡，胖表示富态福相有福气，表明这个人吃得好，睡得香。所以，李胖子并没有贬义，他干一辈子供销工作，有的是机会发财，可是他手中什么也没有。他朴素踏实、吃苦能干，关键时候忠心耿耿，能冲上来，是王为民信得过的一名老干部。王为民怎么吩咐，他怎么干，执行力强。在1987年的盐碱地开发中，下着大雨，自己不吃饭也带领车队把饭送到工地，工地上需要什么物资，他保证在最短的时间内送到，深得王为民的赏识。虽然自己在供销系统干了一辈子，样样拿得起放得下，但是他对年轻干部可不摆资格，他时时刻刻提醒自己要向年轻人学习。在他五十多岁的眼中，四十多岁的王为民就是年轻干部，年轻人有活力，有闯劲儿。他从心眼儿里佩服这位年轻的王书记，无条件地支持他的工作。

王为民来到他的面前，说："老李，建棚用到一些材料和工具，就这样吧。"李胖子愉快地答应着。三元朱村集体经济还非常薄弱，一举一动都缺钱，通过这种方式，村集体有点收入也很好。这本身就是对建大棚的支持，李胖子心里有数，看破不说破，也是一种智慧。他知道，别看王为民非常年轻，他可是一个不达目的决不罢休的人，他决定了的事，去执行很好，不去执行，很可能下课，跟着王为民做事，就要有一说一，雷厉风行，知道啥叫执行力。

李胖子干了很多年供销社主任，啥事也遇上过，他知道什么是大局观。于是，听王为民说完，他一口答应了。还没到一个月，王仁义就收到了孙集镇工商所给他办好的营业执照，那是李胖子跑前跑后的结果。王仁义拿着这个执照，只要有空就端详，他想把它压在柜子底下，爱芹说："爷，您想保存起来？营业执照是有期限的，你压在那里也会过期，要挂在商店里。"王仁义嘿嘿地笑，露出一口白牙。

德农商店隆重地开业了，噼噼啪啪的鞭炮声传出来，这是村里的第一家大型商店，专门经营浑江牌无滴膜，外加大棚用的粗细麻绳、塑料绳等。只要来德农商店，建大棚需要的全部物资就不会发愁了，德农墙体是乳白色的，简易结构，比第一家商店气派多了。德农超市的门外，不知道什么时候，有了第一家熟食部，第一家炸油条的，接着陕西小吃肉夹馍也来了。

王耀回县城后，马不停蹄地跑省农业银行、国家银行，去说明菜乡发展蔬菜的特殊情况，申请大量资金支持农业。因为多家媒体的介入，菜乡蔬菜大棚早已在全国扬名了，银行知道是实情，不到一个月的时间，王耀将2000万元贷款全部到位。

二

"梆！梆！梆！"有人敲门，王为民抬头一看，是洛城镇冯家尧河村支书惜福，他一下子笑了说："这个惜福，好久不见了！"王为民发自内心地笑。王为民是县委书记却和村支部书记有着天然的亲近，支部书记都是农民，也是农民的代表。按说，村官和县官差别太大了，肩膀不一样齐，说不上话，可是王为民就不一样，他爱跟这些村官拉呱、交朋友，菜乡有 935 个村，他能叫上大多数村支书的名字。在村支书的眼中，王为民就是给老百姓打工的。

惜福说："我来民政上为村民办点事，碰上一个熟人，说看到你回办公室了，我才来看看。也向您汇报一下，我们搞了 100 个大棚。"

张主任过来倒上茶水。

王为民说："很好，你工作都是走在头里的。我们通过银行贷款，给解决2000 元，我要求各村有能力的给村民适当补贴，惜福你打算补多少？"

惜福说："按您的要求办，不少于 2000。"

王为民一听，收起了笑容，脸上有些不满意，说："太少了啊！你拿3000 行不行？"

惜福一听，脸上的笑意也僵在那里，没有说话。王为民看到惜福有些为难，就说："把你集体的家底都抠出来，今天你补他 3000，明天他能挣回三万，我在县里负责，你在村里管事，都是为了老百姓致富，咱算小账，更要算大账啊！"

惜福点点头说："好吧！王书记，我回去看看。"

这时候，张主任进来，告诉王为民，说是王仁义和韩大山在三元朱村建了两个示范样板棚。只用了半个月时间，就建成了，还是非常标准的大棚，十分精致，可以让人照着做。王为民说："这就对了，不怕别人学。"这5000 多个棚要建好、种上菜，不容易。最容易的学习还是去开现场会。

"走，惜福，一块去三元朱看看，从明天开始，让各县镇党委书记带队，都去看看。"于是惜福跟着王为民去三元朱开第四次现场会。

一下车，他们就看到了那两座新棚。在原先的 17 座大棚之后和西边，出现了一片新建的大棚，这两座标准棚在最东边，比一般棚高出半米，高有 2 米半，长 60 米，走进去，一趟水泥柱子，柱子后面的土墙由拖拉机压出一米多的墙，砌好，然后，用人工垛墙，放上麦草，水，用夹板，一层泥土 35 公分，分 5 层完成，看起来相当牢固。惜福很兴奋，问得很仔细。

陆续地，这 5000 多个大棚户分批过来。刚刚收割了麦子，大地一片苍茫，玉米还没有拔节，算是农闲时节，25 个乡镇的党委书记 500 多个村庄的农民，几乎都到三元朱这个标准棚来看。

回去后，有些记忆力好的，建得分毫不差。韩大山算了算，不用两个月时间，5000 个大棚，在菜乡的南部地区，按照最高的标准建起来了。

三

清晨，路边的小草上有了一层霜雪，已是 10 月份了。9 月中旬开始嫁接育苗，10 月中旬定植。王为民去三元朱召开第五次现场会，与第四次现场会不同的是这一次专门培训嫁接和移栽的技术。

王仁义和韩大山准备了两个棚，一个是用云南黑南瓜和东北长春密刺黄瓜，教大家怎样整地、施肥、浇水、下种。韩大山亲自来演示：他说，为什么要用黑籽或白籽南瓜做砧木嫁接黄瓜呢？我们来利用它的优势，可以避免枯萎病；提高根系的耐低温能力，有利于吸收土壤养分和水分；南瓜根系发达，生长旺盛，埋藏深，抗旱能力强，能保证黄瓜稳产高产。

韩大山讲完这一段，问问听明白了吗？大家点点头。他接着说，育苗的过程，要制备营养土，浸泡种子，然后育苗。

然后领着大家来到第二个大棚，这一个棚和第一个棚景色不一样，齐刷刷的一片嫩苗，三位戴绿、红、黄头巾的女人在忙碌着，原来这个棚下种比较早，苗子长到了五公分，正好用来展示南瓜和黄瓜是怎样嫁接的。

韩大山把西服脱下来，搭在一旁的铁丝上，他只穿着蓝色格格衬衣，弯下腰，从一旁取出一棵苗子，是南瓜苗，从叶子下 1 厘米处，自上而下 25 度切刀，对齐茬，夹好嫁接夹，南瓜苗要放在嫁接夹外面。

王为民看着韩大山演示，满意地点点头。这次现场会以后，栽培技术和以后的管理技术，很快就会传遍了全县。王为民才觉得心里踏实了些，他对韩大山和王仁义说："仁义、韩师傅，你们有事可以直接找我，我就是在开会也要先招待你们。你们干的事是比别的工作还重要。"他又说："我一定要看着蔬菜大棚在全县搞成功！"

王仁义随着说："这不是已经成功了嘛，那些乡镇普及种大棚，是早晚的事。俺村就是例子，你看俺村里，开始的时候，你发动谁种，谁和你急眼，现在你不让谁种，谁和你急眼。群众的眼睛是雪亮的，挣钱不挣钱，他们心里有数。"王仁义说这些话有所指，说的就是他的表姐，徐子茄的母亲。王仁义这些日子就没有出过三元朱村，心天天在大棚上，他的大国字脸见人就笑。在徐子茄大棚门口，碰上徐子茄卖了黄瓜回来，徐子茄告诉他："还得继续摘黄瓜，要不会老了。"王仁义说："那就快一点摘。"徐子茄憨厚笑笑，很自豪地说："我一筐子黄瓜就卖了1000多元，我从小没见过这么多钱。"

王仁义也呵呵笑起来，能让村民富起来，是他最大的愿望，这不是实现了吗？于是各人有各人的喜悦。王仁义问道："子茄，这样再卖几筐，年前的贷款就还上了吧？"徐子茄说："嗯，一点问题也没有，本钱已经出来了，再卖了全是自己的。"过了几天，王仁义听说，这些户的贷款全部还完，平均每户收入二万七千元，收入最高的竟然是徐子茄，他的黄瓜卖了三万多元，一下子变成了村里最有钱人家。

徐子茄的母亲很不好意思，心里藏着很多事的样子。年前不等王仁义找她理论，她自己很爽快地提着东西，来到王仁义家，看到一家人都在，就尴尬地笑笑说："兄弟啊！我没想到种大棚这么挣钱！多亏你让徐子茄种了，照我的老脑筋，可坑孩子了。"

她先自我检讨，倒让王仁义心里的气消了一半。刚才看见她进来，气得他发抖，问自己要不要撵她滚。因为在他最需要支持的时候，她当众羞辱他，士可杀不可辱。在街上背后说他的坏话还不算，直接找到家里来，当着一家人的面质问过他。这不是，刚刚四个月过去，像王仁义说的，不会惹着表姐

107

的，她见儿子挣了钱，还上了贷款，主动来感谢王仁义，主动来他家串门。

四

王为民说："怎么会没有担心呢？市场经济可不是以人的意愿为转移。我担心两个问题，一是群众不爱种，发动不起来，怎么办？二是虽然有九巷蔬菜批发市场，一旦发动起来，菜种多了销不出去烂掉，或者没有烂掉，价格很低，不挣钱怎么办？"王为民这些担心说给身边的干部，让他们也想办法。

王为民对于大棚种植，比对市场还用心，半年下来，有了结果，韩大山也稳定下来，不会再让别人挖去了。他的心里也比较踏实了。但是种菜的事，是他最关心的事，一关心就放不下，就像是对一个恋人，总也放不下，只要抽出空来，他一定是去三元朱看看，看看王仁义，看看韩大山。

这天王为民从办公室出来，刚要上车，一只手拉住了他的车门。他一看，是新上任的妇联主席李红妹。她还是齐肩短发，穿着一身蓝色的西装，看起来很利落，王为民差点认不出她来。李红妹被水炸过后，得了风湿性心脏病，经过治疗，恢复了健康，不过人瘦多了，眼睛更大了，显得更加漂亮。去年县妇联选举，她被选为新一届妇联主席，这次又赶上推广普及大棚。她快言快语地问王为民："王书记，您是不是又要去三元朱村？捎着我去行不行？"这个时候，车很少，妇联自己没有车，用车要提前去办公室综合科申请，这个时候已经来不及了。于是李红妹想了这么个办法，其实她主要是想当面和王书记汇报这件事，并想求得当场答复。

王为民说："可以。"

李红妹就说："真巧，我们妇联要在三元朱开全县的妇联干部会，动员种大棚。我请示您王书记，我们妇联要驻三元朱村所在的孙集镇行不行？"

原来这是惯用的方法，只要是县委政府号召的事情，一定各个部门都配合，各自找点驻村。王为民没想到妇联竟然和他抓一村，他笑了，说："为什么要去孙集镇而不是其他乡镇呢？"

李红妹说："三元朱是中心，三元朱的妇女会种大棚的多，妇联干部组织去三元朱学习方便呀！再说，韩师傅不是在那吗？听说他的妻子周慈姑也是个黄瓜嫁接高手，韩师傅很忙，有时三天排不上号，我不会轻易浪费资源的。"经李红妹这么一说，王为民知道小瞧李红妹了，原来，李红妹心里想的是全县的妇女，真是错怪她了。

一路上，李红妹坐着王为民的车，打开了话匣子，她说："自古种植菜园，女性就是菜园的灵魂，善于管理菜园，挖土、播种、栽培、除草、收获，这个过程都有女性参与，所以这次推广大棚离不开我们女人啊！"

王为民高兴地说："这是当然的，妇女能顶半边天，种菜也一样。"

李红妹同王为民讲了很多三元朱村女人们种棚的故事。王为民去的次数不少，但这样的事没有人和他说。李红妹说，我听说三元朱有个新婚的女人叫杨椒的，替丈夫报上名。丈夫埋怨道："我们刚结婚，没有钱，我又在村委管着点事，哪有工夫种大棚？"杨椒说："亏你在村委！领导干部号召的事，没有错的，你老是跟不上人家的脚步，去年包种果园，你不敢，包了的挣钱了，现在人号召种大棚，肯定是好事，你又不想，如果人家又挣钱了，你眼馋不？"丈夫默许了，不再说话。可是报名的时候磨磨唧唧反反复复，被媳妇杨椒满街追着打。

好容易报上名了，杨椒去娘家借钱，自己哥哥皱着眉头，一分钱也不出，怕她把钱浪费了，父亲也怕，没有人借钱给她。杨椒很难过，准备离开娘家的时候，她娘从屋里走出来，说送送她，陪着她走出院门，看看四下无人，娘把手中的1000元钱放在女儿手中，说："我就只有这些钱，你拿去种大棚。"就这样杨椒又贷款3000元，自己手中也有点，凑个6000多元，在地最南边建了一个棚，从村里出来，看和韩大山第一棚挨着的就是她的。元旦过后，她的大棚收入两万多元。后来，不管是哥哥还是父亲，都来帮着杨椒卖黄瓜了。

五

很快就到了三元朱，李红妹从王为民的车上下来，恰好看见韩大山的妻子周慈姑也在这里。周慈姑上身穿着一件白色的高领毛衣，一条黑色的长裙，看起来很时髦，头发在肩以下，烫着小卷，比当地妇女洋气。她急忙过来和王为民打招呼，看到院子里站满了镇上来的妇女，她们都很自豪的样子，王为民暗暗觉得这个李红妹能干。穿着一身蓝色中山装的王仁义，和穿着一身棕色西装的赵银杏都过来和王为民打招呼。约有十分钟的样子，一个年轻的妇女干部跑过来问李红妹："镇上来开会的人基本到齐了，是不是开始？"

于是大家一起来到三元朱的会议室。王为民、王仁义、李红妹、赵银杏都坐在主席台上，王为民看到孙集镇这么多的妇女干部积极参加，很高兴。除了干部，还有很多是种大棚的妇女，她们用方巾包着头，看起来就花花绿绿的。建大棚平整地需要有力气的男人，一旦育苗、嫁接、整理、采摘，就用得上妇女了，妇女细心又认真，起的作用很大。

王为民说："李红妹，种大棚只要把妇女发动起来了，这工作一定能推开。"李红妹点点头。

大会开始后，李红妹主持，她说："女同胞们，王书记很忙，临时让我抓了差，是不是先邀请王为民书记讲话，给妇女们鼓鼓劲儿？"妇女们平时很腼腆，现在全是自己的同类，似乎放肆了许多，她们发出很大的声音："好！"用巴掌拍得山响。王为民很高兴地答应了。

王为民在台上和妇女们交流看法，他被这些积极参加建大棚的妇女感动了，他当场表示："一定在全县各个基层组织加强妇女工作，妇女干部是党员的进支部，不是党员的进村委。"

李红妹一听，这太好了。忙接着他的话头说："在来的路上，我们妇联已经请示了王书记了，县妇联要进驻三元朱村，大棚能不能推广开，关键在妇女。"王为民点点头，就是默许了。他想起了改革总设计师邓小平同志在1980年4月20日，会见美国报界妇女俱乐部访华团时，说妇女确实是半边天，就是在革命战争当中，妇女的作用也很大，男的都到前线去了，后方的很多担子都落在妇女身上。从新中国建立以来，就有了"妇女半边天"的说法，男女平等，男人能干成的事情，女同志也能干成。和王为民一同开会的申纪兰在1954年的时候，她提出男女同工同酬倡议，被写进了新中国第一部

《宪法》。《人民日报》1964 年社论上用了"妇女能顶半边天"这句话，从那时就流行开来了。

李红妹举的例子印证了这些事。大棚里有哪些活？最大的力气活是建大棚，和盖一口大北屋一样，有一道厚厚的墙，这个全用推土机、拖拉机来做。建好了大棚后，整地、下种、栽培、嫁接、浇水、治虫、施肥、采摘，处处离不开妇女。思前虑后，王为民觉得李红妹讲得很有道理，也代表妇女的心声。他说："我完全同意你们的意见，只要妇女发动起来，这个家庭就发动起来了！我们共同努力，把蔬菜大棚推广工作做好。"会议开得紧张又活泼，效果很好。

李红妹于是回家搬着铺盖来三元朱村住下来，结识了赵银杏。李红妹才知道赤脚医生赵银杏是秀外慧中的奇女子。她嫁过来的时候，17 个大棚开始采摘。村委班子换届的时候，成为村委班子成员，新一届妇联主任。于是县妇联以三元朱村为基点，向全县推广大棚种植。

李红妹从女性的角度看她，都觉得她美不胜收。她椭圆形的脸如满月，皮肤细腻，白净光滑，柔顺的头发随意地披在肩上或者随手挽个发髻，都如画中仕女般美丽。便陡增好感。交谈后，又发现她很热心妇女工作，虽然丈夫在城里机关上班，她主动种了一个蔬菜大棚，又去埠子岭转包了一个乌克兰大樱桃棚。

接下来，县妇联就在三元朱村的会议室召开全县妇女大会，主题是推广冬暖式大棚建设，参加会议的女干部有 450 人。她们到了三元朱村，跟着李红妹去每户调查，然后回到自己的乡镇后，做动员，很短时间内，大大小小的妇女干部都来三元朱村学习，一传十，十传百，建大棚种黄瓜成了全县的舆论中心。李红妹发现 60% 的家庭妇女同意建大棚，20% 妇女过河随大溜，只有 20% 的不同意。而村里的男同志只有 21% 的同意，经过妇联工作，家庭主妇同意建棚的达到了 85% 以上。李红妹也见到了三元朱村追着丈夫满街打的那个泼辣的杨椒，其实杨椒和王土豆非常恩爱。杨椒对王土豆的转轴生气，在她看来，认准了的事，头拱地也要完成。一个人一个情况，千万不要因为别人的看法，动摇自己。其实杨椒的丈夫很早报上过，谁知道他睡一晚上觉，觉得不妥，第二天就反悔，腆着脸让徐子茄把自己的名字去掉。晚上再开会的时候，王仁义一宣传，王土豆又热血沸腾，再报上。晚上又反复，反复三次后，气得杨椒拿起棍子满街追打丈夫，丈夫说："老婆你疯了！"杨椒说："我疯了让你逼疯了，你变来变去，叫人家笑话，你干就干，不干就散伙，用不着这样丢人现眼！"这个男的跑了，不敢回家。杨椒参会当场报名，说："王扁豆不许给我改，他来说啥也不替代我。"刚要往外走王土豆来了，他说："原来号召养猪，政策好，真养了，赔了本，怕了，那时候，我还没结婚，杨椒根本不知道，这次也是政策好，我担心再出这样的结果。"杨椒说："那包果园的事，你就没做着，人家包的都挣钱了，这次种大棚，你不同意我也干，我要闯一下。"

王为民对妇联主动工作很满意，他对李红妹说："干得不错，李主席。在推广大棚的过程中，妇女起了大作用，借着这次机会，用文件的形式，把我们菜乡的妇女组织工作再往前推一步。我觉得把妇女工作做好，是建大棚推广大棚的关键，关系到成败。多次开会，没有形成文件，你们妇联要以文件形式报给县委组织部。"

过了几天，李红妹拿着拟好的文件来到王为民的办公室。王为民接过来仔细地看过，提议："妇女基层干部年满50周岁，工龄在25年以上的，给予固定补贴。补贴不能少于村支部书记的70%。工龄满5年的，不到25年的，要给予一次性补贴。给她们待遇，她们才有干劲。年终走访老党员，必须同时走访一部分女干部，平时要注意培养年轻的女干部。"这个文件立即下发。

不久，一次大会结束后，王为民正往外走，杨椒跑到他的面前，拉着他的手说："按旧社会的说法，您是县大老爷，我们妇女哪有机会与您握手？您那么忙，还专门与我们商量妇女工作，对我们妇女同志这么好，我们若种不好大棚，怎能对得起您。"说完泪下来了。

六

王为民和司机到乡下去，他这个人，只要处理好了手头的事情，不开会，很少在办公室里蹲住，他都是去乡下看实际的工作。

　　这一天走到一块地头，见一圈人坐在地头上打扑克。他凑过去，看到个个面如菜色，头发蓬乱。其中有一个男青年衣服七短八长的，头发乱得像鸟窝。唉！王为民想，没有多余的钱，老百姓根本顾不上自己的形象。要想让老百姓过好日子，必须有挣钱的门路。

　　王为民好奇地问："你们在打牌，为什么不种大棚？"那个头发乱糟糟的像鸟窝的男人，撇了一下嘴，冷笑道："种大棚？你知道要有什么吗？"王为民吃惊地说："有地，种就是了，还需要啥？"那人又冷笑了："地都没有，还种大棚。"看他的神情不像是胡搅蛮缠。于是王为民问道："老弟，话怎么这样说呢？怎么会没地呢？家家户户承包了土地快十年了，难道你们家个别？"那人说："你去问问，一个大棚一亩地，我们村有几块地村民就分成几块，连个大棚也垒不起！"嗯，王为民一听就明白了，不是没有地，是当初分地的时候追求平均，每块地每户占有的面积都很小，不够一亩，无法建大棚。他松了一口气，笑着问道："那有地了，你们种不种？"

　　有一位年龄大一点站了起来，说："有了合适的地，也不一定种，种菜比种地需要的水多，我们这里井少，真种不来。"

　　"嗯，还有这种情况？"王为民越想越不踏实，这个村子属于纪台镇和东埠乡的边缘地段，说明不是一个乡一个镇存在这个问题，而是大多数乡镇存在，这对发展大棚多么不利呀！于是他饭也顾不得吃，就和司机来到了东埠乡政府，院子里很静，干部们都下乡去了。管沙场的武装部老赵刚要出门，见王书记来了，忙迎过来，和他一起来到办公室。东埠乡的党委书记张红薯也下来了，就是改造盐碱地时，王为民严厉批评又主动拥抱的那个人。谈起种大棚的问题，也发愁，他们于是一块去地里看看。承包土地政策三十年不变，现在实事求是地说，不调地，就建不成大棚。

　　王为民对张红薯说："你想想红薯，一个地方存在这个问题就表明很多地方也存在这个问题，一定得解决。"

　　张红薯说："缺大块的地，还缺水呢！"

　　王为民吃了一惊，是的，菜乡南部普遍缺水，这是王为民知道的，王为民感到事情的严重性。一刻也不等，他立即打电话让水利局长来东埠乡办公室说一说水利的事。二十分钟后，水利局长肖农赶到了。这一说，还真是个大问题，菜乡的北部和中部地区有一个咸淡水分界线，全是咸水，不能种菜。在东南部也是缺水，所以要真正的解决普遍推广种植大棚的问题，就要广泛打井。

菜乡的东南部从地质上来讲，是董岗区地下水资源匮乏，被称为贫水区，东埠、纪台、田马、赵庙四个乡镇土地都缺水。还有中部的几十万亩，贫水区的老百姓也愿意种菜，可是没有水怎么种呢？

过后，王为民在县委常委会上提出的这个问题。他们成立了打井队以后，水利部门专门成立了一个深水井钻井队，到省水利部门请了一个技术人员当顾问，并且立即办培训班，培养100名左右的技术人才，也拨五百万专款作为县乡两级购买申请专机的补助计划，购置50部，一部就补助10万元，已经打到1200眼，密度100亩地一眼深水井。

在寨子村打出了第一眼玄武岩深藏成雅大水井，泉水很旺，比一般地方的出水量大，几百名群众都来观看，说："这又是一个创造。同时五十多部钻机同时开通，歇人不歇马，日夜突击，不到两年时间完成了预定的打井计划，为农民致富做出了重要贡献。"为了解决贫水区的淡水问题，王为民和他的战友费尽了心思。他们在丰水区打上井，通过防渗渠道远距离送水；二是大搞防渗渠道，节约用水；三是推广以色列、新西兰等国家的滴灌和微喷技术降低了用水量；四是在盐碱地打深水井推广无土栽培技术，千方百计在贫水区和无水区，让群众能种菜。

调地的事可不那么简单，王为民走了好几个村子，还是东华村最典型，它们这个村子啊，有十多块地，每一户都在这十多块地段里有其中的一份，虽然听起来一个家庭能达到四亩地，可是这四亩地分散在十多个地块，每个地块只有几分地，哪一个地块也不能单独建成一个大棚，因为一个大棚就要一亩地。村委对土地必须来个大调整，这样王为民就在东华村召开了乡镇党委会。第一个任务就是麦收以后进入调地阶段。再说了，种大棚的地需要东西方向，才能够接受阳光的照射，而东华村大部分的地是南北向，需要把土地变成一半蔬菜一半良田。乡镇组成了领导小组狠抓落实，终于在麦收以后两个月之内，都进行了土地调整。打井也是一个大问题，各个乡镇的水利站组成打井专业队，一个村一个村的，一块地一块地增加机井，标准是十亩蔬菜大棚一眼井。各乡镇党委书记都把这件事当作头等大事，亲自抓，在8月份大棚建成之前，全部完成打井的任务，土地也进行了重新承包，签订合同30年不变。机井建成配套后也要落实到户来管理，那个头发乱得像鸟巢的就管理着一眼机井。

七

从东埠乡回来的路上，天高旷远，白云朵朵，王为民的思路也开阔起来。汽车忽然停住，王为民吃了一惊，才发现前面一辆很矮的兜子车正在卸着什么，挡住王为民这辆车的去路。两个男人各持一把边向内翘的大铁锨，用力而有节奏地铲着东西。

王为民的司机小张喊道："兄弟让让路！我们有急事要过去。"其中一个人停下锨，朝他喊道："土很暄，无法移车，稍等一下，马上就完，就走。"

小张很着急，哪有让书记的车等待的道理？他想要说什么，一回头看到王为民已经下了车，他也将车小心地往路边上挪了挪，赶紧跟着下了车。王为民边走边对卸车的人说："不用急，你们卸完再说。车上拉的什么？"

王为民走的这条路是生产路，只要下乡，他就专门挑这种生产路走，顺便看看庄稼长势。虽然路很窄，不能同时让两辆车并行，可是能看清田野里的作物。再说，王为民出来就是为了了解更多的事情，等等没啥不好，王为民爱与老百姓打交道，他们敢于说真话，自己会了解到更多的真相。

那个用铁锨卸车的人个子不高，脸圆圆的，穿着一件短袖红色T恤，约有三十岁年纪，他听见王为民问他，就说："这是鸡粪，用来种菜做底肥的，也叫有机肥，价格低，实用，用这肥料蔬菜能抗病菌，你们菜乡很多大棚长年用我们的。"王为民说："听口音你们不是本地人。"那人说："不远，大哥，我们是邻居青州的，家里有养鸡场。"

　　红色 T 恤卸完车，开着兜子车腾腾腾地朝前面走，灵活地拐两个弯上了公路，朝青州方向走了。王为民看着消失在视野里的小车，略有所思。回到县委后，他就让张主任找姜县长来商量这件事。王为民说："种大棚蔬菜，肥料是个大问题，要用有机肥，这个要自己造，我看养鸡就很好。"姜县长顺着提了几个方案。王为民说："我们一年收获的玉米可以养鸡，人们有蛋和肉吃而种大棚需要的鸡粪也有了。"王为民心里想，养多了鸡，下多了蛋，老百姓就会天天有鸡蛋吃。

　　说办就办，王为民号召养鸡，全县立刻响应，建立了二十多个鸡场。王为民找来了人大常委会副主任桑林、畜牧局长崔荐，到了他的办公室。王为民觉得参与的人还有点少，就喊道："张主任，你也加入养鸡小组吧？"张主任答应着，于是加上张主任共四个人商量养鸡的事情。王为民说："咱们算一笔账，现在全县已经有 26 万个棚，一个大棚占一亩地，年使用鸡粪 5 方，26 万个大棚，就需要鸡粪 130 万方，需要养 1280 万只鸡，才能生产这么多鸡粪。一只鸡吃玉米 6 公斤，1280 万只鸡只需要吃玉米 7200 万公斤。菜乡全年生产玉米 3.3 亿公斤，留出种子，扣除平时用的，还有 1.5 亿公斤玉米，可供转化，可喂养 2500 万只鸡。现在全县只养了 500 万只，还可以养 700 万只。"他说出一连串数字，听的人都吃惊了。看来王为民是有备无患，早已做了调研。

　　王为民又说："菜农说种菜最好的肥料是鸡粪，可做基肥又做追肥，还没有污染，既然发展空间还很大，我们就去发动群众来养鸡。所以县里要发展养殖业。桑林是老同志具体指导这件事，崔荐具体去干。"桑林和崔荐答应着，两个人合计了一下，决定下村了解情况。

　　崔荐是新提拔的干部，他非常高兴，因为县委书记关注他这一行业。他如何上去发展养鸡是个突破口，养鸡这件事任何的东西都有优势，为啥呢？因为这里有个慈伦鸡场，清华大学的教授金岳霖都说过，慈伦大鸡、上海浦东鸡、固安鸡，还有一个地方的鸡被称为中国的四大名鸡，看来我们要发动群众养鸡，养鸡用原来的鸡舍也可以，在大棚里也可以养鸡。这些地方离海边很近，一过去有很多的水洼，水洼里长出很多的小芦苇，芦苇的小叶引来许多的虫子和小蜻蜓，而围绕着芦苇根部的是些小鱼小虾，在中间的淤泥里有很多蚯蚓，还有很多贝类，不知名的小虫子飞来飞去的，这就适合于养鸡。于是周围的村民家家户户养鸡。一个村子叫北慈，一个村子叫大伦，所以这里的鸡叫慈伦大鸡。解放以后，县里最大的养鸡场在这里诞生了，叫慈伦鸡场。桑林和崔苻到慈伦鸡场的时候，一个二十多岁的小伙子正在给鸡打预防针。这个小伙子叫伦明，他说："我们这里的鸡，是纯种的，很早的时候有个故事，有一个姑娘出嫁到外地，生了一个儿子，娘家北慈七天送粥米的时候，娘家给她送去了一篮子红皮鸡蛋，这个姑娘很高兴，她不舍得吃，要把这个鸡蛋抱成小鸡，繁殖下来。放在炕头上盖上棉被，等到好多天鸡蛋没有动静，打开一看都是煮熟的。所以这些年从没有外传。

桑林和崔苻说了王书记号召全县大力养鸡的事儿，要攒鸡粪种大棚等等，他们都很高兴，有业务了，他们就赶紧找种鸡蛋孵化小鸡。这件事最积极的乡镇就是稻田镇，他们用大棚来养鸡，有一户人家，他养了五千只鸡，他们一户带动另一户，家家户户养鸡。这个人家养鸡多了，以后他专门来孵化小鸡，很快全县上了 30 家养鸡场。

王为民不放心，他召开了一个大会，强调说："我们为啥要养鸡呢，就是要让大伙少用化肥和农药，我们要用有机肥种无公害蔬菜，我们要保持我们的品牌，这是一个大问题。"他很认真很诚恳，做到了苦口婆心。他拍拍自己的胸膛说："种菜的人要想着吃菜的人，千方百计地生产一些农药残留不超标的蔬菜，保证人的身体健康和食品安全。现在人们的生活水平提高了，他们的心里是多花一点钱不要紧，只要安全就行。要摸透人的心理。"于是他下文件规定种大棚菜，要尽量使用鸡粪、豆饼之类的有机肥，不准或者减少使用化肥；要使用高效低毒的农药，不准使用剧毒农药；要按操作规程用药，不准乱用药；要建立蔬菜检测中心，不达标者，不准上市。他的指导思想是宁可产量低，也要无公害，你无我有，你有我优，你有我特，现在全国各地都发展起来种菜，我们没有什么独特优势了，我们的优势应该在无公害绿色蔬菜上下功夫。

几年后，菜乡蔬菜质量检测中心、圣城蔬菜检测中心纷纷成立。

第六章　盼着韩师傅来

一

1号吉普车上有韩师傅的灵魂，黄瓜是他传经送宝的抓手。日子又飞起来，转眼就到严寒的冬季，大棚里的黄瓜蔓子到了疯长的时候，韩大山忙得团团转。从这个乡镇出来，到那个乡镇；从这个棚出来到那个棚，那户有了问题，那户叫，他随叫随到。第一个阶段，指导各个大棚上薄膜。

稻田镇好几个村报名的很多，尤其是一个叫马寨的村子。相传这个村子的名字大有来历，是唐王东征的时候，部下辛、罗两位将领，临着一条叫丹河的河流安三营扎五寨，总称辛罗营，也叫寨里。马寨始祖马龙飞由山西洪洞县迁来，成为主户，繁衍生息，就叫了马寨。支部书记马凳，村里从1983年就开始种菜，他和梁元是好朋友，见梁元在小麦种植上有了贡献，十分羡慕。全县号召种大棚，他算计了一下，真好，他们村地多，肥沃，他立即调地，带头报名，150户人家报了160个，有的户干脆报了两个棚。镇上专门在他的村里设了标准棚，韩大山坐着车来这里讲，周围村的农户也来这里听。一天下来，韩大山感到浑身像散了架。三元朱第一批种棚的人，有了经验都做技术指导，包着村里新建的大棚。但是也时常遇上问题，来请教韩大山后，再去解决别人的问题。给韩大山开车的司机小王说："韩师傅，人身是肉长的，不是钢筋水泥，您一定要注意休息。您这个干法，累垮了怎么办？"韩大山笑了笑说："没事，我身体好着呢，我能顶住！"

　　王树林是魏桥村的村民，魏桥村和三元朱村都属于孙集镇。王树林长得浓眉大眼，一表人才。虽然没有上过几年学，可是头脑满是生意经，他经营煤炭生意，企业的墙上刷了一条大标语：太阳从这里升起。因为手中有钱，他在村子东南角的废旧窑厂搞了企业，给村里上了图书室和健身器材和村博物馆，收集了碾、铁锨、齿耙等不用的旧农具，在村里威信高，于是镇上干部到他村促进大棚建设时，中午或者晚上不走了，他就杀鸡，留下人家吃饭。这些鸡看起来是普通的鸡，却有一个不普通的名字。都是蔬菜的名字，以表示他把动员建蔬菜大棚看得很重。他的十只鸡分别叫黄瓜、南瓜、冬瓜、丝瓜、蛇瓜、苦瓜、银瓜、西瓜、甜瓜、木瓜，他舍不得吃，也不能杀，母鸡下蛋，好好喂养，公鸡不下蛋长大后只好卖掉。

　　王树林用车皮往这里运煤，到年根了，对方销售员来要账，他开了一张死亡证明，销售员只好认倒霉空着手回去了。家里人对他这种做法很反感，联手将他告了，他被拘留了一段日子，腰落下了病根，一手扶腰，成了他的特点。

　　一次韩师傅帮着村里种了大棚，当年就有了收入，村里一半家庭成了万元户。他十分感激韩大山和王仁义，也想杀一只老母鸡，给韩师傅吃。韩师傅从棚里出来，急着赶到邻村去指导，他都急得哭了。

　　王树林和韩师傅失之交臂，却和王仁义有了兄弟情谊，于是就回报三元朱村，花了近百万元给三元朱村每户人家订阅了一份《菜乡日报》，让三元朱村成了菜乡第一个日报村，家家读报纸，也带动了其他村子订阅。

　　接着整个菜乡出现了十多个日报村，读报纸了村民的时尚。

　　韩师傅和王仁义坐着1号吉普车，跑在乡村的路上，到每个乡镇去讲技术辅导课，然后就是钻进大棚里，解答疑难问题。建棚、高温杀菌、消毒、浸种、催芽到嫁接、定苗，还有光照、通风、追肥、浇水、打药等管理技术，每到一个棚，就是这一套，老百姓怎么问他怎么回答，回家累得浑身散了架。他有时每天跑二百多公里，七八个乡镇，全县到处都有他的足迹，三天指导一遍，他总共举办了技术培训班1500多期，一天要到几个乡镇培训班上课，歇马不歇人，连轴转。于是他和王鑫商量，都将大棚卖给村民，他专心在蔬菜局上班，王鑫去济南历下区还有日本传授冬暖式大棚蔬菜种植技术。

　　韩大山在一处讲完后再到另一处讲，因为要赶农时啊，超出农时了，他怕耽误了蔬菜的生长。超负荷的劳动，不几天，韩师傅真的病倒了，可是一有电话，他又带病出去教技术，一去一天，周慈姑急得嘴上起了燎泡，说他也不听。只好晚上回来给他挂吊瓶。

　　要在全县这么多农户中，落实这种嫁接技术工作量和工作难度很大，王仁义、韩大山互相配合，一块讲课指导或者独立分片培训，他们天天泡在大棚里，一点一滴地把技术手把手教给菜农。因为是刚刚推广，所有的农户唯恐离开拐杖，就都不行了。韩大山对周慈姑说："我怕农户关键点上掌握不好，会毁了苗，废了钱，伤了农民的心。"他和王仁义就像抽打的陀螺，一刻也不停地转。他们一心想将这些技术原原本本地交给种菜的农民。

二

　　把南部为主的乡镇打造成蔬菜之乡，实现一乡一品，或者一村一品的目标。有些村民根本没有见过大棚什么样子，所以他们的工作更难做，没有办法，他们只好做好七个字：多说，勤跑，做示范。

　　韩大山和王仁义坐着 1 号吉普车，把全县 34 个乡镇跑了一遍，摸透了乡情。重新从土地、肥力、水的条件以及原来的政策和传统方面全盘考虑遴选建大棚的村庄，他们最大的难处是有些地方根本没有水井，不能及时浇上水，可是蔬菜是一个喜水的行业呀，当然要分析一下，从中挑选了 27 个乡镇作为工作重点进行推广。确定了以后，他们就开始办学习班了，可是建大棚的时间也很集中，蔬菜生产的季节性逼着，他们在很短的时间内要到 27 个乡镇跑，必须连轴转。他们无法选择，没有节假日，也没有星期天了，天天往下跑。韩大山说："二哥我没有意见，你比我年龄大，你还有病动过手术，我没得说。"所以他们只要接着电话，就往下跑。王仁义每顿饭还不能吃得太饱，在车上摇摇晃晃，上下颠簸路也不是很好，27 个乡镇跑了个遍，最少一天办一期，最多一天办三期。早上 7：00 就开始了，最晚的班晚上 11：00 下课。

　　五台镇在菜乡的东北部，这里的人会打渔，过去从来没有种过蔬菜，对蔬菜认不全，他们的副业是草编、陶瓷，收入不固定。王为民书记领着治理盐碱滩后，这里的地压下碱去了，能种庄稼，能种菜。

　　马涛打电话给王仁义，让王仁义有空来五台镇讲课并指导。王仁义想都没想就答应了，可是马涛不知道，王仁义内心是多么煎熬。

　　这一天，王仁义特意穿上一套西服，认真地做报告，讲完一节课，就去角落里打电话。马涛也是很看重这次讲课，他特意西装革履，严肃庄重，细心的他关切地问："二哥，您的身体能否撑住千人大会，这里给你安排了两天共四场，每场都得千人以上，您能行吗？"王仁义笑笑说："没问题，你只管组织人就好了。"果然，两天下来，王仁义讲得很好。他就讲这个蔬菜产业未来的前景，菜乡种菜的基础，循循善诱，步步深入，把农民兄弟种菜的兴趣调动起来，然后才开始重点讲解大棚蔬菜的管理技术、育苗、移栽管理、病虫害防治等等，事无巨细、面面俱到娓娓道来。农民兄弟听不清弄不懂的，他就不厌其烦地解释。两天下来，嗓子哑了，他累了就利用课间休息靠在沙发上歇一会儿。

　　马涛看他有些心神不定，还以为是累的，没有多想，只是劝他多休息。讲完两天的课，临走，马涛执意要送他，他不让，拗不过，只好送到了人民医院门口。王仁义回头对马涛说："马书记免送，我进去有点事。"马涛以为他身体不舒服，去找医生查查，于是执意和他去，他才无可奈何地说："我自己的大哥在医院接受治疗，医院已经下病危通知书了。"

　　马涛吃了一惊，这才知道，讲课期间王仁义打电话和心神不宁都是牵挂他的大哥。他的大哥王仁田是1963年响应党的号召到新疆当兵的，气候非常恶劣，从部队转业一直响应号召，支援边疆建设，在1990年知天命的时候，回到了老家，刚刚与家人团聚，却查出得了重病。王仁义心里不是滋味。

　　五台镇的蔬菜种植，当年有了成绩，许多贫困户一冬脱贫，成为富裕户。很多已经辍学的孩子重新走进课堂。很多人中途放弃了打工回到了家乡。这一年，马涛书记被授予山东省优秀基层党委书记。

三

当北风刮起来的时候，日光冬暖式大棚里温度开始上升。北方的阳光穿过蔚蓝的天空，普照四方，蓝盈盈的无滴膜储存着太阳光的热量，温暖着大棚每一个角落。菜秧秧快速地长壮，瓜妞妞开始长大，菜农开始忙碌。嫁接、定植、移栽，等几天过后，他们会成为一体，而茁壮地成长，这个时候铁丝用上了，塑料绳也用上了。

但是干活的人们也开始觉得腰酸背痛，手臂会疼。有的人眼睛会发痒，当然，在30多度的大棚里，汗水开始流淌。但是他们内心是喜悦的，秧苗生长，万物葱荣，总是快乐的。从凌晨3点，韩大山在大棚里嫁接黄瓜，一直没有吃饭。司机过来了，等着他去到镇上讲课。妻子周慈姑说："饭在保温盒里，吃了饭再去讲课。刚才叫你吃，不吃，一会儿就……"韩大山说："刚才不饿，先干完这些，再吃，来不及了，不能让听课的人久等，一千多人呢。"他匆匆地换下干活时穿的衣服。

韩大山坐着吉普车来到孙集镇影剧院，熟门熟路地走进去，容纳1000人的影剧院，已经挤挤丫丫坐进了1200人，还有些人站着。韩师傅走到主席台，没有开场白，直接进入讲课了。这个时段需要什么、他就讲什么内容，有发动群众的事，大多数是讲技术、买种子、购物，然后讲育苗、嫁接、浇水、施肥……

四

1991年离春节还有一周的时间，寒风中的乡村里，集市上弥漫着爆竹、对联、年货的味道，但是王仁义和韩大山还在奔波。一天，他们从外面刚回到村委，天黑了，天上飘起了雪花，身上冷起来。看门的大爷就蹭蹭跑进来说："一个村里的电话连续打了十几遍，说请你们俩去看看，他们说得很急，我也搞不清楚。"王仁义起身跟着大爷来到传达室，他翻开查询，联系来电的人原来是菜乡最北部一个乡镇的支部书记打来的，也许是棚里的温度有变化，他们本来不会种菜，遇上问题很着急。因为那里离县城40里路，他们没有种菜的传统，村民有问题就心里没底，怕村民们一下雪就慌了神，肯定是温度有变，黄瓜秧出什么差错了，还是决定立刻赶过去。王仁义回到办公室看到斜靠在沙发歇一歇的韩大山，说："老韩，我们还得出去。"爽快的东北人韩大山习惯了这种做法，他说："今天的事今天办，肯定过不了夜。你都拖着病身子，我还有啥说的。"韩大山来不及换全是泥巴的鞋子，重新穿上外套，司机发动了吉普车，他们坐着吉普车吃力地向前走。昏黄的灯光照着前面的路，车子一会打滑，一会儿就要像飞出去，雨雪疯狂地打着车窗，整个车子行走在茫茫大海里，摇摆前行。突然一辆小型的农用车迎面冲过来，司机小王和韩师傅几乎同时"啊"了一声，也许是小王随手打了方向盘，也许是农用车快速纠正了方向，反正两辆车擦肩而过，车没有碰撞，但是吉普车一头扎进了深深的公路沟里。

"王书记！老韩！"最先从车里爬出来的司机小王，一边哭着一边喊着，一边寻找他俩。忽然，他看到韩大山从变形的车里爬出来了。俩人向车里找王仁义，没有。忽然韩大山发现王仁义躺在沟边，原来是被甩出去了。韩大山忙脱下自己的大衣给王仁义盖上，他说："快上公路拦车！"小王跑到公路上，轮着胳膊呼喊着拦车，喊救。很快路上跑过辆车，停住，村庄里的群众络绎不绝地赶来，大家将昏迷中的王仁义送进人民医院。

韩大山心里可难受了，大伙让他也去医院检查身体，他不去，说没事。连夜赶到北部村里，看看大棚出现了什么问题。医院里的病房里弥漫着不安和期待，白色的世界里监护仪上的滴答声令人不安，王书记去医院找最好的医生抢救王仁义。探望的各级领导和群众排着队，他们都来看看这位无私的老农民。第三天医生查房的时候，陪床的徐子茄发现他的眼皮动了一下，"醒了！醒了！"徐子茄说看到王仁义的眼皮动了。他真的醒过来了，妻子梁佛手哭起来："你又回来了。"王仁义看着清一色的白大褂，看到泪流满面的妻子，仿佛一下明白了。他轻轻地说："放心吧，没事，那么多的事，还没干完咋能死呢？我不过睡了一觉。"梁佛手说："你这一觉可好，三天三夜不醒，把大家都急死了。"王仁义才明白自己昏迷了多长时间，看到自己身上插着管子、插着导线。

王为民和韩大山也过来了，他们心里一块石头落地了。

王为民匆匆地来到床前，他说："二哥，无论如何先养好身子，一个月不许办理出院手续。不许再为蔬菜大棚的事分心，也不准任何人来打扰你。"

韩大山也说："二哥，安心养病，技术上的事有我呢。我会天天出去指导。北部那一户，温度低，水也没有浇足，我告诉我们方法了，您放心养病。"

王仁义问："你伤着吗？"韩大山说："没事，只是吓了一跳，身上也有些疼，不碍事。"

往后的日子，王仁义时常叫老韩来医院，从他嘴里了解县里大棚的情况。

韩大山一个人去跑，风雨无阻，困了在车上打个盹儿，累了舒展一下身子，渴了有矿泉水；饿了，吃一顿面包大葱。饱一顿饿一顿，各个乡镇都争着让他去指导讲课。王仁义出院后，算了算，他们一年在各乡镇能讲到128期，这一年，王为民打算上1000个，没想到发动得好，各个乡镇的党委书记能干，当作第一任务做，报名到5000个，最后没有刹住，增到了5130个。最后大家算了账，每个棚收入1.5万元，全县增加收入1.2亿元，很快全部还上了银行贷款，还增加了近一亿元的存款储蓄。

农业银行的行长王耀到处说："蔬菜大棚这件事我开始还有点怀疑，现在我算真服了！"

五

第二年，菜乡全县发展到3万个大棚。韩大山每天驱车指导栽种、追肥、浇水、打药、技术管理，都要示范指导，每天驱车200公里跑七八个乡镇，全县22处种棚的乡镇，到处都有他的足迹。他总共参与举办技术培训班1500多个，有时候一天要到几个培训班讲课，在一处讲完后再到另一处，超负荷的工作韩大山又病了。医生要他住院治疗，他不肯，多少个乡镇多少个村庄多少个大棚需要他去指导去诊断。

菜农都说："只有韩师傅来了，心里就有底了。"当时种大棚的谁不盼着韩师傅来呀，就这样，他咬紧牙关还是老做法，白天巡回指导，晚上打针治疗。韩大山和妻子周慈姑讲自己跟着王为民出去学习的体会："星期天，王书记拉着党委书记和有关局长去张家口港参观，也叫上我。我知道他的意思是让我多看看，多长见识。南方发展得快，比如张家港是一个江苏新崛起的城市，他们那里工作经验是，上级围着下级转，下级围着基层转，基层围着企业转，一切围着发展转。王书记说，菜乡的成功经验就是因地制宜，发展蔬菜，老百姓也不用出去打工，就在自己的土地上找需要的物质财富。"

韩大山不知不觉认识提高了，他和王为民靠近，把菜乡蔬菜大棚经济效益的实现，作为自己的理想，将自己掌握的技术应用到生产实践中去作为自己的追求，在王为民的关怀帮助下，他的思想觉悟境界在升华，他逐渐从农民意识中走出来，他有了更远大的目标。

《人民日报》《经济日报》《大众日报》各种媒体都来报道蔬菜批发市场、三元朱大棚，三元朱大棚和菜乡蔬菜批发市场的声誉越来越高，来考察学习的络绎不绝，请做报告传授经验的一个接着一个，也来三元朱请技术员。河北省考察团在三元朱参观以后，第一个提出派技术员到河北省去发展大棚，三元朱派第一批 8 名技术员去指导。后来一年当中，不足 200 户的村子派出了 140 多名技术员，分布于 20 个省；27 人被聘为科技副乡长，两人被聘为科技副县长。每年都有 3000 多名农民技术员在 26 个省市自治区忙碌，毫不保留地传授大棚蔬菜种植技术，传扬绿色的科技，飞播着绿色的希望，这科技和希望染绿了大江南北、戈壁、沙滩，莽莽雪原，千千万万农家喜悦的心田。

这个时候，一位领导担心上这么多大棚，卖不出去怎么办？其实，王为民早就想到了这一点。那年烂掉大白菜事件，给他敲响了警钟。警钟长鸣，他和菜乡要避免再犯同样的错误。那就时时刻刻保护好来之不易的市场。

第七章　买全国卖全国

一

王为民与夏九韭交往，就是从建菜市场开始的。那时候夏九韭刚刚当上九巷村的支部书记，四十岁，正是干事业的好时候。这个村子算是郊区，地理位置和县城挨在一起，却和县城经纬分明。这里的人头脑灵活，做小买卖的多。

冬暖大棚落户菜乡之前，王为民和百万人民打造的九巷蔬菜批发市场头上已经有了江北第一家的头衔。东西两个拱门上有一对标语，就是常常同王书记下乡的吴秘书长的真迹：五渠通天下，四海集一市。原来吴秘书长写的是：五渠通天下，四海成一市。王为民沉思了一下，把"成"改为"集"。

王为民心中的胜利油田，因为黄河的缘故，也因为距离近的缘故，有着很亲密的行为。比如胜利油田建大楼，所用的沙子就是菜乡母亲河两岸几千年积累下来的，老百姓几乎不挣钱般的贡献给了胜利油田。要知道弥河的沙子主要成分是石英，经过水的洗揉，万般打磨，千般磨炼，坚硬无比，放在红砖的缝隙里充当粘合剂。听说有些山上的岩石，看起来是沙子，用手指用力一捏，碎了成尘。有的不法商人良心让狗吃了，卖给施工队，导致楼房成为豆腐渣工程，面临倒塌的楼房，没有人会想到是毫不起眼的沙子的缘故，他们还以为是工地上缺少钢筋所致。后来质量实行监督，这样的事情发生少了。而胜利油田城市建设用的都是弥河优质的沙子。有段时间，弥河的沙子处于乱采乱挖阶段，吉普车也无法开进河滩，大土堆像小山一样连着，拖拉机像喝了酒的醉汉，东倒西歪地拉着满车的沙子，七拐八拐地开到公路上。除了本地建筑用，几乎都运到了东营胜利油田。从这方面来说，菜乡为胜利油田的城市建设做出了贡献。

生产决定流通，流通促进生产。这是马克思主义的一条基本原理。王为民当上县委书记后，他和班子成员分析："当前计划经济开始解体，市场经济开始孕育，城乡经济发展，需要急切出现一个大的市场，把城乡结合起来，我们要抢抓机遇，把市场做起来。"大家纷纷赞成。

王为民要搞菜市场，还有另一种原因，那就是烂了二百吨大白菜。那年冬天，王为民刚刚上任县委书记，下了班，往家走，一个卖菜的老大爷，六十多岁的年纪，瘦巴巴的，在寒风中缩着肩膀，裤腿脚上沾着泥巴，见王为民往这里看，他扬起手招呼到："兄弟，一看你就是个干部，买棵白菜吃吧，我卖得便宜。"王为民说："为啥卖得便宜？"那人手里托着一棵白菜，不停地唉声叹气，王为民看着像一块玉石，老帮子扒掉了，全是乳白色的娇嫩的颜色。老农说："这一车白菜，若今天买不了，拉回去也是烂掉，我就不想再拉回家，贱卖。"那个老农说着说着就哭了。王为民很不忍心。其实他自己也穿得很朴素，旧中山装、旧裤子、解放鞋。前几天，听说县里大白菜丰收了，他很高兴。没想到白菜多得老百姓自己吃不了，去集市上卖也卖不了。王为民说："老哥，算算这一车多少钱，我全要了。"老农连声说谢谢，遇到菩萨了，一共20元。

于是老大爷就跟着王为民去家里把一车子白菜放下，很高兴地走了。

侯莲花说："我们家存了这么多白菜，你还买？"

王为民没有回答。他心想这位老农的他全要了，其他人的呢？怎么办？他连夜回到办公室加班，统计今年的白菜产量，下了一个通知，只要是国家发工资的职工，你就要储存一定数量的大白菜。通知一出，说三道四的有，唉声叹气的有，但谁也不想反对新上来的县委副书记，大大小小的基层干部不同意也同意，他们纷纷地买白菜，储存起来，吃不了的也要买，买下来给亲戚吃，这一年白菜还是烂掉了二百吨。王为民想起来就心痛。王为民后来想："假设我不买白菜，我怎么知道白菜卖不出去呢？我也不会天天遇上这种事，让干部买一次可以，啥也让干部们掏钱，他们也上有老下有小需要养活，不可能一刀切。"从这个时候，王为民想着一定建个市场。

要发展菜园子，只有去搞市场交易，才能够顺利地收回钱来。所以要想发展蔬菜生产，首先要建立一个大菜市场，以经济规律为杠杆，蔬菜市场为支点，来撬动菜园子的发展。建设一个蔬菜批发市场成为王为民为老百姓做事的一个突破点，他时时刻刻寻找建立菜市场的机会。

<h1 style="text-align:center">二</h1>

五路口堵住了南去的两条路，搞起了房地产开发，这个地方成了丁字路口；向北的这条马路就叫石马街，是古老的一条街，成了西关集的延伸。西关集逢五遇十，五天一个集，从南到北，搞蔬菜买卖，大部分沿街房自然形成了服装市场。而西关一条街是大集，卖粮食、打铁、卖编织品等。

王为民心中的这个蔬菜批发市场，必须客流量大，不能离县城远了，可也不能在县城里，县城里没有这么大的地方，也会阻碍交通。到底那个地方合适呢？他和张主任处理完办公室里的事，就出去转悠。把县城附近几个村庄的集市看一看。很快，小张提供一个附近村庄赶集的日期，王为民带着张主任去赶集。

在熙熙攘攘的大集上，农民的笑脸，他看了最舒服，就应该鼓励农民们用自己的劳动成果换钱，有了钱，孩子们上得起学，老人们看得起病。整个县城实际上并不大，由东关、西关、南关、北关、小东关和城里组成，逢一十五是西关大集，规模最大。再往南看，是南关和南魏，西南为前三里后三里，再向南是南徐、前张后张，仁和、小李家、东石西石，南徐有个大集，沿着工业路，从南到北。

过了东关，就是王口和建桥。建桥就挨着弥河了，弥河的建桥大集仅次于西关集；往西去，是九巷、仉家，也没有大集，都赶西关大集。只有西关大集最全最大，似乎是全县人民狂欢的地方。东西大街，多为白铁、面食之类，南北大街多为服装、粮食、编织。卖蔬菜的地方很小，挎着篮子的、挑着担子的、推着车子的，摘下的菜当天要卖出去，当天卖不了就会烂掉，与其烂掉，不如贱卖。其他的物品再赶集时还可以卖，比如筐子、粮食，蔬菜保质期限就是一天两天的，摆出来失了水分，就不值钱了。如果大力种菜，用车装来卖，一个大车横在这里，出不来进不去，所以扩大原来自发形成的集市，被王为民彻底否定了。那怎么办呢？

王为民和小张沿着石马街走一走，他想起来了，这条路原来直接通往胜利油田。这个地方叫五路口，西北有一座二层楼房，叫大众饭店，那里的大包子香飘万里，白菜猪肉大葱，每个大包子有成年人的拳头那么大，一菠萝一菠萝地卖。

五路口饭店对面，是小商小贩的聚集地，东营的车辆，就来这里捎菜。修渤海路时，把这条路堵死了，成了丁字路口。饭店也拆除了，往北延伸的这条石马街变成了一条卖服装的路。大车没法来买菜，他们去哪儿了？旁边的一个老人说，去南关木合市了。王为民和小张沿着潍高路一直往东走，他们发现，路南出现了一个专门卖木材的小市场，就是人们说的木合市。在木合市的一角，王为民发现了几个卖菜的。于是他和小张过去问价，那几个卖菜的不愿意搭理他们，并且冷冷地说，不零卖，这是论车卖的。王为民很惊奇，就和小张站在一边，点上一支烟，静静地等着他们交易，看看他们是怎么卖菜的。一会儿，过来一个戴眼镜的人，和他们打招呼，看起来很熟悉，戴眼镜的人一招手，那几个人，就到一间小房里用大秤称。接着戴眼镜的人出来，向路边一招手，一辆黄河大挂车轰隆隆地开上来，那几个卖菜的客户，立刻往车上装菜。车装好了，这几个人到一边领着钱，喜欢地离去。戴眼镜的人拉开黄河车的副驾驶门，上车后，开走了。王为民明白了，这是北部胜利油田的车辆，他们的后勤部跟着出发的车来采购蔬菜，保证盐碱地上的职工一周吃菜。

王为民回到市委办公室，分管畜牧的崔苻和梁元来了，几个人坐着说话。王为民给崔苻点上一支烟，梁元不抽烟，两个人抽起来。

王为民说："我了解的是，胜利油田原油产量突破 2000 吨了，在东营工作的人也多了，他们的职工都是从全国各地调来的，科学家待遇高，省领导出门，没有车，去借油田的。他们普遍工资高，工作区域遍及东营、滨州、潍坊等28个县，最远到达格尔木、塔克拉玛干沙漠。最多的时候人口达到三四十万人，靠山吃山靠水吃水，我们就是要看到自己的优势，他们缺菜，我们供应；我们缺钱，他们帮助，工农互帮互利。"梁元说："王书记您说得对，我们北徐村里去东营佘过小鸡，知道那里人富裕，人穿得好，吃得也好。"工商局修武局长进来了，他的头顶有点秃。他说："王书记，我要站好最后一班岗，等接班人到位，我就退了，年轻人有闯劲，我推荐单位的小孙接替，您看如何？"王为民笑了："修武局长，不要光想着退休，在岗一天，干好一天的活，不在岗，有好办法，也要说出来。今天不是谈接班人的问题，是要商量一下发展贸易，在蔬菜贸易上做做文章啊！"

修武局长这才缓过劲儿来，他还以为王书记和他谈接班人的问题，他也早就听说，组织上在考察乡里一位年轻长相帅气的党委书记。看来，县里关注商贸这一块了，以前这个部门很轻微，常年主要领导想不起他来，现在可不一样，三天两头和主要领导见面。只要与工商局沾边的事都挣钱，初中毕业的小姑娘在路边摆个摊，卖烟酒糖茶都挣钱。

王为民和他们聊起天来，说："胜利油田是国有大企业，濒临渤海，紧靠黄河，资源丰富，不管是集体还是个人手里都有钱。这几年东营大搞建设，职工都住楼房，咱们弥河里的沙，都往那里卖。修武局长认真地听着，没有插话。王为民继续说："我们用沙的地方还多，再说了沙是蓄水的，尽量少挖，菜可以多种，供应他们。"他认为胜利油田要解决吃菜问题，就需要大批新鲜蔬菜，这次市场调查给王为民一个启示，就是互相满足对方的需要，使利益最大化。胜利油田要改善职工生活，用钱多买蔬菜，而菜乡人会种蔬菜，手里没钱，用蔬菜换钱，双方都好。由此类推，大城市也需要菜我们只要种出更多的蔬菜就行了。于是王为民就想把木合市变成大市场。

修武局长便去搞规划，第一是和村委沟通，村委的支书，不爱说话，看不出态度。谁知南关村的几位老人三三两两来县委上访，坚决不同意征收自己村里的土地建蔬菜批发，他们有两个理由：一是怕冲淡了木材的生意，二是菜市场建成后，什么人都有，尤其是小偷多，会危及村里安全。王为民这个人，谁的意见不听，就听老百姓的。南关老百姓上访，不答应，王为民不会硬来，必须做通工作，若做不通工作，宁愿不去做。

王为民又和修武局长去考察，发现木合市只一面挨着公路，离村子比较远，人来得少，麦苗的陇上，一行行的桑树，长势正旺。如果再往南延伸，就是一个大市场。三分之一是南关的地，三分之二是南魏的地。处于渤海路和潍高路东南侧，既不阻碍交通又能扩大市场。

三

王为民打算很好，可是在南关村碰了钉子，他很失望。但他知道，对于老百姓不愿意的事情，不能强来，共产党是为人民服务的，不能变成老百姓的对立面。于是他和小张有时间就到处转，寻求最佳地方。他把修武叫来，说："修武，看来在南关地里建，有难度，你去九巷看看，这个地方交通很便利，看看能不能行？"半月过去了，没有眉目。

一天他正在看文件，修武局长快步进来，胖胖的脸上绯红，呼哧呼哧喘了一阵气后，他语气中带着压抑的喜悦，他说："我今天本来去纸厂看看他们，在门口碰上了老同学的弟弟，他是九巷村的支书，你猜他说什么？他说，听说县里要建菜市场，为什么不来我们这里看看？这个地方在县城西边，造纸厂就在他们的东南边，一个叫九巷村子。这个村的人全种一种叫独根红的韭菜，叫贡韭，这是一种冬天的蔬菜，价格不菲，也是春节的佳肴。这里的人头脑灵活，啥时候有空，我先和您去看看，您只要觉得合适，我就去找支书商讨征地。"

王为民说："等什么，我们现在就去，做事要做最重要的，有缓有急。"九巷村有个非常好奇的地方，就是有一座庙，庙里是少有的生祠。生祠的主人叫李莪华，是位医生，也是当地历史上最有名的，现在成了人们心中的神，被供养。清朝时期，他出生在侯镇，长大后居住在姥姥家，在这里行医，名气很大。李莪华爱吃韭菜饼、韭菜火烧、烧饼一类的食物。这个韭菜，能壮阳，当然女人吃了能滋阴。说起来贡韭的来历，就到了 500 年前，500 年前这个地方就有这种宽宽的绿叶子根部一层红皮的韭菜，尤其到了春天割下来炒鸡蛋，炒肉，那个香呀。明朝刘阁老，回家省亲，回朝时候就带了点韭菜给皇帝吃，皇帝吃了以后，就特别想吃，嘱咐每年给他带些来。于是刘家每年送朝廷韭菜，周围村子种韭菜的就多了，一般将头刀韭菜用来进贡。头刀韭菜墨绿、厚墩墩、肥嘟嘟，头上有一点红丝。每到春天它就冒出来新的，然后长高了就割，到了夏天，会有韭苔。韭苔又是菜，实杆，味美，防老。来不及掐去的韭苔，会开一朵白色的花，叫韭花。韭花有很多种吃法，可以捣烂吃，也可以腌好当火锅调料。到了秋天，韭菜变老，枯萎和野草一样荒芜。过完了它们的一生，根在，春雨过后，再发芽，循环往复。但是人们冬天也想吃，于是在韭菜畦北，夹一面障子，挡北风，叫风障，挡住了凌冽的北风，再盖茅草，春节时期会长出黄黄的韭菜，培土，碧绿的韭菜会呈现出来，然后用韭菜刀割出来，捆绑一把一把的，去市场上换回钱来。人家的菜地里，韭菜是第一尊贵的，不种韭菜，似乎这家人不会过日子。一般来说韭菜种在一家菜地的最北边，是与邻家菜地的界限，也是冬天人家最忙碌的地方。

王为民第一次认真地打量这个地方：远远看去，造纸厂在公路以南，透过低矮的红砖围墙，看到里面一座座麦草垛像小山一样连绵起伏。粗大的烟筒冒着白烟在厂上面飘荡，大门口偶尔有工人出入。路北边，是一条大水沟，酱油色的水从厂里急速地冲过来，翻滚着，吐着白沫，缓缓地流淌。有人穿着水靴，站在沟沿上，双手端着一个长柄的大勺子，捞污水中的纸浆。然后将这些纸浆倒在附近的空地上，这是打麦场一样的空地，纸浆放置的图案不一样，捞纸浆的人分得清楚。这些纸浆一朵一朵地在地上暴晒，等到干了，主人就收起来，运回家做饭取暖，相当于柴草，也相当于煤炭。靠山吃山、靠水吃水。九巷村民就捞纸浆当燃料，让还在用柴草烧火的农村人羡慕。有的人走到这里，好奇地把几朵已经干透的纸浆顺手捎走，回家试试，是不是比柴草耐烧。当然在县城附近的九巷人，因为离着西关大集近的缘故，逢五有十的赶集日，也是他们增加收入的日子，所以，相对生活上宽裕一点。他们会在炉子上用熬中药的砂锅，煮牛肉丸，做一些好吃的菜。

四

场地基本选定后，有一个晚上，上党委会。王为民开始征求县委领导班子的意见，准备实施。会议还没开始，一位老领导悄悄地来到他的办公室，很小心地提醒他："市场姓资还是姓社？现在还没有完全定论。还很敏感，甚至有些让人胆战心惊，你可要小心呀！"他理解老领导的弦外之音，很有礼貌地答应着。果然，县委班子成员到齐后，他们开始开会，火药味上来就很浓。

有人直接问："我们计划经济和市场经济哪个重要，还不明确，我们菜乡这么码前，大搞市场到底行不行？搞出事来谁负责？"王为民说："家庭联产责任制实施后，群众的热情高，种出的粮食、蔬菜自己吃是不现实的。城市也大发展，需要农副产品，我们农村要担起这个责任，最公道的做法，就是靠市场去运作。"王为民脑海里又出现了烂了大白菜的事情。

有人开始点头。发表意见的也多起来，风向开始转变。

王为民听到大家的意见基本一致了，他深情地说："只要老百姓能从市场上挣到钱，培育这个市场有什么坏处？"那个起初极力反对的人刚想发言，王为民抬手做了一个停止的动作，对方欲言又止。王为民说："当官的就该为全体百姓办事儿，有责任让老百姓的菜都卖出去，卖个好价钱。"他口气坚定地说："大家要看清楚，目前，要想发展，搞市场是第一位的，有风险也得办。乌纱帽算什么？百姓最重要！真有什么政治责任，我一人承担！"

大家没有话说，搞市场的事就这样定了。夏九韭这年被选为支书，也在为村里寻找致富的门路，九巷在四关城里的外的村庄，离着县城近，却不是城里的人，除了种韭菜，也没有其他的收入。夏九韭就去东营卖过韭菜，冬天刮着北风，刺骨冷，他有时用自行车带着一百多斤的韭菜，跑出去二百里路去卖，这样的罪受得多了。一听县里要在自己村里建市场，这不是天上掉馅饼吗？谁不答应谁才是真正的傻子，谁就是有眼无珠把财神往外推。

夏九韭在村委办公室接待了王为民和修武局长。王为民说："老夏呀，你也是一个种菜的人，如果只抓生产不抓市场，种的菜卖不出去，会抑制生产的发展。要建菜市场，看看你这里有没有地方？"夏九韭因为私下里听局长说过，心里已经知道猜到王书记和修武局长来找他的目的了。于是王书记一说出建蔬菜批发市场的打算，他就被迷住了，他觉得从此九巷村高光时刻到来了。只要蔬菜批发市场在他们的地上建起来，他们村各种企业项目也就有了。于是他的态度恭敬多了，生怕王为民变卦，急忙给王为民他们倒上水，恭恭敬敬地讨教。然后他们再次来到潍高路两侧考察。

夏九韭指着公路南边的一片韭菜地说，把这一片菜园贡献出来。这片有20亩。王书记说，好的，我协调一下，纸厂排污要改造，把县城这一段河沟转入地下，晒纸浆这片废弃地整出来，也变成市场配套的三产项目所在地，要有起码的饭店、旅馆、理发店，还有许许多多配套服务。所有这些地方要硬化地面，搭上简易的棚子，进行交易。

夏九韭很高兴，他说："王书记您放心，公路北边这些配套的房子，我们九巷村委投资建设，前三年，我们给租户免费，给县里税务、工商部门的房子无偿使用。"夏九韭心里明白，只要菜市场建起来，来菜市场干活的村民，就会变成市场上的职工，村民只要不懒惰，就是帮卖菜的推个车子，也挣钱。这是多么好的事情。夏九韭在机关单位干过工作，他是有见识有智慧的人，他仿佛看到村民的美好未来。他站起来，给王为民和修武局长添茶水，再次恳切地对王为民说："王书记，您放心，只要县里定了方案，我立刻组织村民建沿街房，先把工商税务公安等部门安下。"于是，接下来，一点也没有费力，蔬菜批发市场就定在九巷村西南方，紧靠造纸厂，九巷村免费给县工商局、税务局、派出所提供办公场所，蔬菜批发市场立即开始兴建。1984年3月，蔬菜市场成立了。夏九韭记住了王为民的名言："这第一那第一，菜农卖菜顺畅才是真第一！"

王为民把自己看作是市场的主要负责人，他让一名副县长专门抓这项工作，工商、公安、商业、税务等部门负责人都做成员。一起抓，要抓出个名堂来。这时候，修武局长又来了说："书记呀，市场上人山人海，车水马龙，大约每天有三万人在那里，成交蔬菜150万斤。交易额一年1.5亿。福建一个人建的竹子批发市场，七到十月，每天有十多个车皮发到菜乡市场，成了全国最大的毛竹批发市场。呵呵！"很多人干活，这些竹子要劈成片，供大棚用。修武局长笑起来。

很多人想法不同，会影响工作，他召集大家开会。论述了自己的想法，他要把市场做成金字招牌。谁也没有想到到了 1995 年，成为中华之最，中国最大的蔬菜批发市场。王为民每天早上来办公室，第一眼就会看到桌子上已经放着他的"天天读"。这份"天天读"是县蔬菜中心每天出的蔬菜价格表，蔬菜交易一般在晚上凌晨 2 点开始，早上 5 点结束，蔬菜中心专门有人统计交易的价格，打印出来，上班前，送到县委办公室，张主任准确无误地放在王为民的办公桌上。

下了班，回家吃过饭，只要不开会，他就去菜市场散步。围着菜市场转一圈。九巷村支书夏九韭长得一表人才，典型的山东大汉，他掌握了王书记散步规律，自己也在同一个时间去路边散步，装作不期而遇的样子。王为民也乐于和他一边走一边讨论蔬菜的问题，问市场上情况。夏九韭就说些代表群众的想法，比如出现了菜霸的问题，王书记咨询他怎么办？是坚决打击还是睁一只眼闭一只眼？是想扩大这个市场让全国的菜农都来买菜呢还是只照顾本地人，要不要奖励那些菜贩等等。他们俩围着蔬菜批发市场走了一圈又一圈；中间偶尔让熟人打招呼而中断，大部分时间，一个愿意说，一个愿意听，于是王书记的晚上散步就变成了九巷菜市场工作汇报了。

王为民和夏九韭危难之中见英雄，本来两人素不相识，一个是县委副书记，刚刚从东北部乡镇调过来，一个是村支部书记，就是因为蔬菜批发市场选址，两人互相成全，共同成就了九巷蔬菜批发市场。

这是计划经济时代的末期，大部分人还没有听到过市场，王为民就要搞小市场，很多质疑的声音。

1986 年 6 月 8 日，组织部门和王为民谈话，决定由他接任菜乡县委书记。老书记李汉握着他的手说："你要撑起菜乡这个家呀！"他说不出话来，也不知道说什么好，只是一个劲儿地点头。他很紧张，从副书记一下子当了一把手，他把自己关在办公室，三天没有出门，琢磨如何撑起这个百万人家？如何不让老书记失望。

王为民清楚地知道，这个时候正是中央提出温饱问题解决后，我们的人民群众和我们的国家如何富起来、怎么样富起来的时候。他要自己所有的工作，都要按照中央要求，尽快让老百姓富起来，过上好日子。王为民去寒桥乡，看望老党员。1986年12月的一天，天冷得很，雪花一直飘着。忽然闯进一个拄着拐杖的老人，花白的胡子，深陷的眼窝，双腿都没有了。没料到这个人会来，工作人员慌了。不料王为民说："老同志，别着急，坐下慢慢说说。"那人一把鼻涕一把泪说起了自己的事，心里充满了很多怨气。他叫朱原发，1950年参加抗美援朝，在一次战斗中负了重伤，双腿全被炸掉了，被定为特等残废军人。多年来，由于某些原因，他没有享受到相应的荣军待遇，生活非常困难。王为民向地方的工作者求证了朱原发的问题。他握住了来人的手，手粗得很，像一层砂纸，他说："原发同志，请你放心，党和政府是不会忘记有功之臣的。你回去写份材料，把你的情况和你的要求，写清楚寄给我，我来给你落实政策。"说完，他让乡里分管这件事的同志把朱原发送回了家。

果然，三天过后，王为民的桌子上有了朱原发写的材料。他放在一个大信封里，王为民抽出来，仔细地看看，琢磨一下，提笔写上：请民政局董章福同志阅，朱原发同志如反映的情况属实，立即按有关政策，予以落实。

一天，王为民看到窗外飘过的雪花，又想起了朱原发。他打电话给了董章福："章福呀！原发的事怎么样了？""书记，您放心，接到您的电话，我马上找人查了他的档案，我又到他村里做了调查，和他材料上反映的问题完全一致。已经点了五条意见，明天我找人送到你的办公室，您看看合理不？"

第二天，果然董章福找人的送过来五条意见：一是拨付3万元人民币，帮助他盖一所新房。二是为他本人办理公费医疗。三是为其妻办理农转非。四是将其四个子女安排在县属企业干合同制工人。五是为他购买一辆三轮手摇车。王为民当即批示：这五条意见很好，请民政局的董局长亲自告知朱原发同志，并以最快的速度落实到位。

朱原发说："董局长在10天之内，不折不扣地照办了。"朱原发逢人就讲，感谢共产党，感谢王为民同志！

五

路过九巷蔬菜批发市场，司机们就发愁，百分百要堵车。

潍高路通过九巷蔬菜批发市场的这一段路，成了老大难、肠梗阻，每天人来人往，川流不息。卖菜的三轮车、运货的大卡车、上班的自行车、过路的小轿车，排排压压地挡住了去路。大声喊叫的，不满骂人的，气不过的司机告到了县委。王为民很是吃惊，他多次到市场调研，也着急，便召集各方人士开会，讨论解决的办法，确定扩大到50亩，或者更多。

很快，九巷蔬菜批发市场扩大了，还是堵车。

王为民开会时，对县委常委们说："中央领导把'菜篮子'当成一项工程摆到了政治局的会议上。我们开个班子成员论证会，抓蔬菜生产固然重要，把市场做大了，蔬菜才能更好地流通；流通不成问题了，生产积极性才能被带动起来。我建议继续培育和扩建九巷蔬菜批发市场，成为全县第一要务。以发展培育蔬菜市场为支点，撬活菜乡经济。你们有什么想法，都说说。"

大家总结这几年的市场经验。有一阵子，王为民专门抓销售工作，24个集中产菜的乡镇成立了蔬菜销售公司，400多个村全部设立了销售点，他们利用各种关系，与200多个大中城市850多个党政机关、事业单位建立销售关系。县里建大型恒温库58座，12处蔬菜加工厂。

几年过去了，九巷蔬菜批发市场由20亩扩建到150亩，最后扩大到600亩。一个问题出现了，东西交通要道潍高路交通还是时常堵塞。

王为民感到要解决交通阻塞的问题，只靠疏导看来不行。无意当中，王为民听到有人提出开通一条南环路，让车辆从这里绕行。他想这是个好办法，于是把交通局长叫来，让他拿规划。

规划很快做好了，难题来了，要通过一个村庄，两个果园。看看如何顺利地做通农户的工作。王为民先去走一遍，他带着姜县长、田福、白永，带上城建委和交通局的负责同志和技术员，到九巷市场现场专题研究，要让南环路的西头连接菜市场，从菜市场出来向南走五百米，折向东，穿过徐家、屯西、屯东等村，过弥河后，接到潍博路上，全长12.4公里，一级路面，宽度由10米增加到50米。这一年蔬菜市场被国家工商局命名为"全国文明市场"。王为民说："为了大局，只好让这个村的老百姓奉献，要拆迁一百多户。"

这一天，王为民刚刚来到县委办公室，桌上的电话铃响了。他拿起电话一问，是省委办公厅打来的，说菜乡城关镇的二三百名群众上访，赶快来人领他们。接着张主任拿着一封信进来，是省信访办的工作人员转过来的，是省纪委让地方上查清楚结果，上面有中纪委、省领导、市纪委的批示。王为民拆开一看，是上访户联名写给中纪委的。他铁青着脸，感到很无奈，修路是办好事，怎么这么多人不理解呢，不理解可以来辩论，动不动就上访，给中央写信，唉，人民呀！让我爱还是恨呢？他觉得很严重，可是，思考了一会，他觉得，修南环路的事，谁也阻挡不了。于是他派副县长成立组，进驻沿途五个村庄，做群众工作。

一个菜农说："王书记，本来这里是五路口，现在成了四路口，死路口，不吉利，恢复五路口就好了。"王为民一听有道理。这样吧，要修的南环路列入改造工程，由原来的10米扩到50米，由原来的普通路面上升到一级路面。第二年动工，成立工作组，现场办公。谁知道菜乡菜乡镇的群众上访。补偿政策和修建方案刚一公布，村里个别人就鼓动有些人写信，联名上访，有一百多人签名。很快，中纪委就把这封信转来了，是告王为民的。王为民心里很难过，大家替他捏着一把汗，这条路还能不能修？王为民深刻地反省了自己，有时候遇到事，先从自身找原因，群众一是理解不了，就是我们的工作没有做到家；更重要的是，拆迁户的补助必须迅速发到手，一分也不能少。如果大家再不理解，"实践是检验真理的唯一标准。只要老百姓把菜卖出去，才是硬道理。如果因为建市场，修路被撤职，我就学郑板桥，骑驴看唱本，回家种地去"。

一周后，中纪委、省纪检组都到了，他们到村里户里一一调查，发现补偿到位，修路是为了致富，不存在违法现象，确定党委政府的做法是正确的。

群众有时候只考虑个人利益和眼前利益，需要干部多宣传，做通思想工作，群众会支持的，上级更是支持修路。领导的肯定给了王为民信心，他们认真做工作，那一百多户人，在修路拆迁的协议书上签了字。不到一年，南环路修好了，种菜的、贩菜的、拆迁户都欢喜，他们可以在南环路两侧开饭店、修车厂，办起了第三产业，收入两万元以上，南环路对蔬菜市场的培育和发展起了很大作用。潍高路九巷段畅行无阻，没有发生过一次车祸，群众说这次修的五路口好。

六

九巷菜市场就像王为民的一个小儿子，时时刻刻放在心头。如果白天太忙，他必定晚出来走一走。一个昏黄的灯影下，一个男人踡缩在地排车上，难过地挠着自己的头，一家一家地问："哥们，要不要芹菜，给个钱就卖，我来了两天了。"没有人理他。王为民问他："是不是价格低了？"他哭着说："不是低了，根本就卖不了。我是桂河村的，全村都种芹菜，附近很多村子也种，长得很好，却卖不出去。"他连声叹气。

虽然菜市场的灯光最明亮，可是王为民心头却灰暗起来。他号召大家多种蔬菜，群众多么听话呀，多种，可是多种了，卖不出去就是一堆烂草，甚至连烂草也不如，因为草晒干了可以喂牲畜，菜水分多，一晒就没有了。唉！这可怎么办？遇上群众有难事，王为民是真正地发愁。平日里，他常说的是菜贱伤农、谷贱伤农，后果都一样，我们共产党人要讲党性，也要讲良心，将心比心，假如是我们在家种菜，能不着急吗？

王为民转了一圈后，看到管理处办公室的灯光亮着，就推门进去了。笑眯眯的修武局长迎出来，说："王书记，我正想找您汇报情况呢！您打个电话，叫我过去就行，怎么亲自来了？"王为民说："一样一样，今晚没有会，我也是想出来活动活动。"原来是修武忙完一天的事情，也准备回家，不想王书记找到门上了。他很高兴，他觉得听王书记说话就是一种进步，他在局长当中是老资格了，没想到比他小十多岁的王书记，在市场规划发展上独一无二。

他们寒暄着，进入他们关心的正题，王为民说："这几天，我从表格上看到有些菜价下滑，尤其是芹菜没有人要，我不信，在市场上问了几个收购点，他们说，收来也卖不出去，烂得快。"

修武说："我想汇报的也正是这个问题，主要原因是流通渠道不通，王书记，咱们要想个办法，不能再像1983年那样烂白菜。"王书记说："看来，我们要采取一些措施，全党动手，全员动员，大抓流通。"王书记每次遇到难题，第一个就是想到党的领导，他从来没有想别的办法，他觉得只要依靠党组织，没有办不了的事。王为民亲切地说："修武呀，我们光着急不行，全依靠市场也不行，我们得拿出办法，这样吧，你好好地给蔬菜管理中心的职工开个会，让每个人都发言，谁有好得点子，就报上来。另外呢，你去来的贩菜的人中问问，他们有啥好点子。然后，你拿个方案给我。我开常委会。然后我们一起来解决这个问题，把我们的市场搞好，让老百姓把种出的菜卖出去。"

修武天天靠在市场上，其实他比谁也清楚，就是不敢去打扰书记，自己也没有更好的办法，经书记这么一分析，他第二天就按照书记的要求，拿出了方案。王为民一大早就召开常委会，什么重要，把什么排在头里，一点都不教条，这是干部们感受最多的，谁有紧急问题回报，不用层层审批，可以直接跑到他的办公室汇报。常委会通过了这个方案。1986年11月11日，召开全民抓流通的会议。来的人很全。是各乡镇党委书记，县直部门负责同志，各单位各县属企业负责人参加的扩大会议。王为民作报告的主题是"全党全民抓流通"。

会后，人大将要退休的马同志来到他的办公室对他说："这种方式合理不合理？卖菜这么兴师动众？"王为民说："群众利益无小事。别的事可以放放，菜卖不出去，就会烂掉。当年南泥湾大生产运动，周总理不是亲自纺线吗？"马同志点点头，很佩服。他那庄重的态度和对群众的热情感染了每一位参加会议的干部。

培育市场，王为民鼓励大家当菜贩子。

全县公开了，全体机关干部工人都成了卖菜的，尤其是局长书记，是卖菜的主力军，各个单位各显神通，卖菜。其中税务局长老张，理解王书记的意思最到位，他干税务，卖菜的让他三分，他除了让单位食堂去购买蔬菜，主要是打听到一个同学在莱芜钢厂工作，他一想，这钢厂要多少工人呢？他打通了老同学的电话，问道咱们钢厂多少人，我得去看看你。去后，和同学说了推销芹菜的事，同学借机改善职工生活，要了2万斤芹菜。他们局里的副局长，跑到临沂税务局，推销芹菜，人家也要了2万斤，为老百姓干事情，也说得出口，税务局超额完成了4万斤。很多食堂直接来买老百姓的菜，就这样全县各个局里的干部都托门子找亲戚，为老百姓卖菜。不到半个月，芹菜价格就上来了，其他菜价也随着上来了。这次卖菜活动，王为民的思路打开了，县委县府机关工作人员的思路也打开了，他们只要有机会，就动员销售人员来菜乡，给他们最优惠的待遇。到了年底统计，市场上增加了200多户卖菜的，他们与菜乡市场建立了稳固的客户关系，有的自己建立蔬菜基地，长期设点。全国20多个省市和菜乡都有了关系，全国100多个销售网点建立起来。王为民大会小会表扬张局长，张局长在市场上，老百姓对他笑脸相迎，他感到在工作上为老百姓着想的重要性。这是王书记交给他的工作态度，他忘不了。

<h1 style="text-align:center">七</h1>

县政府办公室有一位从乡镇长提拔过来的小伙子，叫杨旭，在市府政策研究室干文字秘书，他写了一篇文章：菜乡的蔬菜有可能成为第二个章丘。这条新闻在《大众日报》一发，被当时的省长看到了，他立刻指示，给菜乡100吨柴油，让这里的人跑运输，避免蔬菜烂掉。

一篇通讯换来一百吨柴油，杨旭名气大增，后来他做了蔬菜集团的董事长。人的运气就是这样，无法解释。

王为民一般来说，每天早上要提前半小时上班，办公室门早已敞开，他来到办公桌前，看到市场管理处早就把他的"天天读"送来了，就迫不及待地看起来。A4纸上密密麻麻排着白菜、萝卜、韭菜、豆芽……他拿起来眼光从上溜到下。"张主任！看看芹菜，下跌这么厉害？"张主任过来看，他也发现一点五亿斤的芹菜集中上市，价格跌下来了，王为民带着人来到芹菜主产地纪台镇开会，组织了县乡镇70多家蔬菜公司集中销售芹菜，出动了300多辆汽车向外地运销芹菜，价格很快回升了，种芹菜的老百姓很高兴。

这段日子，应该是韭菜上市的季节，果然表上显示韭菜＋号多。约上午八点多钟，王为民看完"天天读"，很高兴，因为上面的＋特别多－很少，所以他很放心市场了，他要走出办公室去乡镇看看。刚一出门，就见一位烫着齐肩短发的，操着东北口音的妇女，含着眼泪过来了，她喊道："你们阻拦我干啥？我有事找县委书记！"

王为民听见了，说："我就是县委书记，有什么事请来办公室谈谈吧！"那个妇女一脸委屈地跟着王为民来到了办公室。妇女喋喋不休地说起来，王为民才知道，这个妇女叫刘霞，是哈尔滨人，来这里批发蔬菜，成了交易蔬菜专业户。她在市场上收购韭菜，可市场管理员蛮不讲理，强行将一些品质不好，价格很高的一百多斤韭菜卖给了她，她不服气，所以呢，他们发生争执，她一气之下就来找县委书记评理。王为民听了很生气，起身给刘霞倒了杯水，听完她的诉说后，表态道："你放心吧，我找人调查一下管理人员怎么这么大胆，我为你主持公道，一定让你满意。"这几年研究室小张，也升任县委办公室主任，王为民还是叫他小张。他的司机也叫小张，所以，在王为民的眼中，他们都是小张。这件事王为民叫张主任当场去处理，立即给群众答复。

秋季，青萝卜丰收了，王为民从表格上看到产量增了三分之一，价格却跌下来了，两亿斤青萝卜一下子因为价格下降会损失很大，他很着急，农民种萝卜不容易，到手的钱缩水了。他说："趁着时间早，小张，我们去市场看看，这样可不行。"两人急三火四地来到菜市场。管理处老杨迎着他们，转了几个菜点，都说发不出去。王为民说："要想办法，办法是人想出来的。"老杨说："除非所有公司统统与全国各地的蔬菜公司联系。"王为民说："可以这样。"20天的时间，2亿斤萝卜销出去了，价格回升。虽然青萝卜在20天之内，销到了外地，价格也算回升，但是王为民心里觉得还是不踏实，因为他看天天读表格上的"-"越来越多，他心里很不是滋味，生怕刚刚建起来的菜市场黄了。他批完文件，喊来了张主任，说："小张，你把这些文件传给其他领导阅，我和你去菜市场看看。"两个人上了车，十几分钟，就到了菜市场，王为民和小张没有直接去市场管理办公室，而是到市场上转转。他们两个人就来到了菜市场中心位置，这里人还算多，推车子的、装车子的、砍价的、运垃圾的，你来我往。忽然一个60多岁的老头，满头白发，红着眼睛，赤裸着上身，青筋暴露，他呼天抢地，大喊着："我的车子呢？我的车子没有了！我的黄瓜没有了！"他像疯了一样来回跑，一件蓝色的中山装上衣，沾满了泥巴，搭在胳膊上。黑色的脸上满是戚苦，脚上的布鞋也沾着泥巴。王为民拉住老同志说："怎么回事？你慢慢说，我会给想办法的。"原来，这老同志是文家乡桑家人，一大早摘了一车黄瓜来卖，将车子放在这里，只出去了三十米去打听价格，回过头来，别说黄瓜，连车子也不见了。这不要了他的命呀，于是，大家都着急，就帮着他来找，转来转去在一个角落里看到了老汉的车子，上面的黄瓜却一根没有了。老汉一下子瘫坐在地上，抱着头哭起来。王为民火冒三丈，他想光天化日之下竟然有抢劫。站在他身后的一个小青年，看起来老实巴交的，知道他是县委书记，常常上电视，于是他小声嘟囔着说："最近常发生这样的事情，气死人！"王为民听到了，他对小张说："小张，赶快到市场管理处找修武，让修武赶紧让市场公安查一查，这到底是怎么回事？"小张来到市场管理处，找到修武，两个人一块来到了王为民身边。修武很害怕，王为民发起火来，可不是吃素的。王为民这一次却没有发火，他听了修武的汇报，看到了实情，感到市场上的风气不正，他知道市场的发育和完善不是自然形成的，也不是一帆风顺的，必须与这些歪风邪气做斗争，不断地加引导，才会走上健康发展的轨道。王为民还了解到，这都是因为流动人口，每天约有五万多人，鱼龙混杂，泥沙俱下，管理很难。修武说："有些外地人，不顾脸皮、暗中联手，强买强卖，强行推销，从中牟取暴利；有的人偷偷摸摸，有意制造混乱，乱中偷盗；有的利用磅秤来作弊，压称、坑蒙拐骗从中渔利；更有甚者，借买卖争执之际大打出手，聚众斗殴，打伤菜民；还有以次充好，坑害客户。这些坏现象都会扰乱菜市场的秩序，很多菜农害怕进市场，客户收菜也心有余悸，市场上的交易量就下降了。"王为民立即回到县委，召集五大班子开会。

每个人都有自己的做事方法，王为民觉得先回办公室开领导班子会议，只有领导都统一了思想，事情才能好办。当天晚上，来开会的有县长姜山，副书记李来顺，他们两个都详细地说了自己的想法，为什么要治理？怎样去治理？都做了详细的论述。王为民觉得人员到的都可以，部分乡镇的党委书记，市直机关部门负责人，公检法系统的代表也来了。修武带着市场上组织和外单位借调的130人也来参加这次不寻常的会。听到几个领导的发言，修武内心松了口气。自从有了菜市场，他内心很紧张，外地人来收菜是个好事，可是近来偷劫的事，时有发生，搞得修武提心吊胆。他们告诉他，有的外地人带着刀子，动不动就威胁人。一个人时恨不得叫你爹，二个人时称兄道弟，三个人在一起就想称王了，翻脸是分分钟的事。来菜市场做生意，门槛低，来的人就多。王为民对参加大会的人说："治理菜市场，就按照这个意见，立即动手开展工作，这次行动不受时间限制，根据实际情况来，彻底解决问题，时间不受限制，我想完成10天不行，咱可以20天，20天不行可以一个月，一个月再不行，也可以是一年。我们必须下决心除恶务尽，这个市场是我们菜乡人的命根子，菜乡人的饭碗。我们一定要像爱护眼睛一样，爱护市场，谁破坏市场，我们就砸他的饭碗。不信咱们就试试看，有胆以身试法定将严惩不贷。"他们从打击强买强卖开始，为菜农和客户撑腰。市场上联合执法，小张说，十天就拘留了140人，罚款了72人，取消经营资格。有一个人被判死缓，原因是一些小青年在一个饭店里吃饭，打起来了，一个东北青年约25岁年纪，胳膊上纹着黑色的龙，头发染成了黄色，上午的时候，买菜和本地卖菜的发生争执，两个人各纠集了一伙人，讲理，本来和气了，一块去饭店吃饭，一言不合，又争执起来，东北青年拿着匕首刺向本地的一个年轻人，年轻人大出血死亡了。教训呀！每年的12月份，他们都进行一次对市场的整顿治理，再也没有人敢轻易地闹市场了，市场才能健康地发展。一段时间，王为民每天起床后关心的第一件事就是蔬菜和市场。

王为民通过电视，向全国表明县委县政府保护市场、整治市场的态度。

也向扰乱市场的不法分子发出了警告："谁破坏市场，谁就是砸菜乡人的饭碗，谁砸菜乡人的饭碗，我们就砸他的饭碗！"集中整治半个月。

市场管理收费太高，吓跑了很多客户。王为民立刻召集工商、公安、交通等部门负责人，开了整整一天联席会议，最后约法三章：工商管理收费一定要低；对来菜乡拉菜的车辆一律开绿灯，不得乱罚款；管理人员要改善服务态度。不到一个月，市场又繁荣起来。

八

王为民天天琢磨让菜乡多出几个销售蔬菜大户，只要有空，他每天都会绕着菜市场走几圈。

这天中午，他午饭后，一个人出来走，走到一个蔬菜销售公司门前，发现规模很大，门半开着，里面传出震天动地的鼾声。他好奇地走进去。

王为民忽然想到，这个人叫王辉，是第一个响应号召来蔬菜批发市场成立了销售公司，于是他想和他聊聊。王为民脚步轻轻地进屋，那人并没有醒来。王为民只好坐在沙发上，听着如雷的鼾声，没事可干，就顺手拿起一本杂志，看起来。

一会儿，咚咚咚过来一位五十多岁的男人，看到王为民在看报纸，大吃一惊，他立刻认出了王为民。他说："这孩子，这么不懂事，县委书记来了，你还好意思大睡！"王为民忙将竖起食指在嘴唇上嘘了一下，制止道："大哥，他太累了，让他歇着，我能等。"

那人说："谁不知道王书记忙呀！每天那么多事让您管。"

"什么？"随着一声问话，叫王辉的人醒了。

原来，王辉刚刚从黑龙江回来，他在那里发了8个车皮的土豆，两天两夜没合眼，回来后，草草地吃了口饭，觉得十分困乏，坐在联椅上睡着了。30多岁的王辉，中等身材，穿着一件深蓝色的T恤，一条深蓝色的裤子，平头。他的摊子最大。他的业务遍及20多个省，有东风大挂车4辆、摩托车6辆、拖拉机2部、客货两用车1辆，小轿车1辆。他的总公司设在九巷菜市场，但是在文家、五台、寒桥都有分公司，员工最多时达到 300 多人。他运蔬菜用火车，最远处到黑龙江黑河。寒暄后，王为民说："王辉给年轻人树立了榜样，县里要开表彰大会，动员更多的人参与市场销售，到时候，王辉你上去做个报告，带动更多的人销售蔬菜，你是菜乡的功臣，县里要奖励你！"

王为民和王辉聊了一个多小时，对下一步的发展做了探讨。最后王为民问他，有什么困难？

王辉说："车多油少，不够用的，有钱买不到。"

王为民明白了，这是目前社会上的难题。他说："县里几位领导分头跑了一阵子，弄了部分计划外的油，油价比计划内高，比市场价低，可以给你一部分，说啥也不能让车停了。"

王辉很感动，他说："真的？"

王为民说："这还有假？要多少？"

王辉说："40 吨可以吗？"

王为民说："好，我马上让小张给石油公司打电话。"

最后公司给王辉解决了 50 吨柴油。

贩菜要有很强的心理素质才行。天天走南闯北的，很辛苦。

王为民开班子会，要求在全县召开一个"大力发展个体、私营经济大会"，他把王辉的实例作为典型，说明县委县府支持个体、私营经济的发展。会议效果很明显，半年之内，运输销售公司增加了 13 家，个体 1 万家，车辆增加 800 多部，大车小辆，不断地将九巷批发市场的菜运送到全国各地。孙集镇的前杨村成为运输专业村，有个村子一年建恒温库 15 座，还到福建沿海建恒温库 4 座。菜乡的农民带着各种新鲜蔬菜，以不同形式闯天涯。他们把菜乡变成了一个整体的流通市场，淡季不淡、旺季不烂、常年有菜、四季常鲜的龙头老大。

王辉和仇春生是好朋友，是最早一批贩菜的。老仇在菜乡市场看好蔬菜，收起来往外发；然后又出去，把钱缠在腰里，收回来本地市场发的蔬菜。我们年轻人都买不起洗衣机的时候，南京却因为他贩菜有功，奖励他台洗衣机，他嫌远不去领。老仇也吃过大亏，有一年，他雇了十辆车拉菜，结果，那十辆车经过一个路口的时候，集体不见了。舅舅好几个月没有和人说话，后来，他咬咬牙，就过去了，就像什么事也没有发生。他说做买卖，有失必有得。做什么也不容易，贩菜就要经过千锤百炼。在菜乡，一般贩菜的挣钱多于种菜的。菜市场活跃着几万人的销售队伍，于是菜乡成了买全国卖全国的江北第一家。

第八章　弥河坝

一

不管是各乡镇的党委书记还是县机关的局长，他去县委向王为民汇报工作，几乎都提前去办公室等着。因为只要有空，王为民就不在办公室坐着，他要下乡，到田间地头、工厂车间去，到一线去，发现问题，立即解决，从不拖泥带水。

这一天王为民到乡镇检查工作，中午返回县城的时候，路上刚刚下过一场透雨，树叶绿得发亮，玉米拔节，他心情很好，因为又是一个丰收年。于是他对司机说："小张，咱们走土路，看看两边的情况。"吉普车车轮大，泥泞的路照走。于是小张向东拐了个弯，来到一条土路上，继续往南走。在车上，王为民说："每次讲话稿，都要写这几句话，要不厌其烦，勉励自己也是告诉每个干部，干事业一定要心中有党，心中有民，心中有责。经得起实践、历史、人民这'三把尺子'的检验。这句话不怕重，因为有的人，你重很多遍，他也听不进去。"小张说："王书记，我常常听到您说这句话。"小张知道，即使讲稿上没有，王书记也会在合适的地方，口头加上。1987 年，他领着菜乡人治理盐碱地，出了大成绩，省报、国家报的记者时常来宣传，带动了整个潍坊市的工作。今年秋后该是什么战役？王为民正想着，却看到前面一个拉地排车的老农走着走着就倒在沟里。

原来这位老农姓齐，叫齐莴苣，今天去菜市场卖韭菜。古城这个乡镇种韭菜不多，家家户户种菜是这里的传统，在菜园里几垄韭菜，一般用来自己吃。但是齐莴苣不一样，他和文家乡有亲戚，媳妇是文家的，所以文家乡独根红韭菜种子，就让媳妇带到了古城，于是他种了很多的韭菜，因为媳妇会侍弄，韭菜长得特别好。这几天下雨，出不去，韭菜却疯长，眼看着韭菜一天天的就要老了，他很着急，雨还是没有停的意思，他顾不得了，去菜地里割了两筐韭菜，和老婆在屋子里择去干叶子，秋后的韭菜不像冬天那么珍贵，都是绿叶子的，两三斤一捆。看看天还没晴，只好披上雨衣，把两筐韭菜装在地排车上，拉着上了路。

从村里出来、一路向南，土路上半泥半水，刚出村还好走，越走越难拔脚，路上一半泥一半水，他的脚脖子沾满了泥，旁边有骑自行车的，一个蹬着三轮车的喊他："叔，路走不得，我们都气得回来了。"他唉声叹气道："晴天，一天能卖得 3 趟，现在三天了，一趟也卖不了，眼看着韭菜就要烂了，我等不起了。"他低着头继续拉着地排车，慢慢往前走。忽然他听到身后有喇叭声，这条土路不宽，充其量只能是单车道，于是他急忙往边上躲，不小心用力过猛，路上又滑，地排车歪到了路沟里。

王为民坐在车上，正在看地里的庄稼，这时候也看到了。他急忙叫小张停车，下去看看。

王为民看到齐莴苣一身泥水，黢黑的眉头皱成一个川子，他蜷曲地坐着，扶着磕伤的腿，腿上蹭破了一层皮，流着血，脚脖子也歪了，坐在地上没了主意。这条沟不太深，长满了青草，两人立即把老人扶起来，又去扶起车子。小张从吉普车后备箱里取出一条盘着的粗大的绳子，拴在地排车上。车一开，把地排车拖了上来。然后，三个人把掉出来的韭菜重新装进筐里，再帮着他推到公路上。王为民抬起头看了看，老人走不出的这条泥泞的土路离着柏油公路大约只有 300 米，如果这条路从村里一直到公路上是硬化路面，走起来不过三五分钟的时间，可是对于一个拉车的菜农来说，是多么困难的事。这时，老齐放好车子，恭敬地来到王为民的面前，说："谢谢你们！我先把菜卖了，要不会烂掉的。"然后他一瘸一拐地拉着地排车走了。听得谢谢两个字，看着他的背影，王为民心里像有刀子剜他的心，他觉得自己做得真不够。若老百姓知道我是县委书记，还会说谢谢吗？是不是责问他：你这个县委书记怎么当的，路也修不好？他想老百姓卖菜这么难，自己很多工作没做到位呀！望着老汉一瘸一拐的背影渐渐远去，他站在那里，不知何时天空又飘起了雨丝，雨打湿了他的头发，他浑然不觉，心里像打翻了五味瓶酸甜苦辣咸什么滋味都有，感到很惭愧。

小张拉他上了车，他扭过头来，对小张说："恐怕我们全县大多数乡村的路可能都这个样子吧，真难走呀！如果都修成柏油路或者沙子路，可能就不会这样了。看来呀，要保证菜市场繁荣，保证下雨天老百姓也能出来卖菜，只有把路修好啊！"小张说："王书记，您是说，下一步的工作是修路？"王为民说："是呀！要想富，先修路。这句话没错呀！回去马上让县府那边做计划，秋后打算修路。"王为民一路上这样想着，回到了县委办公室。

王为民因为路的问题，总觉得一件事没做完，到了下班的时间，他没有要走的意思，于是坐下来，继续翻看办公桌上的文件。突然他发现有一件政协的提案还没有看，立刻翻开仔细地看了起来。

他心里一阵激动，原来这正是一份关于修路的提案，是公路局长甄世提出的。王为民抽出来，认真地读了起来，他想看看公路局长说了些啥。这份提案的大体意思是县委县府应该集中力量修县乡的道路，能柏油的柏油，不能柏油的就搞成高标准的沙子路。王为民认真地看下去，提案里说："菜乡地势平坦。一马平川，公路的密度，还不如青州的大，路的状况很不好，一下雨，老百姓就发愁，路上根本无法行走，有菜也卖不了。看到这里，王为民的心一下子轻松起来，他想，真是说到了点子上。看完甄世的提案，他在上面批示到：这个建议很好，请常委传阅，近期拟召开会议研究修路事宜。

果然开会研究的时候，大家反映的问题一致，一到雨天，路难走，菜卖不了，都烂了。而买菜的客户也装不起车来，目前修路成了一个必须完成的大事情。

二

要修路，他要找提交这个提案的甄世谈谈，看看他有什么具体措施。公路局就在县委的前面，五路口的东边，接到电话通知，不到 10 分钟，甄世就来到了王为民的办公室。他既是政协委员又是公路局副局长，对修路是内行，王为民把他找来，两个人谈了一下午。甄世的意思是，全县可拓宽潍博路、羊临路、昌大路，县里各乡镇之间可十纵十横。修路的资金来源是个大问题，有两条渠道，分头行动，县里可以派分管公路工作的副县长到省里去汇报三条大路的交通情况，争取资金；家里可就地取材，用沙子铺路。为什么要修沙子路？可以就地取材。弥河贯穿南北，其河道多次更改。平日里，弥水潺潺，浩浩荡荡一路从沂山向北流淌；洪水时节，弥水怒吼着，咆哮着，携泥带沙，水流湍急，中下游往往冲决堤岸，所以有"菜乡县，弥河串"的俗谚。依稀可辨的古弥河道有 6 条。其中青州市杨家庄至北洛古河道，是迄今为止发现的最古老河道，都有 4000 多年的历史了。由杨家庄以西，北流入菜乡境内，经孙家集、县城西关至北洛西。河道自黄楼街道大刘村南，由南北走向变为东北走向，并由宽变窄。由于弥河上游比降大，汛期洪水携泥带沙冲入比降小的中下游，淤积于河道内，逐渐将河床抬高，随着河床的不断抬高，河堤难以承受洪水压力，极易造成决堤，改道而行。从弥河故道所经过区域地形地貌看，河道经过之处明显高于两侧。弥河故道，行走路线，因河床内储有大量河沙，特征明显。弥河沙颗粒大，被称为"大沙"，沙中无杂质，是优质的建筑材料。根据地下河沙的存储情况，故道能够准确定位。淤积于河床内的泥沙，由于河沙比重大，沉降于底部，其泥土悬浮于表层，演变为可耕种的优质农田。黄楼街道大刘村南，经沙店、王岗村过 309 国道，在东夏镇桃园村东，经张季、曲于、高家集、崔家、王家、二府、杜家，由杨立伍村到何官镇南口埠村东入菜乡。从 20 世纪 80 年代末至 90 年代初，沿故道村庄狂采滥挖河沙所留痕迹看，河床宽度 300 米左右，沙层最大厚度 7 米左右，沙上土层厚度局地不足 60 厘米。4000 多年前的这条弥河故道，其行走途径因地势平缓，沃野空旷，自然形成了曲折漫回、绸带飘舞的样子，扩大了它的流域面积，为古代先民临水而居创造了有利条件。青州古代先民在此女采男捕，夏渔冬狩，繁衍生息，世代相传，创造了古代青州光辉灿烂的文化，造就了两岸众多的古遗址，丰富了文化遗存，青州的古代文明也因此而闻名于世。它的两边都是从上游冲下来的深厚的沙子，这是一大笔财富，每个乡镇都可以无偿地从规定的地方挖沙子。县里规划了路段，用多少沙子由技术人员统一算出来去指定的河边拉。

王为民觉得甄世分析得有理有据，很可行。

晚上立刻召开常委会，做事不过夜，雷厉风行，谁都知道这是王为民的作风。

见王为民草草地吃饱了饭，办公室主任小张请示说："王书记，常委们都到了，咱们是不是开会？"王为民答应着，端着自己的茶杯立刻来到会议室。姜县长主持会议，做了开场白。王为民开门见山，他说："我们公路交通的发展应该与市场和蔬菜的发展同步进行，要抓好流通，必须抓好交通！没有交通就没有流通，有了市场有了好产品没有好路也运不出去产品，运不出去，没法交换变不成商品还谈什么经济发展？老百姓卖菜，有的用自行车，有的用小推车，还有的是地排车、拖拉机，或者农用车、汽车，没有好路怎么行呢？最好是柏油路，目前我们没有能力都修成柏油路，那么最起码也是沙子路。就是说，不管怎么说，我们下决心要修路，要做到村村通，晴天通，雨天也能通，这样才是为菜农着想。今晚上请大家来，就是让大家出谋划策，各抒己见，把路修好。小张！你把今下午形成的草案，发给大家，回去考虑几天，争取提供有参考价值的意见，下一次，我们去现场办公。"小张立刻下发，大家一边看，一边议论，一直持续了两个小时才散会。

县长姜山虽然是外地人，可是早已把菜乡当成自己的家乡，他是为民书记的鼎力支持者。姜山立即和副县长田福还有公路局的甄世局长出具书面材料向省交通厅汇报，菜乡潍博、羊临路、昌大路三条线路的交通情况，他们的意思是，这三条省级路很多年没有整修了，需要护理，请省里支持3条路全部的维修费用。

田福来到王为民的办公室，他说："您安排我们到省里汇报了修路的事，潍博路、羊临路和昌大路三条线路要全部修一遍，上级要拨款3500万。"王为民很高兴，王为民就亲自带领有关部门负责人，组成了五人小组，先到全县跑一下，找思路。然后带领有关部门负责人和乡镇党委书记10多个人，到了附近的青州和昌乐，看人家的乡村路是怎么修的？统一思想，然后安排交通部门用了 40 天的时间规划了十纵十横 20 条沙子路，总长度 1400 公里。

然后王为民带队，出动 10 辆 213 吉普车，后面跟着市委市府分管公路交通的负责人，拿着地图，先从最西北跑起，他很熟悉西部，从东到西，从南到北，在全县跑了 3 天，对规划好的十纵十横道路仔细看了路线，经过 34 处乡镇，党委书记和支书和他见面，对话，双方提了意见和要求，统计了 135 条意见，当场拍板定案解决的 85 条。党委书记告诉他，我们对修路的政策理解了，群众也组织好了，严阵以待，只等下命令上工了。

三

10 月 8 日，开始修路，在 2200 平方公里的土地上，摆开了 20 条路的主战场，16 万民工，从各个村里涌出来，奔赴修路战场。

王为民想，修沙子路是第一次，也没有经验可借鉴，怎么办？干事要干好，不可大意。

于是，王为民带着公路局长甄世，又来到那天齐莴苣地排车掉进沟里的蜗牛路，他看了一下附近的环境，附近有两棵大树，浓荫蔽日，便站在树下面，设立一个总指挥部，他到那里驻扎下来。王书记兼任总指挥，副县长当然是副总指挥，县委县政府办公室、交通部门负责人都是总指挥部的，县委常委都到现场包乡镇，而乡党委书记这一次成了各乡镇的总指挥部，每个村支部书记担任各个路段的总指挥，层层有人负责。各个总指挥精神抖擞，干劲十足，都想着借这次机会，把自己乡镇的路修好，自己有成绩，老百姓有实惠。从古到今，修桥补路，积善成德，是人们最愿意干的事。这次修路很得民心，党委书记们信心十足，个个磨拳擦掌。

蜗牛路段属于王高镇，王高镇的党委书记赶过来说："王书记，比我们建虾场时好多了，那里只有三间牛棚，我们这里有几间民房，给你倒出来。王为民到了王高镇党委给他准备的办公室住了下来。王为民对他说："这第一，那第一，菜农卖菜顺畅才是真第一。"沙子路没有修过，咱们要拿出个样板路来让大家照着做。于是他在蜗牛路上，卖韭菜老农跌倒的地方，他要亲自修一段沙子路。

王为民指挥着民工，把路基下到85公分，利用了土三沙七的比例拌均匀后，填充在路基上，然后用重型的两个车碾压七遍，路面找平，再铺上五公分的纯沙子。在路边每20米备下一方沙子，一条沙子路就算修成了。他们当场放上水做了实验，不管下多么大的雨，保证通车，不耽误老百姓卖菜。整个修路过程王为民全参与，每个环节都参与，并且总结了修沙子路的十一道工序，包括怎样挖路基？怎样拌沙土？怎样填路面？怎样进行碾压？怎样找平路面？怎样铺沙子？怎样备沙子？怎样养护沙子路？怎样植树？

招集甄世和其他党委书记讨论，他们都认可了这种做法，于是王为民立刻让小张和办公室人员打印成明白纸，印刷16万份，参战的民工人手一份，就这次施工达不到质量标准的，一律返工。有一个人专门负责，20条公路在各级指挥部的具体指挥下，大家艰苦奋斗努力拼搏一个月之后，公路全部完成，请技术人员验收都合格。蜗牛路成了一段标准路。

修路的消息一传开，周围的县市轰动了，很多单位来参观，省里的领导也来了。《新华日报》头版头条刊登了《壮哉16万民工筑路》的消息。人们问起修好路的秘诀，甄世说："哪有什么秘诀，我们的路修得又快又好，就是因为王书记和干部们敢抓敢干，实心实意，农民把公家的事情当作自己的事情去干，不留后手，还会干不好吗？"当初直摇头的人们在事实面前瞠目结舌、目瞪口呆，最后也乖乖地竖起来大拇指。甄世说："菜乡的路在全省名列前茅。在全国拿了七项第一。除了济青高速公路以外，其余的都是我们打下的基础。"

四

王为民想，要让老百姓长期走好路，光修起来还不行，一个月两个月好不行，还要保持高质量的运行状态。让老百姓永远走好路，那怎么办？王为民和同事们苦思冥想，对了，那必须有人专门护理。怎么去护理呢？沿路五华里可以建一所护路房，护路、护林、护庄稼。没有这样的先例，是王为民他们想出来的，于是县里就成立了路林管护领导小组，县政府办公室主任韩冠任组长，各乡镇有路林管护队，队员达到3000多名。经过村委推荐，乡镇批准下备案审查后，才能加入这支护路大军。管护房里面可以供一到两个人在里面休息。这些护路人员，必须要有责任感，从附近村里的老党员，老干部、退休工作人员里面找，然后给一定的补贴。这些人员白天摊沙，晚上巡逻，每天巡逻4到5遍，负责五华里的路段养护。路段上有啥情况就及时报告，这些护林员每月排名次，一年一评比，评出数百名优秀三护员和20名最佳三护员，召开大会进行表彰奖励。王为民亲自出席为十佳三护员披红戴花，发奖金。亲自带上烟酒茶送到三护员手中，表示慰问。他个人经常到三护房中与三护员说说话，拉拉家常，了解一些社情民意，做一些调查研究。路上还要种树，什么树种好呢？他们看到了挺拔的白杨，也叫毛白杨，于是号召新路的两边都要种植毛白杨树，这样的既能成材，还有行人走着凉快。种树的事也大起来了，王为民说："我们这里呀，容易成活毛白杨，大家看看还有什么品种适合？大小要一致，整齐划一，一边两行，全县统一。北部为了供应苗子干脆建了一个林场，最年轻的、26岁的尹良到林场去做了党委书记，在盐碱地上开始了植树运动。有一天王为民正在开会，一个秘书急匆匆过来说："王书记，孙家集一个抗美援朝的老战士叫王涛的，护路好几年了，这次下了雨，一辆中型货车，在路上行驶。他不幸被车撞了一下，当场死亡了。撞他的车，跑了。"王为民一听，说："这怎么行？"他马上打电话给县公安局分管刑警的副局长单安，要求立即查出。单安半个月后，就查明真相，逃跑的司机被判处有期徒刑十年。孙集镇为王涛举行了追悼会，县委、县政府送了花圈，并给死者家属发了抚恤金。这路段的一位老农民给王涛上坟，他说："王大爷，你上路了，吃我一顿饭吧，你看着路，您还看着我的园子，我连一个葱叶也没少啊，王大爷，你走好！你为了管住路才牺牲的啦，我们不会忘记你老人家。"这些老百姓都是掏心的话。国家交通部副部长也来看了菜乡的路林后，感慨地说："人在车中坐，车在画中行。"

"共产党万岁！"菜乡县城西北十里铺一个菜农一天跑菜市场卖六趟，一天收入 2000 多元，高兴得连钱都数不过来。省交通厅长说："菜乡这种绿林管护模式，应该说是他们的首创，这种做法应该归功于王为民。这种依靠群众、尊重群众的作风，值得学习。"为了表示对菜乡工作的支持。他当场宣布菜乡的拖拉机费三年上边不要。每年 80 元，三年 240 万元用于支持交通事业。一位老百姓说，俺走的是王书记的路，看的是王书记的林，吃的是王书记的菜，喝的是王书记的水，花的是王书记的钱。没有一个好党，也培养不出这样的好干部啊！路是躺下的碑，碑是竖起来的路，修路搭桥，就是建功立业树立丰碑，山东省交通厅召开建设大会，县府秘书长韩冠华出席，会上做了典型发言，他披红戴花。大家说王为民应该享受这份殊荣，他笑笑说："路通到哪里，文明就打到哪里。荣誉给谁都行，只要把路修好，群众卖菜方便就好，这比我个人获得荣誉更有意义。"

有一天，王为民正在开一个小型的会议，忽然小张跑来说，一位菜农要见您。一听说菜农，王为民认为这人一定有要紧事要说，于是匆忙结束会议，要菜农进来。那人已经来了，就笑嘻嘻的，握住王为民地说："您就是王书记，谢谢您了？"看他没有事的样子，王为民很纳闷，说："老乡，您是？有什么难事要我解决？"那人说："我是齐莴苣，您忘了，您不是帮我拉过韭菜车子吗？""啊，是的，我想起来了！那天路难走，你掉到沟里了。"两人呵呵笑起来。王为民请他坐下，给他倒茶、点烟。那人一看县委书记这么没有架子，也放松了，激动地说："王书记，知道您忙，不会多打扰的。我这次鼓起勇气来，就代表老少爷们向您表示感谢的。一是感谢您帮了我的忙，当时只觉得您不一般，真不知道您是县委书记，后来，在电视里又看到您，才知道了。二是感谢您为老百姓修了路，卖菜可方便了，下雨也不愁了。修桥补路这是积德啊！三是感谢您为菜乡老百姓建立了菜市场，我听说是您一手建起的，有远见啊！老百姓富了，永远也不会忘记您！"

王为民起身给他倒上茶水，看着他的脸，真诚地说："老齐，谢谢你！要不是那天你的事刺激了我，我也不会想到这么快去修沙子路。但这不是我一个人的功劳，不应该感谢我，应该感谢党，是党领导得好！"老齐愉快地走了。

五

一切都在往好方面发展，全县大规模修出的这 20 条路，催生了更多的运输专业户。菜乡任何一个乡村，条条道路通九巷。即使是雨天，路上的大车小辆来来往往，农民们都说县委又给菜农办了件大好事。

一天早上，王为民从办公室下来，刚走到车边，几个农民跑过来围住了他。一个光头的小伙子说："我们是古城乡的运菜专业户，在古城市场上收菜已经一个多月了，生意很好，今天工商局的人突然说要我们停止，要取消这些小市场，我们来问问王书记这是不是县委定的？如果是县委定的，我们就没意见，一定听县委的。如果不是县委定的，我们要和他们评评这个理！"

王为民一听觉得他们说得有道理，就对他们说："我要去看看真相才能判断。这样吧，你们三位呀，都上我的车，咱们都现场看看去，到时候我才给你们答复。"三位农民上了王书记的车，不一会儿工夫，他们就到了古城村头的一个小市场，只见几个工商人员正在驱赶拉菜的客户，双方不时地发生争吵。车子直接开到了小市场的空地上，王书记和三个农民下了车，其中一个工商人员认识王书记，他觉得事情不妙，走过去主动和王书记汇报，和王书记说他们为什么要取缔小菜市场。王为民说："快让这些人把车装满，让他们先把菜卖掉，一切恢复正常。等我调研一下，开个会，然后再决定取缔还是保留，我会尽早答复你们的。"

这是一个想不到的新问题，王为民沿着新修的沙子路到处跑，他发现沙子路修好以后，在一些开阔的地方，形成一个小小的批发市场。这些小市场利用原来废弃的机井房，或者废弃的其他房子，或者搭建一个简陋的公众用房，也有管理人员，有经纪人，可以过磅、付款、装菜、总共有二三十个人。这些收菜的客户也有外地的，也有本地的，有北京的、济南的、青岛的、东北的，也有当地的农用车、小型汽车，蔬菜收起来进行包装，然后运到县城菜市场，整车卖给外地客户。这些买菜的客户，有固定的大客户，也有临时的，价格面议。

　　光头小伙子在车上和王为民说过，他们到地头上收菜，菜农更愿意，因为，种菜的只管种，收菜的只管收。收菜的都有自己的农用汽车，最少的是个三轮车，在路边小菜市场上收满菜后，拉到九巷批发市场卖掉。王为民让工商所统计一下，专门收菜的达到5000多户。所以再到大菜市场上的时候，给王为民截然不同的印象，原来老百姓骑着自行车、拉着地排车、骑着小三轮车的情况少见了。菜市场上多数是汽车，汽车与汽车的交易，非常整齐，规模很大。所以这个蔬菜二传手对流通起了很大的促进作用。这也是修路的结果，也是群众的创造，是大市场的补充，是一件大好事。所以经过开会讨论，王为民说："应该鼓励和提倡这种行为，有人说它会影响形象的，也会影响大市场的收费，要整顿撵走，没收人家的磅秤，收走账单，其实大可不必。"王为民在班子会上，做了总结性发言，他说："这些小市场的出现，是一件大好事，也是蔬菜市场的延伸。它有助于市场的培育和发展，只会给大市场增光添彩，不会损害大市场一丝一毫，他会增加蔬菜的交易量，吸引更多的客户。这些小市场方便群众，要是没有这些小市场，每家都要到县城卖菜，多走10多华里、20华里，有的菜农没有交通工具，没有更多的时间去卖菜，还要经受很多的磨难。所以县委，正式决定保留路边村头小市场，不但要保留还要继续发展，越多越好，就像爱护支持大市场一样，爱护支持这些小市场，任何人不得损害它，更不能随意取缔，违者严惩不贷！"县委这些意见，很快就在各个小市场上传开了，客户们都拍手称快，那三个运销的农民可高兴了，光头小伙子逢人就说："王为民书记平易近人，我们是抱着试试看的态度，准备挨批去的，结果就随了咱的心愿，还坐了坐书记的小车。"

　　路边的小市场，就这样保留下来了，这是一个十分正确的决策。王为民尊重群众的意见，大市场小市场有机联系起来，互相补充。随着市场发展到了150多家运输专业户，人员增加到两万多人，交易量增加到28亿斤，种菜的乡镇发展到26个，村庄有513个发展到685个，菜农发展到18万户，蔬菜面积发展到29万亩。王为民感慨地说："在对大市场小市场这个问题上，我们又得出一条重要经验，凡事都想考虑群众的利益，不管是大市场还是小市场，这样方便群众对老百姓有好处，我们就应该支持。这是个群众观念问题，凡事首先要考虑群众的利益。"

六

弥河采了沙，变得千疮百孔。纵贯菜乡 70 公里，常常三五年一决口，每到雨季，两岸人家提心吊胆。王为民早就想着治理弥河。1988 年的 8 月一天晚上，王为民和田福在院子里聊天。天气有些闷热，他们一面喝着茶水，一面海阔天空地聊天，田福说："王书记，今天你在会上讲了弥河的治理，意见很好，就是工程量太大。不如先干县城周围这一段，顶多 10 公里，搞得档次高一点。上级领导来菜乡，都要走这个地方，一定会受到领导的赞扬。"

见王为民没有接话头，他继续说："这段工程量小，效果不一定差，干工作不要光大干苦干，还要巧干。"

王为民看了看他，恼怒地说："身为共产党培养的干部，竟说出这样糊弄群众、糊弄上级的话来，要修就要实实在在地修。"

田福脸红了，他没有说话，灰溜溜地走了。

王为民很生气，他回到家里，躺在床上，反复琢磨这几句为他好的话，如果按原来的意见办，至少有 14 万人上阵，起码要干 25 天。如果按田福的意见办，只需 2 万人，半个月就干下来了。干的标准高高的，显得更好。但按这个意见干下来，一不能防洪，二不能解决交通问题，三不能造地栽果树。

他想："我们是为多数人干的，不是为少数人看的。要搞大田，不搞盆景。"

弥河像一条龙匍匐在菜乡大地上，表面上她文雅从容，但三年一决口，五年一大涝，一旦决口，洪水泛滥，北部一片汪洋。弥河宽 1500 米左右，是一条季节河，每到雨季，两条大坝常年失修，起不到抵挡的作用，北部 10 多万老百姓很害怕，每到雨季就提心吊胆，寝食不安。王为民说，我们有必要集中力量治理弥河了。

三次开常委会研究治理弥河问题。决定全部重修，每条大坝底宽 20 米，上口 8 米，从南部到入海口处 70 公里长，以坝带路，坝成路成，行洪区内整出 8000 亩良田，种植果树，形成两条纵观南北的果树带。

1988 年的 10 月 5 日，菜乡 14 万民工上阵，出动汽车 230 部，推土机 140 台，大小拖拉机 560 部，马车 130 部，小推车 8 万多辆，共搬土方 520 万方。规定大坝每增加半米土，大型链轨车碾压七遍，密度达到 1.6，达不到这个标准，不算合格，不予验收。王为民发现一处不标准，没有按照规定的标准去做，一看是最年轻的党委书记李生负责的地段。王为民一下子火了，他像一头小豹子冲过去，朝李生的胸膛上就是一拳，李生扛住了，没有动。他更生气，上来又是一拳，打到了他的肚子上，他还是没有动。这下子他火了，又是一拳，达到了他的下边，三拳把他打倒在地。有人上去拉，李生也就觉得自己很没面子，自己爬起来，哭着走了。

一时间，工地上异常地安静，大家悄悄地干起活来，认真对着标准来。其他乡镇的党委书记逐一检查，更加认真，害怕自己被打。被打是小事，在下属面前被上级领导打，威信会扫地的。弥河修完后，王为民去纪台党委，向李生做了检讨，自己应该好好说话，而不是发脾气。李生在反思自己的同时，觉得王为民不该利用书记的身份，在大庭广之下动手。他的老家是远离县城的尧水李家，从农村考出来的大学生，心里永远留下了不满的种子。

指挥部设在田柳乡褚黎院一个十分简陋的小学里，王为民和其他领导在这里住了 25 天，他们两天一个小会。三天一个碰头会，天天靠在工地上抓质量。

有一天，王为民沿着河堤走，查看质量，要求每 30 厘米高的土方要压到 20 厘米。忽然听到有人喊："出来田福，是你负责的地段吗？不够标准。"

田福看到王为民十分恼火，就端着一碗水给他。王为民接过来，把水泼在地上，大声吼道："你给我喝水消气，你知道不，将来这段河坝出了问题，多少百姓会遭殃呀！"王为民立即找来档案局的领导，让他们把每个乡镇、每个村负责的工段记录下来，永久存档，将来哪一段出了问题，就找那个负责人算账。

田福觉得自己错了，干工作更加认真，王为民对他说："治理弥河是千秋万代的大事业，修筑两条大坝关键是内在质量。大坝的密实度，大坝压实了，达到规定的标准，才能坚固耐用，锁住洪水，大坝压不实，豆腐渣工程，洪水一冲就垮，那还不如不修。我们一定抓住密实度这个关键，对人民负责，不能在质量上出现丝毫问题。"田福点头答应着。

组织了 600 人的水利技术队伍，每个村给一个技术员，技术员负责水利技术。水利局购买了 130 台测土密度的机器，分到每个乡镇。测的密度必须达到 1.6。修完了路，从一个乡镇回家，王为民说："吴秘书长，咱们从坝上走走，看看河坝公路修的情况。"忽然，他们看到有四五个人推着小车，在坝的一边停住了，他们想上坝，一遍遍用力，怎么也上不去，只好绕道而行。王为民对吴秘书长说："看起来他们似乎是卖粮食的，他们要过河是吧？"坐在副驾驶上的吴秘书长说："好像是。"

王为民说："咱们没想到，附近的村民要过河怎么办？吴秘书长，弥河沿途有多少村庄？"吴秘书长说："大约有 27 个。"王为民说："这么多村庄的人没法上河坝，是我们的失误。这样吧，咱们要修河腿子，有了河腿子，就能上河坝，也容易过桥。"

在 124 个路口修河腿子，要增加很多工程量，但是王为民想，增加工程量也要为老百姓着想。于是他下午来到施工现场，专门讲了这个问题。多加了 100 立方土，沿途的老百姓很满意。他和干部一再重复："我们是给多数人干的，不是给少数人看的。"

在弥河大坝两侧植树，要刨一个半米见方的大坑，王为民让木匠做了个半米见方的木架，木架能蹲到坑里，才算验收合格。蹲不下去，坑还要扩大。河床里栽了树，桃树、梨树、苹果树，春天，一树花，满河香。吴秘书长说："王书记做工作，质量第一，我们做的引黄济青段，分三期两年完成的工程，20 年过去了，这个工程的质量菜乡第一，二十年来，它所流经的十个县市，九个县市都不同程度地进行了维修，有的塌陷，有的断裂，有的水泥板脱落，唯独菜乡这一段，一动没动，连一道小的裂缝都没有出现。"

第九章　抓米袋子

一

菜乡、美国的加利福尼亚、荷兰兰辛格兰和西班牙阿尔梅里亚被称为世界四大蔬菜中心。

王为民动员全县大搞蔬菜大棚的时候，他也没有忘记抓粮食生产。他抓工作注重全面，他对干部们常说，我们县既要抓农业又要抓工业；既要抓菜篮子又要抓米袋子。前几年小麦丰产万亩方曾经吸引三届总理来考察，王为民得了一个会弹钢琴的首长的称号。

其实有一阵子他的内心也很不安，害怕被人误解只搞蔬菜不重视粮食生产，害怕因自己的失误领着大伙走向一条粮食减产的路。他要好好调研一下菜乡的粮食产量，到底有没有因为扩大蔬菜种植面积而造成损失，他要实实在在摸摸底子。他要先找一个人了解一下，这个人就是北徐村的梁元。梁元当了一辈子支书，也是小麦丰产万亩方的实验者，更是王书记的得力支持者。王为民和梁元不是一般的上下级关系，而是一对无话不谈的朋友。因为小麦，他们虽然一个是农民一个是县委书记，可是三天不见就互相打电话问候。

梁元也是王为民在菜乡树起来的典型人物之一。王为民推进工作的办法之一就是树立典型。本来北徐村自然条件不好，是一片碱洼地，土质条件最多算是中下游，可是因为这里地多，王为民就把吨粮田开发定在这里。

这一天，处理好文件和事务，王为民坐上车和司机往北徐赶。沿着公路走，路很窄，要过弥河大桥。北徐在解放前也叫小台湾，是国民党十五旅的所在地，县长慈乐尧全家居住在此，日本鬼子也在这里驻扎了多年，犯下了滔天罪行。寒桥源于唐王东征，唐王李世民来到弥河，波涛汹涌，将士们无法过河。正在焦急中，忽然弥河一夜之间封冻，河里起了一座冰桥，将士们顺利过河，人们叫它寒桥。

若以县城为中心，寒桥的北徐村就算是乡下了。过了弥河大桥，土地平展，辽阔，舒缓的麦田像一首诗，沙子路两边有王为民倡导种植的杨树。

梁元的家在村子的最南头，进村后有个大的铁制的礼门，写着"北徐村欢迎您"，给人一种很受尊重的感觉。走进梁元的家里，王为民吃了一惊，西厢房的门大开着，梁元收集的推车子、木锨、杈耙二齿子、木瓜子、镰刀、蓑衣、草帽都在阳光下暴晒。昔日整洁的地面砖被掀起来了，堆放在一边，从大门口到屋门口一条小路被瓷砖铺就，泥土的香气扑鼻而来。整个院子被梁元整成了一块泛着黑油油能种植粮食的土地，调成一个个长方形的畦子，儿子和儿媳妇在畦子里忙活。那一小袋麦种敞开了口，立在墙边，墙边洒下一片阳光，小脚女人眯缝着眼正用五彩丝线给梁元补荷包，梁元正撅着屁股在一个木斗里拌麦种。

二

梁元家夜不闭户，这是他多年当支书沿用下来的习惯，他沿用下来的另一个习惯是订报纸。

1978年的春天，北徐村刚刚开始大包干，解散大集体，把新中国成立后积累了30年的财富都分掉。作为支书，梁元心里难受，万分不舍，一切能卖的资产全部卖掉，轮到处理木锨、铁耙、扫帚这些日常农具时，谁也不买，任其躺在仓库的一角睡大觉。梁元只好对社员说："不花钱，谁家愿意要就拿。"呼啦一下子，不到半天，就抢光了。梁元摇摇头，"唉！"的一声，叹口气，再也说不出一句话。

村里浇地的4台水泵，原来由村委统一调配，现在几个人一组出钱买了。

春旱，马上要浇地，梁元得先和有水泵的人家商量，还要排队，没有权力说什么时候浇就什么时候浇了，他就不住地叹气，摇头。好歹村里还有两台东方红28拖拉机，因为贵重，还没有社员来买，暂时窝在村委大院里，梁元还有支配权，心里还有些安慰。最早的一台，可是让梁元差点把命搭上。当时公社里给个购买拖拉机的指标，是镇上第一个指标。梁元把钱缠在腰里和梁子春上路了，深秋的东北异常寒冷，两人冻得难受。谁知把拖拉机开到山东滨州境内，坏在路上。正是初冬季节，雨雪交加、饥寒交迫，等回到村里两人冻得已不成人样。买回的那辆拖拉机倒是美观，一身大红色，烟筒若一支旗杆，高出车棚。车棚内很宽敞，司机坐在左侧，右侧和后边还可以坐两个人。车头有两个大灯像两只明亮的眼睛，两侧的大轮子像坦克一样豪迈，所向无敌的样子。只要这台拖拉机一开出来耕地，周围村里的人会出来围观。它效率高，北徐村的耕地速度在全县拿第一，人们拿着铁锨深翻地在它面前自惭形秽，于是梁元更加相信了科学的力量，深信科学技术是第一生产力。要想多打粮食，离不开科学种田。

想到要科学种田，这一天梁元一夜合眼，天还没亮，他就爬起来写了封信，以村委名义要求把北徐村东边的一片耕地设为小麦试验田。

兄弟梁文来家里告诉他，自己要娶媳妇。一般来说北方的冬天，天寒地冻的时候，动物冬眠，小麦过冬，农人们抄着手晒晒太阳。虽然冷，但有着难得让身子骨闲下来时候，可以睡几个好觉。孩子长大的人家，就开始琢磨着娶亲了，买点肉鱼招待客人，也不至于馊掉，帮忙的人也多。

梁文的新媳妇娘家在弥河的上游屯西村，沿着北徐村向南走二十里路就到了。

那天，梁文家收拾得干干净净，窗子上贴着红色的窗户纸，每个门上都贴着鲜红的对联，五颜六色的过门笺像少女额前的流苏，飘呀飘。院子里三面扯着麻绳，挂满了亲戚贺喜的喜幛，红红绿绿，张灯结彩。两辆大红色的拖拉机停在路边，时间一到，梁元开着一辆拖拉机，领着一辆拖拉机去接亲。后面的一辆拖拉机挂上了斗子，车斗上扎着棚子，棚子上覆盖着红色底子的毯子，拖拉机头上扎着大红花，一辆拉媳妇，一辆拉随身的东西。梁元亲自开着一辆拖拉机接上新媳妇就回到村里，拜过堂后新媳妇出面致谢帮忙的人，梁元才得以仔细地打量她，却发现她的身上一片金光，她竟然罩在一片金光里。那金光就像丰收在望的麦田，太阳照过来，遍地金黄。

梁元很奇怪，转了一下身子，看过去，那团金光仍然围着她，他到底也没看清扬琴的脸庞，只是记住了一片金光。直到新媳妇拿着烟酒糖过来，新郎说，这是支书大哥。扬琴抬起头抿嘴一笑，哎呀！这不是那个在公社里唱吕剧的演员吗！那时候看过扬琴唱戏的支书们都私下议论，扬琴和弥河边出去的郎咸芬差不多模样，郎咸芬不常见，扬琴可常见。说到郎咸芬就说到弥河，弥河东岸北去二十里有个郎家营村，20 世纪 60 年代出了个吕剧名家郎咸芬，出演李二嫂改嫁戏里的李二嫂，都跟着周总理出访过苏联。

梁元高兴地想，北徐村的吕剧班子有人才了，可以重新开始唱戏了。原来北徐村的吕剧班子全是男士，遇到女角的时候，往往只有梁元自告奋勇承包下来，他也只是硬着头皮扮演，他长得更像硬汉，一点也没有女性的柔美，可是其他人说啥也不演女角，他也不能让戏黄了，只好硬着头皮男扮女装。到各个村巡回演出的时候，到了岳母家的村子，他说啥也不上台，急得老支书梁天罡说："你化了妆没有人认得你，再说了，你都娶了亲了，笑话也没用。"其实梁元只是怕岳母村里人说闲话。只要扬琴进戏班子，有了女性，他可以堂堂正正演男人了。

扬琴会很多曲目，上台就演就唱，能顶很多角色。她的手巧，帮着补做道具，不上台也帮着别人化妆，北徐村的吕剧迅速地名气大起来。梁元想让郎咸芬指导一下他们村的吕剧，尤其是让扬琴拜郎咸芬为师，如果扬琴能成为下一个郎咸芬，那更合梁元的心意，因为扬琴从外表上来看长得比郎咸芬还洋气。扬琴个子高，身材瘦弱，婀娜多姿，鸭蛋形的脸，不擦粉都白里透红，人称气死太阳。他觉得扬琴的唱腔毕竟是野路子，没有经过培训，如果让郎咸芬教教，可真好。

梁元因为在淄博教学，就是那个时候看郎咸芬演戏的，因为对人有好感，也对吕剧的兴趣更浓厚了。梁元一边在村里演出，一边写剧本，一个是《争车》，一个是《小姑贤》。

喜事冲喜，梁元的小麦试验田也被镇上批准了，梁元开始觉得日子又有了奔头。整个试验田 500 米，一条沟渠，种上梧桐树，不管谁家的责任田在那里，都要接受梁元的统一管理。

三

小麦试验田抵消了大集体解散给梁元带来的心理创伤。梁元当农民是因为大饥饿，完全是个例外。那时候他中专毕业分配到淄博十四中当教师，夜里，没有豆油点灯，借着月光，太饿的时候，到处角角落落地找呀，实在没有一点吃的，头底下的枕头鼓鼓的，用指头抠开一个窟窿，抓一把糠子，按到嘴里，嚼呀嚼，对付来自胃部的疼痛。但是奇怪了，当枕头只剩下两片布的时候，来自胃部的疼痛不但没有减轻，还伴有一阵阵的恶心。要命的疼痛让他给学生上不了课，脸两侧也浮肿起来，他蹲在厕所里出不来。上不了课还拿工资，还有人问寒问暖，打针拿药，这样过了十几天，梁元内心实在不安，他想我不干活光占国家的便宜，这样可不行。于是不顾学校教导主任的劝阻，教导主任就说，你在学校教不了课，正好肖明老师在淄博刚刚成立了五音剧团，你去干个轻快工作，卖票什么的，好歹也有个国家正式工作。梁元没说什么。他正在埋怨他的父母，原来三天两头来看他这个独子，自从他来到淄博求学工作，父母一趟也没有来。

梁元要回家去。他背着铺盖卷下了公共汽车，一步一步挨到弥河东岸的家。他的家本来就在村南头第一户，夕阳的余光里，一个人拄着棍子，佝偻着身子，站在路中间，那是父亲梁乐堂，父亲似乎知道他的到来。见到他第一句话就是，孩呀！你还知道回来，你爷都要饿死了，你也不早来看看！梁元这才知道父母没有像往常一样去看他，没有别的原因，就是因为路远，推小车的父亲一天时间也走不到淄博十四中。

梁元低头看着父亲，父亲的那目光是想念也是怨恨，不仅代表对自己的怨恨也代表儿媳对他的怨恨。他无言以对，这样算来自己快一年没回家了，知道父亲对这个唯一的儿子又疼又怨，眼泪就哗哗地流下来。在青州教学的时候，离着有四十里路，母亲和父亲推着车子，擀上饼，煮上鸡蛋，隔三差五就去看看自己。

他翻开书包，找出唯一的一块窝窝头，父亲咬一口再咬一口，舍不得吃攥在手里，拄着棍子往家走。村里已出现饿死人的事，隐隐地有哭声传来。晚上村子里死寂一片，那一片死寂里有一阵阵狗叫声传出。

父亲梁乐堂吃了儿子带来的窝窝头，喝了一碗菜粥，微笑着看着儿子，儿子似乎是失而复得了，母亲很无力坐在一边叹息。老支书梁天罡听说梁元不干公家人回家当农民了，就来到了他家，坐在炕沿上，抽着梁乐堂给他卷的烟叶子，笑眯眯的，说，回来好，梁元有文化，先在村里干会计，领着大伙子科学种田，吃饱饭。我正准备成立个技术队，正好，你来领头吧。梁元只觉得心头热了一下，没想到老支书这么重用自己。第二天就去了大队里。梁元一听就知道大家议论的是陈少敏，解放战争时期会使双枪，和刘少奇一块打过仗。她给家乡人引来了地瓜，还给她的娘家范于村 100 斤花生种子，让大伙子种。当年 10 月份，梁元种的地瓜下来了，切地瓜干、晾晒，磨面，家家喝地瓜粥，吃黑色的地瓜面子。饥饿过去了。

这一天，梁天罡吃过晚饭，叼着一根烟，来到梁元家，坐在床沿上和梁乐堂聊天。梁天罡说，我没看错，我这个大侄子梁元就是不一样，给咱技术队真是长脸，地瓜只要种上 100 多天，咱就有吃的了。梁天罡虽然刚刚过了五十岁生日，却天天嚷着不干支书了，只要梁元不回淄博了，他就把支书让给梁元干。梁元觉得回村劳动，能照顾老人，并没有想再回去工作。梁天罡知道了梁元的想法，赶紧割地，给他分口粮田。梁天罡说，听人说，山西饿死的人少，因为山西过去一直有饥荒，人们对此也有了应对的方法，而四川历来是天府之国，很少挨饿，真遇到这种事，没经验应对，死的人却多。梁元挥着大手说："大叔你放心，给我分上地就对了，我回来就立志农村，从事农业，您老人家尽管放心，我梁元堂堂七尺男儿，说话算数。"

那一晚上，梁元躺在床上，心里虽然有淡淡的忧伤，但大男子汉选择了的事绝不后悔，他在实验田里种地瓜和棉花，他到母校昌潍农校跑了好多趟，在村里推广了棉花芽苗移栽和地瓜芽苗移栽，他们提前在塑料薄膜覆盖的苗床上种的地瓜丰收了。听说在淄博二中的语文老师肖明作为右派，下放在潍坊北部劳动，他悄悄地背上一袋地瓜干，夜里大步流星地走了四十里路，送到肖明老师的牛棚里。肖明老师握着他的手说："梁元呀，家里断粮两天了，我在这里毫无办法，死的心都有了，幸亏你来了，我赶紧背着这些瓜干回淄博，给媳妇和孩子们送去。"当年肖明老师在语文课上常常点拨梁元，把梁元的作文当范文读，梁元就爱上了写作。肖明编出了京剧《红嫂》，剧里拿军用水壶给战士喝奶的动作就是肖明琢磨出来的，在山东省现代戏汇演中夺魁。"蒙山高，沂水长，我为亲人熬鸡汤"的歌词人人会唱。在淄博二中受到排挤，组织上把他调到《淄博日报》文艺版干编辑。这些日子，他来到菜乡寒桥，在乡党委住着，夜里来北徐村听老少爷们讲故事。在淄博的时候，梁元跟着肖明老师去听梅兰芳唱京剧，据说后来他的儿子梅葆玖也沿着父亲的路线来淄博唱戏。

梁天罡这次觉得心里很敞亮，看来梁元真心在村里干了，村里终于有个有文化的领头人了。梁天罡是看着梁元长大的，梁元8岁上学那年是1941年，属于抗日战争时期。一大早，梁乐堂送他去上学。梁元背着一个书包，蹦着跳着，去了学校，刚刚回教室坐下，他的爷和老师说着客气话。一转身轰隆一声，一颗炮弹响了，学生们乱作一团。爷拉着他就跑，他们看到旁边一户人家炮弹从屋檐上滑到了猪食槽里，爆炸了。好几个人从村里跑出来，他家的马也跑出来了，爷一手牵着马一手领着梁元跑，他们一起跑到一个菜园里，藏在围子墙下。听到一队鬼子过来了，梁元大气不敢喘，看到爷脱下身上的褂子把马的嘴缠住。梁元知道爷是怕马叫引来鬼子，还好，马知趣地一声不吭，十几个鬼子过去了，天色暗下去，爷拉着他回到家里。天呀！家已不成样子，鬼子不走大门，他们把人家的墙都撞倒了，户与户之间通联起来。隔壁二嫂因为不愿意日本鬼子抢自己还下蛋的老母鸡，鬼子用枪托把她打死了，一条人命不如一只鸡值钱呀。村里到处是烧毁的房子，鬼子把村民的车子当柴烧，还有没有吃完的马肉，飘着香味。他想什么时候，老百姓不受欺负，也能吃上很香的肉呀。这次扫荡，日本鬼子还烧了村里一个聋汉的屋。聋汉吓得嚷嚷着要插白旗，说不插白旗的，一律烧掉。梁元的爷接过聋汉手里的白旗，恨恨地踩在地上。想了想心疼房子还是弯下腰拾起来，插在墙上。

梁元提心吊胆，有时走亲戚，爷就在后面喊："田柳那里一个鬼子的炮楼，要戴着草帽不要摘下来，你摘下来，鬼子认不出你是谁，他就会开枪打人！"梁元觉得走趟亲戚也战战兢兢，日本鬼子什么时候滚出中国呀！

梁元记得弥河东岸，那条弯弯曲曲的大沟，这是国民党张景月手下人挖的。人在里面走，从外面是看不出来。梁元的妈妈赶集都是经过这条沟。梁元的二姑嫁到了南徐，二姑结婚的时候也走沟底，二姑夫骑在高头大马上，有的地方土很暄，马子踩了暄土，马子陷下去，拼命挣扎，把二姑夫甩出去，土块掉下来，把人给砸死了。张景月的十五旅两个团都驻扎在周围。梁元母亲冯氏，个子一米六，小巧玲珑，娘家在弥河西岸的南马范村，住的是土屋，叫干打垒墙，下大雨就会淹了屋场子，姥爷去世早。梁元大舅怕被十五旅抓壮丁，跑了。二舅在家里种胡萝卜，国民党来抓壮丁，要他跟着走，他换上衣服，去了四团，路上行军不愿意背枪挨了打。国民党在青州汽车站和日本鬼子打起来了，二舅他们去增援，被日本鬼子打断了腿。一个好心人来北徐村报信，袁冯氏才知道自己的二兄弟受伤了，她急忙托人去找，三天后才被抬回来。那时候治疗腿可难了，腐烂的肉需要从骨头上抠下来，没有消毒的药物，也没有医疗器械，只好找来车子上的铁辐条去抠脓，二舅的腿从此瘸了。

终于解放了，梁元去洛城上学，没毕业被送到潍坊上速成师范。毕业后学校要求先去银行干，梁元被选到青州十七里河工作。有个早来的老师也是菜乡人，一至四年级的课他们都教，教课没感到多累，回家的路上感到累。离家80多里路，两个人步行，走大半天，就产生了离开青州的念头。恰巧有个村里从北京学俄语的同学回家来了，论辈分叫梁元大爷。他听说梁元不愿意教学了，愿意继续读书，就说："大爷，你再上学的时候要选择在潍坊和淄博上。"梁元吃了一惊问为什么？那同学说，菜乡没有电，没法做实验。梁元想了想，也是。于是他背着一个油布纸铺盖卷坐着车，从青州的谭坊转了好几转来到淄博，淄博正在招生。要考试，没有书，梁元跑到附近的书店里去买书，看到老舍写的一篇文章是关于宪法的，觉得很好，就买来看。果然他语文考得作文最好，顺利地被淄博二中录取。

在淄博学校里，老师上的第一堂课就是作文，作文题目是：你为什么来淄博上学。梁元写完了，交上去，不小心有一个词是"不告而别"引起了老师的注意。老师追问，从哪里同谁不告而别，原来在哪里工作。如果不说实话，就赶着走。梁元怕丢掉这次学习的机会，就一五一十地讲了来这里考学的原因。他获得了谅解，留在这里学习了，并且在这里入了团，当了学生会主席。他觉得自己当了学生会主席一定要干事。恰逢春天植树造林，倡导种白果树，梁元所在的二中也分了五千棵树苗子。种树要浇水，从山下往山上弄水，没有工具，就用瓶子盛，瓶子装水很少，种树速度很慢。梁元想了个办法，用块毛巾包着头，找结了冰的冻冻，顶在头上，运到山上，放进挖好的树窝里，融化的冰水会慢慢地渗下去，比浇上水接着渗漏下去要好。果然春天来了，树发芽，一片葱绿，二中种的树长得好。梁元的威信提高很多，他自己觉得对得起学生会主席这个称号了。

淄博二中要扩建学校，扩大学生在校规模，教室里还要安门、订桌椅，梁元被指定为临时负责人。梁元就从菜乡老家寒桥铁木厂找人来做木匠活，顺便预定了十几张桌子，桌子做好了，还要家乡的人运过来。从菜乡到淄博一百多里路呀，几个老乡决定推着车子送桌子，他们在家里饿得慌，不出来挣几个钱，没有饭吃。于是连着赶路，很累。同族的大叔也就是后来与梁元时常对着干的梁天发，苦笑着对梁元说："大侄子，不为几个馒头，我们不来呀，可要累死了！"梁天发还比梁元小三岁，梁元知道他们就是为了挣几个馒头才出重力来淄博的，心里很是愧疚。梁元想，都是为了糊口呀，什么时候老百姓才不为吃饱饭发愁呢？

四

回到菜乡几年之后，县里要盖一座漂亮时尚的酒店，因梁元有同学在淄博。市里有关领导就让他帮着去淄博买便宜的水泥。几个人到淄博后，恰巧从五音剧团路过，梁元带着大家进去看看，见到了当年学校任教导主任现在五音剧团的副团长，就是他挽留梁元在淄博就业，负责卖票，打扫剧场的工作的。五音剧团的副团长见了他说，当年让你留在淄博，你不干，回家当了农民，失去了机会，现在还有一个机会可以恢复你的公职。原来有一个小伙子是大众饭店经理，自由恋爱被批评了，觉得很丢人，一气之下，丢掉工作跑了。饭店里有包子、油条一大堆。团长说，梁元，剧团你不来，这个饭店你来经营吧，比你在农村种地可强多了。

梁元笑笑说，我在村里搞科学实验，刚刚有了眉目，我这辈子就是种地了！

副团长尴尬地笑笑，长叹一口气说，说吧，来这里干什么，绝不是玩玩吧，我知道你是个闲不住的人。梁元说，还是老师了解我。这不是，刚刚改革开放，用钱的地方多，干什么都要打紧过日子，这是我们县里计划建设的第一座现代化酒店，领导派我来这里买些便宜的水泥，能帮忙就帮吧。大家纷纷说，这种情况一定要帮的。

回到菜乡，梁元的心里还是空落落的，就是有什么事没完成似的，想来想去，他觉得自己的心思在小麦的种植上，企业再好，似乎不对自己心思。自己当了农民，从事农业，一定要在种植农作物上干出些名堂来，让老百姓一年四季吃上大白面馒头，才是奋斗目标。

梁元那些年在技术队的药材基地搞科学实验，这是寒桥人民公社成立的第一个科学技术队。一共十二个青年人，三个女生，九个男生，他年龄最大，学历最高，又是队长，他们在村委办公室，搞实验，瓶瓶罐罐一大堆。技术队要种药材，这可是件新鲜事。在梁元开辟的牡丹园里，有赤芍、白芍、绿牡丹、白牡丹、粉牡丹等多种珍稀品种。在实验田中，他还种过防风、荆芥、沙参、力参、枸杞、白芥子。药材基地最后扩大到近百亩。1966 年，技术队被取消，他的技术队长也自然解职，芍药一夜之间不见了。梁元在一个夜里梦见自己在牡丹园里散步，于是他写了首怀念牡丹：曹州牡丹北徐开，赏花名流梭如织。红白绿蓝真国色，奇妙根茎谁人识。芍药牡丹情一对，娇娜多姿独新奇。嫣红姹紫品不够，冰心一片醉翁意。

北徐村有三个小队，一小队的队长撂挑子了。梁天罡来到梁元家里，说起这几年梁元在技术队上的表现，满意地点点头。夜里梁天罡召集队里的社员开会，他坐在椅子上，吧嗒一口，吐个烟泡，烟雾缭绕中，缓缓地说："咱一小队的队长不干了，咱们选个新队长吧，大伙看梁元可以不？"当然是一片叫好声，这样梁元又当上了北徐村一队的小队长。梁元很不好意思地说："我还年轻，多学学经验。"

这时候梁天罡笑着说："大伙子选你当队长，你要好好干。"

梁元眨眨眼说："让我当队长可以，但要答应我一个条件。"

梁天罡问："什么条件？"

梁元说："当生产队长行，我可是愿意在田里搞农业科学实验啊！"

梁天罡拍着他的肩膀笑着说："大伙子说，你只要领着大伙吃上饭，咋样都行。"

梁元心里很高兴，围着一小队的地看了看，除了每家的自留地，全部种麦子，他要自己亲自出去买好种子。他背上包裹出发了，几天后回来，津丰一号、石家庄54、反修二号、济南13等十余种小麦优良品种，他都淘换来了。每块地种一个好品种，严格按照标准来种，他每天去查看，什么时候该浇水了，什么时候该是施肥了，一点也不马虎。其他五个生产队仍种原来的铀子和昌乐5号。麦子见风就长，芒种过后，等到打下麦子来，梁元生产队的小麦产量远远高于其他五个生产队。分了口粮留下储备粮，还余1700斤。队上筛选的种子，不仅在本村普及，而且推广到本县上口镇一带。老支书笑了，吧嗒着烟袋说："哦，行，好样的！"

梁元笑了。在太阳底下，他的胳膊上、肩膀上泛着黑油油的光。

1971年冬季，大雪一场接着一场下。庄户人家房檐垂下晶莹的冰凌。太阳却很好，田地里不时刮过一阵小旋风，米粒似的白雪就旋转起来，在日光下跳舞，这个时候去往北徐村的路上，新上任的寒桥镇党委书记桑林，个子不高，瘦瘦的，正坐着车朝北徐村去。镇上大规模换届，梁天罡要退休，桑林就想着找一个德才兼备的年轻人带着大伙过好日子。他亲自到了北徐村，到每个党员家里去摸底，了解情况。其实梁天罡早和桑林推荐过梁元，大伙子觉得梁元是最合适的，于是桑林最后才去找梁元，说出了党委和群众对他的信任，梁元又惊又喜，他怕自己没有能力当支书，就说："我怕是干不了，没干过村干部，年龄不大。"

桑林笑笑，鼓励他说，大胆干，就胜任了。梁元看着这位党委书记的眼睛，就像当年看着梁天罡的眼睛一样，提出了一个发自内心并且非常渴望的问题：选我当支书不要紧，一定要答应我一个条件，要不我宁愿不干。

桑林书记听说梁元要向组织提要求，愣了一下，心里不爽，他自己跟着共产党干工作这么多年，从不提报酬，不提待遇，习惯了这个思维，一听梁元干个支书还要提条件，内心十分反感，对他的信任瞬间打了折扣，不由地低下头狠抽了一口烟。

梁元说，当支书可以，一定要让我搞农业科学实验啊！桑林愣住了。他还以为梁元要求给村里买辆车、多批些柴油或者给个指标安排孩子去城里上班等，想不到梁元提了一个给自己工作压担子的事。他眼睛瞪得溜圆，随即开怀大笑起来，点点头，连声说，这个条件提得好！提得好！1971年的一天，镇上文书胳膊下夹着文件，来选举村支书，一轮一轮的票唱了，29个党员都到场投票，计票结果，梁元28票当选，高票当选北徐村支部书记。

梁元首先考虑怎么干能让社员们的生活尽快好起来。在这个寒冷的冬天，梁元觉得最热乎，他几个夜晚都在思考要怎样改变北徐村的面貌。用什么方法？他想到离村8华里的东洼，有600亩涝洼盐碱地，村西弥河滩有三华里长的当年国民党挖出的废沟，有一座小山似的土岭，浇不上水。还有一座废弃的窑湾，沟壑纵横。他想先把东洼改碱和西边弥河河滩改造，在村里统一规划，让村里人家住上新房子，争取十年不落后。

从村子向东通往东洼的那条生产路忽然被梁元踩出了一条更宽更明的路。

小麦扬花季节所散发出来的清香，流动在这块昌潍大平原上，村子与村子之间被麦香缠绕。

梁元骑着一辆大金鹿自行车，和梁子春先围着北徐村的大田跑，用脚丈量地边，没当村支书的时候，知道东洼的地是北徐的，因为是一队的，他也没仔细地看，当了支书，心中就有了全局观念。他站在地头上，是夏季，绿油油的茅草，各种野菜夹杂其中，可是在他的眼里，这些都不是人能吃的东西，他也知道，只要压碱，这么多地会长有用的东西。他知道老百姓家里难得吃个水果，孩子们穿着破衣服，留着鼻涕，这块地既然不长粮食，长果树则可以。他的眼前摇曳着满树的苹果，他满意地笑了。梁子春说，梁书记，您笑什么？他说，咱这里仿佛出现了苹果园。啊，那得用几年时间。咱先干起来，三年五年，就行，孩子们就有苹果吃了，不干，永远是这个样子。

梁元就在村委大喇叭上说："男女齐上阵，家中锁看门。凡是有劳动能力的一律去东洼劳动。"知青李凤，一个18岁的小姑娘，白白的皮肤，扎着两条垂到肩下的麻花辫，一头齐着眉毛的刘海，穿着一件军上衣，一条蓝色裤子，条绒棉鞋，柔弱中透着一股城市女孩的洋气，这天她来到了村委办公室，倚在墙角咳嗽。梁元关上喇叭，看着她咳嗽的瘦小的身子，知道她身体很弱。她问："伯伯，我去工地不？"

为什么叫他伯伯呢，因为这个弱小的小姑娘，来到北徐村后，就和同样身体很弱的梁元的二女儿梁穗结成了好姐妹，于是见了梁元也不习惯称支书，就叫伯伯了。梁元想了想去，说，你身子弱，就不用去了。那二姐姐去吗？梁元没有思考就说，她是要去的。李凤说，那二姐姐也有病呀，她去，我也去。梁元没料到李凤会这样说，抬头看着她，说，要不，你们俩，都去吧，干些轻快营生，就跟着车子拉土吧。言外之意，去也是可以的，他觉得也许干点轻快的活儿，还锻炼身体呢，劳动锻炼以后，也许身体会强壮起来。梁元也明白二女儿刚从潍坊治病回来，是肺病。梁元也没想那么多，没往坏处想，就把她赶到了地里干活。两个女孩子第二天就去东洼搬冻土，跟着车子拉土。病中的梁穗也没想很多，父亲让她来工地上，她得支持父亲的工作，咬着牙上工。知识青年李凤也咬着牙和梁穗每天一块下地，不料，东洼里呼呼的北风，不到两天就把两个体弱多病的女子刮倒了。梁穗气喘吁吁地找到父亲，说："叔，我又犯病了。"叔是当地对父亲的另一种称呼，怕父母担不起儿女的命。梁元眼一瞪："就你娇气！人人上阵，谁没有个头疼脑热的。"梁穗默默地回到工地上，一直忍着。

十天过去了，两个女孩子都感冒，发高烧不退，吃药也不见效。李凤病倒后，梁元想，人家把孩子交给咱，我必须对孩子负责，这里医疗条件不好，快把孩子送青岛治疗，于是买上去青岛的汽车票，一路上呵护备至，把李凤交给了她的父母。

天黑了，梁元回到家里，小脚女人眼里含着泪，眼巴巴地望着他，让他和二女儿梁穗去潍坊医院看看，梁穗发烧一直不退。梁元脸阴沉着，他去潍坊不舍得买汽车票，骑车带着孩子去，要一天的时间，如果还要检查，来回就要三天时间，检查后，说不定要住院，村里的事甭干了。这样想来，感到很为难。梁元就觉得村里的事才是事，家里的事不算事，对媳妇说："先不去看了，过几天再说吧。"

梁穗的病一直靠到过了年，春季要春耕了，梁元计划了好多天，也没有去。那是一个阴沉的早上，风像老牛一样吼叫。梁元正在开村民大会，有人急火火地来到村委，从后面轻轻地捅了梁元说："书记，让你回家。"梁元压根没往孩子身上想，他问："有什么急事？是猪跑了吗？开完会再说。"等梁元开完会回到家一看，什么都晚了，这时梁穗已经趴在炕上，蹬了被子，炕前吐了一大摊血。屋子里没生炉子，冰凉冰凉的，孩子走了，小脚女人在一旁哭，奶奶和她一块生活，疼得死去活来，指着梁元的鼻子大骂："你就知道开会！开会！开会还不如一条人命重要吗？你这个混蛋！家里什么人也不重要，就是村里的事重要，村里的人重要！"奶奶疼她，穗儿才23岁，家里哪个姊妹也不如她漂亮，哪个姊妹也不如她聪明。知青李凤从队部跑过来，大哭道："梁伯伯，我二姐和我一块长的病，你照顾我，没顾上她，耽搁了她的病，二姐姐走了，我很想她。"

梁元安慰道："唉！不是你的事，是我大意了，纯粹是我给她耽误了。要是先送到医院也不会出这事。"梁元多次想起和女知青李凤去青岛医院看病的事，梁元觉得人家孩子来村里不容易，得先给人家看病，就认为自己的孩子是农村孩子，泼辣，没当回事呢，如果看完病再和自己的女儿去人民医院看看那该多好，女儿绝不会在23岁上离开人世。梁元好内疚呀！内疚地碰头，也没有挽救的办法。

没几天，料理完孩子的后事，他回到了工地上。村民们没有话说，也跟着他去工地了。梁元的母亲冯氏从小把这最漂亮最伶俐的孙女搂在怀里，一把屎一把尿养大了，谁知道白发人送黑发人，那种撕心裂肺的痛呀，她常常躺在床上半夜里惊醒，窗外猫头鹰呕的一声飞走了，她就呆呆地坐在床上，摸摸身边空荡荡的被子，叹息着。她后悔没督促儿子放下手中的工作，去带孙女看病，后悔没和孙女住在一起，后悔大冷的天，没阻挡孙女去工地，工地上缺一个铲土的女孩子也没啥呀，这个天煞的，就是为了带头，把孙女的命都搭上了。她想到这里也后悔呀，呜呜呜！夜里分不出是哭声还是猫头鹰的声音，树影摇曳着，在空荡荡的后院里。冯氏在一个冬天竟然卧病不起，并且一天一天病情加重起来。

五

梁元是村支书，必须参加一年一度雷打不动的三干会，老母亲身体很虚弱了，看着也很危险，梁元犹豫着参加还是不参加三干会，最终觉得一定要参加三干会，这是一年县委县府布置任务的会，缺席了一年的工作就不明确。于是他还是决定参加，临走，他对小脚女人说，有什么事赶紧叫我。开会的第六天上，家里来人了，说，大叔，赶紧回家，奶奶病得很危险。梁元心里咯噔一下，汗就下来。他知道生养自己的母亲一定出事了。果然急急忙忙地赶回家，别人已经给母亲穿好衣服了。知道母亲有病，但梁元没想到会这么快，他很痛苦，要知道母亲还不到七十岁呀。父亲戳着他的额头说："你开会去吧！你没有娘，也没有家。"梁元抱着头蹲下来，呜呜地哭起来。他说不出话来，他知道，自己对老人对孩子很欠缺。梁元对自己说，不管怎么说，村里的事再小也是大事，个人的事再大也是小事，全村几百口人的事等着自己安排。

进入县影剧院开三级干部会议，梁元的心脏总是砰砰砰急速跳几分钟，然后才归于平静。梁元当了北徐村的支书后，每年都来开三干会，这是一年一度的县委、镇上、村里三级领导一起开的大型会议。这一年照例在新影剧院开，似乎成了惯例。县影剧院是菜乡历史上第一座独立的影剧院，从外表看，就是一座面向南北街坐西朝东的三层楼。大门很现代化，宽敞，进来后，分三个门，中间门大，两侧各有一个小门，分单双号入场。椅子一排排的，是用很硬很薄的木合板做的，带棕色条纹，椅子背面用白色的漆喷着号码，座位的排数随着数字的增大而渐高。一楼大约能容纳两千人，二楼也能坐一千人。两侧各有两个小门，可以直接去卫生间，卫生间独立在这个建筑之外。从单双号入门处有楼梯，可以通向二楼，二楼的建筑像一个 U 字，低头俯视一楼，没有任何视觉障碍。

梁元第一次面对面和县委书记王为民说话就是在影剧院三干会上。开始的时候，梁元并没有想过单独去见王为民，说是不认识王为民，只是开会的时候，在一个会议室里，王书记在上面讲，他坐在底下听。王为民在道口镇干党委书记的时候给镇上申请统销粮，几乎跑断了腿的事，梁元听进了耳朵里，觉得这个镇党委书记不一般。及至见了他，看他剃着模糊头，一双解放鞋还打着掌子，对他有了八分好感。等到王为民为镇上一个支书的儿子看病，把自己的礼品拿出来送给医生，梁元就彻底崇拜他了。以后不久王为民当上了县委书记，梁元夸自己眼光好。1986 年他探索农业，开始想的是怎样提高小麦产量，书记桑林通过开会揣摩出了王为民的意思，他很兴奋，和他在寒桥镇抓地工作很吻合。

进了影剧院，梁元找到自己的位置刚刚坐下，就被矮个子的桑林拽了起来，没有说话就往前走。梁元偷偷地瞥了四周一眼，只有身边的王仁义用羡慕的眼光看着他。周围是黑压压的一片人头，分不出谁来。就觉得有无数双眼睛看着自己，脸上热辣辣的。党委书记桑林拉着他的手，他只好跟着走，虽然桑林比他年轻也比他个子矮，但他感到了爱，一位公社干部拽着一位村支书的手，这本身就说明了支书在乡镇党委书记的地位。众目睽睽之下，梁元是喜悦的，又是惶恐的，不知道坐在主席台上的王书记对他态度如何。就听到桑林介绍说："王书记，这是北徐村的梁元，就是那个爱科学种田的老元，当年全县第一个技术队的队长。"王为民抬起头看看他，又点了点头。梁元望着王为民只是笑，王为民比桑林还要年轻五岁，只有四十多岁的年纪，点头后轻轻地笑了两声。

　　王为民很奇怪他这个时候感觉闻到了夏季才有的麦香。他看看会场，不清楚哪来的麦香？但他确信自己在这一瞬间真的闻到了一缕麦香。其实王为民自己也说不明白，在那么严肃的场合他为什么会笑了两声，并且眼睛眯起来打量了梁元几秒钟，一下子让梁元没有了拘束感，也许意识到了两个人后来的特殊友谊。王为民打量着眼前这个男人，高个子，黑脸膛、两道剑眉，一双眼睛不大，却发出坚毅自信的光。他的头发很短，很干练的样子。王为民是先闻到了若有若无的麦香味，才看清眼前这个村支书的。王为民用力地吸了一口气，发现这个高大男人身上散发出知识分子的内敛，这是在他所接触的几百位支书中所没有的。他也说不明白为啥，难道就是因为这小麦的香气让他和来到台上见他的支书拉近了距离？似乎他们本来就是老朋友。于是王为民问道："听说你种小麦有一手，开完会，我就去你那看看，咱是农业大县，要好好研究研究小麦怎么种就高产。"梁元笑着很谦恭地说："那可好了，欢迎王书记去指导工作，我会干得更有劲儿的。"桑林只是赔着笑，没多说话，站了一会儿，一看快到正式开会时间了，桑林拽了拽梁元的衣角说："王书记很忙，咱们先下去，以后有的是机会汇报工作。"梁元就随着桑林匆匆回到贴着红纸条的位置上去。

　　桑林跟在梁元身后往回走，他想，三干会后，全县一定是抓生产，那么寒桥镇的小麦良种培育是他工作的重点，梁元和王书记见面，虽然没有说关于小麦的长篇大论，但是县委书记和村支部书之间种植小麦的桥梁架上了。那么北徐村小麦试验田只要引起县委书记的注意，那么很快就会引起全县的关注。这样就有可能顺理成章地把增城、南徐几个村里的地纳进来，统一管理，打造小麦丰产万亩方。桑林感到自己新的一年的工作算是有了一个很好的着力点。

　　三干会结束后的第二天，梁元在村委办公室和栓子商量养羊的事，梁元考虑到村东是块洼地，种粮食没有优势，想养小尾寒羊，就派小青年袁栓子去东营学习。栓子这次回来，发牢骚，说："叔，人家不传技术。"梁元说："你不会给人家干活，和当儿子一样，你看人家教你不？"忽然进来了两个人，其中一位个子不高，穿着一件白衬衣，理着当地老百姓最常见的很短没有特征的模糊头。因为梁元没有心理准备，只是看着这个人有些眼熟，再仔细一看，吃了一惊。他忽地站起来，握住了来人的手，说："王书记，您来了，真想不到呀！怎么不叫党委秘书通知我们？"

"我这是自己来看看你的小麦，桑林说你小麦种得好，叫他们干啥？"

梁元说，算不上好，就是一直搞小麦良种种植。

王书记说："那次见面后，我问起你的事来，桑林说，你是寒桥公社的带头人，村里有果园，是通过治理盐碱地得到的，还和村里人一起搞副业。这次来，不看别的，就是看你搞的小麦试验田。咱们县耕地有限，就需要在高产稳产上做文章，你这里创出了好的经验，就要在全县推广。"

梁元听着高兴也有了压力，县委王书记分明是来给自己施压的。他给王书记倒上水，几个村民看到来了上级领导，很知趣地悄悄地退出去了。王为民表示要看看北徐村的试验田，梁元就和王书记就一起往实验田里走。

都说春脖子短，昨天是棉袄，今天就只穿一件秋衣，梁元还感到出汗，县委书记王为民和办公室吴秘书，都穿着蓝色的中山装。

三个人从办公室出来向东去，梁元就兴奋起来，他的小麦实验田，在村子东边，没有一点遮拦，望出去，平平整整地延伸出去一片。过了惊蛰，麦苗返青了，眼光所到之处，满眼的绿呀。一条弯弯曲曲的小路，偶尔有一两棵大杨树，挂着一串一串的毛穗，在风中悠荡。王为民看后说："很好，还应该扩大面积。把周围几个村的田地连接起来，搞个丰产万亩方，桑林书记已有这个打算，你们配合好。"

王为民伸着胳膊左右比画着，说："面积扩大后，要拓展几条生产路，不然车辆没法进来。东西的这条就顺着这条小路，再加宽一点，一直通到南北那条羊田路上，别看现在羊田路是条小路，过几年也许会成为交通要道。"梁元连连点头，说县委只要大力支持，这工作一定能做好。梁元知道王为民有一个办事原则：看准了的事，集体决定了的事，就要下决心，不畏艰难，坚持做下去，直到做出成效。

建万亩小麦丰产实验基地，需要大伙凑地，因土地早实行了30年承包，都到了个人手里了。增城村挨着北徐村的这些土地的承包户，从小脚女人这边论起来晚辈几乎都叫梁元姑父，没有一个说不字的，况且他们知道这个姑父有文化、能钻研，是位种田能手。其他村里的人大多数在犹豫后都同意了，最难办的反而是北徐村的梁天发。梁天发长着一个圆圆的大脑袋，小眼睛，剃着一个刺儿头，一看就是心眼很多很难谈的样子。在北徐村梁元论辈分该叫梁天发大叔，让他给梁元当副手，心里有些不甘。梁天发一直想着接老支书的班，但村里三分之二的人反对，因为他的婆娘很风流不够母仪全村。社员们反映，每到秋后，她的婆娘就打扮得花枝招展，胳膊上跨上一个兰花花的小包袱，到东洼去。说去拾豆子补贴家用，一去就是三个月，谁信呢？况且常让村里人碰上她坐在洼里光棍的推车上，翘着一双小脚，头上红花绿草的。

梁天发当不上正支书，也不甘心当副的，后来觉得还是有个官职好，于是勉强和梁元搭了班子。

在村里很多事上，梁天发看不惯，处处刁难梁元，梁元说起他来，叫他孬种。关于梁元和扬琴的传闻都是孬种造出来的。

用拖拉机娶进北徐村的扬琴和丈夫梁文过了七年，梁文一度传出，在盐场提了干部，要把家属转成非农业户口。村里人跟着兴奋，在田里干农活的时候，和扬琴搭话的人多起来，大家笑眯眯地打量她，觉得她真是有福气。要吃公家饭了，纷纷祝福她。梁文忽然生病了，原因是他被盐场派去山西进煤，他在汽车上坐着，司机在山路上差点开下山沟，吓了一跳，又被撞了一下，就有了心脏病，一直上不了班，扬琴只好去盐场守护，转正的事也没了影子。

梁元心里觉得应该去看一看生病的兄弟梁文。肖明白天到处跑，晚上回到北徐村，和群众讲梅兰芳，大伙子听得入迷。他出口成章，用毛笔写信。他知道莱乡的北部紧靠渤海，他要去看海。于是梁元叫上一位村民陪着老师，三个人骑着自行车去羊口看海。中间路过盐场，中午在那里休息。梁元顺便看看梁文和扬琴。扬琴知道他们来了，出来见见，泪眼婆娑的，梁文只叫梁元进去。梁元进屋看到梁文无力地躺在床上，人已经很瘦了，他虚弱地说："大哥，我不行了，大人孩子还得靠您照顾呀！"梁元说："文兄弟，别说不好听的话，好好养病，你还年轻。"

谁知没出一个月，梁文真的不在了。扬琴才三十二岁，一个人带着三个孩子，最小的儿子才一岁半。扬琴的娘家人来了，扬琴的母亲胖胖的，虽然是农村妇女，看起来却很有权威的样子。她对女儿说："扬琴，你听着，这里有你支书老大哥，没有人会欺负你，啥也别想了，带着孩子好好过日子吧。"扬琴的哥哥在青岛干公安，也赶过来，他掉了眼泪，对梁元说："你看我妹妹这里，一下子自己养活三张嘴，可怎么过？她拉着三个孩子，又不想改嫁，日子以后会很难，你得多帮着点。"梁元听到这个话，心头还是一震。

一次开会，邻乡的党委书记对梁元说："扬琴是我的一个堂妹，家里遇到了不幸，你得多照顾呀！"

梁元说："我多照顾，是该照顾，可是农村除了种地就是种地，怎么照顾？"

但这么多人替她说话，尤其是党委书记都插话了，梁元不得不慎重。梁元想到赤脚医生原来是知识青年当的，知识青年走了后，村里没有人了，只好关了门，这样吧，让扬琴去当村里的赤脚医生，轻快，工分高，还可以有时间照顾孩子。没想到扬琴却说："支书您是好心，我没文化，学不会拿药、打针的，干不了。"

只要是男人干的活，梁元一块包了。东洼里和河滩上都在承包果园，梁元包了十亩，拿出三亩来给扬琴，地都在一块了，人也就一块干活。

支部要改选了，村里要选新的妇女主任，梁元提出，让扬琴参加选举，毕竟每年有5000元的补助。谁知扬琴说："我不能在村里出头，我还是守着孩子好好过日子，我一个人不能给村里人添话把。"于是梁元和扬琴在万亩方共同劳动着。

六

有很长一段时间，梁天发不理梁元，二人心里别扭着。忽然一天傍晚，梁天发赔着小心来到了梁元家。坐下来，先是借着村里困难户的嘴，说村委照顾得好。梁元当上支书几年来，村里的五保户、困难户都是他第一关心的人，受了母亲冯氏的影响，梁元觉得自己就是这些人的亲人，是主心骨，反而把家里的一切事都交给了冯氏和小脚女人。冯氏也是小脚女人，于是两个小脚女人里里外外的，把家里活都干了，省出梁元来，一心为村里干事。梁天发看到梁元很高兴的样子，说明来家里的目的："我听说一个企业招工，镇上分给了我们村一个名额，我也知道，是镇上照顾支书的，但我的儿子学习不好，考学没指望，就让我的儿子上班去。"梁元心里咯噔一下，说不出话来。就如梁天发说的，支书几乎没有工资，只要上级招呼，天天干公家的事，自己的农活都耽搁。于是似乎有了一个不成文的规定，有什么招工的事，就先征求支书的意见。这个名额是镇上看他儿子大了，没有工作，算是照顾他的。各种流言蜚语都是从梁天发口中流出，梁元本想不给他，虽然心里不悦，考虑到还要搞好团结，只好答应他。梁元儿子因为不能当工人别扭了好几天，偷偷地抹泪。梁元斥责他："哭什么哭，有本事找机会考出去！现在马上要芒种了，我没工夫听你哭。"

芒种后的一周，小麦已经收割，白茫茫的麦茬中，绿意十足的玉米苗顺着风生长，梁元在地里看苗情。梁子春跑过来说，大叔，王坤发县长来了，叫你回大队办公室。梁元忙回到大队办公室。有辆五十铃大头车停在那里，王县长在一旁站着，他看到梁元回来了，大声喊："老梁！这是四十张锄头，用橛子挂在墙上，等着下午开会用。"梁元很纳闷，这些锄头给谁用呢？

下午，太阳有些偏斜，王为民就带着三十多个乡镇的党委书记、镇长来到了北徐大队，说要开个农业现场会，开会之前先劳动，他先拿了一把锄头，扛着就走，他和小张也取了一张跟在他的后面走，其他镇的党委书记，你看我，我看你，不知道县委书记要干什么，只好照着做，也各自取了一把锄头扛着走。村民有的推小车，有的抱着孩子在街头玩耍，都惊奇地看着一帮干部们扛着锄头往地里走，也十分奇怪。潍坊农学院的女老师白燕会开拖拉机，她穿着一个花褂，戴着一顶男式的鸭舌帽，脖子上搭了一条白毛巾，汗滴下来落在毛巾上，她的脸红扑扑的。她因为长期在太阳下暴晒，脸色黑红红的，看起来不像城里人，只有鼻梁上架的眼镜表明她是一个知识分子。她正在耕地，因为认识王为民，就停下来和他打招呼。白燕说："我们非常感谢梁支书，他的试验田就是我们学生的实验基地，这几年帮我们潍坊农学院培养了很多科技人才。"王书记说："这样好，这样好！"

王为民同白燕老师摆了摆手，就锄起地来。地里刚刚收了小麦，麦茬白花花的，幼小的玉米苗在麦茬中摇曳着，王为民用锄头把这些麦茬除掉。干部们只好跟着他在锄地，梁元看到很多干部动作很生疏，不时地笑出声来。大家你一言我一语说些翻土、除草的话，干着干着浑身出汗，约过了半个小时，王书记说："好了，都直起腰来，我开个农业现场会。"

王为民在北徐抓小麦吨粮田。北徐村委办公室的墙上挂了四十张锄头，每次县委开会，都是先带着县里和乡镇的干部来劳动，然后开现场会。有一次，现场会一结束，王仁义一双大脚跨进了梁元的门里，他一进门就和小脚女人开玩笑，梁元娶了一个大媳妇在支书圈子里很有名。王仁义也是来学习的，他很渴望为三元朱的村民找到致富的门路，对梁元很羡慕，平时来的次数就多，和老嫂子小脚女人自然很熟悉。

小脚女人知道王仁义的腰上挂着个人人传说却没有人见过的粪袋子，第一眼就是看他的腰部，不知是在左边还是右边挂着。王仁义穿着中山装肥大，敞着怀，里面有蓝衬衣也是敞着怀，最里面是个圆领的白套头衫，根本无法判断。但老嫂子知道王仁义是个实诚人。他和老嫂子说："我们村里的粮食也要高产，我们村要全种北徐的小麦良种。"小脚女人笑着说："那可好，我会和梁元说的，也会给你想着的。有些村里，给他好麦种，也不要，信不着。"王仁义说："不信鬼神，也要信科学呀，农业就要科学种田，就要用优质麦种，才能高产。"

梁元成了全县科学种田的典型。每年的三干会前，王为民特意加上了一个更大的会议，就是五千人的农业会。菜乡和国家一号文件相对应的是新年第一个大会成了农业会，一直开到村里的小队长。也就是说，小队长在这次会上直接参加大会，而整个会议就是研究新一年农村怎样种好地，多打粮食。每次农业会，梁元都被作为主要人物请到主席台就坐。梁元说，这么多年来，他就信一个事，农民只有靠科学技术，才会有希望，科技是第一生产力。

在很多次大会小会上，王为民让梁元上台讲讲。梁元在探索，王为民也在探索，只是探索的范围不同。抓农业，王为民就以梁元为抓手，让典型带动工作。王为民说，和我说说，你今年为啥种得这么好。梁元说，这还用说，我抓住了四个字：纯、全、深、精。就是说，我用的种子很纯，全村全部用穗大、粒多、抗倒伏的鲁麦七号作为当家品种。全，施肥全，施有机肥 4 方以上，碳铵 150 斤，磷肥 200 斤，钾肥 25 斤，锌肥 4 斤。深，耕翻适当加深。去年把深耕改土为小麦增产的一项突破性措施，耕翻深度为 25 公分以上。精，普遍精播。7–8 斤，基本苗控制在 8–9 万，邀请农技站来办秋季培训班，技术要点发给每户，利用农民夜校，办小麦高产技术班，全村 80 台农业机械，组织起来，设立机耕、浇灌、收割、脱粒的各个服务小组。我们的技术顾问是大名鼎鼎的胡科学。

梁元选种了一个优良品种叫高白小麦，是农业大学田继春教授主持培育的，叫山农优麦 3 号。这个品种蛋白质含量高。解决了人们喜欢吃白面又怕添加剂的困扰，可代替增白剂调色。他又发现了一种小麦新品种叫 955159，是省农科院作物所新近选育的优质面包小麦新品系。

王为民在一次会上问："为什么我们的大粒打不过小粒？这个问题你们支书和农业部门的人必须考虑清楚，拿出个方案来，攻克这个难题。"大粒就是指玉米，小粒是指小麦，大粒打不过小粒，就是说秋季的玉米产量不如夏季的小麦。

县委书记这样说了，大家都有了压力。其实梁元觉得这个问题和小麦高产问题都需要自己用一生的努力来解决。现场会刚散，不声不响的杨左又来了，他手里拿着一份文件，梁元说："杨左，又有什么文件？"杨左说："不是文件，这是个培训规划，是针对玉米的，不是马上要给玉米施肥了吗？局里召集几个人研究了，和上边保持一致，你把这些人组织起来，和他们一块学习。"

嗯，梁元答应着。他拿过培训规划看到：莱乡市"三 0"工程 1997 年玉米高产开发亩产 700 公斤栽培技术规程。

县里有这个三 0 工程玉米技术组，杨左是副组长，组长由副县长王坤发兼任。菜乡要建 10 万亩高产方,必须高产。梁元看到,基础条件要求很严,就是高产开发田要求土壤肥活,速效磷 20PPM,速效钾 100PPM,或前茬小麦母产 500 公斤以上,水源充足,灌排良好,旱涝保丰收;全生育期(播种至收获)在110天以上。保证光热资源充足供给。选用的良种是密集型高产良种。施肥套种,病虫害防治写得特别详细。这样,我马上找人到办公室集合,一条一条地讲,一条一条地落实,这个可不能马虎,科学种田,不讲科学,就种不出好田来,就不会多打粮食。苗期一般不浇水,拔节以后可视天气情况及时浇好拔节水、灌浆水,要肥水配合,特别注意后期不要过早停水,以保证活棵成熟增粒重。

于是丰产万亩方由村委会牵头,吸收农民技术员和部分带头户参加,梁子春和扬琴是带头户,不管何时总是站在梁元一边,这给梁元很大的支持,使很多好品种得以顺利地推开。他们成立了玉米高产开发技术小组,请了农技站的技术人员到北徐村办培训班,印成明白纸。物资服务到位,玉米套种所需物资由集体统一配送,像扬琴这样的单亲无劳力的家庭就解决问题了。实行奖惩制度,谁家完成得好,就奖励化肥 100 斤。掖单 22 号实收株数得5200 株以上,掖单 13 号和西玉 3 号也要 5000 株以上,少一株罚款 0.2 元,每增 1 株奖 0.1 元,达到 900 公斤的户奖 200 元,并作为年终评选五好家庭的重要条件,达到要求的奖小组长 500 元,达不到的罚 100 元。

在玉米收获前,禁止打老叶、削顶稍。在不影响正常种麦前提下,玉米要尽量晚收获,要求至籽粒乳线消失时收获。梁元天天拿着一个小本去地里记录,玉米地里闷热极了,他咬着牙忍耐,胳膊上被犀利的玉米叶子划出一道道血痕,也咬着牙。

梁元刚送走一批来参观的人,王为民就领一批乡镇党委书记过来了。王为民一进麦田就让梁元给大伙子讲讲,梁元右手里拿着一只小喇叭,看到杨左站在他的身边,就客气地说:"杨左,你是专家,我是个种地的,还是你讲好。"杨左说:"还是你讲吧,你熟悉。"梁元也想给桑林一次机会,让他在县委书记和各位乡镇党委书记面前露露脸。于是梁元扭过头去和王为民说,让我们的党委书记桑林讲讲吧!王为民一把把梁元递过来的小喇叭挡回去,脸色阴沉下来，说：“这不是显摆功劳的时候，讲经验，抓紧时间说，让来学习的人学到真东西。”

参观的人走了，王为民到村委去，他蹲在地上，凳子空着，他不坐，也没有人敢去坐。看到他手头的烟快没了，梁元赶忙掏了半天，掏出一包烟来，崭新的盒，盒上印着一支金黄的麦穗，他递到了王为民的手上。王为民很友好，知道梁元不抽烟，特意带来一盒烟，知道他是为自己带的。就说：“老梁又客气了，你不要这么迁就我，本来我没有烟瘾，有就抽，没有就不抽，难为你特意给我准备。”梁元说：“你难得有抽烟的空，都是忙得坐不下。今年的秋收一定会很好，秋收后一切都按你的办，搞好小麦播种。”王为民说：“种子可要找好，这一次是全县一起种，不能不统一。”

七

梁元本来要回家吃饭，王为民和秘书从车上下来，走进麦地里蹲下，用手拨拨麦苗。梁元悄悄地站在王为民的身后，王为民抬头看到梁元眼圈有些发黑，说：“又熬夜了！”梁元笑笑。梁元有股子钻劲，他夜里在灯底下读科技书籍，白天和乡亲们一块搞实验。王为民对于小麦、玉米每亩多少棵苗，他都清清楚楚。去年秋天，王为民对梁元提出了莱乡农业历史上两个难题：一是为什么大粒打不过小粒，就是玉米产量不如小麦？二是套种玉米为什么畦面上的不如畦埂上长得好。梁元搞了一圃三田，即在同一块地里，搞种子田、高产田、良种对比田。今年的秋天，胡科学陪着专家来，玉米达到 870 公斤，是莱阳农学院刘少棣教授亲自测量的。王为民很欣慰，大粒终于打过了小粒。非洲国家贝宁共和国总统助理一行 5 人来北徐参观，非要个玉米棒子不可。经请示有关领导，给他们一个，他们如获至宝，高兴得不得了，非要和梁元一起合影留念不可。

转过年来，北徐村万亩方单产 658 公斤，国家农业部副部长刘成果，协同小麦专家、北京农业大学教授黄培民赶过来亲自测量北徐小麦产量，单收单打，不用当地人参与，专家们亲自操作。测量后，黄培民在鉴定书上郑重地签了字：我国北方冬小麦产区领先水平。黄培民。

这一年底，梁元去济南领回了全国农科教基金奖。

王坤发是王为民新提拔的分管农业抓米袋子和菜篮子的副县长，一般是王为民书记打谱，他照办。县里调整土地的时候，他让村里把土地整平，王为民来了建议万亩方小畦变大畦，并且用一种有机肥料叫酵素菌。潍坊农科院来推广酵素菌，王坤发很认可，他在梁元家里写了封信，去晨鸣造纸厂拉快要烂掉的麦秸草，掺上一些猪粪造肥，从日本产过来的，这个会把土壤中的毒素中合，并且土壤更蓬松，庄稼就扎根深，长得好。几个小队长正好在推广这个肥。

北徐村生产路是王为民设计的，全县每 300 米一条。王为民亲自保送胡科学上了北京大学的博士，提拔他为区划办主任，王为民用汽车接他，宣传他。

看完麦子，王为民听说父亲有些感冒，忙回家去看看，一块把梁元捎着去。王为民的妹妹也赶到了娘家，看到父亲没有大事，大家心情放松了。母亲为王为民做了两种菜：黄须菜和狗光鱼。黄须菜的做法就是用蒜泥拌着吃，再就是包大包子。而狗光鱼，纯粹是海鱼，是老河口的特产，又叫沙光鱼、沙逛鱼、推浪鱼、地龙鱼、天浪鱼，学名矛尾刺虾虎鱼。沙光鱼嘴大贪食，小鱼、小虾、沙蚕之类，凡能吞下的东西都吃。因此，它长得特别快，每年清明时节产卵，孵化后生长迅速，待到霜降时，有的可长近 1 尺。尽管沙光鱼长得很快，却只能一年一换代，只能长到尺把长，很环保，肉很鲜美，炒鲜辣椒，一个人就能吃一大盘子。洗净，取出肠子，放上盐，静待 2 个小时，然后用油炸一炸，肉和蒜瓣一样。

看到大家洼张庄支书急匆匆过来，皱着眉头。大家洼有四个庄，王书记都和支书们都很熟悉，原来张家庄支书的孩子生病了，镇上医院都下病危通知书了，支书只好抱着孩子哭着转到了人民医院，恰好遇上了王为民。王为民立即找医生安排治疗，孩子转危为安。张家庄的支书回家让老婆做了几斤年糕送给王书记，他全都送给了主治医生。梁元对王为民说，王书记，您号召种大棚，我们村里也不落后，在村子前面万亩方的西侧，我可是建了六个大棚。梁元没敢说村里没有人去领，更没有人主动去种，他们还是认为种麦子踏实。梁元也不否认种菜挣钱多，但骨子里就是爱种麦子，他觉得种小麦好，小麦顶饥困啊！

梁元的司机开着一辆桑塔纳，空调坏了，也没钱修，就上路了，非常闷热，比大头车还难受。正是夏天最热的时候，人在车上热得没了话题。他们一天转了博山、莱芜、泰安、济南等五六个地方，晚上九点回到宾馆，一粒好种子也没求到。司机小刘既是开玩笑又是委屈地说，跟你出来，简直是拼命，你老家伙抗得了，我可抗不了，以后我再也不和你出门了。有一次，为了一个小麦新品种年丰一号，梁元派了两个人到北镇蹲了两天，软磨硬泡人家给了2两半，他又亲自去淄博恳求人家063—40新品种，好说歹说，人家就是不愿意给，最后被缠得没法，答应给2两，梁元说4两行不行，人家看他可怜巴巴的样子，破天荒地给了1斤。

只要得到一个新品种，就像得到一个宝贝一样，梁元心里会无比地高兴。有一年，王县长托人从咸阳一个农场农科所搞了一个大穗型新小麦品种，种在试验田里，出苗以后，小脚女人天天去地里看护，生怕被牲畜和麻雀吃掉。冬前长势喜人，过了年大部分死掉了，显然这个品种不适合。

梁元说，试验田里有20多个品种，数百行小麦，我每天从早上起来，就先到地头，一垄垄、一棵棵地看，光对比试验就记了10多本，比养活孩子还细心。潍坊农科院的专家说，在潍坊搞了这么多试验，唯有在北徐，最让人放心。这几年，每培育成一个好品种，他就让妻子抓上几粒放进荷包里，每天带着妻子结婚时给自己绣的荷包，感到很踏实。

梁元觉得肩上的担子自从当了支书后，就没有卸下来过。比如组织村里的科技户和干部出去到全省各地参观高产高效农业，邀请果树小麦专家来讲课是家常便饭。他要每年举办10多次各种形式的培训班，召开近百个现场会。只要听说哪里有好肥料、好技术，总是千方百计地先拿来试试。他先后进行了固氮菌、酵素菌实验，粮食生产实现了耕、播、浇、收等六统一。每个环节都派得力人员把守，统一进度。在丰产万亩方，他和村委成员包户包块，巡回指导，有了断头垄要管，施肥少了要管，施肥多了也要管。丰产万亩方一直还是市里分管农业领导的指挥田，来参观考察的很多，如果一户苗子坏了，就像人脸上长了黑痣，很难看。

又是一个麦收临近，王为民在省委党校开了20多天会议，心里很不踏实，让司机先拉着他去万亩方看看。老远就看见十几个农民拿着铁锨，站在麦地前，见他停下车，围过来。办公室吴主任说，这是为民书记。大伙一听，围过来，七嘴八舌地反映：天旱，没有柴油，也没有电，浇不上水，小麦抽不出穗来，玉米苗子也奄奄一息。俺在这浇地，已等了6个小时了。王为民问，梁元呢？他去供电局找人了。王为民立即赶到寒桥党委，和镇上干部商量对策，说，家庭联产承包责任制之后，我们乡镇干部的工作方法要随之改变，不要整天催种催收，最关键的是为农民搞好服务，油、电、肥、药、种等生产资料。王为民在镇上匆匆吃过晚饭后，赶回县委，开电力公司、石油公司、商业局等部门会议，准备第二天去济南、青岛、武汉等地采购生产资料，他要亲自带队。

去年，小雪以后，小麦上冻水的关键时刻，县里的电一直很紧张，他就收到了一份供电表。王为民书记在大会上和干部们统一思想，全县的所有电力，所有供电公司统一调剂，先用于浇小麦，有一名副县长带领人员到济南、潍坊等地请求电力部门支援。乡镇企业和县级一般企业提前休12月份的班，停产节电。就是这样也不是每天及时供电，农民会在冰天雪地里等着，于是再进一步定量供电，全县57条农线，其中44条需要供电浇麦。每次送10条线路，每条线路送9个小时的电，这样每两天轮一次。王书记接着建变电站，白手起家建热电厂，上一些农村需要的建设项目。

有一天，梁元看到当天的报纸，觉得自己的小麦实验没做好，心里有些失落。《大众日报》头版头条：《桓台建成吨粮田县》，山东省政府在桓台县召开"开发吨粮田工作现场会"。梁元拿着报纸，来到市委办公室，正巧几个干部也在议论都说，论农业，我们不比桓台差，每年我们都去桓台参观，我了解他们，这次桓台过了吨粮，而我们没过，可能是报产量的技巧。

有的说，也许桓台县委书记离提拔不远了，在省报上登头条，最受益的就是县委书记。这是规律。有的说，桓台交给国家的是2000万公斤，我们菜乡市 5000 万公斤，按土地亩数，他们应该交 3000 万公斤。

原来桓台和菜乡在农业上是并驾齐驱的，现在人家成了先进典型，成了江北第一家，省农委认为，你菜乡有 150 万亩耕地，有 75 万亩粮田，有 2.3 万机井，有 18 万吨尿素，有 65 万亩高标准的条台田，玉米高产栽培面积 30 万亩。粮食亩产 1990 年达到 950 公斤，总产 7 亿公斤。有人说，要不是为民书记压着不让多报，我们也会和桓台一样上台领奖。

王为民书记自然听到了这些议论，他在一次会上批评说，数字实不实是多年的积弊造成的，责任应当由领导层承担，我们不能乱加评论。我们县没有评上吨粮县，是实事求是的表现，我们面积大，算起总账我们确实差一点，南部土地有井灌条件，过吨粮没问题，但北部 20 万亩土地，缺乏浇水条件，说实话，暂时达不到吨粮目标，吨粮就是吨粮，差一点也不行。就是挨批也要说实话，实事求是！千万不能弄虚作假，也不要有嫉妒心理，更不能说人家的闲话。咱们只能再去努力，向桓台县学习，做名副其实的吨粮县，这样心里踏实，农民得实惠，"虚报浮夸"历史教训深刻，吃了大苦头，千万不能重蹈覆辙。

11 月上旬，王为民就带着梁元们去桓台参观，听讲座，看现场，看农业和支农工业，找差距。县委成员和各支部书记从心里服气了，大家觉得要在科学种田上下功夫，培养一批年轻的种田能手，各级党委政府把种子化肥农电柴油统一供应搞好服务。

梁元成了经常和王为民书记共事的人，他发现王书记有个与众不同的考核观，不重汇报看现场，不看存量看增量，不看账面看地面。他经常采取抓点带面、典型引路的方法，指导面上的工作。洛城乡是新划出来的乡，是原寒桥乡的后进村，基础薄弱，是些碱洼地，用种田菁的办法来压碱，麦子产量很低。土质条件属于中下游。王为民偏偏把吨粮田开发的点定在这里。大家都不理解，也不信服。王为民就让组织部门新任命了一个叫杨龙的年轻人干党委书记。这个人个子中等，小眼睛，八字眉，不爱说话。留着平头，乍看也没有特点，仔细看去，眉毛和刘天一一样，属于直插入鬓的，便觉得有了一些霸气，不是好惹的主。杨龙也骑着一辆自行车，跑村跑户跑到每一块地头上，他遇到农民就讲要舍得向土地投入，技术措施落实。播种的时候，他一户也不放过，亲自去看。王为民对杨龙的工作很认可，多次跑去鼓励和打气。结果，洛城乡 1.5 万亩小麦试验田，经省、市专家鉴定，小麦亩产连续三年过千斤，成为北方小麦第一个单产过千斤的乡镇，菜乡也顺理评上了吨粮县。不过杨龙被提拔为副县长后，没有人继续抓，这个 1.5 万亩的小麦高产方就成了昙花一现。农业是个令人头疼的问题，倒是北徐村的丰产万亩方一年比一年产量高。

八

王仁义一步跨进了梁元家的大门，梁元站在房檐下，手里拿着一把剪枝用的大剪刀，正要给无花果树剪枝。王仁义脸上有着一贯的谦和，堆着笑，和他打招呼。梁元觉得这真是个好人，是个可以交一辈子的朋友。他觉得小麦是自己的最爱，蔬菜是王仁义的杰作，二人可以共同进步。但梁元感到，仁义的名气确实大了，蔬菜种植已成为镇党委的头号工作。他记得两人是怎么认识的，那时他三十多岁，当上支书也有几个年头了，收了麦子种大葱。他到前沿公社找党委书记有事，谁知党委书记到村里检查工作了，他就寻着路线找他，走到一块地里，看到一片黄烟，满坡都绿油油的，烟叶肥头大耳，很喜人。再看那片整整齐齐的大葱地，叶子碧绿碧绿的，一片接着一片。就在拐弯处，他忽然发现一片大葱更奇特，不光沟里有，垄埂上种地角葱也不一般。梁元跳下自行车，看到一个在地里干活的人呢。"嗨！老哥，这是哪里的地，这么会种？这要比人家产量高多少呀！"那人怀里抱着一个盆子，盆子里有化肥，正在施肥。他说："我们三元朱的，是第四生产队王乐泉书记的二哥带领大伙子种的，客人您看咋样？"梁元羡慕地说："很好，很好。怪不得上级要求都来三元朱参观呢。"回村后，梁元晚上就开了会，说小队长、支部成员明天一早去三元朱地里看看，人家是怎么种葱的。不光学种葱，就是种别的，也学会利用土地。同年，北徐村的大葱高产，卖了个好价钱。

王仁义到县里开会，第一个找的人就是梁元，开口第一句话就是："你们的庄稼长得真好啊！"梁元说："没经过你允许，我就带着干部不知道去偷看学习过多少回。"梁元呵呵地笑着，像是赚了便宜没被发现的孩子一样高兴。王仁义看了他一眼说："这几年变化大，还不是王为民书记亲临大田指挥的结果。"梁元对王仁义说："除了种庄稼，老百姓为了有钱花，还得种大棚，今后，还得教教俺种大棚的窍门，我认识不足，村民们也有阻力。"王仁义说："好好好，用得着兄弟的地方，老哥尽管说。"

梁元认为只是说说，也没当回事，全县请他的人多得很，他不一定记得。谁知王仁义真的来了。他讲完了课，看着大田，很谦虚地说："咱两个村各有自己的优势，相互学习，取长补短，携起手来共同发展。"

忽然有一天，一辆拖拉机停在了北徐村委，跳下一个人，拿着一封信，说："我是三元朱王佃科，王书记去开会了，派我来到北徐村换麦种。"啊哦，原来是三元朱村的村长。梁元想，唉，不用村长来，只说一声，我就会送过麦种去。过了两天，这个王佃科又开着拖拉机来了。梁元心里打鼓，嗯，怎么又来了，明明当时说换足了。麦种多给了他们几斤，难道是我们的种子有问题？看梁元那尴尬的表情，王佃科知道他误会了，就解释说："王仁义书记还没散会，他来电话说，村里零星地块、各户大棚前面的空地，都种上北徐万亩方的小麦，种就要种好品种，不能因为地块小就胡乱种，今年一律更换咱的优良品种。"梁元觉得心里一块石头落了地，脸上舒坦地笑了。心里愈加佩服王仁义，他不干则已，一干就往最好处干，干就干出个名堂来。

有一年的冬季，梁元和王仁义一块参加了市委组织的英模报告团。梁元因为种植小麦成了县里的名人，成了有贡献的人。特别1994年菜乡县被列为去全国百名农业大县第三位、1995年粮食亩产过了千斤，确切地说是1004斤，总产7.4亿公斤，相继建成了吨粮县、双千市。

每次出发，王仁义早早地叫司机拉上他再赶到北徐村，把梁元拉上，他知道梁元没有汽车。那一天他来得很早，进门就叫，老嫂子。小脚女人答应着。梁元在吃饭，王仁义说，不急不急，还有时间，你把饭吃饱咱们再走。他喜滋滋地看着这位大丈夫七岁的老嫂子，觉得她长得是那么的秀气，满脸的皱纹也掩盖不了她天生的美，于是他拉起老嫂子的手说："老嫂子，你这么大岁数了，还起早贪黑的，忙里忙外，都是为了大哥在村里干好工作呀，说实话，我替俺哥感谢您呀！"其实王仁义也想到了家里的老母亲和自己的媳妇。他说，"你们这些好后勤应当受到尊敬呀！"几句话小脚女人听了，泪一下子不争气地出来了，几十年了，没有人和她说这样好听的话，不满意的人来门上骂，有人还怀疑他们搞私利。王仁义真是个好丈夫，好男人，尊重为家付出的家庭妇女。

从报告团回来后，已是晚上 8 点了，梁元和小脚女人躺在床上，小脚女人说，你看人家仁义，多会说话。你活了大半辈子了，没和我说句好听的，你要跟着人家学学，你看人家一开口，说话就好听。大伙子听了，还有不服的吗？人家的工作还会干不好？

上台讲话总是紧张的，在稻田镇讲话时，加上天热，梁元的病犯了，王仁义就陪着梁元去打针。中午饭也没吃好。下午就用自己的车送梁元回家。梁元过意不去，要知道王仁义可也有病。

第二天，梁元去王仁义处，和这个镇的党委书记碰上了，就在镇上安排了一桌，叫来王仁义作陪。王仁义说："这是老哥，又不是外人，来家里吃就行。也让老哥尝尝我的手艺，我们兄弟俩也拉个家常。"听他这样说，党委书记把饭退了，一块来到了王仁义家。私下里，梁元也发个牢骚：这个社会太冷漠，挑刺的多，干活的少，谁多干谁有错。分管的人说了算，不管民意。正在吃着饭，一位局长过来了，敬酒。大伙子才知道这是王仁义的儿子，刚刚提拔成了局长。王仁义嘱咐道："你现在是单位的一把手，可别忘了身边的老干部老职工，当年，人家也和你一样意气风发，大干一番事业的。为了党的工作鞠躬尽瘁，现在人家老了，退休了，抽空一定到他们家里坐坐，问问有啥困难，也听听人家对工作的意见。"局长说："爸爸，您放心，一定一定。"梁元觉得，王仁义的话不仅给年轻人上了一课，更是给自己也上了一课。

梁元从王仁义家里往回走，走在生产路上，仿佛看到，碧绿的田间走来了孙永年教授。和孙永年打交道的时候，也是麦子长得最好的时候，村前村后全是麦子，那个麦子呀，长势可喜人了。那麦子在眼前晃，麦芒、太阳，一切那么遥远，又那么亲近。他仿佛看到六月的阳光下，孙永年和学生们在地里选种。

孙永年这个小麦专家是梁元通过报纸结交的，梁元有天天看报纸的习惯。先看完公费订阅的《人民日报》《大众日报》，再仔细阅读自费订阅的《山东科技报》《文学报》。也巧，1996年，《山东科技报》头版登着鲁麦23号的小麦照片。得知鲁麦23号被胜利油田的孙永年教授研制成功，并在山东的桓台四大队当小麦顾问。在梁元的眼中，小麦就是美人，拿到手里端详来端详去，十分喜欢，就想明年种上。看到照片下面有地址、电话和场长孙永年教授的名字。梁元想，孙教授能来北徐村实验小麦良种该有多好呀，北徐的土地经过改造都成了良田，各种条件具备，就差良种。为了让孙永年给北徐村提供种子和技术指导，他要去拜访孙永年。他试着打电话，果然通了。孙教授非常热情地约好见面的时间。孙教授说："明天十点我在广场外面等你。"梁元说："好的，你看到一个老头拿着一份报纸的就是我，呵呵。"于是梁元很兴奋地坐着车去了胜利油田马坊农场，经打听，孙教授已退休在总厂住。他在东营的北镇转了几条街，最后问了警察，才找到，已经过了约定的时间，孙教授认为他不来了，就回家了。到了12点，梁元自己找上了门。梁元谦虚地说，我来拜师了。梁元就谈孙教授的种子，一谈种子两人就成了好朋友。

有一年梁元去孙永年在东营的家。他向前敲门，没人。邻居听见了，出来冷冷地问："你找谁呀，你是他什么人呀？"

"我找孙教授。"

"他不在家。"

"我找他问小麦的事。"

冷漠的邻居才告诉他，孙教授在桓台。

好不容易走了3个小时去了桓台了，已是下午了，梁元到了桓台村委，值班的小伙子问："你认识他吗？"

"不认识。"

"不认识，你找人家干嘛？"

"我是通过一个朋友介绍的。"

"那我们给您找找。"

去了半天那值班的小子终于回来了，说："他去省里开会了，过一天您再来。"

第二天，他又去了，是坐公共汽车去的，又扑了个空。梁元心里那个恼啊。

第7次上，终于找到孙永年教授。

敲开孙教授的门，孙教授看到一个陌生人找他，很诧异，问："我是搞小麦良种研究的，帮不上你什么忙吧？"梁元说："我看报纸，知道您才研究出一个新品种，想着种种试试。"孙永年一惊，农民都是被动用种子，镇上给什么种子种什么，没碰上有自己主动找种子种的。有些奇怪。于是，问他，为啥？他说自己从年轻时喜欢搞科学实验，有好种子才能种出好粮食。孙教授这才看到梁元手里还提着袋20斤重的面粉，他说用自己培育的种子种小麦，已磨成面粉，叫他尝尝。

孙永年也是个认真的人，马上让老婆蒸馒头，果然这馒头很香很劲道。梁元说我们北方人长得又高又大就是这又软又萱的馒头养的呀！

一见面，就不一样了，他们没完没了地谈小麦，孙永年没想到一个农民竟然这么懂小麦，立即决定去北徐村看看。

两人在一块谈小麦，开饭前，孙教授邀请梁元喝一壶酒。梁元说，他在淄博上学时，见到吕正操，这是个大将，是电影《平原游击队》主角李向阳的原型，他是厉害的，叫人喜欢的。孙永年说他家是河北的，对这个故事太熟了。两人谈起文学，也有共同语言，梁元邀请他去村里玩。

不久，孙永年果然来了北徐村，他是想看看梁元种的麦子。小脚女人赶紧用圆圆的铁鏊子烙韭菜饼，恰巧，孙永年和夫人很爱吃，每个人一口气吃了三个。孙夫人年轻的时候生孩子凉着了膝盖，说是风湿性关节炎病，下车有困难，当地镇上有个专门治关节炎的，梁元自己掏钱为孙夫人治病。孙永年被感动了，他把研究的最好的种子和最新的信息毫无保留地送给梁元。

九

梁元用手向东一指，对王县长说："你看，地西边，种了赵君实的麦子，是我从种子市场上买的。种了一年，拿着和赵君实商量，他好像看到自己的孩子被人喜爱一样，马上和我说起小麦。还来这里设立了试验田。"哎呀，我要种植世界上最好的小麦品种。为讨到小麦新品种"年丰2号"，在北镇蹲两天两夜，人家给了二两；到淄博求人家的063-40新品种，好说歹说，答应给二两，可没法做对比实验呀，再磨再缠，又从仓库拿走四两，最后恳求一位张老师偷偷从自己的抽屉里拿出半斤塞进书包；去莱州参观农展会，第一次看到黑小麦，我与潘龙像变魔术一样偷偷带回几粒……

"这不是，我去参会了北京农展会，这个是最新的高产麦，抗倒伏，抗灰霉病。我今年种种试试，文家营子村约了我的麦种。"

绿小麦、黑小麦、高蛋白小麦、糯黄白玉米、珍珠高粱，这些出现在北徐村新稀特品种，都是梁元亲手捧回，亲手育的。

赵君实是随着省领导来的，每个主要省领导来，他始终是随队成员。他第一次来梁元就记住了，不是他长得多么特别，多么帅气，而是他的年龄和梁元一般大。都是沿海的，赵君实老家是青岛即墨人。即墨和黄酒互相抬高身价，因为山东是白酒大省，什么山东景芝、兰陵大曲、景阳春、齐民思、坊子白干、孔府家酒。而黄酒只有即墨老酒出名，涂色的坛子酒，独有风景。赵君实是山东莱阳农学院的学生，毕业后就在济南工作，在山东科学院农科所工作，专门研究作物的。他当过小麦栽培室主任，这是梁元信任他的缘由。我们自己习惯称华北平原，实际上应为华东平原，例如，陈毅的部队叫华东野战军。赵君实专门研究小麦高产，是个研究员。他对小麦的育种推广工作，从1978年以来，主持、参加国家、省部级小麦研究，开发30多项，获得科技成果29项，达到国家级的有3项。他1992年获得科教兴鲁先进工作者称号，1994年被授予"富民兴鲁劳动模范"称号。高产稳产的大山145号获得全国和省科技大会奖，济南 13 号获农业部一等奖。这一次，梁元来就是买济南 13号。赵君实每年都带领考察团，到北徐检查指导，提出建议，梁元也习惯了有事找赵君实。

一天中午，梁元到了济南，去找赵君实。逢中午休息时间，赵君实是不见人的，搞研究很累了必须休息。一个照顾他起居的大嫂告诉他，一个潍坊的大个子农民来找他。他就说，快叫他过来吧，我要见见他，要不，下午开会，他会等一下午的，好让人家早回去。梁元就进去，和他谈了十分钟的话，说说自己津丰 4 号的生长情况和病虫害的防治情况，下一步要推广的良种培育情况，临走梁元记下了赵君实的电话。两人都是 1933 年生人，赵君实大梁元几个月，算是认了一个哥哥。哥哥立刻介绍了自己多年来培植的良种给兄弟。梁元不会放过任何一个试种良种的机会。

后来赵君实自己也跑到北徐村，一蹲就是一天，观察津丰 4 号的生长。正是小麦的灌浆期，那绿油油的麦苗呀，滴着翠，直愣愣的叶片如一支支令箭，铆足了劲儿往上窜。铺天盖地绿色的和蓝天白云相伴，大地一片葱郁。

梁元认识余松烈也是在 1994 年。当时，有几辆大面包车、三辆小车开过来。余松烈是从小车上下来的，一下车，他就被包围着，梁元没法靠近，他远远地看。忽然余松烈撇开众人，朝梁元走过来，他和王为民一样，闻到了小麦的香气。他知道这是错觉，但鼻息告诉他，他是闻香而来。

余松烈兼任山东省小麦技术顾问 23 年，小麦学组组长。全国的三夏工作会议在山东召开，省会济南离着菜乡还有近 200 公里，就是因为有北徐的万亩方，现场会就在这里开。一大群人里面，就有余松烈。梁元看到一个南方口音的老头，个头不高，身子骨很弱小，戴着眼镜，下了车，后面跟着一个大个子年轻人，还有一大群人围着他，他们一同进了小麦地里。几个领导模样的人跟在他的身后，老头拔出一棵麦子，举到眼前看了看，说："六个蘖，很好的。"梁元才知道，这个老头就叫余松烈，他一直研究小麦高产，后面始终站在他身后的大个子就是他的徒弟于振文，姓氏同音不同字，两人好如父子。余松烈对梁元的试验田一直赞不绝口。

余松烈过来两次后，就不来了，年龄大路途远，于振文却多次过来。记录、询问，还发放新品种让梁元试种。余松烈实验的种子是山农 1 号、山农 3 号，研究出小麦深耕断根增产等栽培技术。他比梁元大一旬，两人都是属鸡的。余松烈的家在浙江慈溪，他在 59 岁的时候加入了中国共产党。1996 年，滕县农民代表 120 万群众给余院士颁发了金质勋章一枚。余松烈是小麦科学界的大哥，赵君实和梁元一般大，其余都是小兄弟小姐妹。这样，梁元对他们印象更深。余松烈看起来，除了对小麦的关注，一切都不在话下的样子。90 岁的余松烈还照例来山东泰安市岱岳区马庄小麦宽幅播种高产攻关田。鲁中地区小麦成熟时，他总是实地考察。他带的研究生有中国科学院士国家最高科学技术奖获得者李振声、中国工程院院士于振文、山东农业大学副校长王振林、南京林业大学党委书记封超年、扬州大学农学院党委书记郭文善、中国致公党中央副主席曹鸿鸣。

余松烈院士平日里穿着一件蓝色的夹克，头发稀疏，宽宽的额头，带着一副变色的也可以说是茶色的近视镜，儒雅，干净，不苟言笑。他看到了山农 1 号和山农 3 号的牌子，站在里面，他观察了一下，很愉快的样子，也没说什么。

余松烈攥着梁元的手，表扬他干得好，梁元忽然有一种想痛痛快快地哭一场的感觉，泪就涌上来了。他抹了下眼泪，他很少这样子，可是在余松烈老大哥面前，他像个小孩子一样委屈，控制不住眼泪流出来。为啥？他说，唉，老百姓苦呀，谁让大伙子吃上白面呀，是这个人，这个吃大米多于白面的人。到了 1996 年，在中国的北方，特别是在黄淮地区，冬小麦大面积推广，冬小麦持续增产，为国家粮食安全和北方人民结束长期以来食用粗粮为主的历史。余松烈的办公室就在地里，他就是麦地里的一棵大穗，迎风生长。

在北徐的万亩方，余松烈就像一股风，被人们挟裹着来挟裹着去，他肯定了万亩方的小麦，因为产量超越了他的实验。他无话可说。这块地里的麦子吸引了他身后的人，就是他最得意的弟子于振文。于振文大个子，偏瘦，像北方大地上的一株高粱。他戴一副眼镜，不爱说话，很腼腆的样子，爱笑，一笑眼就变成了月牙。他从余松烈身后出来，走到梁元面前说，你种的麦子真好，这次是全国性的会议，人太多，我会单独来的。

过了两个星期，于振文真的又来了。正是麦子灌浆水的时候。他走在生产路上，尘土落在他的鞋上，他笑着和地头上的梁元打招呼，梁元一眼就认出了他，说："于教授，从泰安过来的？"他说："不是，是去济南开会，专门过来看看。"

于振文一直给余松烈做助手，在平原县，带着一个班的学生搞实验，每天骑着自行车从一个点跑到另一个点，几乎都在田野上工作，他说和余松烈老师一样要把论文写在田野上。他于1944年6月出生于北京，1982年山东农学院毕业，去过美国做访问学者，后来就成了山东省小麦领导小组的组长。一天，梁元去泰安找于振文，于振文说，老梁呀，实在对不起，有个同事的儿子结婚，我说好了必须去，您先吃着，等我回来。梁元一看，桌子上有三个菜，对于一个老农民，于振文这位博士可是尊重呀。

于振文也成了中国工程院院士。他的头发乌黑，四六分着，很自然地覆盖着半边前额，眉毛平整，近乎一字型，嘴唇紧抿着。他在小麦的施肥上下功夫研究，减少底肥氮的数量，增加追肥氮的比例。精量使用氮磷钾肥，山东农业大学有6人为中国科学院、中国工程院院士。他出了20多部书，写了230篇论文，是泰安市的劳动模范，在1998年获得了政府特殊津贴，2007年获得全国粮食生产先进工作者标兵。于振文的同学李振声被称为当代后稷，他是山东淄博人，31年致力于小麦研究。余松烈还有个学生叫山伦，山伦在西北农业大学，现在已改名为西北农业科技大学，校园里有后稷的塑像。在西北农业大学我看到了贾思勰的齐民要术图和他的塑像，没想这里是周的祖先，后稷王是黄帝的玄孙。他的母亲姜嫄，踩了巨人的脚印，生下了他，觉得不是吉祥之物，三弃而不得。他就是被认为开始种麦的人。他教人们耕作，被称为谷神。小麦是从西亚传到我国的，大约有一万年的历史。西北农业大学有杨陵高效农业区。农业部成立于1949年10月，19日，由周恩来提名，由李书城担任第一任农业部长。地址在朝阳区农展馆路11号。李书城在上海的公寓是中共一大的会址。也就是现在的兴业76号、78号。距今一万年，中国农业开始出现。北京有中国农业大学，各个省都有本省的农业大学。农业起源的动力就是如何获得稳定而可靠的食物来源，成了农业起源的动力。梁元每天心里有个太阳，光亮光亮的。这一天，他读报纸，忽然看到了一则新闻，说的是余松烈在 1959 年，就培植出了山农 1 号、山农 3 号，发表了《小麦高产的途径及其理论基础》《小麦高产途径的商榷——兼论穗、粒、重的矛盾》50 年的研究实践，余松烈提出了小麦高产栽培发展的三个阶段理论。

在梁元的心中，余松烈就是一个农业界的传奇，喜欢农业的人很少，看得起农村人的也很少，可是眼前这位大学问家和农民是那么的亲切，他和于振文也成了朋友才知道，他的判断不错。他的一个思路是大田出题目，小田做实验，小田指挥大田。梁元的万亩方就是一块小田，他要高产，就是早播、机播改行距 16.5 为 19.8 厘米，不种畦埂麦，改施青肥为重施起身拔节肥。1997 年，余松烈担任农业部小麦专家顾问团成员，山东省农业专家顾问团副团长兼小麦分团团长、山东省"三 0 工程"小麦课题首席专家。

记得去年冬天上午十点左右，余松烈下了车，梁元和他握了握手，他蹲下来，拔出一棵小麦，看看分蘖，一个麦子分四个到六个杈。他说不谈这个了，谈麦田管理。一看就达到要求了，他心里有数，于是和农业部汇报，刘成果就来了。每个省一个副省长分管农业的也来了，围着他。黄培民也来了，他是中国科学院的研究员、研究小麦高产的专家。刘成果是国家农业部的副部长，他主持召开这次三夏全国的农业会议。华北农村是粮食主产区，而梁元的高产田是不容忽视的。

梁元的心中，种子是第一位的，无法撼动。每天早上，天蒙蒙亮，他起床了，先到坡里走一走，到试验田里转一转，谁家的小麦没浇水，谁家的麦苗没移栽，谁家的玉米没打药，他一一记在心里，一清二楚，一一通知到各户。二十多年来，已实验了 200 多个玉米、小麦品种，从北徐万亩方调出的种子有几百万斤，覆盖了五省七地市 26 个县 2000 多个村庄。没有一户找上门来投诉种子质量问题。

过去都是罐头瓶子绑上两条竹竿，点玉米种子。又慢又落后，他想制造更先进一点的点种机。几年过来了，梁元也摸透了王为民的作风，当面不用说他好，只要肯干就行。肯干成就了梁元。于是梁元头脑里装着，六畜兴旺，离了小麦不行，要就记住老人家的"八字宪法"土、肥、水、种、密、保、管、工八字方针，小麦要防止米虫子，干热风，要浇灌浆水，全面水，拔节水，灌浆水浇和不浇关系到麦子的产量，要看天气浇水，遇到风不能浇。

这几天出现了令梁元头痛的问题，有 14 个农户的土地在万亩方，因为要统一耕种浇收，他们嫌麻烦不愿意种。家庭联产承包责任制后，出去上班的年轻人多起来，他们把土地看得很淡，麦子多收几斤，少收几斤，对他们来说，没有多大关系。梁元一方面做工作，一方面就得提供经济保障。钱从哪里来？村里没有几个好企业，得从牙缝里往外挤。没有因自己的私事花过公家一分钱，喝过公家一杯酒，梁元求爷爷告奶奶，搜集到的 200 多个果树、粮食新品种，没有从中捞一分钱的好处。

梁元仔细地看表，王坤发过去，梁元将表给了他，他看到：北徐村梁元小麦品种试验田，畦子有 10 个，自东向西有鲁麦 23 号、137、莱州 817、9292、924142、924402、鲁麦 14、烟 94361、莱州 817、莱州黑小麦。

小麦基本苗调查，高产攻关田和品种对比试验，省农科院肥料试验调查表。肥料效应试验、土壤培肥试验、肥料配比试验，一般在鲁麦 23 号和鲁麦 7 号进行。

梁元收到了一份报告，他激动，因为这是一份小麦良种产业化高产示范实打验收意见。

时间是 1997 年 6 月 15 日。山东农业厅组成小麦实打验收委员会，对莱乡市农业局寒桥镇北徐村的小麦万亩方进行了实打验收，鲁麦 23 号，用小型收割机收获，品种为鲁麦 23 号，实打面积 2 亩，代表面积 20 亩，实收鲜粒重 2142 公斤，这亩产鲜重 1071 公斤，亩产为 658.4 公斤。落款为小麦实打委员会，主任赵君实的签名。赵君实的字为繁体字，很有力量，很美观。也有副主任史连华的签字。梁元端详了好久，走出村子好远，在邮局那里找了个复印部，留下了一份，让种植户传阅。

其实小麦、玉米是梁元试种的主要粮食作物，但种植油菜、大头菜、大豆、苹果都是他作为一个农村支部书记感兴趣的事，他最朴素的出发点是，种很多粮食，不让大家挨饿。

十

小麦第一次过千斤的那一年，扬琴在玉米地头上，太阳白花花，红彤彤的脸上挂着汗珠，一粒粒像豆子一样滚下来。扬琴向前一步，梁元退后一步，扬琴哭了。梁元说，日子苦，就改嫁，没有人歧视你。扬琴含着泪瞪起眼睛说，你认为女人都凑合吗，我有了三个孩子，嫁给谁人家会实心实意地带他们呢？

第二天，村委开了一个会，重新建立了村委班子，提议以知识青年为主，扬琴参选妇女主任。扬琴又一次退出，梁元说："我需要你的支持，你在村委里抓妇女工作，我们村会更先进。"扬琴就答应了。最后村支部五个成员，三个高中学历，两个初中生。他们建立科技阵地，抽调 2 名支部成员专门抓科研，建立了园艺科学小组、农业科学小组、蔬菜种植研究小组和畜牧科研等五个科研小组。划定小麦科学实验基地和高产基地，由梁元自己掌握的 30 亩，逐渐增加到 200 亩，到了 1997 年，全村的粮田全部变成试验田，其余南徐、增城等几个村的合成万亩小麦方，梁元小麦万亩方真正实现了。

扬琴的大女儿要工作，梁元跑到盐场，找到盐场领导，盐场按职工待遇给大女儿招了工。二女儿也大了，就到县城一家美发店，学染发，生意也不错。

扬琴最小的是个儿子，还在外面上学。扬琴说："盖房子吧，要不娶不来媳妇。"梁元这个时候正要规划全村的房屋建设，于是先给扬琴家备料，招呼着，三个月过去了，扬琴家盖了五间大北屋，四间东屋西屋。站在院子里，扬琴四周看看说，在南边盖上南屋还好。梁元找来工匠，掏出钱，又盖了两间南屋。扬琴做梦也没有想到，自己这么快就有了新家，她站在院子里，看看这看看那，内心充满了感激。梁元苦口婆心地撮合她和邻村的一位大龄男子成了婚。

这年的冬天，风儿吹到脸上也不觉得寒冷，镇上来通知说中央领导要来北徐村看小麦。第二天梁元就看到几辆车从这条生产路上来了，路两边成方连片的麦苗在微风吹拂下等待返青。领导走下车，拉着梁元来到麦田里，询问了小麦生长和管理情况，对梁元说："不错。找个地方谈谈吧。"梁元事先接到的通知是"汇报，不能超过18分钟"，可没说到村民家里视察。一点准备也没有，怎么办？村民袁子秀家靠近停车的地方，梁元领着领导进了袁子秀的家门。袁子秀两口子什么消息也没得到，刚从果园浇地回来，一身泥水，领导毫不在意地坐在他家的炕沿上，拉着袁子秀的手聊起来，问他种了什么，养了什么，一年收入多少，对生活是否满意。袁子秀并不知道身边坐的是中央领导，心里并不紧张，一一据实作答。当年，袁子秀家种着五亩果园，养着牛、小尾寒羊、兔子，种着粮田，人均收入已达万元，生活宽裕。中央领导不住点头，表示满意。原定18分钟的停留时间，一坐一聊，整整48分钟。起身前，梁元大胆提了一个"要求"："领导，照张相吧？"领导他点点头表示同意。梁元记得这张当年的合影一直挂在袁子秀家的墙上。袁子秀常在村里说："一照相俺才知道这是大官呀。早知道的话，俺就穿上新买的皮鞋和西服，都是准备过年的新衣裳，花了800多块钱。"

潘龙坐着一辆黑色的新现代轿车去找梁元。轿车是农业局新买的，很宽敞，很排场，局长没坐，专门给了副局长潘龙。用农业局长的话说，潘龙是引进的人才坐这辆车值得，外面天气热得很，车里很凉爽，潘龙之所以急着找梁元是因为又到秋种的时候了。每年的秋种和玉米套种之前，潘龙都去靠着举办一定规模的小麦、玉米高产栽培学习班来促生产。潘龙来北徐村的脑子里装的菜乡的农业数第一。他每次开会发言，先来个总述：菜乡有34处乡镇，农业乡镇33处，1008个行政村，102万人口，耕地面积141万亩。粮田面积80万亩，小麦种植面积70万亩……他在讲这话的时候，直接不经过大脑，像流水一样流出来，梁元每次都夸他厉害，讲得好。

潘龙的眼睛细眯成一条缝，射出来的光线像锋利的刀片，可以立刻辨别真假。他的嘴唇上有一片八字胡，每天被锋利的刀片刮一遍，再干净也呈现出青色，若一忙，两条青龙窝在那里，给人一个精明而倔强的感觉。他在农业局是副局长，分管科技推广这件事。

市里先举办一次大的会议，都是开在北徐村万亩方的地头上，不在会议室里。这几年梁元的万亩方勇夺第一，小麦单产超过了 600 公斤，1994 年，全国的农业三夏会议在山东召开，专门把北徐村作为生产现场。潘龙的这次培训会议毫无商量的余地，就要来北徐开。自从和梁元认识，就成了好哥们，他也没觉得自己一个局长的高贵，梁元也没有一位庄户农民的自卑，两个人说种粮食，有说不完的话。

潘龙沿着生产路往里走，没错，梁元就在地里转悠，他下来车，说："嘿！老伙计，又有活干了。"梁元走过来，笑着说："潘局长，这个事好呀，我就愿意听。烧水的人我都找好了，什么时候开，我都准备着。这一次得多少人？"潘龙伸出一只手，说："还是老样子，各乡镇长、农技站长和部分带头村的支部书记，大约在 350 人上。"梁元说："咱的会议室就行，没问题，今年你邀请哪位专家来讲课？"潘龙说："还是找余松烈来吧，咱们精播的鲁麦 7 号，就是他的，虽然他年纪大了，身体还可以，反正他来于振文也跟着来，这师徒两个，分开都是老师专家，在一块就是老师和学生，咱请他来是最好的。"梁元看着潘龙用力点点头。

潘龙知道，在北徐村培训后，接着每个乡镇要进行培训，人数不少于 1 万 5 千人，到每个村子再培训一下，人数达到 3 万 5 千人，每次印刷明白纸达到 26 万份。哪个环节用哪个措施得向种地的人讲明白。

潘龙望着平平展展的土地，心里很舒坦，梁元事事都做到头里，属于不用扬鞭自奋蹄的人，他的实验印证和超出专家的实验。于是潘龙问，到时候专家讲完，你要讲些什么？这一问，可打开了梁元的话匣子。还是来推广精播高产栽培技术，选了那些穗大粒多、单株生产力强的适用精播的鲁麦七号。这个品种去年达到 60 万亩，今年还用它。和往年不同的是，我们要压缩播种量，减少基本苗，依靠分蘖多高产。扩大行距、透风。要小畦改大畦。大埂改小埂。

潘龙来到北徐村，就知道今年的会开成功了一半，心里宽慰起来，要不这几天是睡不好觉的。他和县里的领导都面临着一个压力，蔬菜唱戏，果品也大发展，就出现了一个大的矛盾并且不可调和。就是经济作物和粮食作物争地的矛盾，在城周边的乡镇这个矛盾相当突出。比如文家，基本上没有地来种粮食了。只好稳产高产，科学调整农业结构，看来推广立体种植到时候了。粮田面积和其他农作物的面积调整到对半，推广粮粮型、粮棉型、粮果型等多种立体种植模式。经济作物和粮食作物双扩、双增、双提高。普遍建立了农田保护区。

梁元向潘龙打听，今年谁包我们村？你们这里是最重要的农业基地，还是县委书记亲自抓。市委市府大约有 20 个人包靠乡镇，我们农业局成立技术指导小组，今年我们从省里请了一些专家，科技力量是最大的一年，大约有260 人参加。口号是：实施名牌战略，加快由小康向富裕型跨越。

梁元说："嗯，这个大气。你说的在统字上下功夫是对的，统一品种、统一施肥、统一措施、统一种植规格、统一机耕机播。"

潘龙忘了什么也忘不了他第一次见梁元的时候，他刚刚从农业大学办完调动回来参加第一个农村会议。他顾虑重重，一个本科毕业生到乡镇农村和大字不识一箩筐的支部书记能说到一块吗？说也巧，梁元这一次来介绍他种的玉米经验。他在上面讲，他在下面听，也觉得老套子，但知道了北徐村有224 户，有 875 口人，种着口粮田 480 亩，玉米单产是 850 公斤，高产开发田是 900 公斤。听到这里，他一下站了起来，因为在农校试验田里，可从来没有达到这个数。他心里以为这位支书是不是虚报了。内心很不服，耐着心烦听他介绍经验。他发现这位支书和自己年纪相仿，个子高，声音嗡嗡的，像山上寺庙里晨钟声，一点都不拖泥带水，便信了三分。他说："取得这么好的产量，俺村在种植上做到六个统一。"梁元挥着手，很自如地介绍他的做法，第一个就是统一良种，全村都种掖单 22 号，这种玉米密植株行很紧凑，也高产，是当家品种，搭配种植掖单 13 号、西玉 3 号。全村大畦一律种 5 行玉米，畦面上种 3 行，得提前 3 到 5 天，畦埂要套种 2 行，每亩用的种子不少于 8 斤。要统一造墒。播种后及时跟上浇水。同一时间，全村定在 5 月 25 日至 6 月 3 日、统一用条播，种植方法要一样，统一拌种，增施包衣剂。

梁元说，为了叫老百姓服气，也为了对比，划出了 150 亩的高产开发田、品种对比田和菌肥试验田，村里补贴 2.5 万元。

8 月份的一个下午，都两点多钟了，梁元被告知有个省领导去实验田看玉米。已经从这条路上去了，他就是后来的姜春云副总理。姜副总理来的时候还不是国家的副总理，是山东省的省长。梁元得到消息，从家里急急忙忙赶到地里，已经晚了，地头上停着三辆车，只有司机站在一边，他没有看到省长在哪里。县委书记的秘书朝自己招手，他朝地里一看，玉米吐着红红的缨子，粒子很饱满，姜省长已经顺着小道看玉米，走进地里好几米，然后顺手掰下一个玉米，一层层剥开碧绿的叶子，看到玉米粒裹到了头顶，数了数粒，连声说："这玉米长得不错，长得不错！怎么种的？"

当他知道是梁元种的后，说："你的玉米怎么这样好，值得学习和推广。"

梁元微笑着，加重了语气，有些撒娇地说："还不是跟着您学的，您在桓台蹲点，我领着小队长去了四次，怎样平整地都查明了，从点种到管理到收获，都问好了，看这里面套种的黄瓜、豆荚、木耳、中草菇，也是跟着您学的。"

姜省长没料到梁元这样说："是吗，是吗？"他感到很开心。

1994年的春天，小麦刚刚返青，梁元被通知明天有领导来看小麦。吃过早饭，梁元带着支部两个村民在生产路口等着。就看到几辆车停在了村头，从中间的一辆车里下来一个人。多么熟悉呀，梁元一眼就看出是电视上常见的一位老领导，领导已经伸出了手，梁元赶紧跑上前去，握住了这双大手。领导打量了一眼这位农村支部书记，说："你的头发怎么这么黑？是不是染过了？"梁元没料到领导这么直接，他也爽快地说："是染的。"看到领导一身夹克休闲服，披着一个风衣，再看看自己西装革履，不好意思地说："听说您来，我才染了头发，穿上西装，还第一次穿了皮鞋。"领导看到这位支书说话这么实在，他笑了。两个人并肩往麦田里走。领导蹲下身，看到一墩一墩的麦苗粗壮茂盛，很满意。听到梁元汇报小麦和玉米的种植情况，他很高兴地说："全国人民要向您学习。"

梁子春说："大叔，这么多人来参观，到会议室坐坐，咱们花点钱在办公室安一套暖气吧，也就是3000元。"梁元考虑再三，没有安。他说："村里需要钱的地方很多，比如学校，给学校先安，我们这代人吃了没文化的亏，绝不能让这个状况在咱们孩子身上重演。"给学校建好房子，他多次去听课，和老师商量一起备课。给老师补贴 10 多万，20 年中出了 80 个大中专生。平均 3 户一个。科学种田，活到老干到老！

桑林书记就给梁元写了首词，《浪淘沙》：故地面貌变，感慨万千，领导群众结合好，科学种田创高产全国领先。往事数千年，战地斗天，治洼改碱，谱新篇，改革春风华夏暖，富了民间。

梁元读书多，他对梁子春说："农业使中国屹立于世界，领导世界文明一千年。"

1994 年，山东省长两次到北徐村，第一次是麦子正要抽穗的时候，他们三人在麦田里看，平展展的一片绿色的麦浪，生机勃勃，省长很风趣地对梁元说："老哥，咱俩都经过了 1958 年，那时天天叫放卫星是假的，现在真让你放出来了。"

梁元很高兴，也不知说什么好，就只是笑。旁边的王坤发副县长接过话头说，一个村的工作好不好，关键是支书。省长说，可不是嘛，支书很关键，我也干过支书。王副县长微笑着，吃了一惊，他说："巧了，我也干过三年的支书，后来被推荐出来工作。"一位是省长，一位是副县长，一位是农村支部书记，三个人越说越近乎，从麦田里出来，席地坐在生产路上摆开了农业管理的龙门阵。远远地看去，他们似乎漂洋在一片绿色的大海之中。

送走省长，回村委的路上，王副县长深有感触地说："老梁，北徐村这个集体离不开您，您可不要不干了，听说您辞过职。"梁元看了王副县长一眼说："唉！不是集体离不开我，是我离不开集体。只要是集体的事，我就乐意干，不计报酬。"

王副县长一边点头一边说："你对集体付出得太多了，去年你的小麦早割了三天，是不是受损失很大？"梁元提高了嗓门说："我对家人说我是支书，我不吃亏，谁吃亏？我不带头，谁带头？只要麦收，我先把自己家的，麦子收了，腾出时间指挥大家干，不让其他人吃亏。不早麦收，一旦遇上大雨，可不是闹着玩的。"王坤发点点头。梁元说："实验田里，还有 14 户人家，不是示范户，不统一浇水，不统一耕种，他们嫌麻烦不愿意种。村里一方面做工作，一方面提供经济保障。钱从哪里来？村里也没有几个企业，得从牙缝里挤。我可是没有因私事花过村里一分钱，没有喝过村里一杯酒，求爷爷告奶奶历尽千辛万苦，搜集到 200 多个果树、粮食新品种，没有从中捞一分钱的好处，我苦恼的是，有人在背后找事。"

王坤发说："往往是不干事的找干事人的错，这叫打起墙来瞅蛐蛐。只要你行得正，放心好了，县里会支持你！王书记会支持你！"

转眼间已到了麦收前，梁元到安丘参观丰产方，回来的路上遇上了暴雨，狂舞的大风和冰雹，让他的心提到了嗓子眼，赶紧打电话："喂，咱的小麦怎么样了？"村里副书记在地里守着，说："没事，只是有风和雨，没有冰雹，也没有倒伏。"梁元才心安了。梁元一睁眼就是麦子，晚上做梦也是抢收麦子，麦子已经渗到他的灵魂里了。

十一

屋门一股若有若无的麦香，让人们恍若回到了阳光下空气清新的田野，回到了母亲温馨的怀抱，回到了四面全是庄稼几只狗儿撒着欢儿的村庄。梁元坐在南窗子底下东边沙发上，直立着身子，挺着脖子，手里拿着一份《山东科技报》，正很起劲地说着话，看来他又从报上获得了新信息，这份报纸始终陪伴着他。

对面的胡科学闪着小眼睛，接着他的话说："我小时候，跟着父亲锄谷子，问：前几天不是刚锄了吗？怎么又要锄？"父亲回答说："谷锄八遍饿死狗，锄多了，谷子出米多，出糠少，咱家的狗是喂糠的，糠少了，狗不就没饭吃了吗？"

梁元嗡声嗡气地说："高白的小麦，是我和王县长出去开会弄来的，也叫山农优麦 3 号，可磨高白度面粉，可作为配麦代替增白剂，抗病抗倒伏也好。这是山东农业大学田纪春教授研制的。"田纪春长得四方大脸，粗眉毛，大眼睛，戴一副近视镜。他 1978 年参加工作，毕业后留校直接参加了小麦生理研究。梁元见过他一次，他是农展会的主角，梁元向他请教小麦的一些问题，他说："我这人没有别的兴趣，育种就是让我最快乐的事。搞育种是最幸福、最充满希望的事业。从我们把种子播到地里的那一刻开始，就盼着出苗；出苗后又盼着返青、拔节、然后再盼着开花、灌浆、抽穗。一天天生长的麦苗，是自己创造的艺术品也是自己生的孩子，育出一个好品种，那种幸福感是别人无法体会的。"

梁元说："人家这个田教授，有空就看麦子，天冷的时候，去温室看，天暖和了，到实验田里看。后来他研制的鲁麦20，可是过千斤的好品种，是'矮孟牛'获全国科技大奖后又一大奖，代表山东在全国的水平。"

胡科学说："出了这么一份报告，你看看。"梁元接过来看到：山东省农业科学院作物研究所和山东鲁研农业良种有限公司联合开发了特优质面包小麦新品系955159，杂交组合为14X鲁884187。

"嗯，好啊，你受累了。过几天我要去济南参加一个农展会，这两年，抗倒伏的品种卖得特别好，我再去看看有没有抗倒伏的新种子。"

说不清几年了，梁元的种植规模小了，那些朋友似的农科专家都远离了，梁元时常想起他们来，只有本地的胡科学，不管秋种还是麦收都参加验收，亲自记录千粒重。2006年北徐村农业结构调整，村东的地全部化为大棚蔬菜田，小麦万亩方消失了。随着消失的还有梁元的权力，他也从支书的位置上退下来了。幸亏梁子春把自己的菜地让给他种小麦，才有他17个小麦优质品种的栽培。

胡科学和梁元说起刘天一，就想到了1994年春天的事。那一天领导视察北徐丰产万亩方走了以后，梁元和胡岳就在这间屋子里说话，刘天一来了。他和刘天一讨论过《齐民要术》。那天梁元家里的人更多了，大家一时兴奋地互相说着一天的见闻。这个时候，进来一个人，是侄子梁子春，他冲着梁元说，大叔，刘天一来了，他风风火火的，一定有事找您。梁元往前走，人们主动让出一条路来。这刘天一，看上去嘴巴下兜，眼白很多，头发很稀，上扬，脸蜡黄蜡黄的，一看就是个爱熬夜的知识分子，身上的西服皱巴巴的。他斜了一眼屋里的人，没被他们的兴奋感染，始终抿着嘴，没有一丝笑意，但梁元还是觉察到他的自信。他猜测刘天一的稿件一定有结果了。果然，他避开众人，来到西屋，从黑皮包里，拿出一叠稿纸。这叠稿纸和他本人的装束可是大相径庭，他的装束有点不修边幅，而这稿纸上有着清秀挺拔的字体，一尘不染。梁元迫不及待地用双手捧着，凑到眼前，只读了一页稿纸，梁元就服气了。这是刘天一给电视台写的脚本，是关于报道优秀党支部书记科学种田能手梁元的。电视台在近几天要来拍摄，刘天一先把内容和让当事人梁元知道，不能到时候抓瞎。

　　刘天一在莱乡文化界就是个奇人，同行说他太傲气。都说这个人不好接近。刘天一是县文化馆新中国成立后第一批创作人员，他心直口快，和谁共事也矛盾多，尤其看不惯有些同事弄虚作假，他对沽名钓誉的人很痛恨，一般不理睬，于是赚了个清高的名号。有些文人见了领导点头哈腰，就差跪下磕头了，见了地位比他低的人，眼睛朝天，高声大气，没有好态度。内心趋炎附势，自己官职不大，也没有实权，但干什么事也分出三六九等来。他见得多了，怕这奴性十足的地方熏染了他，也不知是哪来的傲骨，他呸的一声，离开了创作室，到当地新办的大学当了一名文学院的教授。但文化馆长很赏识他，提拔重用他为创作室主任，于是他埋着头创作，像老牛一样用力。文人的敏锐，让他觉得梁元是一个值得大写特写的人。也促使他重新审视出生在这片土地上的贾思勰。这一审视，却觉得不容易，史书上竟然没有记载贾思勰的有关情况。他发现了贾思伯、贾思同的墓。他大胆设想，因为拓跋勰和贾思勰重复一个字，在古代要讳，就说得过去。于是按照这个设想，他独创长篇小说《贾思勰》，算是对家乡文化的一个贡献。假设当初家乡有文化早记下贾思勰的故事，是何等好，可惜可惜！于是，他觉得这个种麦子的梁元，就是新时代的贾思勰，他要把他的事写下来，先拍成纪录片，再慢慢写贾思勰传记。

　　刘天一不会轻易地给人歌功颂德，同事们给人写报告文学，只要出钱就接活，三千元五千元的稿费都可以，一篇赞颂的文章就写出来了。刘天一可不这样，他认准了你这个人真干事，他会主动去联系甚至碰钉子也要了解情况写出来。他的小说《落蕾》《山崖上那朵白玉兰》都是小城里文人当中不可多见的精品。他酷爱诗词，见到相熟的知己也大段大段地背诵自己喜欢的诗句。

　　梁元把稿子留下来，还有很多人需要照应，刘天一就要走，说，明天商量。梁元和刘天一属于不打不相识。当年梁元当小队长的时候，队里有个被改造的社员在学习班上，他的母亲哭着让梁元去给儿子送饭，说儿子被抓到学习班上一天了，也不知道人家让不让吃饭。梁元用白绒布提着一碗面给社员去送，就碰上屋子前站着一个不讲理的看守。这位看守的年轻人，两条眉毛呈八字直插入鬓，嘴巴下兜，眼白，头发直上，四六分。他板着脸，没有商量的余地，说什么也不给传递这碗面。梁元声音低下来，问他原因，哭笑不得，说若在里面的人，吃了送来的饭，出了问题谁负责。梁元没思考，说："家里负责。"他大怒道："家里负责更要去化验，把化验结果给我，我才敢递过去。"农村吃东西还化验，没听说过。气得梁元记住了这个较真的知识分子。谁知，过了十几年，梁元科学种植冬小麦出了名，第一位跑过来给他搞宣传的人就是刘天一。

　　第二天天刚破晓，刘天一就骑着自行车来了。他二话没说，坐在沙发上抽烟。梁元说："写得真好！我没意见。如果有意见就是把我写得太好了！"刘天一斜了他一眼，没有说话。但梁元知道这是对他的肯定。刘天一是个较真的人，肯说实话。他扑下身子为梁元写剧本，就是被梁元这几十年的种麦事迹征服了。

　　刘天一说："这个剧本就这样了，电视台说，从明天来拍，一直拍到收割小麦，你要配合呀。"说完就要走。梁元站起来，一把攥住了他的手腕子。梁元个头一米八，称得上魁梧。而刘天一个子比他矮小，瘦弱，当然不是他的对手，被梁元一把放到了沙发上。说："今天是哥们，就不要走了，我这有两瓶十几年的寿春香，给了到潍坊任职的王书记留一瓶，这一瓶一定给你喝了。"刘天一笑了。小脚女人把菜端上来，两人坐下来喝酒，又说到贾思勰。一会儿，有敲门的，两人正说到兴头上，非常反感。不料，是送猪头肉的来了。刘天一说："你啥时候要的？"梁元说："这是前几天南徐那边才开的农家乐，专做猪头肉，我吃着好吃，你来了一定要尝尝。"刘天一嗯了一声。梁元又说："我就是看好了这一家，只有这一家煮的猪头肉合我的口味。咱们今天喝个一醉方休，小麦灌浆以后，麦田里没啥事，自己长着，正是个空档，咱们来谈谈文学，你忘了我也会写诗呀，平日里谁和我谈这个呢！"

梁元站起来掏出随身挂在腰带上的钥匙，进了东间房屋，东西房间都是通着的。他开三抽桌子，拿出一叠稿纸。刘天一接过来，一看，田字格上用钢笔很端庄地誊写一首又一首的诗，竟然还有一首爱情诗，他噗地笑了，这个五大三粗的山东大汉，哪来的爱情？再翻下去还有几首歌词、几篇小说。

他们聊了一阵子，梁元说到刘天一创作的《贾思勰》上。梁元本身是中专毕业，在初中的历史课本上就有世界上第一部农学巨著贾思勰著的《齐民要术》，贾思勰是北魏青州齐郡益县人。当时的史志办主任崔英魁领着妻子孩子到了泉城的广场，亲自去看雕像上写错了。他跑到上海大词典，将贾思勰的籍贯改了过来。泉城广场上石像碑座上刻着，贾思勰（今莱乡人）。

贾思勰有兄弟贾思伯和贾思同，两人的墓都在省城街办李二村。他在淄博当高阳太守，后回到家乡，考察农业，写下了 11 万字的农学巨著。在刘天一的心中，农为首，没有农业，就没有人类生存的基础。他读了《贾思勰志》以后，多方考证，费了半年时间写下 30 万字的贾思勰传记正在修改中。梁元说："老哥，你填补了人物传记的空白呀！"他自信地说："当然是。"没等梁元说什么，刘天一说："贾思勰的'食为政首'和我这一介书生一个观点，谁瞧不起面朝黄土背朝天的老百姓，我就瞧不起他！哥们，您是种粮食高手，您就是我心目中的大英雄，我不为您写文章，为谁？名重一时的官位和千顷万亩的田产，在历史的天平上无多大分量！"

梁元被他夸得激动了，他从屋里找出了一本书，翻开一页，倾斜着身子对刘天一说："老哥，这本书，只配您读。"刘天一接过来，双手捧着，眯着眼睛看书的标题，他的眉毛跳了一下，他看到几个大字：中国农民问题。再一看，上面还有一行小字：20 世纪，也就是说，这本书是说 20 世纪中国农民问题。在左下角，还有一行字：中国农民问题、农村问题、农业问题是中国革命和建设的中心问题。

梁元站起来，对刘天一说："去年，也就是 1994 年，美国世界研究所所长莱斯特·布朗，提出了'谁将养活中国'的问题。我看美国人太过分了，我们自己就能养活自己。我就要研究粮食高产，这么多土地，真格的，我们还养活不了自己？"

梁元说："这本书我看了，你再看看，农业也是搞现代化的。"梁元觉得这位老哥还是想说说自己正在挥汗如雨创作的人物传记《贾思勰》，就说："你的大部头小说快写完了吧？"

刘天一说："这位贾思勰先生，不是因为老乡，就是从一个科学家的角度，我也为他鸣不平。你看，到现在为止，实在查不着他的资料，连个简单的生平也没有。"

梁元说："这也就太奇怪了。"

刘天一说："一点也不奇怪。我吃了熊心豹子胆了，不自量力了。我发现圣城街办李二村的贾思同墓就是贾思勰的。"

梁元停止了倒茶的水的手，说："老弟，咱可不能乱编呀，你还是写小说，可后人会根据你的文章来判断。"

梁元听得刘天一掐着指头说得如炒豆一般脆生生的，他只记得了个高阳太守。至于后来刘天一说，北魏分裂成东魏西魏后，贾思同又随着孝静帝入邺，任河南慰劳大使、散骑常侍、七兵尚书，拜侍中，并被推荐为皇帝的侍讲。梁元听见他讲得激情澎湃，就想看看他的眼睛。这才发现，他戴着一副近视墨镜，看起来是墨镜，其实是近视镜片上流行有颜色，蓝色茶色黑色，刘天一的是茶色，显得很酷。

梁元连声说好。发现他的头发往后梳着，额头越发宽阔，深蓝色格格衬衣领子外露出了一截淡蓝色的秋衣领子，圆形的。

说着说着，刘天一还是转到了他的书上，他说："我发现，贾思勰的治世思想是有根的，他来源远古时期，后经过春秋战国、先秦两汉的贤臣良相都推崇的农本思想。也就是'食为政首'。我的书里题词是'农圣务农本'，我写贾思勰又写你，都还是种地的，我也是务农。哈哈哈！"两人大笑起来。"年纪越大，越觉得劳动最光荣。如果再让我选择荣誉，就给我个劳动模范。"

梁元和刘天一一见如故。于是梁元在刘天一面前很放松。刘天一也没有架子，很认可梁元做的事情，两人大有相见恨晚之意。梁元说："小时候，最大的梦想不就是想天天吃白馒头吗？为什么不把它种好呢？"刘天一表示赞同。梁元这个时候因为种小麦过千斤，领导们都去参观，在菜乡很耀眼，文学才华与豪情相伴而来，他写了两个短篇小说后，忽然发现还是诗歌适合自己。因为很忙，很累。诗歌在他穿衣吃饭种田的时候，蹦出一两句来。他掏出口袋的笔在小纸片上记下来。刘天一说："诗人更需要天赋，一首或者有几行的优秀诗章，便足以使诗人光荣一生。"刘天一说这话的时候，眼睛看天，唾液飞溅，有一代文豪的气魄，在菜乡这个小地方，也就是刘天一能对文学说出这句话，梁元就佩服他这句话。

十二

胡科学的父亲和两个妹妹在那场饥饿中死去了。立马他想辍学回家，种地养活母亲和他的七个年幼的妹妹，可是母亲死活不让他回来，说："家里是盐碱地，你回来庄稼该长多少还是多少，你不如听父亲的话好好读书，我们就是要饭吃也要供你上学。"于是他的母亲和七个妹妹，供养了他一个大学生。1963年毕业后，虽然关系在省城，人却一直下乡搞科学实验，还是因为王为民的重视人才回到家乡。他说地瓜和胡萝卜是救灾的，条件好了就种植小麦。他从李二村到小东关，到曹家，都在搞科学实验。县委王书记包村，恰好包到了曹家村，实验新品种，王书记每次开会先讲科学种田，讲到兴奋时问台下："胡科学来了吗？"胡岳正在第一排坐着，他手一伸，说："来了！"

县委书记说："那你上来讲一讲咱们在曹家抓的这个科学实验田。"天哪，胡科学没有料到县委书记会当场加题，这个会可是五级干部大会，你看，来的人中从县委干部到公社干部到村支部书记再到小队长，五千多人在看着他呢。于是他上台后，讲起科学种田来滔滔不绝。那次会议很成功，成了他一生的光荣。从此，他的胡科学外号传遍了菜乡。可是招来了媳妇的怒意。搞科学种田，天天在地里观察，就没有了节假日，每天都是顶着星星走，顶着星星回。一次都晚上九点了，他前脚骑着自行车回家，后脚通信员就追来了，开口就说，县委叫你回去开会！也不管胡科学是吃饱了还是吃不饱。胡科学只好漱漱口就走了。媳妇秀娥一手抱着一个孩子，追到门口，没好气地说："你还要这个家吗？你自己看看，我生了两个儿子一个女儿，都是在乡镇医院生的，你一次也没有在身边。不在身边说你忙，现在你说走就走，家里你算算待了几分钟，连句话也不和孩子说，大儿子这么内向，你做父亲的没有责任吗？麦子比孩子还亲吗，这里是旅馆吗？你爱来不来的！"胡科学受媳妇的责备不是一天两天了，也不是一次两次了，他觉得理亏，在家里永远理亏。他才不会辩解什么，砰的一声关上门就跑。

胡科学说："我在寒桥公社李家庄蹲点时，腿疼病犯了，只好让社员用小车推着去田间，硬撑着和社员们完成了小麦播种任务。"梁元说："我在那里，就站在您的身后，看到你脸上像豆粒大的汗珠滚下来，知道是很疼的。你18年做了200多项实验，小麦高产低成本，五改工作制，还利用业余时间培养2000多名农民技术员。你这样能干，人们都说是县里领导让你做了区划办公室第一把交椅。""还第一把交椅，不就是个主任吗？"胡科学自嘲道。

胡科学说："你不是和我一样，年轻的时候，我们都是傻干。"那一年梁元走不了路，坐着小车上班指挥割麦子，也是与胡科学有关。那段日子，正好赶上忙麦，胡科学带着县里督促麦收的工作组早已进驻了村子，梁元要到村委通过大喇叭给村民开会。胡科学来到了梁元家，他们对梁元家都是轻车熟路，看到梁元坐在炕上，炕的东侧有一条半米宽的附属炕，也叫尾炕，起到联椅的作用。三个队的小队长正坐在尾炕上听梁元吩咐。胡科学说："会搬到家里开了？这腿伤得可不是时候！"梁元笑笑。说："快坐下，胡主任，快坐下胡主任。"梁元心里要急出火来了，他对小脚女人说："快去叫梁子春来，我有话说。"小脚女人正在给胡科学倒水，听到他的吩咐，就悄悄地出来了。梁元声如洪钟，小脚女人从不敢大声说话，丈夫的话就是圣旨。胡科学把工作组的精神和梁元说着，梁子春进来了。梁元对着梁子春就喊："不用等了，赶紧把车子推出来，我坐着去办公室，咱把市府的会议精神贯彻了。不能等。梁子春，过来，你力气大，过来推车子。"

呼啦啦，人们跟着梁元从屋子里出来，梁元被人们架着来到院子里，梁子春把车子往后拉了拉。人们把梁元扶上独轮车，他个子大，要用手扶着，呲牙咧嘴，往办公室走。梁子春弓着腰，两手扶着车把，推着梁元去办公室。街上的人不知道发生了什么事，跑过来看热闹。梁元急了说："看什么看，唉！这不是没办法的事吗？"反正有村民围过来看到了，他也放松起来，对梁子春说："子春呀，干脆，你推着我到万亩方去，和胡主任去看看地里的麦子能割了吗？只有亲眼看了，咱心里才有数，不说外行话。"于是梁子春就推着梁元，后面跟着三个小队长，胡科学的三个工作人员也过来了，他们一块去万亩方。拐上村前的路，梁元就忘记了疼痛，遍地金黄呀！抬头看看，白云悠悠，梁元身上通畅起来。胡科学和小队长们到田里，胡科学上前一步，掐来一棵麦穗，举到眼前，扒开看看，小队长们也围过来，都看了看说，后天开镰没问题。到地里看完庄稼，梁元说到村委办公室去，一番动作，梁元对着喇叭说麦收的事。傍晚了，胡科学挥挥手和工作人员骑着自行车回县城去。梁元汗涔涔的，短袖后背上有一块地图样的圈子，泛着白碱。人们都走了，他无力地低下了头。梁子春送走了工作组，扶着梁元坐到车子上回家。

胡科学问起这到底是怎么回事？梁元才说出了缘由。原来，梁元要去淄博买小麦种子，恰好村里的栓子开着拖拉机去淄博买焊条，梁元为了省路费，就提着他常用的一个黑皮包爬上栓子的拖拉机后兜上。栓子很慷慨，说："只要书记不嫌弃，我拉着您一同去。"走到淄博一个叫周村的地方，栓子开着拖拉机走错了门，进了一家门口很小的单位。梁元说："不像这个地方，你可能走错了。"栓子慌忙往外倒车的时候，梁元的腿被撞了一下。一看没出血，他也没在意，一心想早一点买到种子，就催促司机继续走。到傍晚买上种子，梁元的腿都肿了，去医院检查，是粉碎性骨折，打上了石膏。怕住下花钱，梁元执意要回家。晚上，天凉了，和他去看病的周村朋友，看不过眼，给了他一件棉大衣铺在拖拉机上，栓子将他拉回了家。

第二天，梁元的右脚就疼得不敢着地了。小脚女人抹着眼泪说："这可咋办呀！"她愁的是要过麦了，村里的事多，自己家里也过麦。伤筋动骨一百天，谁干活呀！

栓子隔几天一定去梁元家看看，他开拖拉机，要不他会顶起梁子春的角色。比起梁子春来，栓子属于调皮孩子了，梁子春可是一个稳重的老人眼中的好孩子。在梁元受伤 100 天的时候，他又去了，他听到梁元给坐在炕头上的干部开会，说："100 天过去了，我的腿也好了，从明天起，大伙子开会去办公室吧。"大伙儿笑了，说："您也在车子上办了 100 天的公，也该让子春歇歇了！"梁子春腼腆地笑笑说："应该的，我跟着哥学本事呢！"

胡科学说："可不是，麦子是全世界三大谷物之一，都喜欢吃它，新石器时代，人们把野生的麦子进行驯化，栽培它已经有了 1 万年以上的历史。先是在西亚一带种植传入欧洲和非洲，5000 多年前传入中国，先是在黄河一带种植，由黄河中游传到长江以南，从我国传到日本、朝鲜。欧洲的殖民者把它传到南北美洲，最后才传到大洋洲。小麦光照时间要求长，每天得有 8 到 12 小时的光照。光照不足，不结穗。"

梁元说："数数多少个省种小麦，我的麦种只要好，就有市场。"

胡科学真的数起来，他说："咱按地区来数，先数数华北地区有北京、天津、河北、河南、山西、内蒙古；华东地区山东、江苏、安徽北部和中部；西北地区有陕西、甘肃、青海、宁夏、新疆；东北地区有辽宁、吉林、黑龙江。西南地区有重庆、四川、贵州。"

农业发展从西亚一个叫肥沃月湾的地方，包括以色列、巴勒斯坦、叙利亚、约旦和土耳其。要知道农业是文明的基础。

正说着，狗又叫起来，小脚女人说："王书记来了。"胡科学和梁元每当说一个问题，必然绕不开县委王书记，加上种菜的三元朱村支书王仁义，习惯称他们三王。王县长一步闯了进来，因为这几年连续动过两次胃手术，特别的瘦，脸就瘦得有些三角形。他一看胡科学在这里，立即笑了。他说："其实咱共产党为什么能取得胜利，还不是看得准。那时候孙中山和共产党联合，就是因为孙中山也认为太平天国的田亩制度是对的，耕者有其田。但后来，蒋介石和他的南京政府不承认中国存在土地问题。所以，解决中国农民问题的历史责任，自然又落到了中国共产党人的身上。毛泽东为什么来个秋收起义，一样看到了农民的力量，在中国，80% 是农民，只有他们起来，革命才能成功。农民运动讲习所是共产党人提议的，由国民党中央执行委员会主持开办的，第一届在广州。澎湃、毛泽东都去主持过，一连举办了 6 期，为南部广东、湖南培养了大批农民运动骨干。1925 年 10 月，共产党自己在上海第一次开全国代表大会的时候，发了一个《告农民书》，提出了'耕地农有，是解除农民困苦的根本办法。'这是共产党第一次提出解决农民土地问题的文件。"

胡科学和梁元听王书记侃侃而谈，他们觉得很过瘾。暗暗佩服王书记的口才和记忆力。

王书记说："1945 年，中共七大召开前夕，毛泽东就说了，中国是个落后国家，在未来很长一段时间里，必然是农业占优势。中国的农民问题是中国的主要问题。"王书记说："没有农业现代化，就没有工业现代化，中国经济发展取决于农民。"

梁元继续说："我们包产到户后，现在也没有吃统销粮的吧。"

十三

梁元的脚在土路上踢起一片土。这条土路走得这么踏实这么自豪。他仿佛看到一扎长短密密实实的麦穗你挤我我挤你，微风吹过来，左右摇摆，唰唰唰唰！

走着走着，他停住了，干脆一屁股坐下来，屁股下的黄土软软的，温温的，很受用。他用一种异样的眼光，打量着这片地。

镇上桑林书记早过来了，他们一块来到了万亩方的地头上，和李市长打招呼。太阳挂在头顶，田野里没有一丝风。

李市长不用抬头也感受到太阳的热情，汗水顺着面颊像小溪一样流下来。看过去，遍地金黄。风儿过来，麦浪起伏。李市长弯下腰，伸出一只手托起一把麦子，麦穗颗粒饱满，麦粒胀鼓鼓的，像要爆裂开来。李市长感叹道，农民是真正的英雄！这时候大家围过来，他们自己拿着草帽，镰刀，一个人占领一个畦子，李市长说，趁凉快，开始吧！唰，他先弯下腰，左手划一个撒，将一片麦子撸到怀里，右手握着；镰刀，刺啦一声，割下来了一大把，放在一边，重复这个动作。李君感到汗下来了，太阳晒得头皮疼。不一会儿，腰疼得像要断裂一样。他穿着短袖，露在外面的胳膊已被麦芒刺得红通通一片。大家弯下腰，挥舞着镰刀，在这金黄色的麦浪当中，跳起了劳动的舞蹈。没有人喊累，也没有人叫苦。

不能热坏人家这些年轻的干部，梁元割完自己那一片麦草后，一边自言自语，一边一溜小跑往家赶，回去看到女人已在大锅里烧绿豆水。梁元蹲下里添上几把柴，说："都是市里的领导，和咱受累，这么热的天，咱起码要让人家喝上绿豆水，不能中暑。"正说着，有说话声，梁元出来看，是李市长和秘书，一人抱着一个西瓜，说市里买来的西瓜，你们用刀切切，让大伙吃吧。说完放在地上，梁元去提桶，李君蹲下身子抽出一棵干树枝往灶膛里添火。梁元提着一桶水，又紧张又高兴，不知说什么好，手里的水也忘记了放下。水开了，舀到铁皮桶里，梁子春和市里的一个青年人过来抬着就走。李市长说，咱不能白喝老百姓的水，让他们吃西瓜。

沿着一条土路延伸到前一个村子的地头上，北边有一条省级公路，万亩方占了北徐村最好的土壤最肥沃的地块。中间是一条生产路，两边种着白杨树。白杨树钻天高，沾了麦田水土的光，长得高大俊朗，和小麦万亩方互相映衬。梁元的万亩方在村子的东边，无边无际的麦田。市政府工作人员来割的普通麦田，各个农学院在这里的实验基地不让农民割，都是他们自己割，又是称又是量的，很细心。它们比一般麦田是多了许多大大小小的标志牌子，每个牌子后面跟着一个小麦品种，就像运动会上参赛团一样。每个品种在北徐的地里搞实验，都有一个和梁元的故事。这些小麦品种都有牵着余松烈这样一个个专家的心，他们就像把孩子寄宿在这里，吸引着科学家和他们的学生一次次踏上北徐的土地。

梁元从路上走，看到大片的庄稼就兴奋。北徐村丰产万亩方扩大面积，整个北徐村所有的耕地都在丰产方内。梁元又想起去年7月份，雨季来了，他去莱阳农学院远征种子公司研究玉米种植技术。同去的还有一位技术员，因修路绕道，天下着大雨，他们在山里转了几个小时迷了路。那时候没有导航，好不容易转了出来，车的轮胎被石子割破了，前不着村，后不靠店，步行了七八里，才找到了目的地。平日里，梁元忙得吃饭没有点，根据营生多少决定。有时很晚了才回家吃饭，一个馒头，一块咸菜，或者一棵大葱，就吃顿饭。梁元养生的办法就是多喝小脚女人熬的稀饭，一顿饭必定喝三大碗稀饭，几十年如一日。喝稀饭有个讲究就是不凉也不热，当年，父亲在院子里种了几棵黄瓜，摘下来，不舍得吃，就把好的卖掉，五天一个集。每个集梁元骑着自行车去给父亲卖黄瓜。又一次他骑着自行车过一个小桥，小桥上有块碑，他只顾和别人说话，没看路，碰到石碑上了，一下子掉到河里。爬上来，一抹牙没了，到处找，没有，忽然觉得磕碰进去了，还在嘴里呢，又掰了出来。往后就时常疼，不敢轻易吃过凉过热的东西。觉得再苦，只要科学种田，他心里就舒坦。

秋后，省吕剧团团长郎咸芬又一次回到了家乡。梁元心里很快乐，盼星星盼月亮，盼得一头白发了，又盼了这么多年，才盼来了这位文艺界的名人。梁元第一时间就是想到把扬琴叫过来，陪着郎咸芬，毕竟当年扬琴跟着郎咸芬学过吕剧，一日为师，终身为父，人不能忘恩。听说扬琴生过病，已经好了，正好可以看看她。梁元让小脚女人做几个菜招待从家乡出去的名人。自己坐上车去看望一下住在大洼镇的扬琴好叫她回村。前几天扬琴手开始不停地哆嗦，不再和梁元一块下地，她到大家洼大女儿家里住了。

在梁元心中，扬琴就是省里的郎咸芬，她本身就是北徐村的李二嫂呀。

我梁元要去哪里？梁元出门的时候仿佛年轻了几岁，走起路来，挺胸抬头，大有雄赳赳气昂昂的感觉。他说："我要去看看扬琴，让她回来和郎咸芬见见面。"梁元说："我告诉过你，李二嫂还能改嫁，我们村有一个比李二嫂更惨的，不敢改嫁的女人，就是扬琴。"

梁元白天在小麦地里蹲了一天，很疲惫地回到家里，想着早休息。却看到扬琴坐在沙发上哭起来，梁元不知道发生了什么事。原来，扬琴的二女儿在县城从事染发行业，忽然得了败血症住了院。他赶紧招呼着住院，最后还是去世了，梁元帮着处理完后事，陪着扬琴坐一坐。扬琴无力抬起手来，摇了摇，伤心地说："梁元哥，梁文去世是一棍子，二女儿去世又是一棍子，这是两棍子呀，把我打晕了。"

扬琴去找梁元商量儿子结婚的事，几十年了，梁元成了扬琴的主心骨。

这天干完活了，扬琴拿着一双鞋子给梁元，梁元接过来，看到细密的针脚，知道她下了功夫，就说："你本来太累，三个孩子，这么些农活，还不够你累的，还给我做鞋，我又不是没得穿。"扬琴心想，还说有的穿，看看你脚上。扬琴向他的鞋子一撇嘴，梁元才看到自己的鞋子不知什么时候张开嘴了，他不好意思地笑了笑。接过鞋子来穿了穿，走了两步，很好。可是不知孩他娘愿意不愿意。他这个担心不是多余的，他觉得媳妇的眼神里充满了忧郁，但什么话也没说过。他不忍心拿出来穿，就悄悄地给了后邻哑巴二哥。

唉！人家再好，也是人家的，咱是干部，只有帮人家的份，没有毁坏人家的份。

如今，听说郎咸芬又要来，梁元第一个想到扬琴，他要叫扬琴和郎咸芬叙叙旧，却听说扬琴病了，得了帕金森症。于是梁元买上两盒奶、两盒鸡蛋，坐上车，去大家洼看望她。

梁元先是敲开了扬琴大女儿家的门，大女儿说，妈妈没在这里，在县城弟弟处。梁元觉得东西都买上了，就去看看吧。于是让司机拉着他去了县城。敲开门，扬琴儿媳马小玲开了门却没有让他进去的意思，更直接，阴沉着脸说："我妈妈才好点，你不要再引登她了，犯了病怎么办？"

听了这不够尊敬的一句话，梁元就觉得头顶上晴天打个响雷，沉闷极了。

梁元忽然高声对那个就要关门的儿媳妇说："我就喜欢小脚女人，我喜欢了她一辈子，现在还喜欢不够！"

说着说着，干瘪的眼里两颗泪珠无声而下。

十四

梁元临近东方拂晓的时候忽然做了一个梦，梦到1974年麦前的那场大雨，麦子全部倒伏，惊得他醒了。回忆起那一年的事，王为民招呼着全体干部上阵割麦子，要不，老百姓吃啥呀，镰刀不够，没有办法想办法，打听到昌乐已经割完麦子。顶着大雨，就去协调人家的2台脱粒机，穿着雨鞋，跑到户里，看到麦子打下来了，给几块雨布，盖起来，挨家挨户看，那一年没有烂麦子。

这天王为民没有来，他的搭档王坤发却来了。他平日里十分严肃，没有人轻易和他开玩笑，他和梁元却没有说不着的话。骄阳似火，他们似乎习惯了，他和梁元坐在地头上，一边抽烟，一边说菜乡发展农业的优势。听说县级领导变动，担心新来的领导改变政策，有说不上出的惆怅。金黄色的麦浪，如大海，在风的吹拂下，波涛汹涌。一瞬间，王坤发忘记了自己是副县长，梁元也忘记了他是农民，只记得两个人都有共同的语言。王县长说："咱们这里发展农业有优势，地平土厚，土壤肥沃；雨热同期，气候适宜；水利完善，旱涝保收……"梁元说："也有不利因素，十年九旱，天气变暖，水位下降，海水倒灌……"两人都笑起来。

正说着话，胡科学过来了，也谈起王书记调动的事，说是潍坊市委组织部和他谈话时，可能让他继续主持菜乡的工作，可把老百姓高兴得不得了。他就是得民心呀！王坤发点着火，又抽了一口烟，结束了他的论断。他们三个人沉思了起来，似乎离目前的事太远了。过了一会儿，王坤发自己嘿嘿笑了两声，说："还有一件大事差点给忘了。王书记到了潍坊分管农业开门第一件事就在麦收前，他到青州开了一个全市的农业会议，主张在全市农村大田搞喷灌，节约用水，你若同意，就在你这里搞试点。"梁元一听，说："科学种田总是真理，只要是上边推广的，尤其是王为民书记推广的，一定是有些地方实验成功的，好的，我代表北徐村民同意。"这几年，为了省水，搞沟渠建设，5亩一个方，修渠后种了梧桐树。胡科学说："只要上了喷灌，沟渠就用不着了，它往地里渗了多少水。再说，你种地梧桐树也要砍掉，咱这里不缺梧桐树，不要这些材质很软的，不值钱。"王坤发说："有些时候，一些木材值钱，可村民短见，怕浪费钱，有的还往上边写信告领导，也不好。凡是要实事求是，按需要来做，有的时候需要做通群众工作后再干。"梁元是敢于尝试新鲜事物的人，王县长来说喷灌的事，上边给优惠政策，自己村里也要配套资金，很多村里就不干了。他知道来到梁元这里不会碰钉子，梁元是顾全大局的人。三年前，上面推广庭院经济，来这里开会，他在自己家里做示范，挖鱼塘养鸭，种丝瓜、葡萄。也干了一段，虽然没有推开，当时的现场会是开了，做工作很积极，从来就是县领导的得力干将。致富就是探索，梁元党支书有个经验，只要是上级号召的事，一定没错，他会第一个响应，自然他就成了带头村的支书。

梁元对王县长说："我查过资料了，中国用占6%的耕地，养活着世界上22%的人口。你不种可以，他不种也可能问题不大，都不种，吃啥？有什么办法能让老百姓觉得合算，自觉自愿地种粮食呢？还是靠科学种田，降低成本，提高产量，增加效益。"

梁元总认为人世间最重要的事就是吃饭，看仓颉造的饭字，有粮食是饭，没有粮食则成了反，天下大乱。

王县长说："你说得比我想得还对，但怎样去实现呢？"

梁元说："王县长放心，我梁元科学种田的决心永远有，每年我会通过各种关系找好种子。基本上是先在省内找，再去全国找，去世界上找。把好种子都弄到手，不管种什么，有了好品种，事就成了一半。"

过了不久，村里传说梁天发联合增城、牟村几个村的村民写信要求不种小麦种蔬菜大棚。这个传言终于和梁元相遇了。那天，县里一个人在镇上两个人的带领下，来到村委。说村东50亩发展大棚蔬菜，剩下的全部纳入城市规划，改造村庄。梁元只要是上级精神，可不敢对抗，连个为什么也不敢问。他认为上级站在全县发展层面上，一个支书只考虑的是一个村，害怕出现偏颇，多少年来，他告诫自己，对上级的精神和决定，作为一个支部书记、一个党员，理解执行，不理解也要执行。梁元写了封信给镇上，大体意思是他已经和于振文商量在北徐万亩方建博士工作站，为什么非要取消小麦种植呢？

这封信石沉大海，北徐村丰产万亩方彻底终结。镇上把万亩方规划成了一片大棚地，土地是集体的，集体说了算，他没有特权阻止。梁元好几天吃不下饭，说起这事，他也只有唉声叹气的份。一个冬暖式大棚一年的收入等于小麦十年的收入。从经济效益上讲，的确种菜合算，梁元算得出来，但怎么算，也觉得种粮食很重要，他幻想着这块万亩方一直种粮食，种下去，成为全国的粮食示范基地。全县就缺这个万亩方吗？他不停地问自己。他只有一个念头想要好好地种地，让土地实实在在打出很多很多的粮食来。

王为民通过和梁元交谈和胡科学以及农业局分管此项工作的同志交谈，他得出结论，粮食因科学种田，粮食产量增加了。50亩以上的种粮大户还在2000户以上。播种面积129.8万亩，总产59.5万吨，同比增长2.9%。

可是，北徐万亩方的移出，梁元又有了当年解散大集体的感觉，那是一种说不出的失落。他从尘埃中找出自己几十年做实验的记录本，一页一页地翻过，发了一晚上呆。

县城在扩大。原先说不会过弥河，梁元还觉得弥河东永远生活在农业社会，看人家弥河西都成了城市居民了，尤其是香港人来开发卡诺岛，村里人可羡慕了。当真正城市的手臂伸过来后，梁元和上了年纪的村民一样开始忧虑。他们天天观察脚手架的进展，梁元开始用步子量地，他知道几米之间是谁家的，离着路边几米是谁家的，说出来丝毫不差。种了蔬菜，如果有一天不种了，可以随时改种粮食，如果改成高楼大厦，就是倒塌了，地再也恢复不到以前，当年挨饿时的惨景时时撞击着他的心。他坐下来，抬头看看头顶深邃的天空，星星很少，天空越发寂寥，天空不变，地上再也看不到麦绿一片、遍地金黄了。他突然一屁股坐在地上，双手抓起一把土，捂在脸上呜呜地哭起来。

一天晚上，侄子梁子春过来了。他的菜地大棚被划在梁元的家门口，他这几天整理地面，看到梁元无精打采、坐立不安的样子，知道他的心情，就进来喝茶，两人唏嘘不已。梁元说，自己做梦也是种麦子。梁子春忽然站起来说："叔，您看这样好不好？您家门口的这块地，就种麦子。"

日子继续过下去，一年一度的济南农展会结束了，梁元坐高铁回到青州，再坐上一趟公共汽车到菜乡县城，然后再搭公交车回北徐村。

这趟公共汽车从县城跑寒桥镇，必经梁元住的北徐村。确切地说是经过北徐村的那条生产路，梁元选择这条路回家也正是看中了这一点。这是渤海岸边难得的一块平原，出去这个县，都是半丘陵半平原。过去北徐村小麦万亩方中间有东西向的生产路，说窄不窄，说宽不宽，大不了两米，两辆汽车要错行，一辆给另一辆让路才能过去。土路，不叫油漆，最多雨水多的时候，加上三斗车碎石子，不出两个月，都被来往的车轮子给带走了。生产路，原本就是在耕地里的，不是运输的路。这条路不过1公里，直通羊田公路。这条生产路两边长着两溜一抱粗的白杨树，在华北平原，东西南北直来直去的生产路到处都是，过去叫阡陌纵横。北徐村这条生产路与其他地方的生产路不同，村民们管这条小路叫做"总理路"，说是有三个总理来看过这里的小麦，从这条小路上走过。从村南和村北都有一个路口可进北徐村，但梁元就喜欢从这里过，这里会勾起他很多自豪感，他愿意一遍遍重复这种自豪感。人生有自豪感才会有奔头。买种子他很自豪，育种子他也很自豪，人生里面只有自豪感才会有激励，有不白活一回的沧桑感，琢磨来琢磨去，人生图个啥呢？

下车来，顺着生产路往里走，梁元家门口前的那块空地呈长方形，贴着路的顶头延伸，好像旗帜。梁元可看重这块旗帜样的地块，那是村中唯一不种大棚的地块，是他的最后一块小麦试验田。想当年，村里的地都是他的试验田，唉！他叹了口气。他又看了看门前的那块空地。空地里有着细细的垄，没有特殊情况，这5斤种子明天就种在空地的一个角上。和原先17个品种一块种上，就是第18个了。这次在济南开全国农展会，他没扑空，农展会很好，在他看来，好就好在种子多。这个品种他没见过，只要高产，他就兴奋，同样种一亩地，多打五斤也是胜利。他买到了没种过的最优质的小麦种子——"长江1号"。

麦子快要成熟的时候，遍地金黄，妻子——那个小脚女人，一定会天天守着怕鸟儿吃，坐在地头上："嘚！嘚！……"一声声地赶着鸟儿。

妻子有一只木头瓜子，麦子熟了，她坐在自制的场院里，拿着这只木头瓜子，啪叽啪叽砸下来，黄澄澄的麦粒就出来了。妻子对梁元好，梁元说啥她就做啥。

"搞到种子了吗？"是小脚女人的声音。梁元猛地意识到自己到家了。小脚女人在门口坐个马扎，拐杖放在脚下。小脚女人慈眉善目，啥事也依着他，从没和他红过脸。梁元从没嫌弃过小脚女人的年龄大，两人相互支持着过日子。梁元种小麦入了迷，不管成功与失败，小脚女人从来没有讽刺过他，单凭这一点，梁元庆幸自己找了个好妻子。

可是今天小脚女人脸上不舒坦，眉头皱着。梁元一下子注意到了。大半辈子了，妻子有个什么想法，梁元第一时间会猜到的。

老伴的脸越发阴沉。

"搞到了？"

"嗯，明天就开始种。"

"可村里说，梁子春的菜地明年就收回去。"

俺那娘呀！

梁元一屁股坐在了地上。腰间的那只荷包顷刻间断了线，18种麦粒骨碌碌滚了一地。

村里人说种麦者梁元病倒了。

稻田镇种子站长田福和胡科学过来看他，听说稻田镇成立了杨家营万亩丰产方，梁元很激动，一下子跳下床来，病情减了八分，他拉过田福的手说："你年轻呀，沾了当今好领导的光，没挨过饿，但是，要记住，手中有粮，心中不慌。你干种子站长，我分文不取赠给你这18个小麦高产品种。"田福躬身答应着，连声致谢。打电话让杨家营来一辆三轮车将种子拉过去。

梁元接着又说："胡科学，咱们在一起搭档这么多年，小麦年年高产，种子移到稻田镇杨家营万亩方，你也要和在这里一样关心呀！"胡科学也表示一定的，说你好好养病，快好起来咱们一块去杨家营万亩方看看。

第十章　农民和教授

一

大自然中藏着无法言喻的机缘和奥秘。王仁义是个标准的山东大汉，身材魁梧，方脸略长，不说话的时候一脸严肃。可是只要说话，他的声音柔和，慢声细语，笑意盈盈，你不得不佩服他的耐心和细致，立刻想到《道德经》里的话：天下之至柔，驰骋天下之至坚。

俗语常说，一条龙打不起呱啦来。的确，冬暖式大棚如果不是他在苦苦寻求蔬菜的种植，也不会对冬天里几条鲜黄瓜感兴趣，韩大山也不会因为几条黄瓜举家南迁，来到这座不起眼的县城扎根落户。

有了王为民的支持和推动，才有了蔬菜大棚全县的普及和推广。菜乡大大小小无数个马涛这样年轻的干部，执行了县委县府的决策，才有了闻名世界的蔬菜之乡。

王为民关于对王仁义奖励的事，两人进行过一次深切地长谈。

那是一个下午，两人来到了县委二楼王为民的办公室。这是1985年盖的四层办公大楼，本来县委行政科给王为民留下了东侧朝阳的一个最大的套间，接待室和办公室连在一起。但是王为民自己选了一个面积最小单间。每天向他汇报事情的，交谈工作的，来的人比较多，磕磕碰碰的，显得十分拥挤。吴秘书长劝他去大房间办公，他不同意，说："那个大套间当机动房间吧，给每个常委配上一把钥匙，让他们单独谈工作时用，比较方便。"

227

有些党委书记、局长来这里汇报工作的时候，觉得书记的办公室应该排场一些，就劝他换成大房间。王为民说："你们有什么事就办什么事，干嘛要干涉县委机关内部的事？再说了，办公室小，又挤不着人，知足者常乐，这样的办公条件已经不错了，谁也不要带头讲排场比阔气！"

所以，王为民的办公室一直没有变过。

照例，小张给王仁义倒上一杯茶，王仁义喝着，王为民对他说："你和韩大山为我们县的蔬菜发展，做出了巨大贡献，给韩大山一个蔬菜顾问的职务，你也来当蔬菜办干主任吧，一来有利于工作，推广蔬菜大棚，二来能够发一份工资，生活方面就无后顾之忧了。"

王仁义坐在他的对面，微微地笑了一下，诚恳地对王为民说："王书记，开始您动员我和韩大山一起当蔬菜顾问，我就没有答应，现在冬暖式蔬菜大棚成功了，我就更没必要来吃公家饭了。我觉得，这一辈子，我要当一个农民，一个合格的中国农民！"

王仁义一生中有两次机会可以成为公家人，吃公家饭，可是在选择的关头，他都放弃得理直气壮。

放弃奖金也是如此，按规定，县里奖励韩师傅5万元，奖励王仁义2万元。工作人员给王仁义送了3次，他退了3次。想到这里王为民微笑着说："县委尊重您的意见！只要有什么困难，就提出来。这几年您受累了。"两人又回顾开始种大棚的情景。

这个春节，三元朱村特别喜庆，大家凑在一起说的话还是种大棚的事。那些外地打工的，常年在外的都围在一起，商量着去和支书王仁义说说，也回家种大棚。王仁义在村里辈分低，要去给长辈拜年，刚要出去，涌进一大帮人来，说着拜年，王仁义刚吃过水饺，穿戴整齐，去开门，家里就涌进很多晚辈来，吵吵嚷嚷地给他拜年。他只好将众人让进屋里。其实大家已经去了对门他的母亲家拜年，老太太一一答谢。

这些人迫不及待地转回身来到王仁义这里坐一坐，有几个老少爷们，坐下，满怀期待地和他聊大棚的事，都告诉他，今年可要建大棚，村里的人都想上大棚，还告诉他，先封锁三年技术，你受了这么大的累，给老少爷们找来了挣钱的技术，要封锁三年，等村里人发起来了再说。王仁义也表态说："是啊，他们考虑得对，我当支部书记也是为了全村的老少爷们，危害老少爷们利益的事，我可不做。"

村里的王扁豆比王仁义大，是个种菜行家，和他说："你可以应付着呢，至少等上一年半载的，全村每个户都收入几万元，再教人家不迟。"王仁义知道王扁豆说的话，也是村里人的心里话，也是一位长辈对自己的嘱托，他认真地点点头。但是和王书记见面后，他的想法变了：党的富民政策不会让它三元朱村再受穷，也不会让别的老百姓受穷，走共同富裕的道路是早晚的事。我吃过人家不教技术的苦，我不能再这样。于是他打定主意，和村里人说明白自己的意思。

王扁豆和王仁义情投意合，不是无缘无故的，从老辈子里，两家关系很好，王扁豆的爷爷爱种扁豆，把自己家的四周种上扁豆，夏天开出紫色的小花，猪耳朵大的扁豆，摘下来送给四邻八舍。给的最多的是王仁义家，扁豆丝炒辣椒，也是王仁义的爸爸和自己爱吃的菜。后来王仁义动了手术后，才终止了吃辣椒。王仁义心里很清楚，去年要不是王扁豆领着第一个报名，后果很难想象。所以他说的话，王仁义还是要听的。

三元朱村冬暖式大棚挣了大钱的事，传得很快，省市中央都知道了。过了年，王为民来给王仁义拜年，说起话来，告诉他："二哥，你当三元朱村的支书，为三元朱村负责，我当县委书记，就是为了全县人民着想，把你的大棚技术贡献出来，怎么样？"王仁义非常敬重王为民，就吞吞吐吐地答应着。但是一边答应一边心里想，好不容易学来的先进技术，共享出去，会多出很多的竞争对手；不分享出去吧，一个党员一个支部书记，你驳了县委书记的面子是小事，不讲大局，不讲奉献，就不合格。

说来也巧呢，这一年，有个中央领导来参观大棚。大年初四，在三元朱村大棚头上，他握着王仁义的手说："你可以把这项技术推向全国呀，解决许多地区没菜吃的问题。"王仁义回来睡不着的时候，就想省领导要求推向全省，中央领导要求推向全国，我没有啥说的，全国人民都富裕了，城市人都有菜吃，就是我的追求。我们种好多菜，城市居民吃上菜，这是两全其美的事。再说了，我是共产党员，中国需要的是共同富裕，把技术封在三元朱村，就没多大意义了。于是他打定主意说服村里的党员干部不能搞技术封锁，他把准备好的想法向群众说明白，免得大家想不通，指责他年前刚刚答应了不外传，年后马上就食言了呢？

三元朱村人都看得明白，王仁义脸上最舒展最自然，有种苦尽甘来的感觉，他享受这份喜悦。蔬菜大棚种植要重新调整土地，原来的土地承包30年不动，若动，一定会牵扯各家各户的利益，要走群众路线，只要群众答应，才能调整土地，也走经济赔偿的路。原来土地很分散，种大棚却要求集中，一个大棚占地就要一亩，如何把分散的土地集中起来，要开村民大会，重新调整土地。调整土地是难点，王仁义解决问题的法宝就是开村民大会，让村民代表发言，提建议。几个代表发言了，他们的发言就是强调，你只要让我们建大棚，怎么调地我们也没有意见，村委干部看着办就行。我们信任村委成员。得到了这些话，王仁义松了一口气，他们就报去年动员的难题给解决了。虽然大趋势是这样，但这个会上，来了47名代表，就是代表47户人家，王仁义都让他们发言，说得多的，十分钟，说得少的，一二分钟表个态，一一说过后，就到深夜了。王仁义低头看看手腕上的表，说："今天晚上，我们对土地调整的建议和意见，我一一记下了，我将调整的方案告诉大家，咱们就定下来。"他说了后，大伙子都同意，这样三天后，土地就调整好了。

调整好了土地，接下来就是找建大棚的钱，有的人家自己凑好了，有的需要贷款，统计了一下，还需要一百多万元，这个数字在平时说来是可望不可及的，但是有县里的支持，王仁义就不怕了，他就跑关系，找银行贷款。建大棚用的水泥柱子、铁丝、竹竿、无滴膜、塑料包装绳都是村委让德农超市统一订购的，比市场上价格要低。技术管理、病虫害防治等技术员们已经掌握了技术，把原来17家早种棚的进行分工，分片，包户指导，手把手地教。

初八县里召开常委会，吴秘书长通知王仁义和韩大山一块参加，说是县委扩大会。

王为民书记在会上说："想让全县人民过上好日子，没有别的突破口，三元朱村的冬暖式大棚，就是突破口，未来农业发展的趋势，就是种植蔬菜。

那么，说干就干，县里要成立冬暖式蔬菜大棚领导小组，我当组长，一名副县长任副组长，抓具体工作。二是王仁义和韩大山是指导者，负责蔬菜大棚的培训推广工作。三是县政府专门成立一个正局级的事业单位，定名为蔬菜办公室，蔬菜办公室主要职能就是为以后的蔬菜产业的发展，提供技术指导，明年先定 1000 个冬暖式大棚，各乡镇的党委书记担任着组长负责到底。"王为民越说越激动，他转身对两位说："你们俩只要有事，我随时听汇报，什么时间找我都可以。"

王仁义没有料到王为民作为一名县委书记会说出这么令人激动的话，他站起来，表态说："王书记这么说，我作为一名老党员、一名普通的村支部书记，衷心地拥护县委的决定，感谢县领导对我们的信任，请领导放心，我一定做好三元朱村和部分群众不愿公开技术和推广技术的思想工作，保证蔬菜大棚的推广工作顺利进行，不辜负各位领导对我的期望！"他说完后，人们报以热烈的掌声。这掌声提醒了他，他又站起来说："领导们这么信任我，我提几点的要求。"王为民说："当着大家的面，有什么要求尽管提。"王仁义说："既然叫我们做指导，技术上就得让我说了算的，用的材料也得我们说了算。你们放心，我说了算是为了让每个大棚有更好更高的收入。"大家对他这个直白的说法也报以热烈的掌声。

二

信仰就是对超自然、超世俗的存在，坚定不移地相信。王仁义的信仰就是共产主义，王仁义接受马克思列宁主义毛泽东思想的教育，源于 17 岁当工人的机遇。那一年，父亲吃饭的时候，坐在桌子一边，满脸的笑意，王仁义记得大哥去新疆当兵时，他也这么高兴过，今天又这么高兴，一定有好事情。果然，父亲说："你隔壁二叔来咱家玩，告诉我一个招工信息，我没有和你商量就给你报上了。去东北当工人，国家给发工资，有工资就过好日子。"王仁义心里高兴，就点点头，他说不出话来，心想只要听父母的话就没有错。

这年的 7 月，通知下来后，王仁义和几个人先到了烟台，坐船去大连，这是他第一次出远门，从大连港坐火车去牡丹江，从牡丹江来到永安林场。这里是深山老林，就是杨子荣智擒座山雕的地方，四面是高耸入云的松树、白桦树、槐树等，他的任务是领着锯子、铁锹，伐木头。蚊子叮咬浑身热辣辣地疼，出汗、劳累、想家，咬着牙坚持。

转眼到了1960年的6月，树林里，一片片高大的白桦树睁着一对对大眼睛和仁义对视，灰色树皮的松树高耸入云，小松鼠跳来跳去，仁义的眼里也充满绿色的生机。走在静静的树林里，脚步忽上忽下地走过一片土坡，淡蓝色的喇叭花顺藤而上，黄色的野菊花一片金黄，两年来的磨砺，王仁义已经适应了这里的环境和气候。他的脚步轻快多了，虽然冬天中午吃凉馒头留下的胃病，偶尔发作，其实也没有什么，他开始喜欢这里，他觉得自己的心胸开阔起来。他已经习惯了蚊虫叮咬，习惯了漫长的寒冷，他把衣服搭在肩上，一抬头，宿舍到了，却看到瘦高个的林场朱书记在向他招手。朱书记穿着一件小格子卡克，黑裤子，黄色的解放鞋，他不知道朱书记为什么到这来。他上前紧紧握住朱书记的手，笑着轻声说："朱书记这么忙，还来看望我们。"朱书记笑意满脸，他已经观察这个青年一年多了，这位青年平日里话不多，但是对工友有耐心。在寂静的山林里，清一色的汉子，那种寂寞难耐，让他们怒火万丈，时不时地爆发争吵。可是200人的队伍在这位19岁的青年手里是那么和谐，小青年一年四季穿中山装，说话轻声细语，却十分成熟和稳重。大家喜欢他，一见面就让人感到非常踏实，可以敞开心扉聊天。朱书记说："你啊，上次评为先进生产标兵和青年积极分子，向你祝贺呀！这次呢，我有个好消息告诉你！"仁义听着，紧绷的心松缓了，他急忙问道："朱书记，您快说，有什么好消息？"朱书记眼睛直视着他，郑重其事地说："组织上考虑，让你进党校学习，进一步提高你的理论水平！"王仁义吃了一惊，他怯怯地说："朱书记呀！我还不是党员呢。"朱书记拍了拍他的肩膀，退后一步微笑着对他说："你现在不是，将来一定是，你虽然还没有加入党组织，但是你的行动，你的品德也证明你完全合格，回来后，我做你的入党介绍人，你是场部重点培养的同志，希望你好好利用这次机会，用马列主义毛泽东思想武装头脑，在理论水平上再提高，千万不要辜负了党的领导和期望！"

事情来得如此突然，朱书记走出好远的路了，仁义还在原地站着。工友们来讨酒喝，他才反应过来。他来到自己的床边，感到浑身酸痛，一边整理床铺，一边想：我要好好把握住这次机会，认真学习，争取早日入党。第二天了，他就办完交接手续，坐上了去场部的车。他知道永安林场第一次这样对待一位青年，心里有了感激之情，站在林场总部的院子里，非常自豪，他看到四面全是树林，地面平整，宿舍整齐规范。他拿到了一间房子的钥匙，把自己不多的行李放进去，坐在椅子上翻看领到的资料，他看到有唯物主义、唯心主义、唯物主义实践论、唯心主义实践论、存在的意义、黑格尔辩证法、历史唯物主义阶段论，唉，这么深奥啊！

王仁义学习起来呀，就和他干活一样，不惜力气。上课听老师讲，下课捧着书读，门市部离着一百米远，都没进去过。天天除了学习还是学习。半年下来，他的理论水平提高很快，能引经据典。每次老师考查背诵的时候，他是第一个能背过的人，老师惊奇于他的聪明。真奇怪，只要读这些理论，王仁义就觉得特别爱读，像吃一顿美餐一样。在老师眼里，王仁义爱学习，他行云流水般的回答、将枯燥的理论变成了工作的指南，他们会把理论和自己的感悟结合起来，别人听着句句在理。在训练当中大家对他刮目相看，所以虽然他的关系在林场，场部却把他留下来当理论教员。可是他喜欢劳动，只要不教课，他就去伐木。

三

7月的一天，王仁义正在森林里闷着头干活，忽然，一个工友拿着一封电报，跑过来说："二哥，你的电报！快看看家里有什么事。"他非常高兴，因为春节放假的时候，他第一次回到家乡，去亲戚家走一走，这个时候他的二姨过来对他的母亲说："姐姐，我要从俺村里给仁义介绍一个对象。"母亲很高兴地问："你们村的？知根知底，很好呀！"妹妹说："就是我家孩子的姑姑，叫梁佛手，这闺女，个子高，能干活，心眼好，姐姐，给你当儿媳妇吧，别的方面不敢保证，人品我敢保证，她不会让你生气的。"

　　仁义母亲一听，赶紧布置家中打扫卫生，在仁义去东北前，相亲。

　　两天后的一个半晌午，二姨果然带着一帮人过来相亲，仁义不敢多看，也没数到底几个人来过。但他看那女孩两条大辫子甩在身后，苗条得很，一时心里十分愿意。一帮人看完房子，去看粮食囤。仁义的母亲揭开粮食囤的头顶，金灿灿的玉米满满的，仁义看到女方亲属眼里含着微笑，很满意地离开了。不到天黑，二姨跑来说可以交往。王仁义也满意，两人有眼缘，只是这个女孩子比他大一岁，二姨还说："那个闺女，还提了个当飞行员的，个子高，帅气，人家看中了她，没相亲就寄东西，她统统拒绝了，却相中了仁义。"仁义心里越发不安。他偷偷地去了女方家，悄悄地把佛手约了出来。佛手羞答答地跟着他，来到一个路口处，王仁义说："佛手，有的话我不得不说，俺家里囤里那么满，你们看到的是粮食，下半部分看不到的是地瓜蔓子，是我母亲放在里面充数的，其实我家里很穷，我不能瞒着你，你愿意我们就谈，不愿意也行。"佛手一听，赶紧回去找自己的娘传话。娘一听，对女儿说："这个小伙子很实在，人又长得好，能干活，娘很满意。"于是梁佛手心里再无杂念。媒人二姨看到双方这么安稳，考虑到王仁义一走一年，就试探着让双方是否把婚结了，双方没意见，16天上他们成婚了。

　　所以王仁义以为这封电报是报喜的，也许是在老家的妻子怀孕了。谁知道一看内容，立马瘫坐在地上。一时间他感到天旋地转，头疼欲裂，说不出话来。工友过去拉他，他语无伦次地说："我要回家，父亲病危了。"他想父亲才50来岁，也没听说他得过什么病，怎么忽然就病危呢？他吃不下饭，就收拾东西立刻要回家。工友劝他先吃了饭再走。他难过地说："我怎么能吃下饭呢？我还有两个弟弟一个妹妹在上学，我大哥在新疆当兵回不去，没有了父亲，怎么办？"

　　王仁义从哈尔滨坐火车直接到济南，又从济南坐汽车一直到家，他难过极了。下了车，正是中午，村里静悄悄的，几乎没有碰上人，头顶上太阳白花花，他感到十分刺眼，心里有说不出的难受。到家门口刚要开门，有响声，一回头，却看见父亲挑着一担水颤颤悠悠地从外面回来。天哪！这怎么回事啊？王仁义呆在那里。

父亲望着眼前的儿子，歉意地说："回来了！我怕你单位不准请假，我不说重点，人家怎么会准你假呢？"原来是这么回事？王仁义不知道说什么好，嘴动了动，用力把门打开，进去了。

原来父亲觉得家里吃上饭了，不舍得儿子在深山里受苦，就用这个方法把儿子叫回来了。王仁义要回单位，父亲说什么也不同意，就是不让他再回去，就让他守着土地守着媳妇在家里过日子。王仁义想不回去就不回去吧，反正这块土地是他最喜欢的。

谁知，刚刚回到这块土地上的王仁义，经受的打击一个接着一个，他先被选为小队长，为了温饱领着队里人种地瓜，在全村获得第一名，被选为村里的副大队长。有些人嫉妒就贴标语，喊口号，反对他。他在会上据理力争，说干什么就吆喝什么，我们农民就是种地的，就要把地种好！有人出来批判他，他气不打一处来，气性大，一气就病倒了，一检查，竟然是直肠癌，这一年，他才35岁。

天要塌了，年迈的母亲哭得稀里哗啦。仁义的父亲去新疆阿尔泰看大儿子，得了肺结核病逝在那里。如今二儿子又病重，她承受不起。三弟已是县委书记，强迫二哥去看病，五弟是从福建当兵回来的，他拉着地排车，把二哥送到了济南医院看病。

孙集镇送去了手术费6000元，手术后，又度过了5个月的化疗期，回到了村里，正赶上村委换班子，15名党员都举手选他为支部书记。她的母亲说什么也不答应。一个叫王树德的镇委书记，一趟一趟去家里做工作，母亲看到拦不住，才答应了。

死里逃生的王仁义想：活一年就为乡亲们服务一年，活十年就为乡亲们服务十年。党组织信任我，全村人需要我，就是搭上命也得挑起这副担子。在第一次支部会上，他明确表态："水有源，树有根，党的恩情比海深！领导和大伙儿都这么信得过我，我就干。到底能活几年我说不上，只要身体能撑得住，活一天就为党做一天的工作；活一天就为老少爷们干点实事！"

在第十年上，他遇上了一位特别重视他的县委书记王为民，在王为民鼓励支持下，他为乡亲们找到了一个致富的门路：冬暖式大棚，种植无公害蔬菜。

四

王仁义第一次听说无公害蔬菜，是在 1990 年腊月 23 日。

当时，国务院副总理田纪云同志视察三元朱蔬菜大棚后，很震撼，他觉得这个新生事物是农民的一大发明，对农民的智慧赞不绝口，对他们说，你们靠科技取得了很好的效益，要在这个基础搞无公害蔬菜，让蔬菜出口啊！听到无公害蔬菜这个词，王仁义在旁边答应，坚定地说："请领导放心，就是头拱地，我也要把无公害蔬菜搞出来。"我们一定按照总理的指示办。可是他回过头来想啥是无公害蔬菜呀？根本没听说过呀，好长时间了，王仁义天天琢磨着无公害蔬菜到底是啥样啊？他对妻子梁佛手说："当着中央领导的面我答应了，我就要弄懂。我觉得中央领导说的无公害蔬菜应该是蔬菜生产今后的发展方向，责任重大，中央领导都给咱今后的发展点到家了，咱可别犯傻了，错过了这个机会，可不好。但我确实不懂，可不能在家坐等，还是老办法跑出去找啊。"

刚过完春节，正月初九，他就打听着去了济南，到了省蔬菜研究所，打听人家有没有这方面的研究。他一见面就问科研人员，什么是无公害蔬菜？技术员打了一个比喻说明无公害的意义，在北方有的地方有些卖菜的农家人，为了使自己的豆芽菜长得肥壮，在生豆芽时加化肥，这些化肥有时在细菌作用下能够转变为亚硝酸。这亚硝酸氨可是一种致癌物，人吃了含有这种物质的蔬菜，危害可想而知。王仁义对无公害蔬菜有了基本的认识，他也对种菜时高残留农产品有了初步的反思。一定要把无公害蔬菜搞成功，哪怕很难也要搞成功，他在心里说。济南这里没有无公害研究项目，人家告诉他，你不妨到西安蔬菜研究所碰碰运气。

王仁义得到这个信息，也觉得没有白来，于是，他自己买上了火车票立刻去了西安。西安蔬菜研究所人员告诉他："我们刚刚开始实验，技术还不成熟，目前还没有推荐的项目。"王仁义听了心里冷冰冰的，感到自己有些受挫，可是他又想，我是一个农民有什么自尊啊，不会咱就求教人家。他没有气馁心想，这几天来与教授专家的交流，虽然没有得到这方面成熟的技术和帮助，但他却有了新的收获，起码知道了什么是无公害蔬菜，也知道了无公害蔬菜生产过程。

柳暗花明又一村，他回到村里后，西安蔬菜研究所来电话，给他提供了个信息，就是北京农科院的一个教授，叫王宪彬，就是这方面的专家。王仁义一听可高兴了，北京农科院的，肯定没错。于是他赶紧收拾收拾行李，要出去。媳妇梁佛手心疼他，问道："你又上哪去？不知道歇歇吗？"王仁义说："我哪有心思歇呀，无公害蔬菜我刚刚弄明白概念，还要种植呢，我要去北京学技术去！种菜没有农药残留，也没有病虫害，这个好说，但离开农药怎么治啊？我得学明白。"

于是王仁义特意穿上了一件有条纹的白衬衣，一件新卡克，他坐车到了北京农科院，进了校园，看到天之骄子们，他真羡慕。未来还是他们的，王仁义在大学里走着，来农科院，他觉得自己年轻了。农科院的墙上到处有标语：现代农业、生物农业、有机农业。唉，多好的词！他感慨道。不知不觉他走到了王宪彬教师的办公室，终于见到了专门研究无公害蔬菜的老教授。

王仁义打量着他，里面的衣服看不到，只见他穿着医生一样的白大褂，戴着一副近视镜，举止儒雅，谈吐严谨，热情好客，看起来60多岁。交谈很舒服，王仁义不怕被他瞧不起。很快，老教授知道了王仁义来这里的目的，十分吃惊，他感动了，他想一个普通的中国农民能有这样的勇气来试验，追求蔬菜的无公害，这就是中国农民的进步啊！我们中国农业的未来在这里，他喜欢这样的农民。王宪彬说："我这个项目已经实验成功六年了，还没有推广啊！想不到第一个来找我的是个只上过小学四年级的农民！走，我上你们菜乡看看。"

两个人越说越投机，老教授领着他看了他的农业科研实验室，那些琳琅满目的果蔬品种，那种玻璃柜里的绿色植物，不同的气候和土质条件下不同的对比实验，使这个中国北方的农民目不暇接。他乡遇知己，老教授说："无公害蔬菜是世界蔬菜栽培发展的趋势。虽然国外的技术已经非常成熟了，我们国家还处于试验阶段，虽然我们国家每年的农产品出口数量不少，但大多数是出口到经济欠发达国家，我们的许多指标很难过关。就说粮食吧，人家进口我们的粮食，主要是因为我们的价格低廉，全部用于牲畜，因为我们的农产品农药残留超标，达不到绿色食品的标准，不是名副其实的无公害。那我们为什么没有无公害蔬菜，原因是我们的一部分乡村刚刚解决温饱问题，农民对无公害蔬菜没有认识，停留在过去不干不净吃了没病的观念上。我们的政府是重视的，也开始做引导和宣传工作，但农民认识到还得有个过程。"王教授说的这些话，王仁义第一次听，听得很专注，想得很多，他彻底明白了无公害蔬菜的定义，就是来源于良好的生态环境，有害物质含量控制在安全允许范围内，并经政府指定机构检验认定符合标准，允许使用无公害农产品标识的蔬菜机器，加工产业，还有无公害蔬菜与绿色食品蔬菜的区别，且要求的生产条件，又与我国农村的生产力水平基本符合，所以农村先行无公害蔬菜生产，然后再进一步去想更高层次的绿色食品蔬菜发展。王仁义对无公害蔬菜的生产目标和意义有了全新的认识，增强了无公害蔬菜意识。一是实现良性的经济效益满足群众日益增长的需要，二是把蔬菜生产与环境保护结合起来，生产过程中综合利用各种无公害栽培措施，确保生态系统不受农药、化肥等化和合成物质的破坏，以实现蔬菜生产的可持续发展。王仁义在思想上观念上行为上得到了更多的启发。

最后两个人已经很默契，王仁义握着王教授的手，说："如果您不嫌俺乡村条件差，就到我们那里去考察一下吧，可行的话，你给我们村里的种菜农民当顾问吧，农民兄弟们需要你的技术啊！一年去几次，随你提条件，我们答应。"

王教授爽朗地一笑，愉快地接受了这要求，但他拒绝了补助条件。这位了解中国农村现实的老教授，从内心深处上更愿意将自己的科研成果转化为农民的实惠。他说："我要建实验室占用你们的土地，你不跟我要钱就好了。"

于是王宪彬跟着王仁义来了菜乡，到了住宿点，放下东西迫不及待地走进了三元朱的大棚。王宪彬教授看了大棚以后，他点了点头，然后抓了一把土，一声不吭。出来继续往前走，说："我还要看看其他地里的土壤，看看你们村里的地。"王仁义表示理解，当年，一个科学家来也是想看他们的地，土地的质量是种菜的基础，这个王仁义明白，科学家都是讲科学的。那么能不能种菜就看这块土地呢，他边走边看，甚至在图上做标记，做上标记就把土包起来。王仁义说："教授你弄土干什么？我和你说说我们的土壤成分就行。"他说："不行，我要研究这里的土质构成。"王仁义对跟着的王土豆说："那好，王土豆，你帮着老教授取土。"王土豆跟着老教授深一脚浅一脚地在地里跑，王仁义怕他累着，叫他歇歇少跑几个点，可是王宪彬教授说："我要考察后再看看能不能传授技术。"他考察土壤水分等自然情况，也不局限于一个村，对周围的村里要有初步印象，以后他还要去看看其他的村，最好把全县土壤的情况都掌握，多跑一点，争取在三元朱无公害蔬菜种植成功后，扩大到一个县的规模，总之要考虑地域经济的规模发展。其实英雄略见相同，王仁义也是这样想的。这几年，在王为民的带动和影响下，王仁义考虑事情都是从全局出发，为自己村里人着想，也为全县的老少爷们着想，还为普天下的农民兄弟们着想。但是他心疼老教授的身体，怕他累着，没有直接请求，实际上呢，他已经想让县领导和镇领导知道王教授来了，让领导们支持，也巴不得老教授多看几个点，多转几个地方，到底看看菜乡适合不适合无公害生产？看看无公害蔬菜生产潜力有多大？在了解菜乡总体土地结构的基础上，王教授说："至少在五六个点上取土。"王仁义也很高兴，他赶紧和县里党委政府及乡镇领导联系，孙集镇高度重视，派来司机和车辆，并再三嘱咐王仁义要代表乡镇照顾好老教授，有困难可立即汇报。有专门的车专门的司机拉着王教授到处去踩点，观察空气，监测水质。王教授带着大包小包收集来的土壤，带着菜乡的期望就返回北京。

　　八天之后他打来电话，告诉王仁义：菜乡的各项指标种植无公害蔬菜得天独厚。王仁义心里明白，这喜讯只能够说，菜乡有能够种植无公害蔬菜的条件，真的要符合国家标准，乃至世界水平的无公害蔬菜，还有付出艰辛的努力。别的不说，就说使用化肥农药都有规定的标准和范围，施什么肥？配什么药？用多少量谁说了算？目前来说，专家说了算，规定的程序说了算，到最后呢，是产品说了算。黄瓜柿子接下来要到北京通过精密的仪器化验和检测，合格了是菜乡人的骄傲，不合格就是三元朱村人的耻辱，花费的财力、物力不说，至少说明三元朱人没按规程办。

王仁义认准了无公害蔬菜这一目标，就决定向着目标冲刺。他很谨慎周到地考虑到，可不能铺得面积很大，弄不好会砸了牌子，还劳民伤财。首先选了二十多亩的大棚做实验，为了实验选定了多个品种。从此他就粘上了王教授，每个过程每个细节都向他请教，传授给试种的农民，指导意见，经过王仁义传达标准不走样不变形。村民们在王仁义的监督和指导下，也深感责任重大，不敢怠慢，不敢疏忽，小心谨慎做事，看着这些小生灵给庄稼人换来金钱和荣誉。

第二年收获的时候，三元朱村又一次沉浸幸福当中，各项指标均符合国家标准。菜乡人依靠科技又一次走得了全国蔬菜种植的前头。

王仁义想的是百姓的未来、农业的未来，他一边学习一边引领着农民在农业的科技之路上走下去。但大家都明白，王教授和王仁义也知道这只是试验成功的科技成果，对一般农民而言，无公害到底是比一般大棚菜能多挣多少钱？加上持续的投入，能不能换回农民期待的报酬，王仁义心里没有底。实际上农民的打算王仁义是知道的，所以王仁义倡导的无公害蔬菜推广，还要靠17个大棚的党员干部，只有依靠党员什么事都能办好。

王教授成了三元朱尊贵的客人，自1991年至1992年，他来帮助和指导三元朱蔬菜大棚生产，每一步都有固定的量化指标，帮助和指导制定种植无公害蔬菜的方案，编制种植和管理中的程序化验和分析当地土质改善施肥结构，采用先进的休眠病虫害的无公害措施，每一步都有固定的量化指标。这对于做惯了传统农业的来说，无疑是一次脱胎换骨。

1992年无公害蔬菜终于在三元朱村开发成功，要求的各项参数指标达到了国际无公害蔬菜标准，从那刻起三元朱村大棚生产的蔬菜，被国家、农业部及有关部门贴上了新的标签，这个标签不管是贴在柿子上还是贴在茄子上，可以变漂亮，高档宾馆饭店抢购，供不应求，订购。王仁义和三元朱人种菜成绩又向前迈了一大步，他才彻底明白了，中央领导的谆谆教诲是何等宝贵，验证了科技是第一生产力。

到了1995年，菜乡形成了以三元朱村为中心的200000亩无公害生产基地，并在北京人民大会堂举行了优质蔬菜新闻发布会，建起了三元朱村与中国农科院、中国农业大学等十几所科研单位的院校交流合作，试验和推广无公害、虫害防治、无土栽培等种植技术20多项，名优新品种320个。

王仁义常这样说，哪里摔倒哪里爬。他说以前很多人说我是冬暖式蔬菜大棚的创始人，名字就是一笔很大的无形资产，可以用来发展，2001年7月在国家工商总局注册了商标，有了自己的品牌。他忙着跑市场抓质量。

在通往三元村的路口有一个高达十米的广告牌，路过的人一抬头就看到王仁义微笑的照片，比明星还好看。画面上有花花绿绿的蔬菜，说明它是一种非常精致的包装，黄瓜、西红柿、萝卜都很可爱，底子是白底，非常清爽的那种感觉。有一个单位春节前订了700万箱蔬菜，王仁义不敢接，他们三元朱村没有这么多菜，只接了1%的订单，就是怕砸了自己的牌子。仁义这个品牌呢，到了更多的领域，除了绿色蔬菜以外，还有复合肥、塑料薄膜，合作的单位多。有单位给30%股份，但王仁义不止一次地在大会上明确表态："这个分红的钱，我一分也不拿，全部分给乡亲们。这些年，乡亲们培养了仁义这个品牌，收益理应属于整个村子。"

王仁义十分注重自己的形象，开会讲课，或者到外地出差，他把自己上下收拾得很干净，他不追求时尚，但必须整洁得体，用他自己的话说，就是不能给自己的品牌减分。他当选党的十六大代表后，王仁义特地定一套地方品牌的仙霞西服，并且准备了一份特殊的厚礼，包装精美的仁义牌新鲜蔬菜，带到北京，为自己的品牌做宣传。

找科学家，王仁义不是那么怵头，因为当时在埠子岭种植果树的时候，他就到山东大学找了一个叫李志的教授，把他请了村里来，第一顿饭就出了问题。因为对于教授老百姓是很尊敬的，就安排了一桌丰盛的酒席，专门请了有关领导来出面作陪。他平常是舍不得花钱喝酒的，但是怕这个老头。没想到那老头一看就恼了，看着一桌子酒，不愿意喝。他气愤地说："我看你像是一位农民才来的，不是为吃喝才来。"从此呢，让他吃馒头咸菜，农家菜炒个饭，没想到这个老头吃得格外香，他就是要的这种感觉，有点农家乐的氛围，有点田园景致，这个老头走进果园，拿起剪刀讲技术，在教授的指导下，他的 400 亩果园更新换代出来闻名远近的优质高产。

徐教授是小麦育种专家，提供小麦新品种在三元朱村试种成功，看到自己的小麦品种在三元朱村的土地上变成金灿灿的麦堆，他说："心中痛快地把新品种交给这样真心办事的人，我放心。"村里的小麦面积大幅度压缩，产量年年稳步增长，这就是科技的力量，这就是他的追求吗？他追的都是科学家，他自己好像也成了科学家，他在 1993 年的时候开发了一年能收四季的伊丽莎白厚皮甜瓜，半亩地即可收入 3 万元。王宪彬教授知道了后，指导他写论文，写成厚皮甜瓜栽培技术的课题报告。为王仁义以后对外推荐技术提供了规范。他心态好，知道王宪彬在帮他，他这位小学生水平的人，拿起笔来可不容易。这可是一位农民拿起笔来，写的第一篇论文，这是一篇实践多于理论说明的论文，更是篇实用的农民科技论文。

1994 年，王仁义栽培试验成功了新的大棚油桃。这种鲜明的反季节性水果，每年的清明节上市时，价格卖得了每市斤 20 元，大棚樱桃价格飙升到 130 元一公斤。三元朱的大棚里名优希特品种比比皆是，乌克兰大樱桃、美国红提、凯特杏、中华寿桃十几个品种加起来 150 亩地。大棚果树优质苗木繁育基地 1999 年 3 月被列入国家农业综合开发苗木基地。1996 年实验成功了模板护墙电动卷帘钢甲支撑，微机控制与一体的高标准蔬菜大棚，每个大棚的投资比国外少。1997 年，三元朱与香港汇总公司成立绿光绿色食品有限公司，专门从事蔬菜生产加工，公司实行一体化模式，销售绿色食品，蔬菜进入各大超市。1998 年，与哈慈集团合作进行新品种研究科研推广加工储存市场销售一体的大棚蔬菜保健蔬菜开发应用，誉满海内外。SOD 保健西红柿、草莓等产品远销俄罗斯、日本、新加坡、香港。2000 年实验开发了大棚养殖新技术，成功收获了甲鱼；2001 年实验大棚里，多种经营立体种植互相融合；2002 年，安装了从以色列引进的并配备紫外线杀菌灯的光线遮阳网，都是国际新技术。农民收入增加了，好多城里的工薪阶层自叹弗如。王仁义每天兢兢业业，自我要求非常严格，他早上 7：00 到办公室接待来客，接听各地来的电话，答复各地提出的问题，晚上 9：00 才拖着疲惫的身躯回家，回到家，精神头就没有了，瘫在床上。一年 365 天，晚上 10：00 前没有睡过觉，几十年来，他都有新品种推出，都有新技术发明，三元朱村先后和中国农业科学院 17 个科研单位大专院校挂钩，投资 610 万元建起了科技大楼，从当初纯粹的大棚生产蔬菜，到果品生产、大棚养殖和无土栽培的立体种植，成为全国大棚实验示范基地。那些身怀绝技的教授来到三元朱这块土地上传授经验，引导更多的农民走上了发家致富路。

五

这一天，徐子茄从地里回来，看到王仁义给他的信息：你来办公室，我们商量个事啊。

商量什么呢？徐子茄摘完了一箱黄瓜，匆匆地和妻子说了几句话，嘱咐她先自己干着，看看仁义书记和他说什么事。徐子茄已经从壮壮实实的帅小伙变成了一个稳重的大叔了，从团委书记到了村主任的位置上，当然集体的事为重。徐子茄赶到办公室。王仁义倒上茶水，两位客人刚刚走。近来拜访的人多，王仁义不介绍，他也不问。王仁义看他坐下来，对他说："徐子茄呀！我完成了日本韩国美国等五个国家的专家技术交流，我的想法变了，为啥呢？我想啊，过去十几年来我们建成蔬菜大棚，技术推广后我们的老少爷们都是走南闯北传播技术，在传播大棚蔬菜的时候也传播着三元朱人的创业精神，毫不夸张地说，这样的传播从整体上，提高了当地农民的素质，促进了当地经济的发展，技术员也会有丰厚的经济效益。但是在国际劳务输出中，向国外派出的一批技术员，他们的技术水平不低，农民的技术水平、劳动生产率、劳动能力都可以，但是薪水很低，于是我想咱们办个学校培训，让他们改变知其然不知其所以然的做法，所以我创办的学校叫国际农民科技培训中心。"

徐子茄说："我虽然年轻，连想也不敢想啊！那这样吧，请他们来，他们根据自己国家的农业结构，让他们想怎么讲就怎么讲，就聘请多个国家的农业专家来讲课。"

得到了年轻人的支持，王仁义心中有了底。第六届中国菜乡国际蔬菜科技博览会上，老农民王仁义把这一想法说出去了，媒体一下子都捕捉到了这个信息。

王仁义说："我这半年有了这个打算以后，一直给自己打气，利用开会学习或者有人谈业务的机会，多次与以色列、荷兰、德国、丹麦、日本、韩国、西班牙等八个国家的农业专家和科研机构频繁接触，最终达成了共同投资三千万元，联合建设占地 300 亩的菜乡国际农业科技培训中心，他们要在菜乡这块土地上，培训建立国际农业技术国际培训中心。不用出国门，就能学得八个国家最先进的农业技术，取得西方发达国家认可的技术证书，迈出国门。如果有需要啊，就是响当当的蔬菜专家，而不是土里土气的技术员。"2005 年 4 月份动工，每年可以有 20000 农民在这里接受系统培训，内容包括育苗、栽培、采摘后处理、包装、运输、市场销售，每个从此走出来的农民，都是农业生产种植和销售的国际农民。

六

王仁义心很软，很善，虽然个子大，见不得别人穷，见不得别人苦。有一天，村里一个叫王毛豆的找到他说："仁义呀，孩子大了该说媳妇了，你看我家里就这两间破屋，谁家的闺女能看上咱家呀？我打谱让你给划块宅基地盖新屋。"王仁义理解他的难处，笑着说："给你划了宅基地，你也盖不起屋来。"王毛豆红着脸说不出话，王仁义说："我开个村民议事会。"当天晚上，王仁义对村委的徐子茄说，你领着开会讨论，我先去镇上开会，可能回来得晚一点。徐子茄就和村委的人商量，给王毛豆划宅基地，并且要村里先垫上钱，给他爷俩盖房子，说："因为他是村里最困难最特殊的一户，你看他家里一个老光棍还有一个小光棍的日子咋过啊，那也是咱村里的脸面呀。"大家你一言我一语就议论议论，有二三十个人，他们商量的意见是村里出钱给村民盖房，以后能不能还清不说，若遇上别的村民攀比怎么办？这个时候王仁义来到了会场，他看了大家一眼，他坐下来反问道："三元朱村还有这样的光棍儿家庭吗？如果还有的话，咱村里也出钱给他盖房子。"大家一听，哑口无言。是呀，他们都点头承认村里没有第二家，王仁义继续开导大家说："咱们村现在富裕了，要让每一户都过好日子，给他们爷俩盖上房子，爷俩生活就会有信心，有希望。"过后，村委成员联系材料和施工队，在平地上建起了一座亮堂堂的新瓦房。王毛豆见人就笑，心里好舒坦，20多天过去了，房子建好了。王仁义又将他初中毕业的儿子安排到了物资站干保管工作，收入稳定。不出两年，爷俩就把村委的钱还上了。这件事村里没有攀比的，为村民办了一件大好事。王仁义悟出一个道理，你只要坚持原则，大多数村民是理解的，有什么事要摆在桌面上。

有的时候也惹人，20世纪80年代末90年代初的计划生育，这项工作谁都不愿意干，但是总有人干。况且支部书记是第一责任人，规定2个孩子的要结扎。有一户人家，户主叫王芸豆，夫妻俩已经有两个女孩子了，村里让她结扎了，男人越想越生气，这不是让他绝后吗？王芸豆的媳妇去种地，恰巧她家的一块地和王仁义家的地挨着，王芸豆媳妇见了王仁义的媳妇就骂，气得梁佛手回来哭。王仁义就对她说："离着她远一点，你耳朵塞上棉花，不管她说什么，你不要听。"

1989年，他去胶东学习，村里人说他出车祸了。原来是王芸豆的媳妇回来说的。村里人给他助劲，让他找造谣的女人算账。王仁义笑了笑，说："越咒越旺相，让她咒去吧！只要她心里舒坦。"时间总会给一个人的功过是非做出评价。忽然他两家的关系就有了转机，这就是1990年的全村推广蔬菜大棚，各家都要建大棚，王芸豆技术不过关，要么病虫害防治不及时，要买施肥打药不对路，男人硬着头皮去找王仁义，说："仁义啊，我那个大棚黄瓜有了病，你能不能给我看看？"王仁义爽快地答应，跟着王芸豆一头扎进了他家的大棚，他从瓜蔓子顺着秧苗自下而上细细看完了，发现秧苗都得了灰霉病，他说："芸豆呀！你的菜得了灰霉病得用真菌，你得抓紧换药；还有不能在中午打药了，这病要在下午3：00之后打最管用。"王芸豆心里听着，脸上露出羞愧的笑容。三天以后，王仁义再去他家大棚里，媳妇发现了以后，不好意思进棚。这办法控制住了黄瓜的病情，10天后黄瓜卖了900多元。转眼到了1993年，三元朱的冬暖式蔬菜大棚声名远播，很多来要技术员的。这一天王芸豆在街上找到王仁义，说："仁义，我去了你家三趟，都没进门。"

王仁义说："我家门槛很高还是咋的？你怎么不进去？"

王芸豆说："我不好意思见你，家属前些年不懂事，骂你的家属，你说我种菜种得怎么样？"

"真的好啊！"

"那你说我出去当技术员行不行？"

"只要你愿意出去，又能帮人家种好菜，我支持你出去。"

于是王仁义记着这些事儿，他立即帮着他联系去了河南，当了技术员。

春节前两天，王芸豆坐着一辆小车回来了，当地的乡镇党委书记亲自把他送回来。兴奋的王芸豆下车没回家，拽着党委书记找到王仁义，说："我回来了，这是党委书记。"王仁义一边接待客人，一边说："你自己回来就行，怎么让人家书记来送，人家工作那么忙。"客人感谢王仁义派出这么好的技术员。王芸豆指导的三百多个大棚都很成功，这一次来认识一下，说希望明年还要派他去指导。王仁义从客人的嘴里知道了王芸豆确实干得不错。

春节，王芸豆的媳妇终于主动上门拜年，一开口就说："仁义呀！多亏了你，谢谢！"多年的矛盾终于化解了，王仁义觉得党员干部要学技术，不仅能成为科技带头人，还能让群众受益，干群关系才能搞好。

第十一章　远走的大雁

一

"远走的大雁回来吧！流干了泪就要坚强。停留的仙鹤飞回来吧！唱完了情歌就去远方。"

美国一位大学教授，在世界园艺大会上讲，中国对世界农业的贡献最大的有两项，一是杂交水稻，一是日光大棚。

当北风刮起来的时候，日光大棚里温度开始上升。北方的阳光穿过蔚蓝的天空，普照四方，蓝盈盈的无滴膜储存着太阳光的热量，温暖着大棚每一个角落。菜秧快速地长大，人们忙碌起来，一棵秧斜着剪一个口，把另一棵秧子嫁接上，等几天过后，他们会成为一体，茁壮地成长，一片片碧绿的黄瓜叶子带着毛刺，攒足了劲儿生长着，棵子底层的叶片大而绿，上层的叶片小而黄，黄瓜须弯曲着，寻找着支撑的铁丝，这个时候铁丝南北扯成行，塑料绳绑着黄瓜一根主秧，竖着排成排，舒展展地黄瓜秧张开了，顶花带刺的嫩黄瓜就藏在叶子中间。

大棚里的农活多起来，人们开始觉得腰酸背痛，有的人眼睛会发痒。在30多度的大棚里，汗水开始流淌。韩大山因为主要任务是教技术，自己没有时间干活，就雇了两个人帮着干，从凌晨3点，韩大山在大棚里嫁接黄瓜，一直没有吃饭。很累的时候，饭也不吃，匆匆地换下干活时穿的衣服，到孙集镇影剧院去讲技术。

　　容纳 1000 人的影剧院，已经挤进了 1200 人，还有些人站着。韩师傅和王仁义挤进去，走到主席台，韩师傅也没有开场白，直接进入讲课了。韩师傅也记不起，这是第几期了。他要求自己大棚蔬菜这个时段需要什么、他就讲什么内容，大多数是讲育苗、嫁接、浇水、施肥……

　　黄瓜蔓子疯长的时候，韩大山忙得团团转。从这个棚出来到那个棚，他随叫随到。一天下来，浑身像散了架。那些第一批种棚的人也做了技术指导，包着村里新种的大棚。但是也时常遇上问题，来请教韩大山后，再去解决别人的问题。给他开车的小王说："韩师傅，人身是肉长的，不是钢筋水泥，您一定要注意休息。您这个干法，累垮了怎么办？"韩大山笑了笑说："没事，我身体好着呢，我能顶住！"

　　第五次蔬菜现场会后，王乐义和韩大山开始坐着吉普车到处指导建大棚，韩大山有讲不完的技术辅导课，钻不完的棚，跑不完的乡村路，建棚、高温、杀菌消毒、浸种、催芽到嫁接、定苗，还有光照、通风、追肥、浇水、打药等管理技术，每到一个棚，就是这一套，老百姓怎么问他怎么回答，回家累得头一挨枕头，就睡着了。他有时要跑二百多公里，全县七八个乡镇，到处都有他的足迹，他总共举办了技术培训班 1500 多期，有时一天要到几个乡镇几个培训班上课，歇马不歇人，连轴转，在一处讲完后再到另一处讲，因为要赶农时啊，超出农时，会耽误蔬菜的生长。超负荷的劳动，不几天，他真的病倒了，可是一有电话，他又出去到各户的大棚里指导去了，一去一天，周慈姑急得嘴上起了燎泡，说他也不听。

　　韩大山住在三里小区，离着中医院近，白天没有空治病，只好晚上回来到中医院挂吊瓶。

　　要在全县这么多农户中，落实这种嫁接技术，工作量和工作难度很大，王仁义、韩大山互相配合，一块讲课指导或者独立分片培训，他们天天泡在田里，靠在大棚里，将一点一滴的技术手把手教给菜农。因为是刚刚推广所有的农户唯恐离开拐杖，就都不行了。韩大山对周慈姑说："我怕农户关键点上掌握不好，会毁了苗，废了钱，伤了农民的心。"他和王仁义就像抽打的陀螺，一刻也不停。他们一心将这些技术原原本本地交给种菜的农民。

二

1991 年离春节还有一周的时间，寒风中的乡村里，集市上弥漫着爆竹、对联、年货的味道，但是王仁义和韩大山还在奔波。一天，他们从外面刚回到村委，天黑了，天上飘起了雪花，身上冷起来。看门的大爷就蹭蹭跑进来说："一个村里的电话连续打了十几遍，说请你们俩去看看，他们说得很急，我也搞不清楚。"王仁义起身跟着大爷来到传达室，他翻开查询，联系来电的人原来菜乡最北部一个乡镇的支部书记打来的，也许是棚里的温度有变化，他们本来不会种菜，遇上问题很着急。王仁义决定趁着雪还小，赶过去，因为那里离县城 40 里路，他们没有种菜的传统，村民有问题就心里没底，怕村民们一下雪就慌了神，肯定是温度有变，黄瓜秧出什么差错了，还是决定立刻赶过去。王仁义回到办公室看到斜靠在沙发歇一歇的韩大山，说："老韩，我们还得出去。"韩大山二话没说爽快的东北人习惯了这种做法："今天的事今天办，肯定过不了夜。你都拖着病身子，我还有啥说的。"韩大山来不及换全是泥巴的鞋子，重新穿上外套，司机发动了吉普车，他们坐着吉普车吃力地向前走。昏黄的灯光照着前面的路，车子一会打滑，一会儿就要像飞出去，雨雪疯狂地打着车窗，整个车子行走在茫茫大海里，摇摆前行。突然一辆小型的农用车迎面冲过来，司机小王和韩师傅几乎同时"啊"了一声，也许是小王随手打了方向盘，也许是农用车快速纠正了方向，反正两辆车擦肩而过，车没有碰撞，但是吉普车一头扎进了深深的公路沟里。

"王书记！老韩！"最先从车里爬出来的司机小王，一边哭着一边喊着，一边寻找他俩。忽然，他看到韩大山从变形的车里爬出来了。俩人向车里找王仁义，没有。忽然韩大山发现王仁义躺在沟边，原来是被甩出去了。韩大山忙脱下自己的大衣给王仁义盖上，他说："快上公路拦车！"小王跑到公路上，轮着胳膊呼喊着拦车，喊救。很快路上跑过辆车，停住，村庄里的群众络绎不绝地赶来，大家将昏迷中的王仁义送进人民医院。

韩大山心里可难受了，大伙让他也去医院检查身体，他不去，说没事。

连夜赶到北部村里，看看大棚出现了什么问题。医院里的病房里弥漫着不安和期待，白色的世界里监护仪上的滴答声令人不安，王书记去医院找最好的医生抢救王仁义。探望的各级领导和群众排着队，他们都来看看这无私的老农民。第三天医生查房的时候，陪床的徐子茄发现他的眼皮动了一下，"醒了！醒了！"团支书徐子茄说看到王仁义的眼皮动了。他真的醒过来了，妻子佛手哭起来："你又回来了"王仁义看着清一色的白大褂，看到泪流满面的妻子，仿佛一下明白了自己的过去。他轻轻地说："放心吧，没事，那么多的事，还没干完咋能死呢？我不过睡了一觉。"佛手说："你这一觉可好，三天三夜不醒，把大家都急死了。"王仁义才明白自己昏迷了多长时间，看到自己身上插着管子、插的导线的。

王为民和韩大山也过来了，他们心里一块石头落地了。

王为民匆匆地来到床前，他说："二哥，无论如何先养好身子，一个月不须办理出院手续。不须再为蔬菜大棚的事分心，也不准任何人来打扰你。"

韩大山也说："二哥，安心养病，技术上的事有我呢。我会天天出去指导。北部那一户，温度低，水也没有浇足，我告诉我们方法了，您放心养病。"王仁义问："你伤着吗？"韩大山说："没事，只是吓了一跳，身上也有些疼，不碍事。"

往后的日子，王仁义时常叫老韩来医院，从他嘴里了解县里大棚的情况。

韩大山一个人去跑，风雨无阻，困了在车上打个盹儿，累了舒展一下身子，渴了有矿泉水；饿了，吃一顿面包大葱。饱一顿饥一顿，各个乡镇都争着让他去指导讲课。王仁义出院后，算了算，他们一年在各乡镇能讲到128期，这一年，王为民打算上1000个大棚，没想到发动的好，各个乡镇的党委书记能干，增到了5130个。最后大家算了账，每个棚收入1.5万元，全县增加收入1.2亿元，很快全部还上了银行贷款，还增加了近一亿元的存款储蓄，农业银行的行长王耀说："蔬菜大棚这件事我开始还有点怀疑，现在我算真服了。"

三

第二年，菜乡全县发展到 28000 个大棚。韩大山每天驱车指导栽种、追肥、浇水、打药、技术管理，每天驱车 200 公里跑七八个乡镇，全县 22 处种棚的乡镇，到处都有他的足迹。他总共参与举办技术培训班 1500 多个，有时候一天要到几个培训班讲课，在一处讲完后再到另一处，超负荷的工作，韩大山又病了。医生要他住院治疗，他不肯，多少个乡镇多少个村庄多少个大棚需要他去指导去诊断，大家都说："只有韩师傅来了，心里就有底了。"当时种大棚的谁不盼着韩师傅来呀，就这样，他咬紧牙关还是老做法，白天巡回指导，晚上打针治疗。

韩大山对妻子说："星期天，王为民拉着党委书记和有关局长去张家口港参观，也叫上我，我知道他的意思是让我多看看，多长见识。南方发展得快，比如张家港是一个江苏新崛起的城市，他们那里工作经验是上级围着下级转，下级围着基层转，基层围着企业转，一切围着发展转。王书记说，菜乡的成功经验就是因地制宜，发展蔬菜，老百姓也不用出去打工，就在自己的土地上找需要的物质财富。"

周慈姑说："王书记是个明白人，我们跟着他干没有错呀。"

不知不觉间，周慈姑觉得韩大山变了，变得顾全大局了。韩大山把蔬菜大棚经济效益的实现，作为自己的理想，将自己掌握的技术应用到生产实践中去作为自己的追求，在王为民的关怀帮助下，他的思想觉悟境界在升华，他逐渐从农民意识中走出来，他有了更远大的目标。

三元朱村的大棚成为记者采访的亮点，蔬菜批发市场的声誉越来越高，来考察学习的络绎不绝，请做报告传授经验的一个接着一个。河北省考察团在三元朱参观以后，第一个提出派技术员到河北省去发展大棚，三元朱派第一批 8 名技术员去指导。后来一年当中，三元朱这个不足 200 户的村子派出了 140 多名技术员，分布于 20 个省；27 人被聘为科技副乡长，2 人被聘为科技副县长。每年都有 3000 多名农民技术员在 26 个省市自治区忙碌，毫不保留地传授大棚蔬菜种植技术,传播绿色科技,播下绿色的希望,这科技和希望染绿了大江南北、戈壁、沙滩和莽莽雪原,润泽了千千万万农家喜悦的心田。

四

可是韩大山被通知在家里写材料,把自己的技术写出来,供菜农学习,1号吉普车也被开走了。韩大山心里咯噔一下,空落落的,魂魄似乎随着1号吉普车也走了。他感到被冷落,感到英雄无用武之地,人整天无精打采起来。

周慈姑就发现韩大山饭量小起来,人也渐渐消瘦。周慈姑摸摸他的额头,看他发不发烧?

他说:"摸什么?我不发烧,可是我心里难受啊!"

周慈姑说:"天天在外跑,哪是个头,不知道歇歇,现在要你把技术总结一下写出来,用明白纸指导种菜不是更好吗?"

韩大山面如难色说:"还是面对面教学得快。叫我写材料,我文化水平低,我会写什么材料?"

周慈姑说:"材料嘛,你说着,我写,看看行不行?"

在焦虑中,说干就干,周慈姑学起打字来,开始好难呢,一个星期下来,她学着用五笔打字。于是无精打采的韩大山说着,周慈姑写下来,然后再交给蔬菜局的文字秘书修改,竟然也写得像模像样。

可是周慈姑看到韩大山的脸色就像要下雨的天空,越来越难看。

这一天,韩大山却像霜打了叶子,眼皮睁不开,沮丧得很。

出门转一圈,上楼梯,浑身无力,还得让周慈姑推一把才能上去。1992年的9月,韩大山再也支撑不住了,说不出这是第几次因劳累过度而病倒了,怎么打针吃药也不见好。

周慈姑很担心,她带着哭腔说:"老韩,这些年,我没有这么逼你过,这一次,你必须去人民医院做个检查。先不要去跑大棚了,技术他们都掌握了,不会耽误事,我今天不放你出门,一定要先跟着我去菜乡人民医院做个检查!"她堵在门口,一脸悲伤。是的,她要逼着他去医院检查。

　　周慈姑让他去医院看看，他永远是那句话："不用，我自己吃点药就行，先让老百姓种上大棚。王书记对我这么好，我一定要把大棚种好。"

　　周慈姑带着韩大山一个窗口一个窗口地缴费、拿化验单、做化验，等待；再拿化验单结果：肝癌病变晚期。天呀！

　　周慈姑看到韩大山的化验单的结果，眼前一黑，就觉得自己的肚子剧烈疼起来。她抱着肚子蹲在地上，天旋地转。过了一会儿，再次看化验单：肝癌病变晚期。她自己都不知道怎么回到韩大山身边的，强忍住难过，对韩大山说："没啥大事，就是胃病，医生要你住院，这样好得快。"

　　韩大山住进了菜乡人民医院。

　　夏秋之交，王为民也被派到中央党校学习。张主任皱着眉头说："王书记，告诉你一个不幸的消息，韩大山住院了。""谁住院了？怎么回事？"小张说："听说韩大山病得很厉害。"王为民心一下子揪紧了，他自言自语地说："怎么会这样呢，我赶紧去看看。"他们就到了医院。

　　从县委大院出来，径直往北走，开车十分钟就到了人民医院。这个医院是新中国成立后第一座人民医院，也是群众最信任的医院。王为民跟着小张进了病房，王为民心里难过，也没有了精神，这是很少出现的情况。要知道，自从他知道韩大山生病后，一晚上没有睡着，心里非常难过，是他让王仁义把他请过来的，一条生龙活虎的汉子，现在却病重，他多难受啊！

　　进了病房，他看到消瘦的韩大山躺在病床上，心里涌上一阵酸楚，他的眼圈红了，快步上前一把握住了韩大山的手。韩大山挣扎着坐起来，下来床，紧紧地抓住了他的手，连声说："谢谢您来看我！谢谢，我的好书记，好领导……"韩大山说不下去了，他哽咽着，松了手，一屁股坐在病床上流泪。王为民心里非常难过，脚步似乎有千斤重。他慢慢地靠近韩大山，拍着韩大山的肩膀安慰说："韩师傅，你要好好养病，县里千方百计给你治疗，你是条硬汉子，能撑得住！我知道，你是为全县的大棚得病了的……"他说不下去了，泪水顺着他的脸颊淌了下来。

　　这时候他们两个谁也不敢看谁了，都在哭泣。王为民就回到了一个小凳子上坐下来，想平静一下自己，也让病人平静下来。从两个人认识以后，同心同力，有多少个日日夜夜共同战斗在一起，为了全县一百多万人的能够富裕起来，王书记和这个农民土专家紧紧地拴在了一起，结成了牢不可破的战斗友谊，有着共同的喜怒哀乐，所以韩大山病到了这种程度，王为民他能不伤心落泪吗？

哭泣沉默了十多分钟以后，王为民紧紧握住韩大山师傅的手边哭边说："你好好保重，我要去见院长。"这时候医生过来说让韩师傅去拍个片。这个空档医院院长也赶过来了，他说："王书记，财政已经专门拨了专款为他治疗，他现在是肝病晚期了。"王为民对院长说："你一定要尽上最大努力，为韩大山治病，他是为菜乡人民病倒的啊！"

五

时隔一个多月，王为民又来到医院，他记挂着韩大山的病情，盼着出现奇迹。他坐电梯和小张往三楼走，门口值班的护士立刻认出了他，知道是来看韩大山的，立刻上前打招呼，带着王为民来到三楼。病房里，韩大山的妻子周慈姑也瘦了一圈，她攥着韩大山细细的胳膊，伤感地掉眼泪，她问韩大山："老韩，咱们在家里好好的，来这里不到4年，你这个样子了，后悔不？"

韩大山已经不能说话了，他轻轻地摇摇头，艰难地吐出几个字："不！不后悔！"

护士轻轻地推开韩大山病房的门，他的妻子周慈姑忙和王为民打招呼。王为民一边应着，一边朝韩大山走过去。发现韩大山瘦削的脸庞更瘦了，眼睛凹陷下去，精神大不如前。见王为民来到他的床前，韩大山脸上显出苦涩的笑，他想坐起来，身子却动不了。王为民向前靠了靠，挨近他的床，韩大山抬起眼睛看了看他，只是向王为民点点头，示意他坐下。接着无声的泪顺着脸颊流淌，有时轻轻地抽动着鼻子。王为民明白，他才42岁的年纪，菜乡正在大规模建棚发展蔬菜，他记挂着蔬菜，记挂着老百姓的大棚啊！王为民百感交集，心里像打翻了五味瓶，说不出啥滋味。

王为民几乎不能自持，站在韩大山的病床前说不出话来。他在心里说："韩师傅！你是为菜乡老百姓的致富积劳成疾呀！菜乡人忘不了你，菜乡人欠你的太多了！

恰好，几位菜农也过来看望韩大山，菜乡人都知道，王为民、韩师傅、王仁义有十分的力气，要使十二分，全身心的投入的他们所从事的事业中。得知韩大山病了的时候，一位菜农骂道："当初，有的人还嫌给韩大山的待遇高了，还嫌他的态度不好，个别人还造他的舆论，良心何在？天理难容！就是给他座金山银山也不过分。"

王为民连忙上前示意他躺下，他羞涩地微微一笑，断断续续地说："昨天晚上我做了一个梦，梦见中央领导同志来了，接见了你、我和仁义二哥，给我们三人戴上了大红花，和我们三人合影留念。一再表扬我们干得好，鼓励我们再接再厉，把技术传到全国去。我们三人欢呼着跳跃着紧紧地抱成了一团。"他诉说着，王为民耐心地听着，心痛地看着他，就听见他说话的速度放慢了，声音也变小了，竟然睡着了。

王为民轻轻地抓起他的手，仔细端详着。心里感慨万千，这双勤劳的手，如今也这么无力，多叫人心疼。韩大山的呼吸还是那么均匀，王为民看着他有气无力的样子，眼泪止不住地落下来，他轻轻地退出来。周慈姑难过地说："王书记，您要救救韩师傅，没有他，俺一家子可怎么过呢？"王为民说："是呀，我再去找找院长，看看还有什么好办法，好药品，嘱咐他们好好给韩大山治病。"

1993 年 11 月 28 日，王为民正在看大棚的路上，他接到了人民医院院长的电话：韩大山走了。

王为民抬头看看天空，天空阴沉沉的，洁白的雪花纷纷扬扬带着忧郁之气飘落在菜乡的大地上。是在为韩大山送行啊，那漫天雪花该不是泪水凝结而成的吧？这只从辽东平原飞过渤海，来到昌潍平原播种绿色的大雁远去了，年仅 42 岁。

一位 70 多岁的老婆婆，每逢过节都到蔬菜大棚跟前去烧香烧纸，口里念叨着："韩师傅啊，你帮着俺村建了大棚，让我家富起来了，三年盖上了五间新房，还娶了孙子媳妇，日子越过越好，过年了，你也收钱吧。"韩大山已经成了菜农心中的神。

第十二章　边疆的绿

一

　　下雪了。这是菜乡的第一场雪，也是韩大山走后的第一场雪。似乎要埋葬隔山隔海的记忆。

　　王为民和王仁义刚从大棚里回来，送走了一个参观团，就见天空中飘起了雪花。他们的内心忽然悲凉起来。知道彼此的好兄弟怀有一身种菜技术的韩大山永远地离开了他和他热爱的世界。

　　王仁义虽然早已将生死置之度外的人，但是他毕竟拖着病残之躯，他没有去送韩大山。

　　王仁义第一天上班就接待了来自新疆的参观团。

　　"新疆一年有八个月吃不上新鲜蔬菜。"一见面，新疆的领导这样对他们说。

　　这段时间，几乎每天都有来参观的。王为民病了的时候，县委派县长或者副职来陪同。村里只要王仁义在家，他都会出面，对来参观的客人十分热情。1993年的3月2日，有一位客人的到来，成了王仁义西域之行的导火索。

　　这一天，王仁义和王土豆来到第二批新建的大棚处，新建的大棚面积扩大了，门高了，墙体增厚了，水泥柱子也粗壮了，棚里有种现代化的感觉。王为民陪着新疆客人来了，他是新疆维吾尔自治区党委宋书记，来北京开会，听说冬暖式大棚的事，就过来了。

　　寒暄过后，一行人进蔬菜大棚参观。他们看到大棚里花花绿绿的植物，柿子、黄瓜、茄子、辣椒连连称赞，认真地看，针对不同的蔬菜品种，看得仔细，问得详尽。王仁义一一作答。出来大棚，到村委办公室座谈，新疆的领导人很有感慨地对王仁义说："王书记，新疆一年有8个月吃不上新鲜蔬菜，你能不能帮我们在新疆推广发展大棚蔬菜？"王仁义想了想，笑着说："没问题，但是我得先去考察一下新疆那里的土壤、气候，光照等，到底能不能种？"

　　"南疆完全可以，北疆气温过低，恐怕不行。"王仁义把新疆的气候情况作了全面的分析。来客们震惊了——一个山东老农，竟然对万里外的边疆这么熟悉！

　　王仁义真心地说："我们镇上的领导要我把经验推广到全镇，王为民书记要我们把经验推到全县，市领导、省领导和中央的领导要我们把经验推广到全国，一级一级领导的启发，我认识到自己并不是一个普通农民，而是一位共产党员。共产党员不是要胸怀世界吗？怎能这般狭隘，把致富的经验封锁在一个小村子里？一个人富了不算富，全国人民富了才算富，共同富裕才是真富。"

　　听了王仁义的话，大家都鼓起掌来。

　　王仁义当场答应了去新疆传授种菜技术的事情。于是他就格外关注新疆，他了解到，新疆面积很大，是全国面积最大的自治区，有166.49万平方公里，和俄罗斯、巴基斯坦、蒙古、阿富汗等8个国家接壤。新疆大呀，对于国家意义非凡，古代的丝绸之路从这里通向欧洲，现在是欧亚大陆桥的必经之地。他也听说，新疆这里常年气温偏低，不太适合种蔬菜。老百姓一到秋天，就忙着储存白菜、洋芋和萝卜，人称"老三样"。从外地运进来的新鲜蔬菜，价格高得离谱，当地人还是愿意吃上自己当地生产的蔬菜。王仁义就感到自己有义务到新疆推广蔬菜种植。

　　说来也巧，解放军某部来这里跟着学习蔬菜种植，战士学成后，部队要付给王仁义优厚的报酬，他根本不接受，说："这是我拥军爱民应该做的，我什么也不要，但是我看到你们部队有一套近三十年来的中国气象资料，虽注有'保密'字样，但不是'绝密'，能不能给我复印一份，我做种菜的参考。"部队的人一听，没问题的，于是复印了一份给他。他拿着仔细研究，对新疆各地市州县的气象情况掌握了，尤其是乌鲁木齐、哈密和阿勒泰气候适宜种菜，他心中有了底。

宋书记走后，他想了很多，他想："我虽然疾病缠身，但我有种菜这个特长，既然边疆用得着，我必须去，帮着政府干出对老百姓有利的事情，当地的人民才更加拥护共产党。"

去新疆传授技术这件事，王为民非常支持他。王为民还是那句话："大胆去干，大胆试，天塌了，我顶着。"王仁义自从动了大手术以后，他已经把自己的生死看淡，活一天，就为乡亲们干一天的事。

1993年7月9日，王仁义带着民兵连长王土豆等6位村民技术员组成的"赴疆大棚种植小组"第一次踏上了新疆的土地。他的心里很激动，原来的新疆是虚幻的、模糊的、不具体的，现在则实实在在踏上了这片土地。夏季的新疆天空高远，青山连绵，远处都是一眼望不到边的绿色，山上有成片的森林牧场，马儿、羊儿在悠闲地吃草，忽然又是一片花海，郁金香、金莲花、勿忘我。接他们的司机一边说，一边笑，那种自豪感染了他们，人人感到愉快。车子转弯处，出现了一个蓝色的大湖，湖水边鸟儿飞翔，湖光山色融为一体。王仁义感叹道："这里风景优美，资源丰富，若能好好研究，用心开发，新疆的前景肯定会和山东一样美好。"

大家都说："是呀，我们也这么认为。"他分析到："这里的土壤看上去贫瘠，其实有足够的肥力，支持农作物生长。再说了，这里没有大力发展工业，就没有污染环境，对蔬菜危害大的汞和铅的含量都比较低，这个优势其他地方很难找，这是发展绿色蔬菜的条件。"大家一听，对在新疆进行蔬菜大棚的推广感到信心十足。

汽车载着他们来到了哈密，这是古丝绸之路的第一站，是进入西域的门户，中国的东大门。哈密市的一个乡党委书记前不久到三元朱考察过，对大棚菜表现出了极高的兴致。司机问："要不要先看看哈密的风光？"王仁义说："不用了，先去看种棚的地方，一样会看风景。"

　　王土豆脸长身子也长，一笑就看不见眼珠，他为来新疆做了很多准备，一路上很照顾王仁义，到了新疆，乡里干部带着他们去看地，他们一边走，一边聊。王仁义不断地伏下身子查看土壤。他们虽然很热情，但是要他们要改变种植模式，还是非常难，在这个乡做动员时，留着小胡子的维吾尔族乡长怎么也不相信冬天仅靠晒太阳就能生产出蔬菜来，他操着不标准普通话说："我们维吾尔人一手拿馕，一手拿水果，什么维生素都有，用不着种菜！"他直言不讳地说："王仁义，你是我的上级领导亲爱的贵宾，我可以陪你参观考察，但是，我告诉你，我们这里不种菜！"听到这些刺耳不友好的话，王仁义忍住了，毕竟他是冲着新疆八个月吃不上新鲜蔬菜来的，不想学种菜让我们来干什么？乡长都不积极，工作怎么开展？领导安排的任务怎么完成？王仁义细细思索他们不想种菜的原因。他想到乡长说的话，一下子明白了维吾尔族人的饮食习惯，是呀，他们长期与大自然作斗争，习惯了西域特有的饮食特色，那些色香味俱佳的新疆烤羊肉、手抓饭、手抓羊肉、烤包子、塔斯奶制品、茶水奶茶等对他们来说是最重要的。王仁义告诉他们，蔬菜营养丰富，可以改变饮食结构，再说了，种植蔬菜可以自己吃也可以挣钱啊。但是新疆维吾尔族认为吃菜就是吃草。听到这些言论，王仁义想要改变这里长期形成的饮食观念，实在是难上加难的事情。

　　王仁义向乡党委书记建议："要不，你先在汉族群众中实验，等成功了再向兄弟民族推广？""可是，照你说的，一个大棚产两万斤菜，家里人再多，也吃不了啊？"又有人提出了疑问。王仁义慢言慢语地解释说："建大棚，多产菜，是要拿到市场上去卖，去赚钱的！"是啊，为什么没想到拿菜赚钞票呢！人们茅塞顿开，建大棚的热情顿时高涨起来了。为了搞好具体指导，王仁义把两个技术最成熟的技术员留在哈密。在当地政府的支持下，动员了26户种植大棚。王仁义感觉到仿佛回到了1989自己在三元朱村建大棚的情景，心想建设和推广这26个大棚，难度不亚于当年让党员带头搞的17个大棚，地域环境不同，思想不同，都是创新，都是第一次。

　　然后，他们马不停蹄去了乌鲁木齐和伊犁两个城市。他一路走，一路讲，教大棚技术，谈经济效益，介绍市场形势……对留在新疆的6名技术员，特别强调了三条：发展大棚要注意因地制宜，说话办事要尊重民族习惯，一定要把技术毫无保留地传授给边疆人民。

王仁义心挂两头，安排妥当后，匆匆返回山东。新疆的三个点就如三个新生儿，无时无刻不牵动着他的心。隔几天，他就打电话了解一下进度。有时候，黄瓜只长蔓子不坐果。王仁义和王土豆都着急，他们找原因，找来找去，那边大棚内气温太高，多放风。传来的消息时好时坏，王仁义的心情也有喜有忧。就这样，不知度过了多少个寝食难安的日夜。

这年的 12 月 15 日上午，哈密地委黄书记打来长途电话，声音急切而兴奋："王书记，我们的大棚成功了！黄瓜今天上市，每公斤 26 元，比你们山东卖得都高！"通话中，王仁义得知，由于光照强，温差大，当地出产的黄瓜颜色墨绿，瓜条又长又直，品质特别好。王仁义的惴惴思绪终于化解了。那年，哈密的 26 个大棚，虽然每个面积不足 1 亩，但平均收入 7.5 万元。这对于千百年来广种薄收的哈密农民来说，不啻一个天文数字！当年，全疆的农业会议就是在哈密召开的。

1994 年，王仁义带着 42 名技术员再次进疆。这年，从南疆的和田、阿克苏、塔什到中疆、北疆的哈密、伊犁、昌吉州及农一师、农二师、农四师等六七个农垦师，都发展起了蔬菜大棚，有的还形成了相当规模。巴州和硕县本是半农半牧区，经济欠发达，县领导曾为寻找新的经济增长点伤透了脑筋。最终，是大棚菜给他们带来了希望之光。眼下，几千个大棚构成了乌鲁木齐的蔬菜供应基地，去年还试着向吉尔吉斯斯坦出口。库尔勒市委袁书记在接受记者采访时，更是直接提出，要依托菜乡技术，大干三年，建成全疆菜篮子，使库尔勒成为"新疆的菜乡"。

阿勒泰地区，在鸡形的中国地图上，处于鸡尾巴的边缘位置，无霜期短，气温太低，王仁义原来推测这个地方是难以推广大棚菜的。但他去了以后，惊喜地发现，在阿勒泰的山坳中，还有一种"拟温带"，大山壁立，寒风难袭，冬季平均气温能达 20℃。1997 年，冬暖式大棚蔬菜在阿勒泰这样的高寒地区也试种成功了。是年暮春，新疆维吾尔自治区主席专程赶到了三元朱。他紧紧握住王仁义的手："谢谢你了，老王！是你结束了我们一年有 8 个月吃菜靠外运的历史，你为新疆各族人民谋了福利！"如今，天山南北到处可见蔬菜大棚，星罗棋布，煞是壮观。这是共产党员用智慧、用汗水，在边疆大地上描绘出的美丽的图画！这些年来，王仁义每年都要拿出一个月左右的时间去新疆。披星戴月、日夜颠簸，从不叫苦叫累。

1995 年 10 月，王仁义跑到昌吉州时，病倒住进医院。躺在病床上，一些乡镇的技术员和农民打听着找到了病房。州领导要挡驾，仁义却把他们统统让了进来。没休息几天，他又继续跑。20 多天纵横 1 万余公里，解决了许多技术难题。1998 年 8 月，王仁义原打算先到和硕县，指导他们调整生产结构。可在库尔勒一下飞机，那儿的人们就打听到消息，直接等在了机场内。而在机场外，和硕县与拜城县的人也都等着接机。几家争执不下，还是王仁义给排出了个日程表，他们才满意而归。王仁义先去蔬菜发展稍慢的库尔勒市，第二天就进棚指导。辗转了 7 个乡镇，晚上 9 点开始为菜农讲课。晚上 12 点钟一讲完，又连夜赶往和硕。和硕准备把蔬菜出口到俄罗斯，王仁义根据自己搞蔬菜出口的经验指出，要针对这些国家的饮食习惯，多发展无刺黄瓜、以色列辣椒和西红柿等生长期长的蔬菜。西方人爱吃西红柿，但他们要切片吃，需要的是硬果，而我们生产的是软果，一刀下去就流水，这就得改良品种。在和硕忙完，拜城的车早已等在门外。穿过大沙漠，王仁义又去了拜城……奔波中，他跟王土豆说："我身体不行了，这是最后一次了。"可第二年，人家一邀，他又赶去了。

2000 年，新疆有关方面给王仁义来信："我们这儿是全国有名的瓜果之乡，可这些年瓜果生产走下坡路，渐渐失去了市场。请您来帮忙做个瓜果发展规划，重扬新疆瓜果之乡的美名。"那年在新疆的 35 天，王仁义行程 13000 公里，把南北疆又跑了个遍。经过调查，结合对市场的认识，他在报告中指出："新疆这些年之所以瓜果生产处于低谷，一是品种繁杂，很难形成精品；二是技术落后，缺乏管理。三是要适应新的市场需求，面向国际市场，尽快引进新品种……"从此，除了指导大棚蔬菜外，他还成了新疆许多地方的瓜果顾问。

一个春意融融的日子，王仁义站在菜乡市三元朱村村口，目送着一卡车树苗渐渐远去，就如惜别远足的孩子。直到卡车从视线中消失，他才转身对乡亲们说："等忙过这阵子，我得亲自去新疆看看。这苗难侍弄，我对他们的技术不放心。"这次送往新疆的2400株乌克兰大樱桃苗，是王仁义的老伴亲手栽种的。发明了大棚菜却因劳力不足种不了大棚的王仁义，原指望这些苗子能赚点收入，但听到新疆和田农业局要买，便慷慨地按保本价"割爱"了。他语重心长地说："没去过大西北的人不知道那里的艰苦，风大沙多水又缺，栽棵小苗着实不易。我这辈子能为那片土地留下点什么，也就心满意足了。"王仁义不光向新疆赠苗送技，还年年举办"新疆班"，免费培训果菜技术员。对来学习的新疆农民，王仁义格外热情照顾。他说："农民兄弟都不容易。干部来学习还有人给补贴、给报销路费，农民啥都没有。"有的农民学完技术想带回些种子和生产资料，没有钱，王仁义无偿提供。一位新疆伊犁农民在给王仁义的来信中真诚写道："在您和三元朱村人身上，我们不仅学到了技术，也学到了怎样做人。"数不清的民族兄弟在王仁义的帮助下富裕起来。原本好客的他们富了更是不忘王仁义的恩情。

每次王仁义去新疆，老乡们总想请他到家里吃一顿手抓羊肉，尝尝他们有滋有味的拉条子。盛情难却，王仁义去了一个维吾尔族老乡家。刚坐定，主人就牵出一只羊。一刀子戳进去，羊立时卧地不动了。王仁义哪见过这种礼节。他感到自己破了主人的财，浑身不安，甚至产生了一种负罪感。席间，虽说主人热情有加，一道道肉，一道道饭，吃了足有两三个小时，但他心里始终不是个滋味。从此，他暗下决心，再不到老乡家吃饭。每当有人邀请，他就说："时间宝贵，一吃就是几个小时，太可惜了。你把时间给我，让我到地里转转，不是可以多帮点儿忙吗？"

王仁义踏上新疆的土地，生怕人家拿他当领导的兄长看待，他非常清楚，自己稍不注意，别人就会给予特殊的照顾。所以，每次到乌鲁木齐，王仁义总不多做停留，有时干脆绕开乌市，直奔其他地方。即便"秘密"到了乌市，想跟弟弟一块拉拉家常，但弟弟总是公务缠身，兄弟俩也难得碰面。有一回，约好了在家一聚，王仁义按时去。等啊等啊，好不容易把弟弟等来了。一杯接风酒刚干，电话响了，说有重要客商即将抵达机场，问弟弟是否去接。

王仁义理解弟弟："老三，你去吧，咱有空再聊。"王仁义为新疆人民创造了巨大的财富，培养了大批农业技术人员，按市场经济的等价交换原则，获得报酬是合情合理、无可厚非的。许多受惠单位提出要送钱赠物，有的直接把劳务费送到他面前。他的回答都是一致的："我是三元朱村的党支部书记，我的工资村上已给发了，我不能再到这里领工资！"这是从一个共产党员口中说出的朴实无华的"理"，这个"理"中包含了多么丰富的人生哲学！王仁义动情地对记者说："人就是活到 100 岁，也不就是那些天吗？短暂得很！再全神贯注，再抓紧时间，为社会也办不了多少事情。要是分心去图别的，就啥事也干不成了。"花开花落，春秋几易。一位花甲之人，拖着从死神手中夺回的病残之躯，不远万里亲赴边陲，什么也不苛求，只为播撒生命的绿色。天山南北，草原戈壁，无不留下了他闪光的足迹。人们看到，他的汗水化作沥沥春雨，滋润片片新绿；他的手臂如神奇的魔杖，挥向哪里，哪里就冰消雪融，春色永驻……

其实，王仁义也有畏惧心理，新疆地处大西北，生活习惯、人文环境、水土因素、民族风俗都不同，所以还必须选几个作风正派、身体健康、文化水平高、能够吃苦、技术过硬的人过去。他心里明白，这些人是从三元朱出去的，代表的是菜乡，于是，开了村民大会，先是让大家自己报名，然后选中了民兵连长等 6 位村民。选好人后，8 月份，他就带着他们去新疆了。有一天，已是下午两点多了，王仁义从乡镇回来，感觉有点饿了，这是他来新疆的第一天，端上桌的午饭让他大吃一惊，是一碗飘着红辣椒的油辣面。油乎乎的香辣味道直冲鼻腔。他顿时不知道吃还是不吃？王仁义曾在 35 岁那一年到济南做过直肠癌手术，以后一直忌口，从不敢吃刺激性的食物，辣椒更是不敢吃。可是面对盛情的主人，吃了一小碗。带到新疆的 6 位技术员也分别留在了乌鲁木齐市、哈密市和库尔勒市。回到三元朱村后的王仁义依然心系新疆，计算着那边播种的日子，等待着蔬菜成熟的时间。大概是入冬的光景了，哈密市地委书记的一个电话终于让王仁义悬着的心放了下来。

在哈密地区 26 个大棚就和两名技术员就是菜乡人在这方土地上播下的种子，等待燎原的星星之火。

其实，王仁义对新疆的深情，也是一般人理解不了的。因为早在40多年前，王仁义的家庭就和新疆结下了不解之缘。

20世纪60年代，王仁义的大哥在新疆当兵转业到新疆阿勒泰的布尔津县。当时，山东的日子很不好过，而阿勒泰因为有畜牧业发达，人们生活较富裕，王仁义的大哥就把老父亲接了过去。几年之后，父亲因患肺气肿病故，就葬在布尔津。黄土掩埋不了他们兄弟姐妹深切的思念之情。后来，大哥退休和一双儿女返回山东，留下已经结婚的大女儿一家在阿勒泰。再后来，三弟赴疆任职多年，肩上的担子很重，王仁义对新疆的感情更浓了。这次去新疆种菜，则是一个共产党员对边疆的责任感。去新疆之前，王仁义一次也没有到过新疆，可他听父亲讲过左宗棠的故事，那是大哥去当兵时，父亲很自豪大儿子在那里保卫边疆又建设边疆。他说大人物和平凡的人不一样。当年保卫新疆的左宗棠是清朝晚期一位忠贞义胆之人，他大器晚成，早起仕途不顺利，曾经科考几次，也没有中榜，最后是受人推荐才成功入仕。外国侵略者对左宗棠很是忌惮。因为左宗棠本人比较强势，而且他对朝堂上那些趋炎附势、懦弱、惧怕外来侵略势力的人，很是痛恨。左宗棠为了说服朝廷收复新疆，他上奏一个"为什么要收复新疆，为什么能收复新疆"的奏折《西征表》，他重点提到新疆对北京的军事重要性："重新疆者，所以保蒙古，保蒙古者所以卫京师，西北臂指相连，形势完整，自无隙可乘。"以及如果失去新疆是什么严重后果："自撤藩篱，则我退寸而寇进尺，不独陇又堪虞，即北路科不多、乌里雅苏台等处，恐亦未能晏然。"意思是如果失去放弃新疆，西北和蒙古就危险了，如果西北和蒙古危险了，北京危险时候就掐指可算了。

左宗棠含泪写道："臣本一介书生，辱蒙两朝殊恩，高位显爵，久为生平所梦想不到，岂思立功边城，觊望恩施？""况臣年已六十有五，正苦日暮途长，及不自忖思量，妄引边荒艰巨为己任，虽至愚极陋，亦不出此。"这些用心写下的文字，慈禧被深深地感动了。从左宗棠那里她看到了收回西域的决心、信心和希望。最终，慈禧在军机大臣文祥的力挺之下，力排众议，任命左宗棠为西征统帅，以钦差大臣身份督办新疆军务，1882年清军进驻伊犁。正是有左宗棠的力排争议，自筹军饷，抬棺出征，誓死抗敌，沦陷十余年的伊犁重新回到祖国怀抱，左宗棠收复新疆的历史使命胜利完成，保住了新疆地区近160万平方公里的土地。左宗棠成为晚清第一硬汉。

有人说：今天看来，可能没有左宗棠指挥的新疆战役，中国会丧失六分之一的国土。但这个说法忽略了多米诺骨牌效应，如果新疆丢失，长城以北势必不保，长城以北不保，陕、甘、青、宁、藏这些地方是否能安然无恙？所以，左宗棠保住的远不仅仅是160万平方公里国土的问题。人民会永远记住这些保卫边疆的有功之臣。

<h1 style="text-align:center">三</h1>

从新疆回来，王仁义没有闲着，一帮接着一帮的学习参观者，他都要接待。只要他在村里，人家提出见见他，不管身上多么不舒服，立即打起精神出来见参观者，三元朱被称为蔬菜生产的联合国，王仁义就成了联合国秘书长。

这天他正在村委的影壁墙边和来的一帮人合影，值班的赵银杏在办公室接了一个电话，是四川峨眉山一个小伙子打来的，因为他是四川省峨眉山市平安乡平安村的，大家都叫他平安子。他看到王仁义去新疆的报道，说，只要王书记到四川，可记得一定来他的家乡看看。最早来学习的就是平安子，1992年4月，平安子从报纸上看到了关于三元朱村冬暖式大棚的报道后，就自己借钱来到三元朱，路费花了400多元。他小心翼翼地对王书记说："我来这里花掉了身上仅有的400元钱，可很想学到东西，能让我住下吗？"王仁义听他说完，微微笑着说："你不要再考虑钱的问题，只管集中精力学习技术，吃饭和住宿我包了。"于是王仁义就把平安子留在自己家里吃饭，在办公室里住，安排到大棚里学技术。带着平安子进棚去学习，还经常到他的住处，给他开小灶讲一些特殊的大棚蔬菜品种管理技术。一个多月过去了，平安子记了厚厚一大本笔记。他的技术提高很快，学得扎实，基本上掌握了各种蔬菜品种的大棚种植技术，他想立刻回到自己的土地上，建起座大棚，他在项目研发中进行管理，走向富裕，带动别人建棚，眼前全靠自己，回去不知到哪里去买种子和配套的农具呢？他终究要回去了，平安子很自信。王仁义问："回家的路费有吗？"平安子说："我有些想法。"王仁义说："你尽管说，路费不够我给你。"平安子说："我是想从这里买点种子、农膜，要不回去买就难了。"王仁义答应了。他说："我给你买上，回去按要求去做，回头给我报喜来。"平安子在三元朱免费吃住一个月，王仁义自掏腰包垫付了给他买上了价值400多元的种子、农膜和农药。让村里的车把平安子送到临近的青州火车站。

平安子回去后，大棚搞得很成功，收益非常好。平安子逢人就夸："多亏了山东的王仁义大叔。"于是他时常打电话来请教遇到的问题，也汇报自己的成绩。

四

1995 年的 5 月，延安地区一个地委书记率团到了三元朱村参观。王仁义领着他们去大棚，地区书记看到大棚蔬菜的长势和发展形势十分感慨，他对王仁义说："我们延安有你们这样子就好了，现在我们之间的差距可大了。我们那里的条件差，你能不能派人到我们那里去帮着搞大棚蔬菜呀！"王仁义站住，侧着脸看了他一会儿，似乎在判断他的真诚度。看到地委书记很诚恳的态度，没有犹豫，用肯定的语气说："行！条件差更需要加快发展，延安市是革命圣地，我们日子好了，不能忘了老区人民。"

王仁义说到做到，两个月后，他冒着酷暑，如约而至。延安是革命圣地，这里有南泥湾、杨家岭，还有枣园的灯光。王仁义看到了壮观的宝塔山，看到了满山遍野的映山红，这里还有东方红和信天游，他看到了扎着白头巾赶着羊群等等风景，可是他没有来得及欣赏就感冒了。他知道出远门的时候，妻子给他准备了部分药品，虽然很劳累，但是他上火了，他感到浑身无力，高烧不退，虚汗淋漓，下车看到来迎接他的地委领导，他强打精神故作轻松，人家安排他现在这里休息一晚，明天再到甘泉去讲课。他说："我们马上到甘泉去吧，离工作地点近好开展工作，方便我们之间的感情。"领导说："哎呀，老王，你不要这么拼命，走了1000多里路了，已经够累了，快歇歇，一晚休息好，明天不会耽误事的。"地委的领导劝阻他，可是王仁义说："不行！不行！不到地点不到家，我在这里也休息不好，不如满足我，到了那里咋都行。"王仁义拒绝了领导为他安排的房间和晚餐，非要到黄土高坡上贫困的小县城。他们到达已经是晚上了，他感冒发烧到了39度，晚饭也不能吃了。他50多岁的人，病了怎么办？地方领导商量取消明天的讲课，但是王仁义说啥也不同意。他说："他们1000多人翻山越岭都来了，我不讲怎么对得起大家？我一定要讲讲。"于是让医生马上给他挂了吊瓶，从晚上的10：30一直挂到凌晨1：30，陪伴他的同志回去休息一会儿，早上起来，看到他的衣服都被冒汗湿了，嗓子也哑了，浑身绵软得像散了架一样。他从怀里掏出老婆准备好的药品，吃到肚里，强行喝了点早餐，走进会场。看着父老乡亲一样的面容，他一下子来了精神，激情点燃起来，头痛也忘记了立即开始讲解，一直讲到中午的12：00，下午又从1：30开始讲，整整讲了4个半小时。课程已结束，他顿时觉得腿疼腰疼，耳鸣头晕，同志们扶着他走出了会场。他在这里一住就是7天。延安市包括1区10县152个乡镇3376个行政村，有205.6万人的地级市，是以农业为主的地区，农业人口占到了74%，属于大陆性干旱气候。水浇条件很差，但是很多经济作物很适合生长，在海拔高的土层后，光照充足，昼夜温差大，土壤不含任何重金属等有害物质，所以具备生产绿色果蔬和农副产品的最佳生态环境和条件。这样的优势，正是绿色蔬菜发展的基础。他讲了四方面的内容，一个是土壤的选择和大棚的朝向，二是墙体的厚度和棚架搭建，三是黄瓜嫁接和苗期管理，四是温度控制和放风标准，都是一些用得着的实用技术、种植过程中注意的事项，还有新技术。这些技术都是从实践中得来的，讲给农民听，农民都听懂了，农业干部问他："王书记您讲得很好，我们愿意种，什么时候给我们派人来呀？"看到当地干部热切的眼神，王仁义说："不出10天，我叫人带上种子和所用的材料过来。"

从延安回到三元朱，他召开了党员干部会，他和党员干部通报了延安的所见所闻所思，讲了讲延安人的历史，农业发展状况，大伙子听了热血沸腾，大家都想着为贫困地区做奉献。王仁义说："我们帮助老区人民脱贫致富，要发挥我们的特长，延安的土地资源特点，地势气候条件决定了蔬菜和果树是比较好的项目，所以你们选几个懂种蔬菜又懂管理的党员干部，过去帮人家种植大棚，大家看怎么样？"大家纷纷赞成。

看到村民的反应，王仁义心放宽了，他接着说："我们村富裕了，我们要有觉悟，延安是贫穷的，我们为了不增加老区人民的负担，我们是不是把技术员的工资和待遇定在2万元每年，这部分钱让我们村里出吧，算是对老区人民的一点心意。"说完，他征求大家的意见，他看到大家很赞许，就开始选人。人群中小声嘀嘀起来，有的人毛遂自荐，有的别人推荐。一个人的声音最大，站了起来。王仁义一看，是王扁豆，他是党员，也是第一批种大棚的。他表示再苦再累也心甘情愿做出三元朱人满意的成绩。他说："我是一个党员，大家尽管放心。"于是王仁义陪他到了延安，他带着免费赠与的6000多元的黄瓜、西红柿、韭菜、大葱种子和一些农膜到了延安。在那里他看到这个地方一些苹果树，没有管理好，恰好，他懂得苹果树的管理，他知道如何剪苹果枝，通过嫁接更新了新品种，接着种植蔬菜。1996年春节前夕，甘泉县虎皮头村支部书记来信，向王仁义报喜说，他们用三元朱村提供的种子，种大葱，每亩收入3000多元，苹果、产量也翻了两番，两年之后，全市建成温室大棚13307座，果园面积扩大了好几倍，为农业技术的普及应用做出的贡献。王土豆到期以后，回家乡，延安市甘泉县委的组织部长专程陪同，来到菜乡，来到三元朱村，感谢菜乡人民派出来这样好的技术员，感谢菜乡人的无私援助和奉献，要求他继续担任甘泉县的技术顾问两年，三元朱村就答应了。这样甘泉县也派人到三元朱村来学习新建的大棚，一茬又一茬，一批又一批这些人成了小有名气的种棚能手，一部分农民已经通过种植蔬菜走向了致富之路。十几年来，王仁义先后到过河北、新疆、山西、陕西等11个省、区、市传授技术，少说也跑了几十万公里。

1997年，新疆维吾尔自治区主席专程来到三元朱。他紧紧握住王仁义的手说："谢谢你，老王！是你结束了我们一年有8个月吃菜靠外运的历史，你为新疆各族人民谋了福利！"11年来，王仁义先后12次去新疆巡回指导，每年都往新疆派技术员，最多的一年达117人。如今冬暖式蔬菜大棚已遍布大江南北，为广大农民开辟了一条致富的路子。

五

随后几年来的人越来越多，每天有十几封信，甚至上百封信，有的是索要资料，有的是联系时间来学习，有的干脆提出买种子。王仁义每天很累，但是他尽量每封信尽量批复，做到有求必应，没法回复的，亲自嘱咐办公室人员编成序号，有空再复。

1996年4月12日，云南省下岗工人段华、段良姐弟俩，千里迢迢来到三元朱村，流着泪向王仁义诉说了生活的艰辛。他们是下岗职工，段华说："你是王书记吧，我是来学习的。"王仁义说："是呀，你们怎么走到这里了？"段华说："我们俩是去河北，在车上有人说起菜乡有种大棚的技术，我们俩就来了。"王仁义看到姐弟俩头发蓬乱，面色憔悴，衣着破旧，就问他们："你们为什么要学习这个呢？"弟弟不说话，段华说："我们都下岗了，嗯嗯，没有钱就想学点大棚技术，到老家去种菜，挣钱。"王仁义安慰他们说："放心吧，你们这就是到家了。我保证你们俩免费学的技术，你们认真学习就中。"他特意问了他们云南当地习惯都种什么菜，你们的市场上有什么菜呀，你们原来能种些什么菜呀？做到了心中有数。接着为他们在村委会大院安排了食宿，指定了技术员教他们种豆芽。姐弟俩在三元朱一住就是两个月。学成后，王仁义又给他们寄去了130公斤豆种。两个月云南传来喜讯，姐弟俩已经根据学校的技术，在当地种植大棚豆瓣成功了，一茬下来，姐弟俩收入7000多元。他们写信给王仁义说："在您身上，我们不仅学到了技术，也学会了做人。"王仁义快乐地笑了。

这里不光有农民来学习种菜技术，还有大批官兵来，原来军队后勤的士兵来这里学习种菜，让王仁义给讲课，跟着技术员到棚里学习种植，一批又一批来学习的官兵，走了一批又一批，一共有六批1600多名官兵在三元朱学习。

也许王仁义是最忙的一位农民，这一年，湖南省委王书记打来电话，特别邀请王仁义去长沙讲课。王仁义了解到，湖南和山东相比，农业气候迥异，一年四季也很难吃上新鲜蔬菜，但是春节前后是无法种植的，六七月份又是梅雨季节，也无法种植蔬菜。怎样解决这一问题，湖南领导就认定王仁义定能解决这样的难题。

　　王仁义接受了邀请到长沙来了，王书记在百忙当中接见了这位在基层的中国农民，唯一能够找出共同点的都是书记，一个是省委书记，一个是村支部书记，都是共产党人，都有着党的信念。省委书记说："老王，你能把湖南种菜的难题解决了，就我们湖南人的恩人呀！你的大功劳我们不会忘记的。"王仁义说："我想试试，说不定还能学些东西，又有政府高度重视农村工作，应该没问题。"在长沙市副书记和副市长的陪同下，考察时，他与三十多个县的主要领导交流，发现了影响种植蔬菜发展的关键因素：一个是雨水过多，地下水位过高，经常下雨时才容易烂根，要改变种植方式，可以平地起垄，上面日照充足，下面起垄技术。后来取得了很好的效益。

第十三章　侯莲花

一

　　那时候侯莲花正是二八年华，还不认识王为民。她的母亲是村里的老党员，她和哥哥都是老师，一个在牛头镇埝上教学，一个在洋头教学。在外人看来，侯莲花就如她的名字，娴雅大方，温柔如水。那是一个空气里充满甜味的时代，每天太阳都是新的。

　　王为民从省委党校毕业后，背着大包小包回到了家乡，指定到埝上村任教。他到埝上村找了村支书，报上到，中午支书留下他在家里吃了第一顿饭。

　　下午，王为民回到北柴家里，父亲王诚很不理解，心里堵得慌，就问他：“城里也缺老师，为什么不留在城里？好不容易考出去，怎么又回到农村呢？”王为民对父亲说：“我是党员，听从安排，哪里需要，就到哪里。”父亲很吃惊，他上下打量着儿子，满意地点点头。

　　那时候在乡村，任教的多是民办老师，能留在农村教学的大学生真不多见，学校里对王为民格外重视，大力栽培他。于是他作为学校的代表常常出去开会，在会上发言。会议参加多了，大家都知道有个大学生在乡下教书，他就成了周围的名人。

　　一天下午，片上开全体教师会，王为民在认真地做笔记。一些老师们在下面窃窃私语。快看！那个就是王为民，还是大学生呢，看他穿得多么破烂。

　　不少女教师抬头打量他，坐在一边的侯莲花也好奇地打量这位青年，先看到一双黑色的布鞋，一条肥大的裤子，撮着裤脚，一件学生中山装，实在是最朴素的。他个头虽然不高，也算是中等偏上，长相算不得帅气，可算清秀脱俗，尤其是那双眼睛，闪着睿智的光芒，令侯莲花不能忘记。侯莲花是民办老师，在幼儿园里教学。她看到王为民穿得那么土气和普通，觉得他一定是个穷小子。她在心里想，大学生混得这么惨，也不知道他能不能说上个媳妇？心里到对他有了一丝丝的同情。

大约过了两个月，侯莲花的母亲侯妈妈刚要出门赶集，邻居宋老师急急忙忙走过来，拉住她的胳膊，凑近她小声说："侯嫂，你家莲花也不小了，该找对象了。我们学校分来了个大学生，还没对象，人很聪明，教课很好，家也不远，北柴的。不知道你家莲花有没有这个意思？如果有，我给撮合撮合！"宋老师说完偏着头等着她回答。侯妈妈是位老党员，事事跑在头里，就欣赏朴素能干有担当的年轻人。她听当老师的儿子说过，他学校里来了一位大学生，教课好，写毛笔字好，在济南上学的时候，就用毛笔字给家里写信。人很正气，品质很好，很善良。在学校里，若不符合老师或者学生的利益的事，坚决不办。侯妈妈心里已经有了好感，又想到自己女儿是个民办老师，人家是公办老师，条件多好，于是巴不得女儿快去相亲。

宋老师说："有点小遗憾就是家里有点累，孩子多，三男三女，他是老大。"

侯妈妈说："这个倒不要紧。我听说了，这个孩子从小就考第一，很聪明，看看吧。"宋老师看到侯妈妈同意，就找了个日子，策划了两个人相亲。在村头的树林里，宋老师和莲花走到这里的时候，王为民正倚在一棵树上读书，宋老师咳嗽了一声，他才抬起头来，腼腆地一笑，问道："你们来了哈，我也刚刚到来。"莲花看到了那双明亮的眼睛，真诚、善良、热情。宋老师打趣说："相亲都带着书，真是爱学习呀！"王为民说："知识永远不够用呀！有句话是书到用时方恨少，我教学了，不能误人子弟。"莲花也是教师，一听这话，心悦诚服。侯莲花觉得自己是农村户口能找个吃公家饭的，可真是祖上修来的福气。果然，两个人很有缘分，他们很谈得来。不久，家人就找了个良辰吉日，以最简约的方式订了婚。

二

结婚以后，王为民的工作更加出色，1969 年，王为民调入菜乡县委工作。同年，他们在老家结了婚。

婚后，王为民一心扑在工作上，白天忙得不见人影，晚上回到家里，头一挨床就睡着。侯莲花一个人带孩子，还要工作，心里很不好受。1983 年，侯莲花跟着来县城居住，原来幼儿园的工作，就没法干了。莲花一着急，就让王为民在县城给她再找个好工作。王为民没有答应，一气之下，侯莲花回到了娘家。王为民回到空荡荡的家，心里很不是滋味，他到商店买了一包烟，骑上自行车去了丈母娘家。丈母娘一看女婿来了，招呼他进来坐。王为民知道丈母娘爱抽烟，急忙拿出烟给她点上，接着和丈母娘有说有笑的。丈母娘对女儿说："夫妻没有隔夜仇，为民工作这么忙，还来叫你，你快回去吧。听人劝，吃饱饭。快收拾一下东西，跟着他回去。再不走，可是你不懂事了哈！"

莲花一听母亲的口气，就跟着王为民往外走，坐在他的自行车上往家走。在路上，他搂着丈夫的腰，嘤嘤地哭起来。王为民说："莲花，你是知道的，我是县委副书记，要以身作则，刚来到新岗位，就给自己的媳妇要好处，人家会怎么看我？"莲花止住了哭，用力捶了他一拳，然后轻轻地贴在他的后背上，以表示理解。

"你要干什么？是找东西吗？孩子们睡了，可别吵醒他们！"侯莲花看到半夜才回来的丈夫，打着手电进了大儿子的房间，赶忙制止。王为民转回身，熄灭了手电，说："我平时，一大早走，半夜里才回来，孩子们都睡了，我见不着他们，很想他们呢。我要一个一个看看他们。"

"唉！"侯莲花叹口气，跟着王为民进了孩子们的房间。王为民用手电筒的余光照照孩子们的脸蛋儿，看到他们憨憨的睡相，他也忍不住笑了。回到自己的卧室，侯莲花说："这次轮到我转公办老师了。我已经把表领回来了，你帮着我填填吧！"。

　　王为民立刻变了脸。他不客气地说："明天立刻将表退了。"侯莲花看到他一脸愤怒，知道没有商量的余地，委屈地擦眼泪。王为民也觉得自己说话过分了，轻轻地过来坐在她的身边，握着她的手，眼睛望着她，小声地说："莲花，你该想到，我是县委书记，全县的干部盯着我，全县的群众盯着我，我就是他们的样子，我的做法会和指挥棒一样，是无声的，又会影响一大片。"

　　莲花委屈地说："原来你是县委副书记的时候，你不让我转正，现在是书记了，还不让我转正。我转正的名额又不是偷来的，也不是校长照顾的，就该轮到我了！"

　　王为民小声说："你想想，和你一种情况的肯定不止你一个，为什么会先给你。有好事情，先给群众才行。"

　　侯莲花没有办法，把表退了。总不能在家闲着，再找个临时工干吧。于是侯莲花到建委下属的苗圃应聘当临时工。王为民知道后提出了"三个不许"：不许留在机关，工资不许超过其他临时工，不许担任领导职务。侯莲花一一答应。

　　侯莲花担心地说："当初结婚的时候，咱们是平等的，可是你进步这么快，从农村进县城，从一般教师到乡镇干部，再到县委书记，可是我，有了距离，以后……。"

　　"不要说这样的话，啥叫有距离？两口子在一个床上，哪来的距离？都是借口，女人也信？"

　　侯莲花很少有时间和丈夫说这样的话题，因为丈夫平日里总是很忙，吃饭的时候，菜还没上齐，他就吃饱了，有时还站着吃，哪有时间交流。王为民说："你看，我在事业上，好像进步了，比你有成绩，可是这是一家人分工不同，男人和女人又不同。你呢，要十月怀胎，吃多少苦？冒着生命危险生孩子，又恢复身体，又养孩子，还上班，女人的功劳大，付出的多。这三个好孩子，都是你生的，你对老王家贡献大，我不如你。"

　　侯莲花噗嗤一声笑了。

　　她想丈夫一心一意对她，还有什么不满意的。王为民有两个弟弟和两个妹妹。二妹妹还在家务农，也有当工人的，也有经商的，都不曾沾过他一点

"便宜"。

大妹妹不但没有沾过他的便宜，还受影响。在计划生育最严厉的时候，听说大妹妹怀孕 8 个月了。王为民来到父母家，告诉他们，一定要大妹妹去流产，要不夫妻两人都双开。他反复告诉父亲，一定要双开。大妹妹想通了，侯莲花陪着她到乡镇医院做了流产手术，孩子都 8 个月了，是个男孩，丈夫心疼得要哭。大妹妹很多年心里不痛快，没有和他来往。

这天晚上，王为民回来得早，两口子躺在床上，闲拉呱，侯莲花说："我顶着县委书记夫人的光环，这些年来就是一个花圃的临时工，你觉得吃亏吗？"

王为民说："有时候想起来觉得有些吃亏，但是共产党员就应该在关键的时候吃点亏，换来全体老百姓过上好日子。战争年代，共产党员在关键时候冲上去不是还会牺牲生命吗？吃点亏是值得的，只要能让老百姓过上幸福生活就是值得的。"

侯莲花知道丈夫努力工作，给老百姓带来好处，这比什么都好。再说了，这几年来潍坊市委家属院住，复式楼房很宽敞，家庭生活也改善了，孩子们也都工作了，没有什么不顺心的。听丈夫这样说，她很认同地点点头。

王为民看着妻子说："我这辈子最感谢，最对不起的人就是你。"

侯莲花说："不要这么说，我很知足。"

三

刚刚上任的教育局长姓姜，个子很高，瘦瘦的，很精干，大本学历。他到市委向王为民汇报教育现状。他说学校最缺的是公办老师，现在很多老师是民办的，工作很努力，业务欠缺，再一个农活多的时候，根本顾不上学生的课程。

王为民听了陷入了思考。

王为民向来重视文化教育，后来他给自己的北柴新学校写过这样的句子：立志、勤学、成才、奉献。这是他的心里话。

他刚刚上任的 1986 年，忽然得到一个坏消息：小学房屋倒塌一处，学生一死七伤。他连夜召开中小学校舍改造会议，大声疾呼："两年以后，哪个乡还有'黑屋子''土台子'，就腾出乡镇政府当学校！"乡镇的干部们可不敢有半点懈怠，派出专门人员，出力出钱，不到两年，乡村校舍改造完成，乡村孩子们搬进了窗明几净的教室。他对乡镇的这项工作十分满意，于是他又琢磨城里的学校，经济发展了，县城变靓了，菜乡一中开始盖第一栋教学楼，接着县属学校 6000 间校舍由旧平房改造为新楼房，然后是教育局、教师进修学校、潍坊市化工学校、体育学校，还针对聋哑儿童，建了一所特色学校，这是菜乡历史上第一所特色学校。这些学校面积不同，都在文庙街的南北两侧，于是文庙街也成了远近闻名的"教育一条街"。

王为民在埝上、北柴当过乡村的老师，知道小学里基本上是民办老师，初中也有三分之一是民办老师。他们无法安心教学，因为工资低，待遇差，并且村里都有土地，特别是农忙时节，必须回去到田里劳动。要想把教学质量搞上去，提高教师素质是第一位的。县里财政吃紧，他无法用高薪从全国聘请教师，他想出了一个好办法，自力更生，才能丰衣足食。自己培养教育上需要的人才，县里财政出钱，和山东省各大师范院校联手，和全省各大师范院校签约，用委培的形式，培养年轻教师。规定高考分数线以下 20 分以内的考生，自愿报委培志愿，学成后回来任教，不能跳槽。专科 2 年，本科 3 年。姜局长和其他县委领导听了王为民的打算，都觉得很好，县里立即执行。三年时间，一大批经过高校培养的教师走向工作岗位，菜乡的教学质量一下子越为全省第一，考住清华北大的学生年年都有。

王为民知道榜样的力量是无穷的，他学过马列主义毛泽东思想，没有困难会吓到他，他总是有很多办法来解决遇到的问题。

他要树立典型，树立榜样。没有榜样，人们会没有方向。菜乡在学习张海迪自强不息的精神后，又开始了"三英一强"的学习。他在县里发现了三个名字当中带英的英雄人物，一个是勇拦惊马的牛头镇青年 24 岁的马亮英，他牺牲了；还有一个是县汽车运输公司老党员、老模范王文英，他三十多年在单位烧锅炉，一年为国家省下很多煤，还用自己的钱为别人订报纸，给国家捡废旧钢材，是位活雷锋；还有一位叫锡桂英。有一年，王为民病了住院，医生给他打吊瓶，他通过聊天，知道有个妇产科主治医师身患癌症，不休息，正月初一值班，连续工作 24 小时，接生 13 个婴儿，没出现任何问题。医生们都说她有一个信条：人缺啥都行，就是不能缺德。王为民得知这么好的医生，54 岁去世了，他找宣传部挖掘她的事迹，称为三英。后来王为民又了解到有一位国企的厂长，自己当厂长十年，和职工一样卸货十年，给企业节约每一分钱，宁愿企业赔钱也全力以赴为农民提供服务，身患重病去世了。王为民大张旗鼓地在全县开展"三英一强"的学习，要求每个单位各项工作要和"三英一强"的学习联系起来。在动员会上，他也严厉谴责了部分某些厂长经理大手大脚、挥霍浪费的行为。

除了这些英雄人物，王为民善于挖掘身边的典型事迹，让各行业拔尖的人做示范报告，有北徐村的种小麦能手梁元、消防队活雷锋王助，还有宣讲团的几位人士。王仁义很羡慕梁元，私下里和他交往多起来。

这一天，王为民在北徐村看小麦，文化局的李森局长过来向他汇报工作。王为民说这几天考虑文化局地方太小，还是要往南搬迁，财政上挤出一部分钱来，做些文化的事，比如修一个望海楼博物馆、文化馆、图书馆。李森局长听了可是激动，他不敢想的事，王书记已列入规划，他干文化局长也觉得不低人一等了。他要借着这次机会，把菜乡的文化好好做一下。

韩大山没有料到，他只是来挣钱的，可是王为民给了他这么高的待遇，他的妻子孩子直接转为公家户口。人家过独木桥考住大学才能完成的事，他凭着种菜，凭着对战友的信任，遇上了一个好领导。于是他提着从东北老家带来的两瓶酒，给王为民送去。王为民问他的种菜情况，和他谈发展。他担心地问："我去单位上班，没有文化咋办？"王为民说："不用你有多少文化，只要有技术，把技术耐心地传给乡亲们，帮着他们发财就行了。酒，我不要！"于是王为民将酒硬塞在韩大山的手里，让他提回去。韩大山从来没有遇到过给人送小礼不要的，心里越发佩服这位县委书记。

"快回家来，父亲病得很重！"王为民接到了家里弟弟的电话，心里咯噔一下，他的心似乎跳到了悬崖边，惊恐得不能呼吸，四肢无力，眼前发黑，似乎什么都不重要了。王为民也是动过两次胃部手术的人。

王为民要父亲活着，他要回家看父亲。于是他坐上车急速地往老家赶。他看到了公路两边熟悉的，有着碧绿茂密的叶子。快到村子的时候，有一段路两边是齐刷刷的高杆白杨树，那是他号召全县修路后种上的。修这条路后，还有个故事。那天是个星期天，天上下着大雨，他带着孩子回家看看，刚刚拐上这条新修的沙子路，就被左手持着一把小三角红旗的人拦住了。这个人五十多岁，个子不高，披着一件雨衣，嘴里吹着哨子。车子停下来，司机大模大样地走下来，说："这是咱们的市长，他这是回家，你看雨这么大，让他过去。"护路工坚决拒绝了，他说："我不管你是市长还是书记，当年俺为民书记留下的规矩，只要下了雨，就不准车辆通行压坏了路可是大事。"王为民一听，立即让司机开走车子，自己和老婆孩子穿上雨披，往村子走去。王为民让人打听了一下，这个养护工姓张，一直护路很认真，当年给护路工评先进，给他戴上了大红花，并且奖励了他几吨肥料。

车子拐几个弯，到了村子里，王为民收回了思路，看到那个古色古香的旧门楼就是家。这里叫化龙镇北柴村，北柴村属于盐碱地的南部，土地肥沃，一望无际的田野。门开着，弟弟妹妹都在，幸亏父亲缓过气来，正躺在床上休息。大家抹着眼泪，他知道父亲又躲过了一劫。王为民稍稍安慰了自己，他知道这几年父母日渐老去，都是老人帮自己，自己没在老人身上费过心思。父亲闯过了这一关，给自己留下了孝敬的机会，他俯下身去，拿起毛巾给父亲擦擦脸。他是出了名的孝顺孩子，工作再忙也记得打电话问问父亲的身体情况。

王为民站起来，看看四周，打量着这间小屋和屋里的小床，看着母亲，想起自己就是在这个房子里出生的。那时候不觉得房子小，看到窄窄的房间，土坑、墙上的年画，一切儿时的记忆都回来了。这四间房子，是祖爷爷留下来的，他们姊妹六个就是在这里出生的。刚刚上小学，父亲王诚给他在低矮的东屋按上了一张木头桌子、一个木头椅子，就成了王为民放学后做作业的地方。桌子旁边的窗台上，用毛笔写着为共产主义而奋斗。这是他刚学会毛笔字那一年写上的。

最西边一间房子是叔叔的住房，他无儿无女。因为王为民的爷爷死得早，一直在王为民家里住，王为民的父母视他为亲人，王为民平日就和他挤在一张床上睡觉，一边照顾老人。

在床边的桌子上，藏着姊妹的欢乐，包饺子的时候，只要擀皮子，王为民一次将四个圆圆的面剂子摞在一起，一次性成功四个。姊妹们剩下很多皮子，王为民就让两个妹妹擀皮子，自己包水饺。两个妹妹铆足了劲儿，擀皮子，只见王为民拿起一个皮子放在手心，一垛馅子黏在皮子中央，两个大拇指一捏，他说："看我包的斧头水饺！"大妹妹很奇怪，不知道哥哥是怎么琢磨出来的，大着肚子这个速度惹得妹妹们笑呵呵的。

听说王为民来看父亲，梁元和西浊北的曹田过来见见当年的老领导。西北柴在菜乡西边与广饶交界。梁元打听到了地址，就看到村前有一户农家小院，普通的旧式大门楼进门是一口井。这是王为民上初中的时候，每周回家放下书包就挖井，一锹一锹地挖，不放弃，一个人直到把井筒挖好。

王为民家的四间平房虽然没有现代房屋的高大明亮，但是很有味道，青砖到顶，屋檐下有蓝色的方块装饰，窗户上边有蓝色小瓦，窗户穹形，有木头窗棂；大门也是穹形的，黑色的木框木门，木门中间有一字型锁；门口两侧有青砖垒成的月台；房顶上一色的红瓦，是解放以后的产物。这是王为民的爷爷留下来的明清建筑。西侧有矮北屋半头的小屋一间，同样的青砖红瓦，造型简单得多。屋前，有一棵笔直的大榆树。有东屋，院内没有硬化，只有一条用碎砖铺成的甬道，几棵梧桐树占据了院子南部空间。

王诚看到梁元和曹田很陌生，知道是儿子的朋友，老人赶快用柴火烧水，给来访的客人泡茶。他说："为民这孩子，只要回家，尤其是过年过节，先到村里的老领导老党员家走走，问问他们生活上有什么困难，去了一会儿了，可能快回来了。"他非常热情地把梁元和曹田让到沙发上。沙发都很烂了，坐下去一个大坑，把梁元闪了一下。他两位坐沙发，就显得有点挤，梁元只好坐炕沿上。果然，还没喝上一杯水，听到有人回来了，却没进屋。他们出来一看，王为民正站在猪栏里出粪呢。王为民笑了说："不知道你们来，我想着有点空给小菜园里施点肥。"父亲王诚说："为民每次回家，看见有啥活干啥活，从小就这样，除了学习，就是干活，不想别的。"王为民进屋，他们继续坐下来喝茶。

父亲王诚说起话来，才知道他们两位是农村支书，就聊起自己当村干部的事。见梁元一个劲儿地夸王为民这么大领导了还出猪栏。王诚说："很平常的，小时候，只要放了学回来，自己会把辘轳搬到井上，打水浇地。去县委当了干部，只要回家，不管见了谁，只要认识，就下车和人家握手、说话，没有不尊重别人过。"

王诚边说边给梁元倒茶水，梁元端着一杯茶水，盯着墙看，发现四面墙壁都被烟熏黑了，土炕、锅灶、破抽头、旧家具。如今，全县都富起来了，这两位老人仍然生活在这个小院里。王为民看到梁元责备的目光内疚地说："嗨！我不算孝顺，20多年了，他们从来没跟我要过钱，没找儿子办过事，没给儿子出过难题，因为工作，没考虑找他们来城里过，他们也没提。我很内疚，天天守在父母身边，也赔不过儿子的罪来。"

梁元和曹田这些支书们，既佩服王为民的工作能力又佩服他的廉洁自律，梁元对别人说起王为民来，滔滔不绝。冬暖式大棚成功后，这时100万人口中已有23万个万元户，他每月只有一千元的工资，菜乡的基础就是那时候王书记领着我们打下的。但是王为民在县委家属院的房子是四间小平房，住过几任县委书记，县委盖了四栋楼房，他不要，执意先给一般职工。

职工让他先挑房子，王为民说："我们现在艰苦一点，是为了过上好日子，全县人民都富起来了，我们自然也就富起来了。我们艰苦奋斗的目的是为了幸福生活，但幸福生活一定和经济相适应。等我们财政过了十亿元，我们坐皇冠住高楼，衣食住行都可以高档一点，讲究一点。"梁元眼睛湿润了，曹田眼睛也湿润了，他别过头去，抹眼泪。没有家电，只有十几个箱子的旧衣服，最显眼的是一台新冰箱和一个崭新的大立橱。冰箱还是补了差价款按零售价买的，大立橱是孩子小姨送的。这台冰箱让父亲王诚误会了，以为贪污了，被好一顿批评。

梁元想到了王为民往道口镇搬家的事。那时候他在县委农工部上班，被派到道口代理书记。妻子和孩子在老家，妻子生病了，他要回家照顾，很牵扯精力，于是动员妻子跟着他去道口住。在县城住习惯了，再去道口碱场地住，心里不是很愿意。但大多数职工也是单职工，下了班都回家，若晚上开个会都开不起来，于是王为民带头到单位住。侯莲花只好跟着他到了道口一家企业上班，孩子跟着在道口上学。搬家那天，前头车上坐着娘四个，后面车斗里拉着千余斤小麦，几百斤玉米，还有水桶、锅灶、风箱，几件旧式桌椅，等零碎破烂家具。

王为民从北柴初中教师的岗位上，因为文字表达能力强，被选拔到乡镇干文字秘书，后来到县委办公室搞文字工作。因为道口镇党委书记生病住院，组织上派他来做代理书记。他看到北单村人口众多，只有村西的一个水湾供全村人和牲畜喝水。一下大雨，人畜粪便一起随着水流进入大湾，人喝了容易生病。这一年又遇到大旱，喝水困难，吃粮紧张。公社里组织村里用拖拉机去南部乡镇拉水喝，县委也组织汽车买水支援。王为民想，这终究不是办法呀！他向县委做了汇报，县水利局和道口公社一起来打 250 米以上的深井。王为民当机立断，召开党委会，统一思想，乡镇财政出钱帮助打井，村里纷纷争着找打井队。

北单村是第一个打井的村，有 800 户人家，井址选在村里的土地庙前。历经 40 天日夜苦干，在这块盐碱地上打了深井，并且是双管井，出水量 50 立方左右，让村里人第一次和喝上了干净的水。后来遇上一次大旱，多亏这口井，不但保证了全村人喝水，还用来浇棉花，保住了全村的棉花。

道口镇北濒临渤海湾，属于盐碱地向良田过渡地段，南北长，东西窄，从北单往北走 10 公里，在广袤的田地里生出一个四庄子。四庄子有四个小村组成，他们像盛开在田野上的四瓣花，每个村子只有 100 户人家，有丁家、单家、任家、郑家四家组成。有一天，王为民到那里开座谈会，在坐的有一个叫丁成的副局长说，他就是这里丁家庄人，他七岁那年，母亲得了伤寒病，临终前提出要喝口甜水。丁成端着碗，在村里转悠，也没有找到一碗甜水，母亲临终的愿望没有达到。丁成想起来就痛心，所以他到水利局工作后，尽心尽力工作，恰好遇到王为民和水利局合作打井，他很支持。王为民认为北单村能够打出水来，可以在北单村交界处打个单水井试试。果然，一个月之后一口 260 米的深水井成功了。王为民知道，道口镇南高北低、西高东低，最北边的十个村子，找水打井 300 米，都没有打出来。王为民和县委协商，在道口中西部打两口井，用管道输送。这得需要一大笔钱，他四处筹集，终于让十个最北边的村子喝上了干净的水。

那时候一共打了 18 眼深水井，到现在用着 12 眼。道口镇的老百姓说他好，上级组织也认可他，春去秋来，他成为道口镇的书记。再换届的时候，他成了县委副书记候选人。

梁元还记得，这天，王为民要到县里任县委副书记，从道口搬家到县委家属院，送行的人恋恋不舍，都来帮着收拾东西，乡镇企业也来了好几辆车，但只用一辆 130 就拉了。既拉人又装货，一辆车就解决了问题。除了三年前那破烂不堪的家具外，没有新的家具，县委里来了两辆货车，都放空回去了。最后几捆晒干了的棉槐条子也装上了车。送行的群众议论纷纷，王书记比我们还穷。

到了县委大院，添了三张桐木床，床板是一根根高粱杆摆开勒住的，代替木板。是父亲王诚砍了家里的梧桐树，找村里木匠打的，饭桌就是一个破木箱。

四

梁元口才好，他说起王为民的事来，就止不住，父亲王诚听得津津有味，他为儿子高兴。梁元说："王书记发明的这个《红皮书》真管用。有的村里的村民，拿着《红皮书》要了宅基地，有的干部搞综合治理，依《红皮书》为依据，给村里修路、盖房、解决群众邻里之间的纠纷。"

王诚说："这孩子爱琢磨新点子。"

原来，王为民为了促进"三元朱冬暖式大棚"的建设，县委抽点 121 名科局级干部到孙集镇搞农村综合治理。这些干部反映出了很多问题，农村两委班子不健全的，合同签订不合理的，计划生育不严的，财务账目不清的，治安不好群众没有安全感的，农村群众看病难的，很多亟待解决的问题。反映到王为民这里，他数了数，大约有 1200 个，总结起来，有八大方面，涉及 17 个部门。于是王为民又有一个大胆的想法，组织 17 个部门的 60 名干部，参与制定 17 个文件。用了一个月的功夫，17 个文件起草成功。王为民在孙集镇临时办公的地方，因为没有风扇，他光着膀子，大汗淋漓地修改这些文件。一丝不苟，苦战一个星期，定稿后，印刷 26 万册，每个干部口袋里有了一本《红皮书》，32 开，近一百页，翻开来，很详细。梁元记得很清楚，他觉得一个乡镇干部记住这 17 条，农村工作就像找到了诀窍，会干得有声有色。

梁元对王为民的崇拜和热爱，化作了工作动力，他说这 17 条，我都背过了。关于村级组织机构设置和村干部报酬的规定；

关于党员议事会和村民议事会的规定；关于加强农村财务管理的若干规定；关于农村承包合同管理的若干规定；关于农民合理负担的几项规定；关于加强农村土地管理、宅基地管理和规划建设的暂行规定；关于路林管护的规定；关于加强电力设施及供用电管理的规定；关于加强水、水工程利用管理和保护的规定；关于加强社会治安工作的规定；关于加强基层人民调解工作的规定；关于加强计划生育工作的规定；关于婚姻家庭方面的规定；关于搞好农村移风易俗的规定；关于加强农村教育的有关规定；关于加强农村医疗卫生工作的规定；关于加强农村综合服务的规定。

曹田对梁元竖起大拇指说：“我照着办，背不过来，老梁好样的。”王诚笑眯眯地望着他们，知道这是在夸儿子，心里很高兴，嘴上说：“都说是大伙子拥护他，他没有那么大的本事。”

梁元说：“这些规定都是对上符合有关法律和中央、省、市有关政策，对下呢，符合农村的实际，都是全心全意为人民服务啊！”

曹田说：“王书记办的事和现在习总书记倡导的一个样呀！那时候，他还发了‘白皮书’，对县里 22 个系统，分八批一年整顿行风一次，连续三年整顿。把 22 个系统行风规定汇集成 12 个文件，又把 12 个文件汇编成册，因为封面是白色的，叫‘白皮书’。”

梁元说：“是的，那次全县的动静很大。”

曹田说：“是啊，我们知道，王书记上任后下半年就对端正党风的工作抓得很紧，他层层召开民主生活会，开展批评和自我批评，一年举行两次，和现在一样，十一名常委全都发言，从上午开始，一直到傍晚，人人都找缺点谈不足。我听姜县长说，王书记对他们要求更严，都要有整改措施，立说立行，付诸实施。王书记对民主生活会突出的五个问题也提出了自己的看法。不要盲目乐观，不要只看成绩不看缺点，要虚心学习外地经验，在工作当中存在着一手硬一手软的倾向，抓经济工作用的时间多，精力大，抓得踏实到位，抓思想政治工作相对劲头小一点；还说有的单位中存在报喜不报忧的倾向，这就说明分管的领导报喜则喜、报忧则忧有关；在廉洁方面，"不送东西不办事，送了东西乱办事"的问题，奢侈浪费，请客送礼问题不断发生。为了杜绝问题的发生和促进整改，他先后派了 100 个人到乡镇村庄区去调查，把暴露出来的十个问题打印成明白纸，发到 6000 名党员手中，层层去召开民主生活会。对于行业系统在工作过程暴露出来的问题，抽调 100 个人的工作队员进驻的行业，前前后后用了 21 天来调研。

梁元他们又聊到王为民对待老干部的事。当年，老干局的几个老干部打电话到王为民的办公室，要反映几个问题。有话跟书记讲。王为民觉得很有必要到老干局去一下，他们一同到了老干局。老干部没想到书记会过来，有些不知所措。王书记说："你们都是功臣，都是党的财富，你们为人民做贡献的时候已经过去了，现在是享福的时候。有什么需要我办的事情，你们就竹筒倒豆子，干脆利落地说吧。"

老干部说："有三户下雨漏水，给我们修一下，我们的下水道管子太细，很容易堵塞，常常坏了，污水都流出来了。冬天快到了，暖气不行，年久失修，管道不畅通，室内温度不行，有时 14 度，可冷了，能不能在冬天来临前给我们修一下。"他们强烈要求彻底解决这些问题。

王书记当场答复，张主任将建委的同志找来。2 个月时间，花费 30 万彻底解决了问题，老同志们非常高兴。

一个叫丁一的三级荣军，跑到王为民家里，反映情况，王为民留他在自己家里吃了饭，派人给他买了车票回家，当即发补助 200 元，他逢人就说王为民好。

他的一个同学病故，他赶紧给他的孩子安排工作。一个道口镇村支书的儿子出车祸，在潍坊住院，他二话不说，放下手头工作，跑到医院，找大夫，把自己仅有的年糕送给医生，表示谢意。他还捐款建聋哑学校。

五

他第一次作为县委书记去开会，发下表格来，菜乡倒数第三，他的脸开始发烧，到家也没有降下温来。他下决心补工业短板。发展工业不仅难度大，而且周期长。有人提醒他："摆弄企业风险大，干好了也得三五年才见成效，你可是说走就走，这不是养了鸡让人家吃蛋吗？"王为民说："万丈高楼平地起，总有人打地基。"

1986 年 7 月，王为民参加潍坊市工业会议。数据显示，扣除原盐产值，菜乡工业在 12 个区县中列倒数第三。走出会场，他抓着会上发的通报表就回了菜乡。在紧接召开的全县工业会议上，他说："知耻而后勇。倒数第三并不可怕，可怕的是没有争先的勇气。我们必须打一场工业攻坚战，用三到五年，让菜乡工业产值翻两到三番！"

他带着计委、经委、财政等部门的同志，把全县 20 多个县属企业逐一看了个遍，听汇报、看厂房、和职工一起讨论研究，又马不停蹄地到工业强县考察。几番调研之后，得出的结论是——缺人才。随即，对全县 52 个重点企业负责人进行了一次综合考察、测评，优秀者留任，其余全部更换。又从 102 个经济单位推荐的 100 名"能人"中优选 40 人，作为企业后备干部。县委制定了《关于企业厂长经理选拔任用条件》，大张旗鼓地对企业负责人公开选拔。王为民特别强调：选拔中看大节、看主流，不求全责备，只要政治素质可靠，有经济头脑，有领导才能，就可大胆重用。

用人机制一活，工业全盘皆活。齐民思酒厂刘祥、仙霞集团王栋、联盟化工杨强等 40 多名公开选拔出的人才都是工业的领头人，都成长为优秀企业家。为了培植壮大工业企业，王为民用足用活了政策。他开"放水养鱼"之先河，抓盐业利税，免工业税收，"藏富于企业"；成立专门工作组，亲自带队到上级部门跑要资金，争取工业扶持近亿元，抓股份制改造，培植民营企业……1986 年，他上任之初，菜乡县、乡、村工业企业 303 家，1991 年，全县企业数量达到 4854 家，总产值翻了三番，利税增长了近十倍。有人说，王为民就像一把沉重的石夯，不知疲倦的起落间，为菜乡工业打下了坚实基础。

王为民信奉一句话：人民群众的事，再小也是大事；个人的事，再大也是小事。1990 年，有人提出：连年支持工业，县财政吃紧，能不能开征特产税？王为民断然拒绝："经费有缺口，可以从别处挖潜，万不可和农民算计。"

王为民经常说："要做个为老百姓干事的官，做个不贪不沾、干干净净的官，做个不让老百姓戳脊梁骨的官。"

第十四章　无土栽培

一

有话则长，无话则短，组织上经过调整，王为民又回到了菜乡，成为副厅级县委书记，继续耕耘菜乡。对菜乡来说，重新启用王为民就是高配。

上一届县委书记用文件的形式规定机关事业单位，每个周可以有一天的休息时间。菜乡的干部第一次有了星期天。

在王为民心中，1993 年注定是不同寻常的一年。在全县三级干部会上，菜乡粮田和经济田的比例，第一次由 6：4 改为 4.9：5.1，经济田超过了粮田。

3 月份，菜乡基本普及九年义务教育、基本扫除青壮年文盲，顺利通过国家教委评估验收。5 月份，全县进行农业结构调整，南部大搞三田：万元田、双千田、吨粮田开发；中部扩大经济作物特别是蔬菜面积；北部重点抓好绿色工程，发展抗旱耐碱的鸭梨、棉柳、棉槐等，3 至 5 年内，实现条田棉槐化、农枣间作化。7 月—8 月，菜乡的南河乡、羊角沟镇易名，8 月 8 日羊角沟镇更名为羊口镇。

二

6 月 1 日，国务院批复省递上去的批文，菜乡撤县设市，终结了 2141 年的置县历史。同时菜乡由群众投票选出了市树、市花和市雕，分别是国槐、

287

月季和贾思勰像。

三

8月8日这一天，全市同庆第一份报纸《菜乡报》诞生，市委周秘书做了第一届社长。市里决定筹建华侨中学。

四

有件事在王为民心中特别值得纪念，非常有里程碑意义，但是大家都忽略了。在这年的11月28号，一位做出巨大贡献的人韩大山走了。伴随着冰冷的冬天，在一片大雪中，他离开了喜欢的蔬菜种植业，离开了菜乡种大棚的老乡们。但在1993年菜乡的大事记上，没有韩大山离世事件。让人感到不平的，一位副市长来挂职，都有记录，韩大山的走在菜乡大事记上悄无踪迹。但是在县委书记王为民的心中，那是无法抹去的痛，无法忘却的友谊。他多次打电话给周慈姑："弟妹，你和孩子有什么困难，就和我说。"

12月21—24日，山东省首届保护地蔬菜病虫害防治暨无公害蔬菜生产研讨会在本市召开，来自省农科院、农业大学等22个科研单位35名学者、专家、教授参加了研讨。

五

时间一眨眼就到了2000年。新年的第一会是全市的乡镇党委书记会，王为民强调在新的一年里，要抓好五件事，头等重要的事就是搞好农业高科技示范园建设。吴秘书长过来请示，菜乡诺华种子有限公司举行开业典礼，潍坊市委书记要来参加，您看？王为民说："虽然诺华种业是世界上第二大种子公司，也是在中国成立的第一个经营实体，我是应该去参加的，可是组织上安排我去党校学习，加强学习很重要，我不能随便请假，想必上级领导也理解，就让市长和稻田镇书记去吧。"

吴秘书长答应着，他知道这几年，稻田镇张强去做书记，把蔬菜做成了全国的点。3月，荷兰王国北荷兰省长范·科莫纳德博士一行4人，洽谈了一个项目：山东—北荷兰农业示范区。全省第二期农村党员蔬菜技术培训班在市委党校举行，全省280多名农村党员干部参加。3月22日，山东菜乡永安男篮成立，副市长刘健出席发布会，由山东永安男篮俱乐部与市政府联合组建的职业篮球队，是全国第一个由县级市冠名的职业男篮。3月23日，发出了《关于开展向王仁义同志学习活动的决定》，王仁义这时候是中共十五大代表、农村基层干部的典范、共产党员的楷模、农村先进生产力的代表。学习王仁义解放思想、敢为人先的拼搏精神；学习他心系群众，一心为公的公仆情怀；学习他严于律己，顾全大局的坚强党性。4月与山东农业大学与菜乡市政府联合建立山东农业大学博士生实践基地协议，在高科技示范园举办，刘成市长到场。

4月，14国驻华大使，由葡萄牙驻华大使佩德罗为团长，由欧盟成员德国、意大利、法国、英国等14国代表团来到菜乡访问。

省蔬菜工程技术研究中心成立。全国妇联双学双比高科技示范基地设立。4月，王仁义、李雪芹当选为全国劳动模范，到北京领奖。5月，省委组织部、潍坊市委下文，向王仁义同志学习。6月邹庆从省委组织部下来挂职。10月马涛任副市长，分管农业。11月，全国农村妇女高科技示范培训班在本市举办，李红妹紧张地准备会议，全国20个省市自治区的300名妇女参加，市委副书记黄凤岩出席典礼。11月，成思危调研，指出职业教育不仅是企业的百年大计，也应是菜乡蔬菜的百年大计。

12月份，国家星火计划静止法绿色蔬菜无土栽培技术现场会暨研讨会在菜乡举办，国家科技部副部长韩德乾，中国工程院院士、中国农业科学院蔬菜花卉研究所所长方智远，省科技厅领导和王为民参加。国家领导人的目光自从关注小麦种植后，开始又一次投向菜乡，关注蔬菜。全国各大农业科研机构蔬菜研究所开始关注菜乡。无土栽培技术等登上了菜乡的种植舞台。

第十五章　蔬菜联合国

一

　　王为民正在感慨万千，忽然接到一个电话，是菜乡市委林书记打来的，这位林书记高高的个子，出生在沿海，戴着一副近视眼镜，做事情果断利落，他本来在潍坊市任组织部长，因为受台风"温比亚"影响，菜乡遭遇了百年不遇的一场大水，成千上万的蔬菜大棚被淹，全国的菜价波动。当年3月份刚刚成立的国家应急管理部发挥了巨大作用，立即调动全国的消防部队支援菜乡消除水灾。林书记算是临危受命，被派到菜乡兼任县委书记。他对王为民说："祝贺您王市长！得了大奖，给我们挣了光，潍坊市的领导明天赶到菜乡，大家商量在示范园等着您。"

　　林书记喊他王市长，是因为这些年来，他被选为潍坊市副市长、市长，但无论职务怎么提升，他始终把自己放在一个县委书记的位置上，奋斗不止。示范园是菜乡蔬菜高科技示范园的简称，这是从第二届菜博会开始的固定举办地。

　　王为民呵呵一笑，他说："这个奖，是对我在县委书记位上的肯定，更是对菜乡人民从解决温饱到走上致富之路最大的褒奖。接过证书的那一刻，我深切感受到了党和政府对我们基层干部群众的关心和鼓励。新时代条件好了，我希望，现在的年轻干部们不怕任务艰巨、不怕责任重大，大胆地试、勇敢地改，干出一片新天地，为老百姓办更多的好事实事。"

　　林书记说："是的，这正是我们要向您学习的。"

　　接着是菜博会总指挥张红薯打来的，于公于私，他都很高兴，他很小心地说："我明天在示范园等着您，我们正在准备第二十届菜博会，请您提提建议呢！"

　　张红薯是菜博会的发起者，也是自己的部下，很信任的一位干部，王为民没有犹豫，立刻答应了。

　　王为民有这个奖，自然想起了韩大山，想起他就心疼。他决定明天一早去三里小区看看韩大山的妻子周慈姑。想到在三里小区居住的这户人家，他就心潮澎湃，现在三里小区看起来特别普通，当时是菜乡改革开放建设的第一批商品房，建在人口最密集的地方，后面的几栋楼房是最好的户型。当年韩大山来菜乡传播蔬菜大棚种植技术，把全家都带来了。可惜韩大山在菜乡劳作了 5 年，在蔬菜大棚如雨后春笋般冒出来的时候，他得了肝癌去世了，才 42 岁。

　　王为民拨通了周慈姑的电话，周慈姑很高兴，但是她说："哎呀！王书记，近来，我的膝盖疼不能走路，等我的膝盖好了，再招待您。真感谢王书记时刻记挂着我。我每天都看菜乡台、潍坊台、省台的蔬菜栏目，我知道了，祝贺您得奖呀！都见到总书记了！当年老韩的梦想实现了。"周慈姑的口音还有东北腔，这是王书记所熟悉的。周慈姑说的梦想就是韩大山临终前对王为民说的，韩大山说："大哥，昨天晚上，我做了一个梦，梦见中央领导同志来了，接见了你、我和仁义二哥，给我们三人戴上了大红花，和我们三人合影留念。一再表扬我们干得好，鼓励我们再接再厉，把技术传到全国去。我们三人欢呼着跳跃着紧紧地抱成了一团。"

　　王为民听到了周慈姑心里的酸楚，他说："你要去医院看看，去治疗，以后找机会我再来看你。"

　　周慈姑说："现在不用过来，你很忙的，通个电话就很好了，等我膝盖不疼了，就去潍坊看您。"

二

吃过早饭，王为民就往示范园来。他把随身带的黑色手提包翻了翻，有一本手抄的毛主席的"老三篇"：《为人民服务》《纪念白求恩》《愚公移山》。这是他安身立命的法宝，他已倒背如流，几十年过来，风云突变，也没离开过他的身边。里面有一本简装的《齐民要术》，都被王为民翻烂了。这是菜乡北魏时期太守贾思勰写的，他重新拿起《齐民要术》翻着看。《齐民要术》是菜乡人的传家宝，也是我国最早的一部农业百科全书。这本书已经跟了他四十年，他关注蔬菜也四十年了，这四十年每天在某个瞬间他都会想到蔬菜，想到《齐民要术》，随时会拿出来翻了翻。作者贾思勰是土生土长的菜乡人，出生在一个世代务农的书香门第，祖上很重视农业生产技术知识的学习，对他影响很大。《齐民要术》细致讲解了蔬菜的种植和培训。为了写好这本书，贾思勰在黄河中下游地区活动，不拘泥于家乡，他到河南、河北、山西等地考察。他认为智如汤禹，不如尝更，要对前任的经验辩证地接受，并告诫农民，要有自己的思想，要在安民，富而教之。书中记载了小麦品种 8 个，水稻 36 个。为了真实，他自己买了 200 只羊养着，观察它们的习性，写出养羊的经验。他提出 10 只羊中要有 2 只公羊，公羊太少，母羊受孕不好，公羊多了，则会造成羊群纷乱。鹅最佳搭配是 1 雄 3 雌，鸭一般是 5 雄 1 雌，雌鲤 20 尾一定配雄鲤 4 尾。他到一个地方私访，看到一个老农正在耕作，而旁边很多地荒在那里，好像根本没有种庄稼的意思。他便走向前去问老农，为什么要把地荒在那里？老农告诉他这叫养田，要保持地的肥力就要懂得轮作的道理。现在人正好相反，说白天黑夜一年四季都要出菜，这不是对土地的掠夺吗？看来还要多学习，现代人有文化反而急功近利，还不如古人。有几个老百姓会去考虑土地的给养问题？

有一次贾思勰经过一个村子，看到一个老农俯身子在庭院里选麦粒，一副极其认真的样子。很奇怪，贾思勰便走进去询问，那人说在选麦种，并且给他讲了很多关于选种的事，把选种列为首位。在饲养动物方面，先讲马、牛，接着叙述羊、猪等。书中还介绍了蔬菜和各种酱类制作方法。总之，这本书顺应自然规律，以粮食为中心，多种经营等等内容，不一而足，《齐民要术》是一部农业百科全书。

叮的一声，王为民的手机里来了一个信息，是菜乡北徐村支书梁元发给他的，内容是关于神农氏的。他来了兴趣，读起来：神农氏炎帝，人身牛头，所以很多塑像上，他的头上长着两只角；有的在两鬓上面凸出两个疙瘩，有的就是很长的很夸张的两只牛角。他的四肢不透明，其他部位都透明，他尝百草，哪种有毒，立马就能知道，所以有遍尝百草之说。有一天，他在走路，有一只五彩鸟衔一支五彩谷子落到他的面前。他把谷子埋到地里，第二年，长出了一片谷子。他教会人们种谷子，人们很爱戴他，叫他五谷先生。他开创了我国的农业生产，传说中有天皇地皇，他就是地皇。老百姓初一十五给神仙发钱粮，有天皇和地皇的，让他们保佑平安、发财，所求的地皇就是神农氏。

王为民身边围着几个得力的支部书记，梁元是当年身边最得力的农村支部书记之一，他和曹田、西贵这些北部村里的支书，都是很好的朋友。梁元是种小麦能手，平时爱读书，他和王为民说，当年开国上将萧克，分配到农垦部当副部长，为了尽快熟悉农垦工作，抽时间读农业方面的书，比如育种、耕作、栽培等，部长王震就向他推荐了《齐民要术》。因为是古文写的，读起来很困难，但是他一字一句读完了，得出结论，发展农业生产必须严格遵循自然规律和经济规律，要实事求是，量力而行。

梁元是王为民推荐的种植小麦的典型，王仁义和其他村里的支书常常去梁元那里学习小麦种植如何高产，中央三届总理都到过北徐村参观，鼓励小麦实验。王为民就把电话打了过去，梁元在电话里说："为民书记，您给咱们菜乡争光了！"王为民知道他指的来北京领奖这件事，就谦虚地说："你都看到了，还不是你们这些老支书领着干出来的，我沾了大伙子的光了。我看到您给我发的神农氏的信息了。"王为民一直这么谦虚，梁元是知道的，什么时候也不争荣誉。别看是县委书记，一点官架子也没有，倒是和他们这些农民是好朋友，哪个村支书叫什么，擅长什么，王为民了如指掌。

　　只听到梁元在电话里说："三皇五帝中，神农氏还是太阳神，他做善事，有智慧，立历日、立星辰、分昼夜、定日月；除了种五谷，还立市廛、纺麻织布、作五弦琴……您就是我们心中的神农氏，老百姓都喜欢您。"

　　王为民立刻说："老梁，可不能这样说，我做什么事都是应该的。回去我们见见面，说说您又发现了哪些小麦新品种。"接着他挂了电话，梁元是种植小麦能手，全县的农村支书中，梁元是最有文化的，中专毕业，挨饿的时候，不干教师了，回到村里当了农民。

　　王为民心里很清楚，农业是以土地资源为基础的，林业、渔业、牧业等副业也都是以土地资源为基础的，农业是国民经济发展的基础，是第一位的。他在菜乡以"敢为天下先"的精神，掀起了一场改变农民命运和改写农业历史的"绿色革命"，不仅让菜乡摘掉了贫穷落后的帽子，而且给菜乡人民留下了一座座搬不走的金山银山。那些冬暖式大棚、弓棚菜、露地菜，覆盖了菜乡南部半壁江山。曾经温饱不保的 20 万户菜乡农民，种植大棚的当年户均收入达两万多元，全县城乡储蓄余额超过 60 亿元。

　　王为民很欣慰的是，自己当年干的事情，只是一位县委书记应该干的，可是老百姓没有忘记他，地方政府没有忘记他，党中央没有忘记他，推荐他参评改革开放先锋，给了他这么高的荣誉。他知道自己就是起了一个领头干的作用，菜乡的蔬菜种植早已今非昔比，第六代智慧大棚更加现代化，智能化操作，全部使用自动卷帘、温控、喷药、补光和水肥一体化等智能装备，缩短了农民的劳作时间，提高了蔬菜质量和产量。种植面积从 1 亩增加到现在的 2.5 亩，如今菜乡的技术、人才、标准、问题解决方案推向全国，正在带动全国农民增收致富。

　　王为民用毛笔就把唐太宗李世民的百字箴言写下来，挂在了墙上：

　　　　耕夫碌碌，多无隔夜之粮；

　　　　织女波波，少有御寒之衣。

　　　　日食三餐，当思农夫之苦，身穿一缕，每念织女之劳。

　　　　寸丝千命，匙饭百鞭，无功受禄，寝食不安。

交有德之朋，绝无义之友。

取本分之财，戒无名之酒。

常怀克己之心，闭却是非之口。

于是他上任后第一个行动就是让工商局调研筹划建立蔬菜批发市场。

三

进入菜乡了，一座一座整齐划一，像海洋一样深蓝的大棚沐浴在阳光里，蓝色的薄膜是透明的，里面的竹竿像琴弦一样。后面是一堵一米多厚的土墙，两侧用墨绿色的帆布或者黑色的薄膜盖着，间或坠下几条绳索，头上拴着一块半头砖，看不出进口在哪里。这样的大棚成片存在，没有孤零零的。再走走，你也许会看到一片大棚山墙上有一座小房子，红色的瓦覆盖着房顶，鲜艳得很，这是第二代大棚。种棚的人可以站着进去，可以在小房子里放农具。大棚变得更宽敞起来，原来的最长就是 70 米，有 5 米宽就了不得了，现在一建就是 100 米长，10 米宽。第六代温室独领风骚，属于全钢架无立柱类型，全部钢结构件均采用热浸镀锌表面防腐处理，使用寿命一般在 20 年以上不生锈，构造坚固，遇到强暴风雪和台风天气，不会出现倒塌现象，可用于养殖、育苗、种花、无土栽培等。前坡采光面加大，采光性及增温性提高。减少棚内立柱，有利于机械化作业。同样情况下相较其他温室大棚高 2—3 度，棚内容积增大，CO_2 浓度昼夜相差小，有利于增加光和产量。一片一片的蔬菜大棚是田地里的主角，听从指挥，不光外表一致，里面的蔬菜品种基本统一规划种植，便于出售。棚与棚之间都有一块缝隙，农家日子就体现在这个细节里，你会发现人们会在这里种上小麦。

假若有一大片大棚，有围墙，一定是合作社或者是大公司的。村里各户种植的大棚都是开放的。

王为民被路边的一片新式大棚吸引了，他目不转睛地盯着一闪而过的大棚思考，想分辨出哪是第二代哪是第六代大棚，猜测他们都种了什么蔬菜。

一座奇特的大棚吸引了他,他立刻让司机停车,他要下去看看。原来这座大棚被称为大棚之王,比当年北京四季青的大棚还大,一眼望不到边。他背着手,仔细瞧瞧,发现是双膜双拱大棚,玻璃智能。他真想不到菜乡有了投资这么大的大棚。这个时候过来一位穿着迷彩服的中年人,一看是王书记,吃惊地笑了,忙跑过去握住他的手,向他祝贺,一边向他介绍说:"这是采用三波两腔玻璃建造的,热阻值提高 5 倍,顶部采用漫散射玻璃,解决挡光遮阴问题。这个大棚首次采用分时关启外保温设备及智能控制系统,增强保温效果。空间利用上,采用 12 米大坡度,种植面积增大,采用空气能热泵加热、室温余热回收等方式,叫现代农业高新技术实验基地,是中国工程院院士赵春江领衔策划的,使用了国家农业信息化工程技术研究中心设计专利 120 项。长 200 米,占地 16 亩,每个造价近百万。"王为民为群众的智慧折服,他不住地点头。

车子穿过大棚,进入菜乡这座小城,越过大大小小的公园、医院学校,看到波光粼粼的弥河了,它由南往北流去,将城市一分为二。弥河的东边就是菜博会的举办地,也就是王为民要来吃饭的地方,菜乡蔬菜高科技示范园。

这就是从航拍看,山东境内那个大于济南的城市,菜乡不是真正的建设面积大,而是大棚的面积大。这是由无数个大棚供养起来的美丽县城。

四

张红薯站在工字型的大门口等着他。蔬菜高科技示范园,这个示范园处在弥河东岸,属于洛城镇的地盘,多功能,技术开发、科普教育、技术培训、实验示范、种苗繁育,更重要的是,每年定时定点在这里开菜博会。张红薯的身后还站着于山药、杨甘蓝、范南瓜、彭二代、王土豆等几个男同志,他们毕恭毕敬,眼睛里闪着敬慕的光。王书记下车,与众人一一握手,张红薯说:"于山药、杨甘蓝、张晓卜、彭二代这些年轻人,一听说您回来了,就想见您一面。"王为民呵呵一笑。对面的路岔口有一尊高入云天的塑像,一个健壮的男性展开手臂迎接东升的太阳,下面有四个字:世纪之门。对了,这尊塑像设立的时候，恰是 21 世纪的开始。示范园这个大门也没有特别之处，建设的时候可惊心动魄，菜博会开幕前一天晚上才彻底完工，负责工程的局长眼都睁不开了，有两个技术工人站着睡着了。他们心中只有一个念头，拼上，不能给菜乡丢脸，不能给菜博会抹黑。

王为民第一眼就看到了标志性的建筑坐落在东南方最主要位置的蔬菜博物馆。这个博物馆有无数层台阶，显得非常威严，可以直接从外面上到二楼，也可以坐电梯，电梯是百货大楼里面有坡度的开放型电梯。它的功能可以保存与蔬菜有关的文物，更重要的是菜博会期间做展厅，多以文化为主。

大楼的后面就是生态酒店，也是示范园配备的唯一正规酒店，据说是南方一位女士带资修建的，算是示范园招商引资的项目，张红薯和一百多号工作人员就在这里就餐。进了门，就是服务台，一条铺着绿色台布的桌子，几位年轻漂亮的服务员忙碌着，她们身后的壁橱里，有着各色的酒和烟。三条大理石铺就的小路将人们引向不同的方向，高低不同的真花真草掩映着大小不一的木屋，高大的棕榈树、幸福树、兰草，一个又一个木材和玻璃搭建的独立房间，每个房间溪水环绕，鲤鱼游动。这也是市里定点的接待地方，菜价中等，满足了人们在野地里吃饭的愿望。他们知道王为民不会去高档酒店吃饭，要么去市委食堂吃，要么来高科技示范园食堂吃。

看看离吃饭时间尚早，张红薯就领着王为民到处转转，看看这届菜博会的布展情况。一对年轻的男女过来，眼睛里闪着敬慕的光，谦虚地问候："王书记好！"王为民感觉这两位年轻人很陌生，就点点头笑着答应："好好！"张红薯赶忙过来指着那位个头很高、体型健壮的男子介绍说："这位是张晓卜，绿能合作社的，现在回到泰安搞蔬菜了。"又指着那位瘦高个头的女生说："这位是李秋莓，蒋大蒜的媳妇，搞了一个馥农农场，是场主呢，刚在市里开完会回来。他们这些日子吃住在这里，搞土壤调查。"王为民说："很好，年轻人干一行爱一行，有志向，才能出成绩。"

辞别年轻人，张红薯和王为民继续向前走。张红薯是元老，是当年提出成立菜博会的人，也是历届菜博会的总策划，常年在园区里，天天数算黄瓜、西红柿、茄子、辣椒、南瓜、白菜、韭菜、芹菜、菠菜、南瓜、冬瓜、吊瓜、西瓜、伊丽莎白甜瓜、青萝卜、白萝卜、土豆、山药……和蔬菜过日子。

一想到菜博会的盛景，王为民总是慨叹："此景只有天上有，人间哪得几回闻？我们的老百姓就是有智慧。"他当年只是让大家种菜，成为万元户，过好日子，真没想到历届的市委市府领导人，按照一张蓝图画到底的决心，发展蔬菜种植，不折腾，把菜博会办得这么好。他对这几届的领导在蔬菜发展上很满意，如果有一届领导改变了方向，都是损失。他永远深知农民有智慧，高手在民间。总书记提出"以人民为中心"是我们每个共产党员的法宝，永不过时。

王为民迫不及待地看着示范园的新变化，他和菜乡的老百姓一样，每天脑子里都装着蔬菜二字，他要跟着张红薯各处看看。

听说王书记来了，住在市府家属院的胡科学和住在示范园后面的梁元、惜福也赶了过来。他们要同老书记见见面，叙叙旧，最主要的还是聊聊蔬菜。

王为民说："胡科学、老梁，我当年常批评你们，批评得很严厉，有时因为没有掌握实情批评错了，想起来有些内疚。你们还来看我干什么？"

胡科学眼睛眯成一条缝，他笑着说："王书记，可别这么说，大家都知道您批评人从来不是因为个人的不满足而批评别人，是对干部要求严。实、正、公、严、新，是您要求的五大作风，还有"三大忌"，我们都遵守呀！"胡科学说的五大作风就是实事求是、一身正气、立党为公、要求严格、改革创新；"三大忌"是一忌权钱交易，二忌既从政又经商，三忌以关系提拔重用干部。王为民这样和干部说，也这样做。刚参加工作的干部们，脑子是一片白纸，可塑性很强，跟着什么样的领导学什么，跟着他干的那一批干部，多年来没有一个犯错误的。

王为民当县委书记的时候，有个习惯，每次开完农业方面的会，就让张秘书把梁元和胡科学留下，问问他发言的效果，听听他俩的反响。直言不讳是他们俩的特点，王为民就喜欢他们俩这点。再一个，梁元是特别喜欢做实验，别看他是农民，心里装的都是集体的事，都是国家的事，也都是科学种田的事，他的院子里，就是一个庭院经济。不过，这些实验下来，只能满足家庭，不能上升到致富的高度。后来就放弃了，梁元一心一意种小麦。

胡科学在科委，他关心的是，整个菜乡的科技，肚子里货多，问什么都难不倒他。胡科学告诉王为民菜乡如今有 2000 种蔬菜，经过实验筛选，有 500 种在农民的大棚中落地生根。

张红薯的名字是他从山东农业大学引进空中红薯叫起来的。他们一边走，一边你一言我一语议论蔬菜。也有重复的，也有颠倒的，也有道听途说的，他们只是聊。

梁元说："我原来只关注小麦，知道他的原产地是西亚，春秋战国时期传到我国。看了一些蔬菜的书，才知道战国时期在城郊就有了专门种植蔬菜的菜园。其实中国本土蔬菜品种很少，韭菜、甜瓜、瓠瓜都是人工栽培的，我们现在种植的黄瓜、西红柿、辣椒、蚕豆、豌豆、大蒜、茄子、丝瓜都是汉朝张骞出使西域带回来的。"

张红薯说："是呀，辣椒和西红柿的传入时间要晚些，西红柿最早生长在南美洲秘鲁，叫狼桃，秘鲁土著人刚发现时觉得它的色彩太鲜艳了，以为有毒不敢吃。还有人说是 18 世纪一位画家，亲口吃下狼桃，直挺挺地躺在床上等死，半天过去了，没事，西红柿才成为美味。我国蔬菜品种一度有 176 种，现在经常食用的大约有 100 种。"

王为民扳起指头，数着说："我知道，香椿、樱桃、油桃、人参果、洋香瓜。苹果、桃子、梨起源地都在中国。我国本土的品种还有白菜、小白菜、慈菇、葱、莼菜、大豆、冬瓜、芥蓝、黄花菜、荸荠、茭白、蕨菜、菱角、芦蒿、萝卜、梅子、香菇、苋菜、芋头、竹笋等。"

胡科学说，《诗经》里提到的 132 种植物，作为蔬菜的就有 20 多种，叶菜、根茎、花芽、蕨、瓜果蔬菜五大类，后来部分品种已经退出了蔬菜领域，比如荇、苕、苞之类的。战国时期，在城郊区就有了专门种植蔬菜的菜园，那个时候菜主要有 5 种，葵是百菜之王，叫它冬寒葵或者冬寒菜，口感和营养都不好，到了唐朝和明朝就很少有人种了。藿是当时的重要蔬菜，就是大豆苗的嫩叶，也很少吃了。胡瓜、胡桃、胡豆、胡椒、胡葱、胡蒜、胡萝卜，和我一姓；番茄、番薯、番椒、番石榴、番木瓜；还有洋系列，洋葱、洋姜、洋芋、洋白菜；不管那个朝代引过来的，都适应了我们菜乡这块土地，成了我们的蔬菜品种。

在这里安营扎寨的蔬菜，第一为黄瓜，黄瓜是当年韩大山带进来的唯一品种，也是日光式冬暖大棚的主打品牌。对于菜乡来说，它是最常见的菜。1989年冬天，它横空出世，跨越渤海，从辽宁来到山东后，身价倍增，响亮地成为蔬菜之乡的天使。

五

正好，借着王为民和张红薯的脚步，丈量一下在这里安营扎寨的蔬菜历史：先来看看黄瓜，黄瓜属于人们餐桌上最常见的菜，只此青绿，就很养眼，黄瓜有带刺的，几十公分长，老绿老绿的，多是秋季阳光下的笨黄瓜，一棵黄瓜蔓子上可以结两三支。而大棚里的黄瓜，多是瓜果类的无刺小黄瓜，一扎儿长短。黄瓜原来生长在喜马拉雅山南麓的热带雨林地区，是印度人驯服培植成今天人们的食用蔬菜。野生的黄瓜不清甜，表面有黑色的刺，味道苦涩，人工选择培植后，传到世界各地。汉武帝派张骞出使西域时传到中国，先在广西、贵州等地种植，然后遍布全国。清朝的乾隆皇帝、罗马帝国的第二个皇帝提庇留餐桌上几乎天天有黄瓜，俄国彼得大帝也很喜欢吃。黄瓜特有的清香可以生产洗面奶。黄瓜甘、凉，中医药里都提到它，比如《千金食治》《日用本草》《医林纂要》《本草求其》《本草撮要》《滇南本草》《陆川本草》等中医书籍，黄瓜的中医作用是除热、利水、解毒、治烦渴、治咽喉肿痛、治火眼、治烫火伤。常吃黄瓜可以延缓衰老、淡化色斑、降脂降压、防止血栓。

说到黄瓜也容易想到同样原产地是印度的丝瓜，它比黄瓜传到中国要晚，直到唐宋时期才引入了中国。丝瓜与黄瓜同宗，都是葫芦科植物，丝瓜也是有着细长的身条，当顶端开的黄花要比黄瓜的花大，嫩黄的多，用娇艳来形容一点也不过分。但丝瓜与黄瓜不同的地方是，丝瓜不可以生食，必须做熟了吃。丝瓜也有多种类型，比如一米多长的蛇瓜，绿中泛白，下头大，外形像极了蛇。丝瓜很泼辣，它不挑土壤，所以中国的老百姓都会种植丝瓜，瓜田篱笆下，点上几个籽，这一年就会收获吃不了的丝瓜，做蛋花汤，泡饼吃鲜美得很。若不及时采摘，老了后丝絮变硬，可用来刷碗，非常环保。丝瓜还叫水瓜、胜瓜、菜瓜，布瓜、天丝瓜、蛮瓜、天罗、虞丝、絮瓜、纺线等。它味甘、性凉，抗病毒、抗过敏，也具有清热解毒、祛痰止咳、利尿消肿的作用。

吊瓜也是葫芦科的一种，他属于重型瓜，与丝瓜黄瓜的分量比起来，可谓大力士，每个成熟的吊瓜都在五斤以上，大多是黑黢黢的皮，有的橙黄色，多数长成弧形，耐储存，做菜的时候，得一段段地吃。除了长形的，还有圆形的、狼牙棒形状的，最早在朝鲜、日本等地种植。中国吊瓜之乡是浙江长兴的煤山镇，是最早将橙色灯笼样的野生吊瓜培育好的，据说在那里一株吊瓜的收入胜过一头猪。

葫芦科最常见的品种还有南瓜和冬瓜。南瓜有坚硬的外皮，橘黄色中带有斑点，用刀切的时候像石头一样硬，颜色有黄皮的、黑绿皮的，还有绿黄相间的，不一而足。大南瓜最重的有 400 多斤，人们不敢吃，放在门口做工艺品，观赏；小南瓜只有几两重。南瓜品种多，形状怪异，有麦克风样的南瓜，有灯笼样拳头大小的南瓜。把小南瓜里面的籽和瓤抠出来，填进肉馅，在锅里蒸，很美味。南瓜传统吉祥的外形和黄澄澄的颜色，得到人们的喜爱，也是画家笔下喜爱的色彩。

同样是葫芦科，同样原产地是印度，同样在唐朝传入我国的还有冬瓜。冬瓜，个头很大，每个十多斤，淡淡的绒毛，像在绿色的外表上覆盖了一层白霜。高雅清淡的冬瓜炖排骨是标配，冬瓜汤是消炎的好食品，不光味道清淡，也对身体极为有利。冬瓜很环保，病虫害少，恐怕是人们喜欢的一个原因。冬瓜是一年蔓生或者架生草本植物，叶片大，带密密的小刺，别名大瓠子、瓠子瓜、白瓜、枕瓜、扁蒲、葫芦瓜等。冬瓜里含有维生素和氨基酸多，性甘、淡、微寒，脾胃气虚、腹泻、胃寒疼痛者忌食，女性月经来潮间和寒性痛经者忌食生冬瓜，有辅助降压、调控血糖、降血脂、利尿消肿等功效。

我们最喜欢吃的西瓜原产于非洲，从西域传入。

黄瓜常常和西红柿一起说。西红柿学名番茄，它一点也不输于瓜类。西红柿微扁圆球形，色彩夺目，面滑、肉厚、味甜、汁多爽口。最早艳丽的色彩，让人们害怕它，怀疑有剧毒，原产于南美洲秘鲁的森林里，常常有狼伤人的事件发生，于是人们把它叫狼桃。番茄一直作观赏植物，到了 17 世纪，被请进了菜园，明朝万历年间传入中国。西班牙有专门的西红柿节，人们可以进行西红柿大战，就像我国的泼水节。西红柿还叫洋柿子、番茄，种类多得说不过来，但从颜色上有大红柿子，有粉红柿子，有樱桃西红柿，还有口感特别好的比樱桃西红柿大一点的金冠，有绿色的绿宝石；中蔬 5 号、浙粉 201 号、佳粉 15 号、普罗斯旺西红柿……西红柿的名字也特别多，番柿、番茄、小番茄、狼茄等。西红柿生津止渴、健胃消食、润肠通便，它含有维生素 A、维生素 C、维生素 E 等很多营养物质，有长寿果美誉，里面含有鲜明的番茄红素，能够预防前列腺癌、消化道癌、肝癌、肺癌、乳腺癌、膀胱癌、子宫癌、皮肤癌等，也可以降脂降压、防止血栓。

茄子，别名很多，比如矮瓜、白茄、吊菜子、落苏、紫茄等，有不一样的紫色，颜色有黑紫、红紫或绿白。光溜溜的外皮，皮特别结实，里面却十分可口，一点纤维也没有。形状各异，有圆球、扁球、椭圆球形的圆茄，有形似牛角、长如细棒的长形茄。品种叫得上名来的有 50 多种，如墨茄、竹丝茄、西安绿茄、洛阳青茄、三月茄、丰研 2 号、黔茄 3 号。有人认为古印度是最早驯化茄子的，可是我国种植悠久，类型品种繁多，被认为是茄子的第二起源地。西晋稽含的《南方草木状》中说，华南一带有茄树。宋代苏颂撰写的《图经本草》记述当时南北有紫茄、白茄、水茄外，江南一带还有种藤茄。茄子含有蛋白质、脂肪、碳水化合物、维生素以及钙磷铁等多种营养成分，维生素 P 含量高。味甘性寒，清热活血化瘀，利尿消肿、宽肠，化学成分含有生物碱。《本草纲目》记载茄子可治寒热、五脏劳，治温疾。

辣椒也是外来的，明朝时期传入我国。它味辛、性热，让人们胃口大开，尤其是云贵川地区，用辣椒御寒、抗冷。辣椒有灯笼样的七彩甜椒，也有牛角似的长椒，还有指头粗细的贵州椒，辣得心疼，才有老干妈的特色。贵州厨师没有辣椒作调料，不会做菜，贵州人没有辣椒，吃不下饭，在街头吃个烤豆腐和烤土豆，作料竟然是十分香性的辣椒面。有墙头上种的朝天椒，撅着圆锥状的小尖头，辣得人掉眼泪。它有丰富的维生素 C、胡萝卜素、叶酸……在《纲目拾遗》《食物本草》《百草镜》《药性考》《食物宜忌》《药检》中都有记录，吃辣椒能促进食欲、改善消化、抗菌、杀虫，治疗腰腿疼、外科炎症，治疗冻疮、冻伤、外伤瘀肿等。

六

韭菜又叫起阳草，一簇簇，叶片扁平带状，夏天开锥形总苞包被的伞形花序，内有白色小花 20—30 朵，看起来像空谷幽兰，又如麦苗。有宽叶韭和窄叶韭之分。从食用上分根韭，主要食用根和花苔，这些主要分布在云南、贵州、四川、西藏，别名不韭、宽叶韭、大叶韭、山韭菜、鸡脚韭菜；叶韭，叶片宽厚、柔嫩，抽薹率低，全国普遍栽培；花韭，甘肃兰州和台湾多有，最多的是叶花兼用。韭菜性温、味辛，滋阴壮阳，营养成分有维生素 C、维生素 B1、维生素 B2、尼克酸、胡萝卜素、碳水化合物等，所含硫化物能杀菌消炎，提高人体免疫力。韭菜能补肾，益肝健胃，行气理血，粗纤维能润肠通便。《别录》《食疗本草》《本草拾遗》《日华子本草》《本草衍义补遗》《丹溪心法》《滇南本草》《纲目》《本草经疏》《本经逢源》记载一些药方就含有韭菜，配着一些偏方治胸痹、阳虚肾冷、翻胃、吐血、呕血、淋血、尿血，治子宫脱垂、荨麻疹等。韭菜原产亚洲东南部。

芸豆，属于豆科，也叫菜豆、二季豆、四季豆，别名叫架豆、刀豆、扁豆、玉豆、豆角。味甘、平，能补肾，帮助消除水肿。芸豆有芸豆蛋白，是高钾低钠食品，对心脏病、动脉硬化、高血压等有帮助。芸豆在做菜时要煮烂，要不有毒。豆角就不存在这种情况，豆角长得细而长，可以用热水焯一下，拌着吃，也可以生吃。

春天里，风吹过田野里，你会发现菠菜和麦苗一起泛绿，与麦苗共舞，似乎菠菜是野菜的一种，随处可见，它适应土壤能力特别强。它的叶面积大，组织柔嫩，喜水。20 世纪 80 年代梁元实践间作的时候，农人就在麦田里的脊上，点上菠菜种。空地上的菠菜是贴着地面向四周匍匐伸展，而麦田脊子上的菠菜顺着麦苗向高处长，长得又高又细，高达1米，须成捆卖出去。口感不如单独在菜地里施农机肥的菠菜嫩和香。有种"橘生淮南则为橘，橘生淮北则为枳"的感觉，问题出在环境和肥料上。

菠菜原产伊朗，菠菜种子是唐太宗时从尼泊尔作为贡品传入中国的。它名字很多，有波菱菜、红嘴绿鹦哥、鹦鹉菜、红根菜、飞龙菜等。作为中药，具有解热毒、通血脉、利肠胃之功效，治疗头痛、目眩、目赤、夜盲症、便秘、痔疮等。

芹菜有种别样的清香，嫩黄的茎秆有力地窜出去，一棵有三四个茎，抱在一起长，分实杆和空心杆，后来出现了美国吨，长再高也很脆。土香芹、水芹，也叫楚葵。在古代芹献表示敬意。它是二年或多年生草本，和其他一年生植物不同，它可以留下根子，第二年重新发芽。芹菜到了今天，是水培的第一选手，特别干净。它有茎秆很细的山芹，还有旱芹。药用价值多，人们最熟知的是降血压、降血脂作用，能预防动脉硬化，对前列腺癌、乳腺癌、甲状腺癌等细胞有抑制生长、诱导细胞凋亡、抑制肿瘤血管形成等作用，对某些细菌有较强的抑制作用。

香椿是三月到四月的宠儿，吸收天地之精华，头茬香椿新鲜，它是楝科植物，别名香椿芽、大红椿树、椿天、香桩头，香椿铃，香玲子、中药主治外感风寒、风湿痹病、胃病、痢疾等，它性凉、味苦平，清热解毒、健胃理气、润肤明目、杀虫。香椿还有维生素E和性激素，有抗菌消炎作用，治蛔虫病、股癣、痔疮、便血、崩漏、带下病。

萝卜，分青萝卜、白萝卜、红萝卜、胡萝卜，是我们中国人比较喜欢的一种蔬菜，生熟都可以吃，别名是莱菔。它起源于欧亚温暖海岸的野生萝卜，最早食用萝卜的是埃及人。萝卜属于十字花科，它的种子可以榨油，可做工业用油。萝卜受到人们欢迎主要是中医认为萝卜性凉、味辛甘，能止咳化痰、助消化、利便，预防免疫力，增强肌体勉励，对防癌抗癌有重要意义。李时珍的《本草纲目》对潍坊萝卜有专门的记载：萝卜乃蔬中宜品。有冬吃萝卜夏吃姜之说，潍坊萝卜又叫高脚青，主要在潍坊夏庄生产，药用价值很高；

烟台苹果莱阳梨赶不上潍坊的萝卜皮，吃萝卜喝茶，气得医生满街爬。

　　和潍坊萝卜一样，是国家地理标志产品的还数人参。人参是中国的特产，是一种标准的中草药，性温、味甘、微苦、微温，补元气，原产地是中国，长白山的人参最出名，是长白山三宝之首，分布于中国、俄罗斯和朝鲜，我国河南、山西、甘肃、贵州、浙江、四川属于原产地，主要产地为河南。它的别名太多：棒槌、地精、黄参、老山参、神草、血参、野人参、百草之王等。

　　红薯，又叫番薯、地瓜、白薯、甘薯等。在明朝时从菲律宾传入我国，它适应性强、产量高、易栽培，迅速在我国大量种植，救活了饥寒交迫的人们。当时菲律宾属于西班牙管理，把红薯看作国宝，严禁将红薯带出国境，而且设置了重重关卡，违令者一律处死。可是福建的陈振龙看到国内流落街头的难民，他在经商到达菲律宾后，默默地记下了种植方法。回国的时候，他秘密地将一根藤条缠入麻绳中，一路上，他故意将藤条打湿，或者故意让行李掉到水中，让带有藤条的麻绳浸泡一夜，给藤条补水，经过7个昼夜才回到中国。试种成功，短短4个月内，收获了大大小小的红薯，迅速传遍全国，人们靠着红薯活了下来。福建巡抚金学曾写成了第一部薯类专著《海外传奇》，福州人感念巡抚的功劳，改朱薯为金薯。陈振龙被称为"番薯之父"。

　　白菜是中国的菜，它露天种植，是秋冬季节人们食用的最常见蔬菜，有"百菜不如白菜"的百菜之王说法，古代叫它菘，也叫结球白菜，性味甘平，含有大量的维生素、丰富的纤维及丰富的钙铁硒，有抗氧化、抗衰老、润肠通便、促进排毒的作用，是中国老百姓最爱吃的菜。白菜也是杂交菜，由南方的小白菜和北方的芜菁杂交演化而来。

　　这块黄河水冲击出来的平原，似乎要报答各方厚爱，除了生长蔬菜，还有粮食，包括小麦、玉米、大豆、高粱。但是水灵灵的蔬菜，已成为这块土地上的王牌。

　　菜乡只要家里种植一个蔬菜大棚，就不用出去打工，一年的收入，就能供应孩子上学，老人看病。出去做技术指导的反而算是打工人了。多少年了，王为民的工作岗位变了，退休了，但他对蔬菜的关注一点也没变。三天不吃青，眼睛冒金星。就是说几天不吃蔬菜，人们就感觉身体不适。蔬菜中有人类维持生命不可缺少的要素，古代《五十二病方》中，提到了蔬菜的药用，明代医学家李时珍在《本草纲目》中，收集的蔬菜药物多达105种。自古老百姓把菜园看得比花园还重要。过去小农经济时期，种植谷物的旁边，一定会种上几垄葱、几架芸豆，或者几架吊瓜、几棵丝瓜，不占地方，却硕果累累，能供一家人吃菜。

张红薯说："这是大自然一场精彩的布局，从空中看，黄河当空舞，起起伏伏跳跃着，这颗莱州畔的珍珠，之所以放出五彩的光芒，都是黄河巨龙的恩惠。"这些林林总总的蔬菜如今在菜乡都有种植，它们的样品都收录在一个菜园子里，这个菜园子叫蔬菜科技示范园。

这里四季都有菜，大棚里没有田地里有，田地里没有市场上有，买全国卖全国，一直做到五渠通天下，四海集一市，甚至做到了种子上太空，换回一个宇宙菜乡的称号。

这块土地上，一年四季满眼都是蔬菜，一串串、一嘟嘟、一排排，绿油油、红彤彤、黄澄澄……成为名副其实的蔬菜联合国。

七

张红薯领着王为民从示范园的最西边2厅开始看。2号厅其实是个育苗室，二十年雷打不动，王为民很熟悉，每次来参加菜博会开幕式，都是这个顺序，他百看不厌。因为那绿油油的一棵棵小苗苗，就是一个个丰收的希望。人只要有希望，才会不计较眼前的苟且和困难，才会愉快地生活。从东侧一个小门进去，一眼望不到边，几台洒水机正在空中洒水，雾一样的水不时地飘过来，落在人们的脸上，凉丝丝的。钢构的银色大支架隔开一个一个空间，离地一米左右的温床，一排接着一排，一律是黑色的长条形的底盘，空中飘着黄色的彩旗，那是粘牙虫的纸板。一律是几片绿叶的苗子，蹲下来，仔细看才能弄懂其中的奥秘，才能辨别出哪是黄瓜苗，哪是柿子苗。若不懂，满眼里只是绿。张红薯说："老人们常说，秧好一半禾，苗好七分收。咱这个大厅的苗子只是展示，供应大棚还得各地的育苗。"王为民说："现在哪个乡镇的育苗基地大？是不是仁义的三元朱村？"

张红薯说："不是的，现在，离这里最近的洛城，是最大的育苗基地，您也知道，育苗基地都育繁推，都是菜乡智慧农业种苗产业园项目，有 13 个育苗室，订单已排到了明年的一月份，约有 650 万株。"张红薯一边领着走，一边说："一个好消息要告诉您，国内单体最大的育苗温室落户在我们菜乡，正在建设中，它聚集了全国不同纬度各类种子。中国农业科学院蔬菜花卉研究所、蔬菜工厂化种苗生产技术课题组与他们签了协议。"

王为民一听，说："很好，这就是说，我们的蔬菜产业转型升级了，会提升咱们的蔬菜区域品牌的龙头地位。"张红薯笑着说："是的，是的。占地也多，120 亩。"王为民感慨地说："前几年，不敢想，那时候育苗，都是人工，在大棚里有两个席子的苗，自己育自己大棚中，很麻烦不说，有的人家苗子的芽出不来，常常育坏了，伤心落泪的，还耽误种植。"

张红薯说："现在这个不是问题了，一点也不用担心，菜农买苗子种，比自己育苗便宜多了，还省心。这就是我们骑自行车和坐高铁出门一样，两者没法比。"王为民毕竟这几年没有这么关心这个事，他问："差距这么大了？"跟在身后的张晓卜说："是的，育苗中心用的设备强，我给您说一下，用的播种机是国内首台滚筒式，用的生产机是丹麦生产，国内引进的首台蔬菜大苗纸钵生产机。有国内面积最大智能嫁接催芽室，成功率达到 99%。"

王为民说："不错不错！"说着说着，他们已经走到了最后一排，这里有个门口，掀开厚厚的棉被一样的门帘，穿过小门，就到了 1 号展厅。1 号展厅处于布展阶段，几个穿着防护服的工作人员就像给我们做核酸的大白，他们都是有技术的老职工，看到王书记来了，站起来热情地打招呼。王为民问："你们这是在忙啥呢？"那个年轻一点的说："今年展厅功能改了，1 号厅外面是各个地方的产品展览，里面方便大家进来轻松，就改为园艺种植展示厅，农家小院、菜园、盆栽。空着的地方，是给盆栽留的，它们在各个地方长着呢，农家小院和菜园，需要我们亲自种上并管理。马虎不得。"

张红薯说："再过几天，1 号馆就进行农资展位竞拍，基本上一个展位

4000 元起价，最多的 5000 多元，有 300 多个展位，很抢手的。"王为民说："对于看热闹的，这个大厅可能很沉闷，对于种大棚的菜农来说，可是必来的地方。"张红薯说："那是呀！这里展示的种子、种苗、温室材料、先进的生产资料，农机信息啥的，还有农产品加工。"

张晓卜说："接到电话，蒋大蒜要我们回农场吃饭。"

张红薯说："晓卜，难得遇上王书记，在这里一块吃吧，就是吃食堂。牛头镇七十岁以上的老人全都吃食堂，我们现在条件都好了，吃顿饭不算什么。"

张晓卜答应着。

张红薯边走边说："2 号馆，品牌蔬菜展示，名优特。3 号馆，来一个更新，把沙漠植物、多肉植物和热带雨林的植物 600 多种展示，孩子们一定很喜欢，也让我们北方人开开眼界。5 号馆专门展示廊架园艺，7 号馆以无土栽培模式为主。其他馆各有特色，10 号馆专门来展示我们自己最前沿的蔬菜种植成果，特大西红柿、巨人南瓜等；多了一个 11 号馆，兰花馆，其他花卉来陪衬它。"王为民听着连声说好。张红薯对老书记一如当年初的敬畏，丝毫没有因为老书记退休了而有改变。当年，王书记提拔他干了最小乡镇的党委书记，在治理盐碱地时挨了批评，从此他更加努力工作，才有了菜博会的大显身手，在菜博会历史上留下了不可磨灭的印记。

"哎呀！快！王书记来了。"两位男士来到了这里，王书记一看都是老熟人，原文化局的，从第一届就搞设计，还在这里，专注呀！"中午一起吃饭吧！"王为民很愿意和他们在一起聊天，能够知道他们最新的创意。一个说："我们已经吃过了。王书记你们快去吃吧。"

张红薯说："这帮子人呀，受累了，临近开幕式，都是搞突击，很多天打通宵，像军队里的铁军一样，指到哪打到哪里。"

王为民他们从 5 号展厅的前面走，驻足看了看宣传栏，都是历届中央领导人参加菜博会的情景照，陪同的潍坊、菜乡的主要领导，身影最多的是张红薯和王仁义。略看了一下，直接过马路从 8 号馆过来跨过两个大的卫生间，就到了紧挨着的 9 号馆，也就是菜博会的食堂。

张红薯说："最后那个展厅是采摘园，也分为五个区，都能生食，到时候您还来看看。"

王为民答应着，他的心里装的全是蔬菜，看不够，想不够，年底，市里班子成员去看望他的时候，他都是先问问今年的菜价怎么样？大棚收入高还是低？其实菜乡的大大小小的官员，似乎习惯性思维，都愿意请他拿个主意。

张红薯问："王书记，今晚上住下，明天有什么安排？"

王为民说："本来明天上午我要去看看韩大山的妻子周慈姑，不料她说腿疼，不便招待我，不让我去。我就去三元朱看看仁义。"

张红薯说："我陪着您去吧？"

王为民说："不用，你们都忙，准备菜博会作战一样，用心用力，我这里就不用操心了。这届菜博会大约展示蔬菜品种多少个？"

张红薯说："大约 2400 多个，新增了 260 个，集中展示植物工厂、智能化精准栽培模式、水肥一体化、信息化温室远程控制等先进技术 100 多项，岩棉、椰糠基质栽培模式。"

正说着，一个个头高挑、圆脸的漂亮姑娘和一位年龄在五十岁左右的女性走过来，和王为民打招呼。她们一身白色的防护服，五十岁左右的女性身材苗条，扎着一个高高的马尾巴，戴着一副近视眼镜，她谦虚地一弯腰，说："王书记好！祝贺您得奖。"王为民仔细一看，是在潍坊科技学院开菜乡模式论坛时认识的女博士，也是副院长，育种专家李芹芹，十几年如一日，放弃青岛舒适的城市生活，来蔬菜之乡研究种子，立志给蔬菜装上"中国芯"。

年轻的有一张苹果一样脸蛋的女性过来说："伯伯好！伯伯好！可见到您了。"

王为民一看这不是韩大山的女儿韩青青吗？她父亲韩大山去世后，王为民让人事局将她调到蔬菜办，后来机构改革，蔬菜办和农业局合并，她到农业局工作了。今天她在这儿干什么？从十多岁还在上初中爱戴发卡的小姑娘，到现在长发披肩的大姑娘，王为民一见到她，就从熟悉的眉眼里看到她父亲韩大山的影子，他的内心就不安、疼痛和内疚。就像梁元说的，奖励人家 8

万元，很多人说风凉话，拿到今天看来，就是奖励他80万、800万也不为过呀！

张红薯可不知王为民内心在想什么，他解释说："农业局从2013年推出了采摘、喷药功能的机器人，这几年都在改善，多了嫁接功能，黄瓜、西瓜、甜瓜都可以，自动嫁接是人工作业的6到7倍。韩青青后来研究蔬菜，现在她负责这件事。"

第十六章　菜博会

一

　　刚一上班，张红薯手里捏着一份粉红色的邀请函，一大早来到市委二楼王为民办公室门前。他看了看手腕上的表，还不到上班时间，试探着刚要敲门，见门开着一条缝，知道王为民已经来了。他轻轻地敲了一下，推开门，毫无例外，他又看到王为民捧着他的"天天读"，知道这是他每天雷打不动的功课，也就不怕打扰他。

　　王为民已觉察到来人了，警觉地抬起头来，朝张红薯点点头。张红薯也为了节约时间，开门见山，直奔主题，对王为民说："王书记，昨天收到了辽宁沈阳市政府发来的一份邀请函，邀请我们参加他们新办的果菜节。这封函直接发到了我们商贸局，这是我们市的大事，我做不了主，您看看有必要去吗？"

　　王为民听到"果菜节"三个字，条件反射似的站起来，他一面伸手接过邀请函，一面从办公桌后面走出来，指着黑色沙发说："红薯，坐下，不急，慢慢说，这个邀请函是让我们去干什么的？"

　　张红薯赶忙坐在沙发上，他见了王为民总是拘谨，他和县委书记王为民的关系是不打不成交。当年他是赵庙镇党委书记，治理盐碱地大会战的时候，工程量大，硬是自己扛下来了。虽然王为民批评了他，过后了解了实情后，向他道了歉。调整干部的时候，考虑到他年龄大了，也该进城了，于是调到了县商业委员会、第三产业委员会主任的位置上，可能他和王为民都在蔬菜的进一步探索上有共同点，不谋而合地两人同时对这个话题很感兴趣。

王为民自己坐在中间的长条沙发上，他问："机关工作和乡镇工作不同，在商贸委的岗位上还适应吧？"张红薯说："积极适应。这不是沈阳要建设一个大型蔬菜瓜果批发市场，为了庆祝开业而办了一个果菜节，考虑到我们菜乡种蔬菜大棚多年，已是中国的蔬菜基地，为扩大节会的知名度，沈阳方面特地邀请菜乡派人参展。早早寄过来邀请函，政府人员专门又打电话过来，嘱咐一定去。"说着就把一份4开的对折印着蔬菜的大红色邀请函递了过去。

王为民接过来，端详着，从头到尾读了一遍。这时候，有几个敲门的，打断了他的思路。他对张秘书说："先让来汇报其他工作的人在这里等等，套间开着门吧？我和张主任详细谈谈，我感觉这件事不一般，我们要当作大事来研究。"

王为民对待新鲜事物，就是这么敏感。王为民执意不住的这个套间，确实方便了单独沟通工作，很多常委有事情需要单独交流的时候，都来这间房子里，提高了工作效率。两人重新坐定后，王为民说："我们菜乡一定参加呀！这是展示我们蔬菜实力的平台，对蔬菜的销售有好处，对下一步蔬菜的发展有好处，我们会受到很多启发，我们不能满足于种出菜来，还要考虑深加工之类的。我们当干部，要比老百姓多思考一些，你现在是商业委员会主任、第三产业管理办公室主任，你组织人，市委市府各拿出一名干部，协调这件事。"王为民因为动过手术，身体一直很瘦，但他的眼光犀利、聚光，说出的话掷地有声。

张红薯连连点头，表示回去一定落实好。

看看举办的日期，张红薯感到压力很大。他把副局长叫到自己的办公室，布置任务，全局集中力量做好参展布展工作。每天，满脑子里是如何参展的事，到办公室第一件事就是调度布展的进度。这几年，冬暖式大棚里不光种黄瓜、西红柿、茄子、辣椒、南瓜、西瓜、香椿也都大量种植，这些成果都要在展会上出现吧。展会不同于种植，种植靠菜农的技艺，布展可是艺术，怎么办？焦急，焦急，怎么不令人焦急呢？

　　同事们都下班走了，张红薯还理不出个头绪，他在办公室转了几个圈，拿起毛笔写了两个字：蒙泽，又写了厚德载物、瓜果飘香、寿比南山、福如东海。张红薯，字敏斋，圣城人，与贾思勰的村子相邻，他的书法以行草、隶书为主，行草师承二王，隶书主临张迁碑，看起来轻松畅达、云卷云舒。就如他的长相，个头高大，方脸大耳，双目有神，端正大方。在圣城小学从小练毛笔字，坚持下来的都是真正爱书法的人。他在乡镇那几年，实在太忙了，没有顾得上练，回城后，生活有规律了，他将文房四宝拿出来摆到书桌上，只要下了班，市委市府不开会，他就练上一个小时的书法。忽然，一位书法界的朋友叫于山药的，是市委机关单位的，他打电话来。张红薯内心很喜，立刻说："于山药，你把那个叫杨甘蓝的带来，马上来哈，我有重要的事商量。"杨甘蓝是文化局的，书法绘画样样精通。于山药说："好的，我们过去，你上一次说过请我们吃鸡。"

　　"过来吧，我说话算数，咱们到五里墩新的全鸡店去。"

　　于山药用自己的小车拉着杨甘蓝来到了商贸局。于山药穿着颇讲究，他块头大，头发略长，一看就是搞艺术的，他是画家。杨甘蓝乍一看，很普通，个子矮偏瘦，一身黑色的西装，一笔一画很严谨。

　　张红薯第一次见杨甘蓝，就问道："杨甘蓝，你怎么喜欢画画呢？"杨甘蓝说："我很小的时候，就对老师出的黑板报感兴趣，觉得老师真有本事，怎么画得那么好呢？其他小孩子都放学回家了，只要老师出黑板报，我就跟着看，有时给老师端着粉笔盒，看老师画那些花花草草的。有时没有人，我也会站在那里半个小时不动。"

　　张红薯说："杨甘蓝你对美术的兴趣来自黑板报？"杨甘蓝说："也不全是，我吃饭的时候，读书的时候，闲逛的时候，我无时无刻不在观察，我发现门前的柳树、村头的池塘、田野里的茅草都有它们各自的美感。我喜欢大自然，它为我的创作提供了大量素材。"

　　他说："1997年，我到安徽省歙县渔梁坝写生。渔梁坝下有激流，上有高山，近有桥坝，远有河谷。我沉醉其中，为了更清楚地掌握画面的构图关系，我从水路一直向对岸山上爬去，后来竟然找不到回去的路。"

于山药撇着嘴，说："你可真大胆！"

杨甘蓝说："现在回想起来还有些后怕。但是，不至险境，安得美景。"杨甘蓝说。

杨甘蓝就有这劲头，在北京研修期间，他和同学一起去北京房山十三渡景区写生。傍晚时，天气降温，很多同学开始返程，正在创作中的杨甘蓝为了观察傍晚时分山岭在光线中的变化，不顾寒冷，执意不走。

"第二天山里下起了大雪，我拿起登山杖便上了山。"杨甘蓝说，"夕阳下的房山、风雪中的房山表情是不一样的，我期望看到大自然最真实、最生动的样子。"

张红薯听着更喜欢他了，干工作就是需要这样执着的人。他谈到县委书记王为民的嘱咐，市里组织去沈阳参加蔬菜节的打算，必须组个班子才能搞好这次活动。张红薯说："你们都是搞艺术的，可要起大作用了。"大家都很兴奋，都是第一次接触这件事，他们两个表示，再叫上一个叫华兵的，他学的是美术设计，三个臭皮匠顶个诸葛亮。

无论如何要把菜乡的展位做出特色。离展会越来越近了，张红薯不怕麻烦，他买上火车票，带着杨甘蓝、于山药几个人先到那里看了看情况，亲自和办会的对接了一下。沈阳这边知道菜乡的蔬菜牛，就给了15个展位。张红薯既兴奋又紧张，他们绞尽脑汁想点子，为吸引更多市民的注意，他们把分来的15个展位之间的挡板全部拆掉，形成一个整体，运来300多个蔬菜品种摆满全场，五颜六色的蔬菜琳琅满目、惹人喜爱。华兵又从济南运来当时还很少见的喷绘宣传画，营造强烈的视觉冲击力。等到展会开始后，观众像是进入了一个蔬菜的海洋，分不清哪是菜，哪是画，哪个是真的，哪个是假的，有些人以为西红柿、黄瓜彩椒是塑料的，不敢相信自己的眼睛，纷纷对菜乡的蔬菜交口称赞。

7天一眨眼就过去了，果菜节闭幕要撤展了，主办方急急忙忙跑来，请求晚撤一天，以供当地人学习。令人没想到的是，菜乡所有参展展位和300多个蔬菜品种当天就被沈阳各个部门"抢劫"了，不少部门干脆派人站在菜乡展位前，不停地向想来抢蔬菜的人不厌其烦地说着同样的话："谁也别抢，这些菜已经是我们的了！"

沈阳这边的领导郑重地说："张主任，明年再来参加展览，你们的蔬菜水果多受欢迎啊！"

张红薯愣住了，这句话反而让他想到了许多。他在心里嘀咕："沈阳并不盛产水果蔬菜，却能办起果菜节，我们菜乡发展蔬菜10多年了，成了全国蔬菜基地，与其每年来参加沈阳的果菜节，还不如自己办个蔬菜节。"

沈阳果菜节结束了，来参展的人松了一口气，连续紧张了好几天，该好好歇歇了。他们回到宾馆，吃过晚饭后，大家都到王为民的房间里，聊感想，聊到家乡的蔬菜水果在这里占尽了风光，大家越说越兴奋。王为民表扬张红薯干得不错。张红薯却对王为民说："王书记，我们已经是蔬菜之乡，什么菜没有呢？我们也要办个蔬菜节，您看可行不可行？"

王为民盯着张红薯看了一会儿，张红薯觉得王为民眼中闪着希望的光。果然，停顿了一下，王为民连声说："红薯，这个建议很好！就这样办！还是你来挑头做。红薯，咱们趁热打铁，最好是一周之内搞出策划方案来，争取明年春天，举办第一届。"

大家一听七嘴八舌都说好。

二

王为民直接点将，张红薯陡然感到紧张起来，虽然点头答应下来，可是觉得没有半点蔬菜会展经验，这可怎么办？

一大早起来，张红薯跑到果菜会现场，看到像当地人的样子，就过去和人家攀谈，像密探一样打听、询问，终于找到一些基本素材。回来后他苦思冥想，先成立了菜博会组委会，把杨甘蓝、华兵从文化馆借调至菜博会组委会，开始设计方案，把沈阳果菜节的一些符合菜乡实际的元素借鉴过来，并充分发挥想象力，突出菜乡特色。这样，一周下来，粗略的策划方案总算是出炉了。

于山药和杨甘蓝是好友，也从侧面提了很多意见。于山药父亲是潍坊寒亭人，是名中医，业余时间画钢笔画，也喜欢字画收藏。寒亭是杨家埠木版年画和风筝的发祥地，小时候爷爷就经常给他扎制风筝，制作年画。母亲是菜乡人，职业是教师，长得身段苗条，眉清目秀，通情达理，有知识。旗袍上的纽扣，她盘起来无人能比，好看实用。"文革"受冲击时，自嘲道："我不做运动员，谁是运动员？"每次受到批判后，转回身继续去地里翻地瓜蔓子，继续烧鳌子烙饼，好好活着才是硬道理。于山药自幼受家庭熏陶，幼小的心灵种下了一颗艺术的种子。后来，她从医 11 载，从事计划生育宣传 14 年，但绘画从未间断。他还自学 7 年，考取了美术大学文凭。于山药和母亲一样豁达，他说："所有的经历都是一种恩赐，滋养着我绘画的种子生根发芽。"

菜博会需要人才，经张红薯引荐，于 2000 年，组织上把于山药借调到菜乡菜博会组委会，从事展厅艺术设计。于山药终于有机会将艺术和蔬菜有机结合，让蔬菜表现出艺术之美，蔬菜画成了于山药探究的方向。

当张红薯把办菜博会策划方案，交给市委办公室后，展会的举办时间、规模就成了王为民和组委会频繁讨论的问题，当时最怕的就是展会办不起来。张红薯和组委会工作人员想到了潍坊国际风筝会，说："我们要邀请上级领导过来，潍坊市的领导要陪着，还不如和他们的时间一致起来。"反复斟酌，于是就把展会时间敲定在 2000 年 4 月 20 日，让去看风筝会的游客也可以顺便去看菜博会。

"关于蔬菜节具体叫什么名堂，我们还有不同的看法。有人说叫蔬菜节，有人说叫交易会，我提出，坚决叫蔬菜博览会。我们的主要目的是宣传菜乡有多少好菜、多少品种、多少科技含量，而不是卖菜。最后拍板，就叫中国（菜乡）国际蔬菜科技博览会。"张红薯说。

"蔬菜博览会办就必须办好，办不好不如不办。办就办全国第一，办不了全国第一就不办。"这是张红薯当时在向菜乡委常委会汇报时许下的诺言。

于是层层上报，几个月后，批下来了，全称是中国（菜乡）国际蔬菜科技博览会（简称"菜博会"），由中华人民共和国农业部、商务部、科学技术部等部委与山东省人民政府联合主办，每年 4 月 20 日在山东菜乡定期举办。菜博会是经中华人民共和国商务部正式批准的年度例会，是国内唯一的国际性蔬菜专业展会。

地点就定在九巷蔬菜批发市场公路以南的空场，菜博会没有自己的场地，正好新建了一个交易大厅，就租了过来，办室内展览。为了演出，要扎一个大舞台。这个大舞台可是一个焦点，菜博后的一切从这里开始。这么重要的事，张红薯点名让华兵来干这件事，那张散发着时代气息的喷绘宣传画，令他记忆犹新。华兵，个头中等，圆脸、齐肩的长头发，戴一副近视镜，擅长水墨，现在是首都师范大学现代水墨研究所研究员、北京中关村艺术研究员。那时候他年轻，激情四射，他也由这个舞台走进了历届菜博会。

2000年的4月20日那天，天气晴朗，九巷批发市场人山人海，菜乡人特意去总政歌舞团请来了宋祖英，总政歌舞团政委是菜乡人杨怀庆将军。这一天菜乡人就和过节一样，由市长刘成主持，菜博会开幕了，拉开了现代化国际化的接力棒。

人多，舞台显得很小很矮，根本就看不清楚，可是两侧有大屏幕，告诉人们清晰的信息。载歌载舞中间有一个蔬菜雕刻厨艺展示，主持人邀请各个乡镇的蔬菜专家介绍自己的蔬菜。华龙镇党委书记何涛，标准的山东大汉，三十来岁，他提着一篮子蔬菜，一手接过麦克风，发表演讲，他说："我这个菜篮子很好，透风撒气的，盛胡萝卜最好。"大家一下子记住了他，在这封闭的县城，领导干部亲自上场宣传农业，是一种亲民和创新。

山东分管农业的副省长也到了会场，20多个省市自治区156个代表团的1360多名代表和韩国、美国、新加坡、泰国、澳大利亚、以色列等15个国家和地区的200多名来宾、专家、技术人员参会，中国农业大学、中国农科院国家蔬菜工程技术研究中心、山东农业大学、山东农科院蔬菜研究所、天津市黄瓜研究所等6家科研机构都来发布新技术、新成果。

当时因为底气不足，首届菜博会的名字并没有出现"国际"和"科技"的字眼，甚至没敢说是"首届"。第一届菜博会时，主要就是想把菜乡的蔬菜宣传出去，提高菜乡的知名度。当时蔬菜之乡虽然名气大，但很多人还不了解菜乡，通过菜博会搭建桥梁，举办第一届菜博会，让菜乡走向世界，这是张红薯们的目的。

张红薯和他的团队搞出了和其他展会大大不同的两个创新：一是将盆栽的鲜活果蔬搬进了展厅；二是设立分会场，引导观众从展厅走进大田，当时，这在全国是一个创举。

菜博会举办前，张红薯和这些干将们七天七夜没挨床，天天有大量的具体方案需要写，方方面面的事情都要想到。"当时可真是事无巨细、面面俱到啊！"张红薯说。这也使自己的团队养成了细腻的工作作风，并成为历届菜博会成功举办的重要原因。

开幕这天，舞台的一侧升起了一溜各个国家的国旗，美国、以色列等15个国家和地区的200多名肤色各异的来宾参加了展会。展会上，游客走进来，都会吃惊地张大了嘴。他们看到的不是简单的瓜果展示，而是生长在土壤里的鲜活果蔬：两米多高，挂满五颜六色果实的彩椒树，三米多高、在当时北方很少见的木瓜树……五颜六色的蔬菜大舞台让来自世界各地和全国20多个省市自治区的1300多名代表惊叹不已。张红薯说："创新出这样一种展法最根本的还是让游客相信菜乡的蔬菜技术，单纯的摆放果蔬大家可能不感兴趣，那就把长在土壤里的活生生的植物搬进展厅。"

张红薯也没有想到首届"菜博会"就这样一炮而红了，每天人来人往，摩肩接踵，参观的人太多了，过于拥挤，没过几天，大铁门竟被挤下来了。原定7天的菜博会到期根本闭不了幕，张红薯和组委会人员临时商量："这么多父老乡亲想看，决定延期为18天。"大家都说好。

18天转眼又到了，该闭幕了，不少人还想让主办方延长展期，虽然盆栽的蔬菜浇着水，看起来还很茂盛，可是展出的部分蔬菜水果开始腐烂，只好结束。

张红薯们把首届菜博会办得别出心裁，布置了13个分展区，加起来正好围绕菜乡一圈，一圈下来，能直接参观大棚蔬菜种植，也能看到各类蔬菜基地。逛一遍，就相当于游完了整个菜乡，也能品尝风味独特的农家菜，过一把亲手收获蔬菜的瘾。这让当时许多城里人感觉非常新鲜、有味。张红薯很感慨，他说，因为蔬菜，这个改革开放之初人均年收入不足74元的小县城，迅速跨入全国百强县；因为菜博会，菜乡又脱颖而出成为国内外知名特色城市；因为大力发展生态观光农业，菜乡成为"中国优秀旅游城市"。

有资料说，郡县治，天下安。县域治理与发展，是中国经济社会发展的一道长期命题。新中国成立以来，各地在如何推进县域经济社会稳定、发展、壮大方面，经历了不懈努力和艰苦探索，涌现出一大批典型。山东菜乡，正是众多典型中耀眼的明珠，被称为"菜乡模式"。不同于率先以工业推动发展、以开发资源促进发展，或者以大城市为依托带动发展的振兴之路，而是通过做大做强农业，培育工业基础，工农并驱又奠定了服务业腾飞的底蕴。在一个以农业大国、农业人口数量庞大为基本国情农情的国家，如何做好优先发展农业农村的文章，进而推动经济社会高质量发展，壮大县域经济、实施乡村振兴，菜乡的经验无疑具针对性和普遍性。张红薯成了菜博会历届总设计师。

三

首届博览会结束以后，菜乡人觉得又增加了一个除春节以外的重大节日。从领导干部到职工都沉浸在这个喜悦当中，但是长期办会，就要有一个固定的地方，市规划局冯局长立即动手出规划，杨白菜副书记来抓建设。2001年4月20日第2届菜博会迁移到弥河以东的洛城镇，洛城镇是一个蔬菜大镇，菜博会有了一个固定的新家。还有一个非常有特色的大棚餐厅，也是菜博会的职工食堂，里面每一个简易的房间都处在真花、真草的包围中。

这里也要建大棚区，搞采摘园，谁来建？这是一个头疼的问题。农村几乎户户有大棚，有的不止一个，不可能跑到洛城来建造。再说了，虽然仅仅距离第一批大棚过去了10年，可是物价却长10倍，6000元是无法建起一座大棚的，10年后的今天，要建一个大棚需要10万元，怎么办？办法总比困难多，市政府把这个艰巨的任务交给了市委市政府各个机关事业单位。各个单位立即投资，拿上专门人员，在规定的时间内把大棚建起来了。接下来种植怎么办？还是自己单位完成任务。看看妇联的李红妹是怎么做的？她派出一位女同志联系苗子，在最热的下午两点，领着在家的姐姐妹妹来栽辣椒苗子，在另一个大棚里种花卉。大棚里热得人喘不过气来，技术员说这个温度栽上的苗子容易成活。于是在闷热的大棚里，气温 30 多度，李红妹不敢说泄气的话，跟在她身后的都是娇滴滴的年轻女孩子，没有几个人干过这样的农活。忙活了一天，苗子终于栽好了。

过了一段日子，一场暴雨，水漫花棚，李红妹和大家拿着洗脸盆从棚里往外淘水，花保住了。妇联的花棚里，鲜花盛开，天堂鸟、蝴蝶兰，开得十分美。但是其他局里的人员无心种菜，只好承包给附近的村民，蔬菜还得菜农来种。

张红薯的名气大起来，不光是菜博会的功劳，还有他的爱好。他的书法很拔尖，还写得一手好文章，理所当然地担任了菜乡第一届书法家协会主席。除了书法好，张红薯还能填词作曲，也主编过《绿色之光》《东方朔传说》《东方朔研究初探》等书。"干不好不如不干"这是张红薯的口头禅。

王为民知道，和张红薯们聊天，他们的话题就是菜博会，菜博会从第 2 届起，就固定在了弥河边的高科技蔬菜示范园。这一年的建设也是拼了老命赶，直到开幕的前一天，朝南的正门才最后验工，一家人都脱了一层皮。造价三个亿的蔬菜博物馆是这里最主要最有分量的建筑物。第 2 届菜博会设 1 个主展区、10 个分展区和 2 个参观景点，主展区包括投资 1200 万元新建面积 6700 平方米的主展厅、工厂化育苗室、生物博览馆及 20 个冬暖式蔬菜大棚，总面积 3.3 万平方米，共设 500 个展位，集中展示蔬菜生产加工领域的新成果、新技术，代表了世界蔬菜业的发展方向。整个展览突出了科技与生产、理论与实践、生产与加工的有机结合。博览会展示的蔬菜、瓜果、食用菌、花卉共计 11 大类 63 个小类 500 多个品种，实物达 1352 个。博览会有 73 个国家和地区的 456 人，以及全国 20 多个省、市、自治区的 4000 多名代表参会参展，参观总人数达 38 万人次。招商签约项目 75 个，项目总投资达 22663.9 万美元，成为国内规模最大的蔬菜专业盛会，树立、扩大了菜乡在国内国际上的知名度。新闻记者 400 多人参会，新华社、《人民日报》《经济日报》《农民日报》以及中央电视台、中央人民广播电台、山东省和潍坊市各新闻单位都派出了强大的记者队伍前来采访。鲜活蔬菜进展厅，让来客感受到菜乡的菜"真多真厉害"。张红薯说："菜乡博会由蔬菜盛会发展为农业盛会、文化盛会和旅游盛会，走出了一条属于菜乡的菜博会模式。"

这个时候，于山药用手捋了一下自己的大背头，和杨甘蓝把办公室存着几本画册拿过来，让王为民看看，一起回顾过去。张红薯说："第2届的时候，把5号展厅设立为神奇的展厅，历届新特奇的蔬菜经济作物放在里面。植物工厂、无土栽培、空中红薯、台湾馆等，以'绿色、科技、未来'为主题，汇集展示和交流共享国内外蔬菜产业领域的新技术、新品种、新成果、新理念。"

张红薯说："在设计的时候，我们有个新理念，要紧密结合科技与现代农业、以菜乡三圣为文化背景，借助国内外多个优秀蔬菜品种，在实现科技创新、提升人文内涵方面达到新高度。国内外各类蔬菜2000多种，呈现'新、特、奇、优'等特色。"

张红薯和王为民聊天，其实王为民都装在心里呢，他知道除主展区之外，菜博会分展区每年都会增加或减少一到两个。从种植、科技、物流等方面，让人们在田间地头感受到菜乡蔬菜产业链的魅力，成为农业前沿科技看台。第15届菜博会的5号展厅设为蔬菜园艺厅，当时他们下了功夫，分设养生园、康宁园、古趣园等24个种植园。园内的植株形美观、观赏价值高的药用蔬菜、芳香蔬菜等300多个品种，搭配着传统的民间故事妙趣横生。10号展厅第一次展示"巨人南瓜"，"巨人南瓜"叶片厚实、果实硕大，喜水喜肥，单瓜重达200公斤以上。龙凤瓜、丝瓜、葫芦等蔬菜展示的是通过基质栽培及合理的调控培育，产量提高3倍以上。蔬菜生长不靠太阳，靠植物工厂。安装LED光源，全自动控温、控湿，补充二氧化碳，配置紫外线杀菌和微循环系统，完全由人工创造出一个适宜蔬菜生长的生态环境。通过水培，实现蔬菜24小时健康生长。

王为民看到，空中红薯底部是一个圆盘，四周用线吊着，一堆一堆的，是应用国际领先的红薯根系功能分离技术和侧蔓逆向生根技术，使根系吸收和储存养分的功能分开。秧苗植入营养液中，红薯在空中基质中生长。空中红薯便于采收，可多年连续结薯，单株覆盖面积可达200平方米，重达600

公斤。这是张红薯从山农大实验室争取来的，也是他今天这个名字的由来。

采摘园是从南方学来的，采摘园可以观光、采摘、品尝，随摘即食。厅内果蔬严格按照科学种植方式，使用有机肥，配用粘虫板和黑光灯治虫、紫外线杀菌、雄蜂授粉等先进的农业技术，生产的樱桃西红柿和无刺小黄瓜口感好、营养丰富。第一次有台湾农产品参展，大家觉得十分新奇，这成了菜博会的一个亮点。台湾农产品包括科技农业、蔬菜水果、兰花、海洋产品、台湾地道美食等十大类。科技含量高，比如海洋生成水，是从深海中抽取上来经过多重工艺处理的水，特别容易被人体吸收，洁净程度高，富含矿物质，有益人体健康。人参黑木耳露、特大华冠西瓜、树葡萄等展品充分展示了台湾农业发展的最新水平。人们一饱眼福，也能一饱口福。

四

时光推进，菜博会雷打不动，一年一届往前推进。人们欣赏品评能力越来越高，如何把菜博会办得越来越好，成了张红薯和他的团队考虑的第一大问题。引进国内外先进技术，推陈出新，是唯一出路。2006 年的时候，都撤展了还有组团前来参观的。幸好组委会把一两个展厅留下来给来的客人参观。2008 年的时候，第九届菜博会主题改为现代科技。

2008 年的 5 月 9 日上午，习总书记来到菜乡，他当时任国家副主席，他到洛城龙发集团和三元朱村的大棚参观，进敬老院看老人的生活，并对王仁义说："我在福建工作时就了解你。"给了王仁义很大的鼓舞。10 多年来，党和国家领导人习近平、江泽民、胡锦涛、李鹏、朱镕基、李瑞环、吴邦国、温家宝、贾庆林先后到蔬菜之乡参观。菜乡人也尝试着把菜博会办成展示农业科技创新成果，实现农业经济转型的重要平台，一定让农民唱主角。

杨白菜插话说："从菜乡历史上看，汉武帝曾躬耕于巨淀湖畔，北魏农学家、世界上第一部农学巨著《齐民要术》的作者贾思勰也是菜乡人的杰出代表；而今天，菜乡蔬菜甲天下，被誉为'蔬菜生产联合国''中国一号菜园子'；蔬菜批发市场是全国最大的蔬菜集散地，也跻身了世界四大蔬菜基地。"

　　张红薯觉得菜博会成功，还有一个特点就是主题都很鲜明，虽然每届主题有所不同，但都离不开蔬菜，也离不开蓬勃的生命力的颜色——绿色，菜博会被人们形象地喻为中国蔬菜产业"绿色峰会"。走近菜博会扑面而来的是绿色，而绿色背后是先进技术，掌握先进技术就等于抓住了未来。农业新技术、新品种及各类信息的大密度汇集，预示着致富真经的存在和启发，因此，各类参观者怀着内心的期待蜂拥而至，助推了菜博会的生命力。

　　菜博会就是菜乡的名片。菜乡人因生在菜乡、长在菜乡而自豪；菜博会带给菜乡人更多的是机遇，开阔了眼界与思路。他们不断地揣摩种菜技术，能更快地融入市场，挣钱思路更加开阔，产业链条拉长，品牌农业做大；每年逾百万的旅游参观者，催生了三产。城乡没有差别，往往是种菜的比在外当工人的有钱。菜乡百货大楼营业额超过 10 亿元，位居全省县级商业榜首。老百姓出手买东西便是 100 元大钞，很多县市县百货大楼被吞并或者倒闭，菜乡百货大楼傲然挺立并且开到乡下以全福元的身份为老百姓提供货真价实的物品。

　　菜博会成为老百姓的需要！菜博会触发了不少地区农业结构的调整思路。我国西部地区一些省份，每年来好多批次参观，菜博会上展示的新品种、新技术、新思路对他们很有借鉴意义。

　　杨白菜和王为民说："我的期望，是菜博会期间举办蔬菜文化艺术节、贾思勰研讨会、涉农论坛、农业观光旅游等活动。要把菜博会打造成一个集展览展示、商贸合作、技术推广、信息沟通、观光旅游于一体的农业科技交流盛会。"

　　张红薯怕一些游客产生审美疲劳，每年都去找新的东西，张红薯说："我就到一些高校去找。有一年把中国农业大学工学院农业机器人实验室负责人张铁中教授研究的机器人展现出来。"

　　张红薯在王为民面前，夸赞杨白菜和他一样爱惜人才，重用人才，让张红薯动员那些文化馆的能写会画的人才，参与菜博会。于山药做了组委会的党委书记，画画的香椿、跳舞的黄细菜都是菜博会的能人。张红薯把书法展也作为菜博会文化的一部分。联合《中国艺术报》做了一次"山东菜乡建设集团杯"全国书法名家邀请展，菜乡人有着深厚艺术底蕴，书法展浓郁的艺术氛围，也开阔了老百姓的视野，给爱好者提供了一个和书法高手交流学习和借鉴的机会。

杨白菜很满意，觉得为当地办了一件好事情。而来参展的书法家们，在各种瓜果蔓藤搭成的"蔬菜走廊"中，流连忘返，他们很难分辨哪是花哪是菜。有位吴震启老师，灵感迸发，现场赋诗一首："菜博在菜博会，翰墨溢奇香。国泰乾坤大，民安日月长。和平无地狱，进步有天堂。食乃生之本，文则寿而康。"

成绩最大的莫过于于山药，他十多年专注蔬菜艺术的耕耘，内心里想表现蔬菜。他和著名画家在济南的哥哥合作的《飘香的风》和杨甘蓝合作的《春牛献瑞》参加了全国美展，分别获得山东省"国庆60周年美展"一等奖。他的《吉祥宝贝》画面上有两个福娃，背景是蔬菜，与放开二孩生育的国家政策相吻合，也获奖了。于山药歌颂菜乡妇女种蔬菜的年画《飘香的风》获奖，画面为一名菜乡妇女挑着菜篮子，奔走的场景，菜篮子里坐着的胖娃娃，妇女脖子上挂着的钥匙，南瓜、葫芦令人喜爱，蝴蝶在飞舞。

五

张红薯年年靠在菜博会上，办好菜博会，成了他最大的任务。每届菜博会的特点，他都能说出个一二三。

王为民到来，杨白菜和张红薯似乎找到倾诉的对象，把搞菜博会的酸甜苦辣都和老领导说说。张红薯认为第3届菜博会广场上70面国家旗帜在风中飘扬，都成为一景。500多名国外来宾参会，代表团有50多个，参观总人数达51万人次。水培、有机栽培、无土栽培、混培、常规栽培五种模式，集中展示了蔬菜种植的前沿技术。滴灌、臭氧应用、环保活性生态肥应用、工厂化育苗和生物组培等先进农业技术也在菜博会得到了充分展示。中国国际蔬菜"网交会"、菜博会"专用网站"也首次进入菜博会。

　　第4届菜博会首次启动"蔬菜电子拍卖"。第5届菜博会，2500多名外宾，全国30多个省市自治区的近160个团体参会参展，参观总人数达71.6万人次。因为王仁义新疆传艺，新疆达瓦孜传人、高空王子阿迪力率领新疆杂技团，来到菜乡报恩。他们在菜博会西侧的弥河上，扎上钢丝，表演走钢丝。弥河两岸站满了人，高空王子穿着一身红色的表演服装，深陷的眼窝，不看他头顶上的维吾尔族小帽，也看得出他是一位新疆帅哥。老红色的短皮靴，牢牢地踩在钢丝上。他手中托着一根表演用钢管。在人们的惊恐中，顺利地走完了钢丝，让菜乡人开了眼界。阿迪力说："我们是谢恩来了。王仁义大叔让新疆结束了8个月没有新鲜蔬菜吃的历史。还给我们培养了很多蔬菜种植技术员。"阿迪力·吾休尔，是"中国高空王子"，国家级非物质文化遗产达瓦孜的第六代传人。最吸引人之处是不采取任何保护措施高空走大绳，是维吾尔族的古老技艺，至今已有两千多年历史。阿迪力家族传承这项技艺也有450多年，曾沿着丝绸之路到欧洲演出。阿迪力5岁时父亲去世，留下遗嘱说不许孩子学习达瓦孜。后来阿迪力自己练习，并加入了父亲当年所在的英吉沙县杂技团。一次演出中，主绳突然断裂，阿迪力高空摔下造成身体17处骨折，医生说可能永远无法站立。那时候，阿迪力才想起父亲的遗言，不让孩子学习达瓦孜，也许是因为实在是太危险了。因为对达瓦孜的热爱，他又重新站到了舞台上。1997年6月22日阿迪力正式挑战跨越三峡，以13分48秒的成绩刷新了科克伦53分10秒的纪录。这是他第一次打破世界纪录，也将达瓦孜的名字传遍中国，传到世界。

　　第6届菜博会缩短到5月7号，来自全国30多个省市自治区和美国、以色列、韩国、日本等50多个国家和地区的106万人次参展参会，专业观众占参会人员的80%。胡锦涛、吴邦国、回良玉、王乐泉、阿不来提·阿不都热西提、李瑞环、田纪云、马来西亚前总理马哈蒂尔等中外领导人先后到会视察指导。

　　第7届菜博会时间延长到5月20日，涉农企业中遴选出先正达种子公司等15家单位作为菜博会的分展区。菜博会期间，同时举办贾思勰与《齐民要术》研讨会、经贸洽谈签约、农业观光旅游和第三届蔬菜文化艺术节等活动。

菜博会已成为集展览展示、技术推广、商贸合作、理论研讨、文化交流、观光旅游于一体的农业盛会。

第 8 届菜博会以"绿色·科技·未来"为主题,与会总人数达 146 万人次。海内外重要代表团 200 多个,新成果 200 多项。特别是设在 2 号展厅的山东省农业龙头企业展成为了本届菜博会的一大亮点之一,来自山东各地的参展企业 42 家,展示范围涉及几十类农产品及深加工品,充分展现了山东农业产业化发展水平。特别是韩国、印度、法国等国家组团参会参展,实现了国际交流的新突破。这一届菜博会,以服务"三农"为办会宗旨,对社会主义新农村建设和区域经济协调发展起到了积极的推动作用。特别是新建的 4 个高档日光温室,实行规模化种植、标准化生产、集约化经营,直观地展示大棚蔬菜生产实景,更加易于农民接受和学习,更加有利于蔬菜新品种、新技术、新成果在此聚集与扩散。

第 9 届菜博会的精彩亮点可以用四个字来概括:大、高、多、美,即展区面积大、科技含量高、展示内容多、景区景色美。

六

张红薯指着画册说,第 10 届菜博会是 2009 年 4 月 20 日至 5 月 20 日举行的,主题是"绿色、科技、创新、发展"。这一次规模宏大,科技含量高,内容丰富,有"奇、新、多、彩"四大特点。"奇"和"新"是高科技含量的体现。植物工厂,蔬菜生长不靠太阳;侧枝蔓不定根诱导技术,一株生多苗等十多项专利技术成果首次亮相。"多"是指展览展示品种多,展商多,商业氛围更加浓厚。菜博会室内外展位达到 2000 多个,展示的蔬菜、瓜果、花卉品种 2000 多个,蔬菜景点 200 多个,栽培模式 30 多种,新增品种 120 多个,新技术、新成果 100 多项。"彩"是结合丰富多彩;蔬菜文化内涵更加丰富,展会期间还举办了国际设施园艺高层学术论坛、绿色食品蔬菜研讨会等各类活动。轰动效应大,展会期间,共有 171 万人次到会参观,国内外 120 多家新闻媒体、600 多名记者参会,从不同层面、多角度、深入广泛地向世人报道了菜博会，真正让世界了解菜乡，让菜乡走向了世界。

王为民说："我听说那次自主展位招商 2000 多个，书画、服装、陶瓷也有来展销的，被会展业界称为一大奇迹，显示了菜博会的强大生命力，菜博会已成为菜乡最亮丽的'金名片'。"

张红薯说："第 10 届菜博会开幕式文艺演出由 CCTV-3 激情广场栏目承办并录播，著名相声演员牛群和影视演员金铭主持，黄圣依、魏金栋、蔡明、凤凰传奇、李丹阳、周冰倩、汪峰、杨坤、甘萍、吴娜、贺玉堂等明星加盟演出，也是一大亮点。"

他们都答应着。

张红薯说："这不是嘛，第 12 届菜博会时，全国人大常委会原副委员长顾秀莲参加了开幕式。省长在讲话中说到菜乡是山东重要的蔬菜产区和蔬菜集散中心、价格形成中心、信息交流中心。那次演出也很好，'魅力菜乡·放歌菜乡'邀请了名角王力宏，他一出场，全场一片沸腾。王力宏戴着黑色圆边帽，穿着西装、黑色 T 恤、皮裤，他看上去既帅气又嘻哈。年轻人喜欢这个，他唱有嘻哈味的《盖世英雄》。唱完后王力宏说，他和菜乡是初次见面，希望留下深刻的印象，而最好的方式就是音乐。之后，王力宏又为大家带来了《你不知道的事》《大城小爱》和《龙的传人》。最后，王力宏献给了菜乡菜博会全场观众一个飞吻。科技方面，菜乡自主研发的智能化机器人亮相，对蔬菜生长环境的温度、湿度、光照及病害情况进行监控，代表了蔬菜产业的未来发展方向。"

第 13 届菜博会，农业自动化控制系统、物联网应用技术、光伏农业一体化技术等 100 多项新技术、新成果亮相，是对未来农业发展的大胆探索和尝试。第 14 届菜博会较往届而言不但展厅新增两个，时间也延长 10 天，延长到 5 月 30 日，十多年来是第一次。

七

说到这里，张红薯想起一件事来，他们就聊到了苏苏子。那是 2006 年，王为民找张红薯他们一块讨论菜博会的得与失，这是每届菜博会必做的项目。大伙子发现了一个问题就是在卖菜的地方不卖菜，卖起了雕塑品；在卖艺术的地界不卖艺术，却卖起了菜。苏苏子的蔬菜工艺品将生活与艺术结合起来时，找到了一条更新的赚钱途径。开初，张红薯认识苏苏子的时候，他依靠着做一些校园雕塑在菜乡已经小有名气。张红薯问他能不能为博览会设计制作一些蔬菜雕塑。苏苏子爽快地答应了，能不能做好，心里却没有底。

苏苏子觉得做蔬菜雕塑和做校园雕塑完全不同，两个多月的时间里他满脑子都是蔬菜雕塑。最后他模仿潍坊的泥塑工艺品，做了一个大的仿真黄瓜。他先是用一种泥巴做出模具，在里边设置支撑和骨架，然后用石膏把模具的形状固定。为了做得逼真，连黄瓜刺都要做出来。随后，有了经验的他又做出了高 20 米直径达五六米的仿真白菜，做完了仿真白菜，苏苏子再做茄子、辣椒就感觉简单多了。

这些颜色鲜亮，形象逼真的绿辣椒、茄子、南瓜等大型仿真蔬菜立亮相街头，人们都好奇围过去看。第 2 届菜博会上，不少外地客人都对菜乡街头的大型仿真蔬菜很感兴趣，都有购买意向。后来苏苏子就开始抓紧制作，然而，正当他踌躇满志地要把仿真蔬菜卖到外地的时候，2002 年 6 月 23 日的一场大雨，给他浇了一头冷水。

风雨过后，那些蔬菜雕塑出了问题，萝卜的叶子被刮掉了，蔬菜表面开始爆裂掉漆。最要命的是，蔬菜都变了颜色，不但鲜亮的颜色变淡了，而且很多斑驳得十分难看，再继续摆下去会影响城市形象。苏苏子的蔬菜雕塑在大雨袭击后凋谢了。

苏苏子发现，仿真蔬菜容易开裂爆皮和树脂原料的配比及油漆的质量有很大的关系。经过反复试验，他最后做出了 18 块树脂板，每块板用不同的配方，然后把这些板子放到屋顶上，让它们接受风吹雨打半年之久，看哪块板最能经受风雨就用哪块板。到了 2003 年 10 月，苏苏子根据试验结果开始重新制作仿真蔬菜，后来又设计了大型的菜篮子，在 2004 年的菜博会期间摆到了菜博会展览馆前的广场上。

这个菜篮子，大约 4 米多的直径，3 米高，篮子里装了黄瓜、柿子、冬瓜、西葫芦等，此次的蔬菜雕塑更加好看，也更加受人欢迎。但是给人们带来的惊喜还不止于此。苏苏子的另一种仿真蔬菜好像活了一般。苏苏子将雕塑和实际种植进行了完美的结合，在仿真胡萝卜上种出了芹菜，并将之起名为激情蔬菜。因为它里面种着菜，需要经常浇水，还要施化肥，这样对这些仿真蔬菜的耐腐蚀性有了更有力的证明。

在仿真萝卜上种菜方法并不复杂，苏苏子将萝卜做成空心的，然后根据专业人士的帮助，将土壤进行了严格的配比，使土壤的氮磷钾成分，以及营养成分基质足够蔬菜生长。这次苏苏子制作仿真蔬菜的材料比较稳定，能够耐酸耐碱耐盐，只要不人为的破坏，不论用水浸泡，还是太阳曝晒都没问题。

2005年8月，组委会考虑用蔬菜代表菜乡，希望苏苏子能够帮助他们开发菜乡的蔬菜文化，开发菜乡的蔬菜纪念品。此时苏苏子也意识到，大型仿真蔬菜只能作为城市雕塑用，市场空间有限，而小的蔬菜纪念品却更加大众化，市场潜力一定很大。但如果简单地由大雕塑变成小雕塑，会显得缺乏艺术气息和文化底蕴。为此，苏苏子陷入了长时间的困惑，好几个月里他都苦苦思索，却始终找不到灵感。

正当苏苏子一筹莫展的时候，2006年1月，他在潍坊的年画市场上找到了灵感。他看到一些关于财神、童子的画面，马上想到把辣椒和财神爷、善财童子结合起来，有了童子献宝的蔬菜工艺品构思。于是很快他设计制作了第一件小型的蔬菜工艺品。辣椒是菜乡的特色菜，童子是财神爷身边的善财童子，寓意童子今天献的蔬菜就菜乡的财宝。

苏苏子把童子献宝拿到组委会，一下子就被相中了，当即定为第7届菜乡蔬菜博览会指定礼品。接着苏苏子又设计了拔萝卜、白菜笔筒等很受欢迎的工艺品。

很多单位都把他的蔬菜纪念品作为本单位的指定礼品。有几家农业企业的老板专门到摊位上找他。想让苏苏子为自己的公司设计生产一些雕塑产品，让苏苏子觉得挣钱的门路多了。他开始大量制作蔬菜工艺品，专门给一些企业设计有针对性的纪念品，最初从事的校园雕塑制作早已成了他的副业。这就是蔬菜与艺术完美结合呈现的商机。

张红薯向王为民介绍 2019 年的菜博会计划，为了回顾总结菜博会 20 年来的奋斗历程，在最后一个展厅大做文章。这个景观有悬崖峭壁、亭台楼阁，形象大气，过目不忘，让人流连忘返。两条金龙飞舞盘旋，双龙戏珠，这个景观用玉米种子 1200000 粒，能工巧匠 50 天镶嵌而成，把龙文化和华夏民族文化作为一题。

张红薯说："您和王仁义是菜博会绝对的主角。只要你们站到开幕式上会场上，这次菜博会就成功了。"是的，来参观的领导群众大都想见王仁义，如果见不到他，就觉得白来了。菜博会让王仁义成为名副其实的蔬菜大王，冬暖式大棚之父的桂冠牢牢地戴在了他的头上。

第十七章　合作社

一

张晓卜看到自己带来的学妹李秋莓和社长蒋大蒜头对头在研究中草药治虫的兑水比例，他心里就不淡定了。他想，你李秋莓明明是研究土壤的，没有对脚下的土地用心，却对蒋大蒜治虫感兴趣。

张晓卜明显感觉到秋莓这几天在中草药治虫的实验上花费功夫太多，白天几乎和蒋大蒜粘在一起，把张晓卜人生中事业和爱情两大美好的一方给破坏了。张晓卜本可以找机会向她表白，自己是喜欢她的，并且在山农大研究生班第一次见面的时候，就喜欢她了，可是，一直觉得没有找到最佳的时机。眼前这一幕太辣眼睛了，张晓卜意识到自己没机会了。或许在李秋莓心中，他本来就没有机会。

张晓卜是这样认为的，他心里很难过。可是他本来认为李秋莓不会对蒋大蒜有啥想法，因为李秋莓是研究生，二十多岁，还在实习期，蒋大蒜虽然任新成立的合作社社长，归根到底还是个农民，除了有这几个固定资产的大棚，手中也没有几个余钱，一个女研究生能嫁给大自己十多岁的农民吗？

张晓卜临近研究生毕业的时候，踌躇满志地对他的导师说，一定要把中草药治虫和改善土壤实验做好，不辜负导师的期望，他已经和菜乡蒋大蒜联系上了，他们合作搞。张晓卜说的这位蒋大蒜，本来是菜乡蒋营村的一位退伍军人，退伍后，被安排到市政府大院做了保安。家里弟兄三个，他是老大，日子过得不宽裕。他个头不到 1.7 米，人瘦瘦的，圆脸，发际线那里长了几块白癜风，头发很短，还保留着军队的作风，利落干净。干保安，一年到头，没有休息时间，发的工资不多，觉得一个大男人，以后还要娶媳妇还要养父母，这些钱可真的不够，他就狠狠心，辞了这份在乡亲们看来十分体面的工作，回家种大棚。正好这个时候县委书记王为民号召各乡镇发展大棚蔬菜，他就承包了马寨的十几亩地准备种大棚。

种上大棚以后，他时常去泰安山农大听课，就认识了张晓卜。两个人谈得很投机。恰巧菜乡开菜博会，大蒜就邀请张晓卜带着几个同学来看蔬菜。于是张晓卜也不客气，带着十多个同学来了，其中就有李秋莓。

李秋莓白净净的脸上，撒着浅浅的几粒麻点，更是妩媚，她一米六五的个头，齐肩的短发，被称为班花。她第一次来到菜博会，吃惊得说不出话来，她天天研究蔬菜，从来没见这么大的规模，它的豪华和漂亮超出了她的想象，她就纳闷呢？菜乡的农民这么有实力？栽在盆里就是盆景。蒋大蒜口吐莲花，领着李秋莓们一个展厅一个展厅地走，面对琳琅满目的蔬菜，蒋大蒜讲解各类蔬菜的来历、种类、作用头头是道。他的后面一会儿是一米多长的蛇瓜，一会是西红柿树，一会儿是四百斤重的大南瓜，画面优美的蔬菜大合唱。蒋大蒜这个平时看起来很不起眼的人，一旦站在一群人的对面，生发出个人的魅力，一刹那，他在李秋莓的心中高大起来，李秋莓甚至觉得他是蔬菜王国的主人。如果这个比喻过分的话，李秋莓觉得他起码是位蔬菜王子，内心就有了崇拜，这令少女的心萌动起来，这叫投射效应，和旅途中邂逅美好是一个道理，就是美好的背景会加在当事人身上，误以为是当事人的魅力。

进入七彩椒大棚时，李秋莓彻底陶醉了，被征服了。一眼望不到边的大棚里，比人高的辣椒枝繁叶茂，红的、绿的、紫得、黄的两个拳头大小的彩椒，长在辣椒棵子上，李秋莓轻轻地抚摸着碧绿的叶片，心似乎要跳出来。七彩椒她第一次见，十分好奇。听大蒜说，才知道这是今年刚刚从荷兰进口的，辟邪红箭、大头兰都是从荷兰进口的花卉。看看！县级农业已经走在科研的头里了。她第一次感到社会上有她在学校里学不到的东西，她意识到在学校学习的理论知识与现实有很大的差别，第一次看到菜乡高标准的大棚，宽敞明亮，这比她们的实验室还高档。她想如果来这里边实验边种植，可能比在实验室里和枯燥的瓶瓶罐罐打交道有意思多了。

李秋莓在大棚里这样想的时候，蒋大蒜正在卖力地介绍。

李秋莓绝没料到，这次菜博会，彻底改变了她的人生轨迹。而有来菜乡种大棚这个想法的不止李秋莓，还有她身后的张晓卜。张晓卜听着蒋大蒜自豪地讲解，他内心有了一套更大的计划，所以，回去没几天，他就联合了 5 位学友，带着一个课题加上 40 万元的资金直奔蒋大蒜而来。

二

蒋大蒜从市府辞职的那一年是 1995 年，菜乡全县几乎普及了冬暖式大棚。他不甘心跟在别人身后，种大棚换钱花，他是有理想的年轻人，他要种有良心的有机蔬菜。他去王仁义的三元朱村看了看，不满足。因为他觉得推广的范围小，能不能全面推开不确定，他要让所有吃菜乡蔬菜的人放心。

一个棚可以不打农药，那么就有可能所有的大棚都不打农药。蒋大蒜有这个决心，他才多次到山农大学习，山农大的多位专家教授、学生包括张晓卜和他都成了朋友。经过 5 年的探索之后，镇上成立有机农产品产销协会，他借着这个机会投资 23 万元，成立了菜乡绿色农业技术研究所。他给自己这个研究所定位，一是研究和推广生物菌肥及生物制剂，二是研究和推广生物及绿色无公害农药，三是搞土壤分析，四是肥料分析，五是叶子分析，六是病虫害鉴定，七是研究和推广晶体、单质肥料等，总之是给协会提供科学技术支撑。

等张晓卜过来要和他一起合作的时候，他已孤独地走过了三年的历程。

张晓卜过来，蒋大蒜高兴又担心，自己一个农民，在技术上怎么能和一个农业大学的研究生比呢？万一他不听自己的怎么办？有句话是"买卖好做，伙计难轧"。最终在蒋大蒜的计划里，张晓卜带来的 40 万元研究经费起了很大的稳定作用，天平倾斜了，于是他痛快地答应了和张晓卜的合作。其实张晓卜冒的风险更大。对于他这个没有走上社会的人来说，40 万元可是一个天文数字。他第一次独立承担这个项目，这是导师对他的期盼，也是放飞自我的一次机会。他不知道和一群农民打交道会是什么结果？农民讲不讲理？他冒的最大的风险是挑战自己的地位。在沿海老家，父亲也是一位公务员，急着让他工作，找对象结婚，已经给他找好了人事局，当地很有面子的一个单位。他没有答应，他和父亲说，他喜欢种菜，他要做一个种菜专家，一个农民科学家。

于是知道自己要什么以后，他挑选了一个日子，带着 5 位志同道合的学弟学妹来到了蒋大蒜的蔬菜研究所。

从宽阔的公路拐到生产路上，好在菜乡修的公路质量一流，生产路也是柏油的，好走。两边全是麦苗，约过了 2 里路，有一排简易房子，和一个漂亮的黑色铁艺大门。进门就是"实验室"，实验室前面种着八棵无花果、十棵桃树，远处有三个大棚，其余还是麦地。

蒋大蒜和两个兄弟三个村民等着他们，村民腰里缠着红绸，各拿着一对锣鼓，"哐哐哐、哐哐哐"地打着，嘻嘻地笑。张晓卜和李秋莓看到乡亲们这么欢迎自己都很高兴。蒋大蒜说："这是马寨村的腰鼓队，他们村里种大棚，村里集体规划了别墅，马支书和王仁义是好朋友，听说你们来，他派来的腰鼓队两个成员，来欢迎你们，他自己开会去了，要不他一定到场的。我虽然是蒋营村人，这地是我承包马寨村的。"

大家帮忙提着行李，在第一排房子里安排好住宿，给张晓卜单独一间，有客厅，客厅通着有大锅的实验室。

热情的表现是领着研究生们进大棚，大棚里红的黄的绿的樱桃，西红柿挂满枝头，一个个娇小微胖的拇指黄瓜挂在蔓子上。蒋大蒜说："这些成熟的樱桃可以直接摘下来吃，他们平常吃草药喝豆浆，植株健壮安全，放心，口感更佳。"大家饱餐一顿出来。蒋大蒜说："这里 10 亩地是我们研究所的。"张晓卜听明白了蒋大蒜的意思，因为他已经达成协议，利用这个大田，他要建立起自己的 7 个实验大棚，估算了一下，40 万是不够的，必须贷款 10 万。贷款就贷款，张晓卜二话没有，立刻行动。很快，一个月的工夫，蔬菜研究所彻底变了样。10 个大棚从南到北，东边是办公区，少建了一个大棚，西边

6个大棚一字排开。实验室扩大了一倍，又上了一口大锅。并且研究所也不叫研究所了，经过多次商量和斟酌，张晓卜和蒋大蒜郑重地起了一个名字叫菜乡绿能瓜果菜专业合作社，简称绿能合作社。

这可是菜乡第一个合作社，这可是一个久违的词了，这个词可是动人心弦的。改革开放以后，第一次有人再提合作社，够有胆量的。社员从哪来？张晓卜的计划是，他们这10个棚的实验，能带动周围几个村的大棚全都种有机蔬菜。这也是菜乡从领导到菜农求之不得的事，因为去年有个消息，某名企职工吃了一顿黄瓜菜后，集体中毒，虽然没有生命危险，这可是砸牌子的事。据说，菜乡政府连夜封锁那几个有嫌疑的大棚，全部毁掉大大小小的黄瓜，对种植户进行处罚，并且让农业局把监测标准提高，购置先进仪器，再添科技人员，包片上门监测农药残留，才稳住了局势。所以这次分管农业的副市长听说蒋大蒜的中草药治虫与山农大的实验室合作，非常高兴。这明显为市里解决了最为头疼的事。蒋大蒜的想法更实际，他研究了多年，种植黄瓜全部出口日本，日本对农药残留监测最严格，他给的价格也高，是国内的三倍。这样算来，产量低一些，只要质量好，收入照样很高。但目前，只自己三个大棚，实在不行，推广很有必要，要让更多农户参与进来。副市长来自莫言的高密东北乡，非常支持新鲜事物，对这几位研究生的做法大加赞赏，他说市里若有资金和政策，一定先倾斜这里，大家十分兴奋。多方走访，菜农半信半疑，只有27户表示加入试试。他们把蒋大蒜育的苗子，发给27户人家，然后让他们按照提供的肥料和中草药治虫方法进行，全部种植有机蔬菜。很快有10多个农村妇女在移栽苗子，这个育苗棚在中间，从外面看，都是一样的，苗子种植后，这里也是种上黄瓜。菜农陆陆续续地进去领苗子，一部分黑籽南瓜苗，一部分黄瓜苗，对等分发。这是韩大山的发明，十多年了，一直沿用这个技术，没有人突破。张晓卜和蒋大蒜要突破的是中草药治虫，尤其是黄瓜地里的根线虫，西红柿叶子上的粉虱，都是顽固而嚣张的家伙。这是不用农药办不了的事，但是张晓卜、蒋大蒜不信邪，偏偏要克服这个难题。

三

冬天是张晓卜他们最忙的时候。

在菜乡人的印象中，张晓卜应该叫一个十分大气的名字。因为他的个子特别高大，接近一米八的块头，看起来雄壮威武，像是练过功夫的。而仔细观察他的脸，又感到很憨厚，很值得信任。这也许是个子小的蒋大蒜容易接纳他的原因。张晓卜读的是山农大资源与环境管理学院研究生。毕业前，教授建议他继续搞研究，留在研究室或者读博士，他想光研究没意思，不如干点实事，心里会踏实。有次到学校附近的一处菜地，测出很多金属元素都超标，有的甚至高达十几倍，土壤板结严重、土壤恶化不仅会减产降低蔬菜品质还会滋生病虫害。他焦急地和这块地的菜农说了后，菜农说："没办法，我们没有能力改变土壤。"张晓卜说："怎么没办法？可以用厌氧复合菌群改良土壤吗？"菜农说："我们都没有听说过这些词。"张晓卜一听可难过了，这是学校里早就研究出来的成果，还在实验室里睡大觉，真正去应用的很少。张晓卜想，人这一辈子总得做点事，做不成大事，就做最实际的事。比如把学校实验成果给老百姓，比如那个蒋大蒜，一个农民自己在探索，我们和他联合，才是真正的科学。这就是两个人一拍即合的原因。

张晓卜和蒋大蒜在自己建立的大棚基地上实验，他们先从两口锅开始实验，通过这种无毒无残留防治根线虫和各种蔬菜病虫害的生物物理防治措施，以及有机生物有机肥取代现代化高产蔬菜的实用性有机栽培技术。

张晓卜每天起床后，就会来到办公室，穿过会议室，就到了实验室，半开放的棚子间主要有两个大炉子，上面就放着两口锅，无数个大桶，算是菌种培育车间。一个锅熬药，一个锅配置，经过一段时间培养，张晓卜知道他的技术应用，有效改良了土壤，蔬菜普遍比别的大棚种出的蔬菜质量好。一个棚一茬光成本就能省1200元，高的能省2000元。到了第二年，合作社增加了175户，现在有212户，涉及附近四个乡镇30个自然村。开始绿能合作社种植的茄子蔬菜90%都用着出口。短短时间，绿能合作社有机蔬菜的名气大了，俄罗斯希望绿能提供种植有机蔬菜的一个技术员，张晓卜就把小马派去了俄罗斯，4月25日刚走，对方提供的资金是20,000美元。另外，张晓卜的师弟陈昌最近也被派去越南做技术服务。对这些大学骄子，张晓卜不客气，要想当技术员，先到合作社的大棚里干一年。

四

一切都变了！发出这个感慨的是蒋大蒜。

每天清晨第一个到大棚间转悠的人，是蒋大蒜。他做梦也没有想到，一个没上过大学，甚至没有进过高中大门的人，忽然手下就有了5个研究生，而且，他种的黄瓜都是同日本、韩国、俄罗斯等国签单，因为蔬菜，这一切是多么的神奇。阳光温润，空气怡人，蓬蓬勃勃，身上便有了用不完的力气。

这个时候，他看到西面最南边的大棚走出一位婀娜的身影，穿着一件水红色的上衣，这么显眼。啊，是李秋莓。

这个李秋莓！

李秋莓就是张晓卜从山农大带过来的5个研究生之一。要说李秋莓，先从蒋大蒜的营业执照说起。这次改营业执照，全是李秋莓操作的，她手指纤细，像弹钢琴的手，在电脑上灵活打字。蒋大蒜说一句，她打一句，地址菜乡蒋营村、邮箱、电话，法人代表，功能里面包括组织收购销售成员种植的瓜果蔬菜。是这样吗？李秋莓问蒋大蒜时，抬起头来，和蒋大蒜的目光相遇了，秋莓的脸颊红红的。蒋大蒜就感到心里有股电流掠过，但是他时刻知道自己是农民，总不能有非分之想。人最重要的是贵在自知之明，虽然自己在家里是老大，都三十五岁了，还没有媳妇，而二弟已经有孩子了。谁让自己光搞有机蔬菜实验呢，哪有工夫看对象，再说自己有白癜风，哪个姑娘愿意跟呢？自己照镜子都觉得瘆人。不如搞一辈子有机蔬菜，为社会干点好事。蒋大蒜这样想着，眼光便从秋莓的身上移开去。

李秋莓扬起漂亮的手臂说："蒋总早上好！我昨天统计了一下，稻田、留吕、侯镇、古城等四个乡镇，30个自然村，临时社员有500名。往市长那里报材料的时候，我强调了这些内容，您看合适吗？"

她把信息发到蒋大蒜的手机上：严格按照农民专业合作社法规定的内容运作之外，还利用原有的绿色农业技术研究所和绿能有机农业科技示范园雄厚的有机种植技术经验，对自己高标准严要求，努力把合作社打造成集有机技术、有机研发、推广有机生产示范技术服务、有机农资供应、农产品销售多种功能于一体的技术型农民专业合作社。范围是收购销售社员及蔬菜生产经营者的产品，组织采购供应成员所需的大棚材料、有机肥料，新品种研发研究新科技、新品种，有机生产开发与农业经营生产经营有关的技术服务、技术培训、技术交流和信息咨询服务，依法需经批准的项目，经相关部门批准后，方可开展经营活动。蒋大蒜打开手机看了看，朝她赞许地点点头。

李秋莓又说："我要把招聘信息发到网上，也把 115 路公交车停运的事，还有 206 路、207 路公交车发车和停靠时间告诉大家。"蒋大蒜连忙说好。蒋大蒜看着越发漂亮越发能干的李秋莓，心想，若是有一天她做完实验走了，自己是多么的不舍？却听李秋莓问道："蒋总，你们村叫蒋营，还有什么李营马寨什么的，过去驻扎过军队吗？"蒋大蒜说："是的，这里是三国时期曹操的地盘，但是我们村名却是始祖蒋谷原籍南京应天府人，来丹河后取的。"

于是从这次愉快的谈话以后，张晓卜看到开头的一幕越来越频繁。李秋莓和蒋大蒜在相处中逐渐有了感情，以至于秋莓说话都听不出是泰安口音。

终于，山农大的李秋莓变成了蒋夫人，并且提了一个结婚必须答应的条件，以合作社的名义建一个家庭农场，她来经营，就叫富民农场。

蒋大蒜一口答应了。李秋莓的富民农场建成的初期主要是种植大西红柿，这是大路货，收益并不高。当地党委政府鼓励李秋莓，研究名优特品种。镇首届果树单体品牌推荐会让李秋莓的富农农场参加。因为有新优特品种，一炮打响，来农场学习考察的人络绎不绝。原来她还担心销路，现在看来，转行才有更好的出路。后来李秋莓只需操心如何提高果树品质品牌，提升和推广产品政府来帮忙。

这天，一位村民走了进来，对张晓卜说："张总，我今年也入社吧，去年没入可亏大了。"

五年来张晓卜早跟这边的老百姓熟悉了，他微笑着说："可以，但是你得先按我们的要求，种上一年，验收合格才能加入。"如今加入绿能的门槛很高，首先提出申请，然后按照要求种植一年使用有机肥，要是发现违规用药，要黄牌警告，两次就取消社员资格。虽然如此严格，绿能合作社还是吸引很多菜农申请加入。张晓卜知道，不使化肥、农药才能过检测关，潍坊有家公司来基地采样检测了79项指标，未检出任何问题。合作社规定社员的产品保护价收购，每公斤比当天的市场价高30%以上，棚里土壤没有根线虫。以经济利益为纽带，农民抱成团，合作社提高了农民的市场地位，增强了农民抵御市场风险的能力。企业收益货源质量产量有了保障，增加了在市场上的话语权，政府部门可以不再监管分散的生产者，集中力量，重点监管合作社。对消费者来说可以吃上放心蔬菜水果，赋予新内涵的合作社将改变传统农民组织模式。据说丹麦的奶制品90%由合作社销售，在美国五分之四的农场主参加了各种形式的合作社，由合作社加工的农产品占80%，绿能合作社会引领整个菜乡。

李秋莓用豆饼芝麻饼微生物发酵为肥料，蔬菜长得更天然更健康。李秋莓认为蔬菜是个有机体，也会像人一样出现感冒、发烧等症状，用中草药治疗。若白粉虱比较严重，蔬菜的生长和销售都会受到影响，就用蛇床子等五六种中草药提前预防病虫害，同时加入特定微生物可实现中草药与生物制剂的有机结合。在李秋莓的大棚里，一共用了30多种中草药来防治病虫害，一年下来，一个棚用中草药的成本在2000元左右，如果早期预防的好，还可以省下500元。有机种植的同时，李秋莓在家庭农场里还研发新品种。

五

心里些许失落的张晓卜，面对成了蒋总媳妇的秋莓，说不出话来，他还以为秋莓完成实验后，会回到泰安到农业部门上班，谁知她成了这个农民的媳妇，扎根这里了。秋莓生女儿的时候，张晓卜更是觉得失去了一位志同道合的异性朋友。

又到了毕业实习期，当地大学园艺班的几十个同学来实习了，一位瘦瘦的女生，看上去和秋莓很相似就跟着他实习。果然两个月后，张晓卜就和她明确了关系，山农大一位校友见证了他们的故事，赶紧告诉了张晓卜的爸爸，张晓卜也觉得对得起爸爸了。这位校友的爸爸是有名的玉米专家，受爸爸熏陶，校友也爱种子研究，他就来研究西红柿种子，目前在种子公司做技术员，他们两个虽然相距很近，却没有工夫到一块儿。这天请个假，老乡到一块聊聊。校友说起两个父亲的谈话，很感慨。张晓卜一次一次拒绝父亲的安排，他要搞农业研究，可是遇上老百姓不支持的时候，或者和蒋大蒜有分歧的时候，他就会心灰意冷，就想回老家听父亲的安排算了，何必受这个罪。但想到自己的老师还等着实验应用成果，想到自己为农业发展立下的志愿，想到地方分管副市长的赞美和支持，又觉得留下来种菜十分值得。

六

在张晓卜看来，中国农民蒋大蒜赢了。绿能合作社前面是一排高耸的杨树，树枝铮铮向上，大棚、高树、鸟儿，是一道乡村的风景。

这个冬天万物萧条，但是蒋大蒜的大棚里却是绿意盎然。地面覆盖上一层黑色的地膜，一棵草也不长。一行行西红柿，从根部土壤上面一直到半山腰全是果实；隐藏在密密匝匝的叶片底下的果实，不计其数。

媳妇李秋莓的富民农场成了附近妇女们的就业平台，发展订单，合作社出面洽谈，再让社员按要求种植，这样就保证社员的稳定收入，为社员提供了一条很好的发家致富渠道。

蒋大蒜开始去山农大学习了七年，就是想学点东西解决实质问题。通过七年学习化学，他觉得农药这条路走不通。后来，他自己转弯了用老祖宗的东西，用中草药治虫，取之于自然用之于自然，相融相克的原理，结果很多问题迎刃而解。从那以后蒋大蒜彻底走上了有机生态农业之路。经过多年研究给蔬菜喝豆浆，吃中草药成了他最得意的成果。当年政府让他去讲课，老百姓听不懂，专家通不过，认为不可思议。为了证实自己，蒋大蒜自己建农场自己种菜，拿出成果给别人看。他农场里种出的黄瓜一根一根那么顺溜，让他们无话可说。

现在蒋大蒜比以前更专注实验室了。实验室有无数个排列整齐的圆形大桶，刷着蓝色的漆，就像我们平常看到的汽油桶；也有小型的桶，如盛花生油的白色塑料桶，这些都是用来盛豆浆的。专用大豆泡在 200 斤的桶里，用 30 斤国产黄豆加满水浸泡。冬天的话，三到四天就行；夏天的话，一般要两天一晚上。因为夏天热，为了防止发臭，加了厌氧菌。可以直接将大豆储到发酵罐里，发酵一个月左右，然后把它抽出来，然后再经过豆浆机过滤。

婚后的蒋大蒜已经发福，小肚子微微腆着，头发很短，保持着军人的朴素。两道剑眉，鼻子高挺，圆脸憨厚的样子倒是一点也没有改变。

他忙着，经过层层环节加工好的豆浆，白白的，浓浓的，就可以直接兑水，整个植物的生育期都可以采用，在使用期间不能与化学肥料通用，功效可以代替生根剂。这因为在发酵过程中加了几种微生物，活化土壤，同时有生根效果。从成本上核算的话，一亩地的温室用化学的东西在 500 元左右，蒋大蒜用这个东西才花 100 元到 150 元。他认为自己本身就是一个农民，知道农民的痛楚，更不忍看到身边的农民因错误使用化学肥料农药蒙受损失。因为农民在使用的时候，自己首先是受害者，很多人得了癌症，至于关节受损就不在话下了。

蒋大蒜成了《北方蔬菜报》的常驻专家，那些狼毒、秦椒、曼陀罗花、菖蒲、百部、茵陈、蛇床子、白蒺藜、薄荷、茯苓和苦楝皮都记在他的心里呢，兑水的比例他清楚得很。他在合作社办公室的墙上打出了响亮的口号：传承中医理念，倡导健康生活。他种出了全程喝豆浆的礼品西瓜。

因张晓卜和山农大学生到来催生的合作社，在菜乡带起了数百家。农业合作社走进了新时代，各种合作社纷纷成立，抱团取暖，成了一个时髦词。张晓卜也在反思，这块土地上的使命已经完成，应该在更广阔的土地上扎根，让有机蔬菜和科学种田成为日常。

张晓卜和蒋大蒜分开了，他去了泰安，寻找自己的天地。蒋大蒜的两个弟弟也自立门户干些与蔬菜有关的事情，每年挣钱不少。只有蒋大蒜和李秋莓继续在合作社里忙乎，李秋莓自己也成了富农家庭农场的场主，常常出去开会，介绍经验。

于山药正在问张晓卜这次回菜乡的事，看到张红薯和王为民有说不完的话，就在一旁聊天。王为民说："一块去餐厅吃饭吧！"他一个一个辨认这些年轻或者不年轻的人，忽然看到了张晓卜，觉得他有些面生。眼神里有询问的成分，张晓卜心里很难过和悲凉，昔日精明能干的县委书记，终究是抵不过岁月的蹉跎，他转眼就忘记了自己。于是赶紧自我再一次介绍："您忘了，我是第一个成立合作社的人，是您表扬过的第一个来种菜的研究生。现在我去泰安很多年了，还是帮助当地科学种菜科学种田。"王为民笑了，他不好意思地说："唉，看我这记性，是晓卜啊！蒋大蒜呢？"

第十八章 丰收节

一

春风一刮，就是一年。

2019 年的秋分日，是第二个中国农民丰收节。王为民接到电话，邀请他到三元朱参加丰收节的庆祝活动。

因为活动在下午，王为民上午就到了菜乡。梁元要陪他走几个村子看看。他觉得很好，也正好去三里小区看看周慈姑，兑现去年的事。

王为民坐着车和梁元来到马寨村。马寨村的人种菜早，1994 年开始种植黄瓜，村里有 385 个大棚，全种黄瓜，成为支柱产业，每年有 1 万斤，村民守着老婆孩子挣着钱。支部书记马海以党支部牵头成立了蔬菜专业合作社，把周围其他村的 300 个大棚吸引过来，打了个牌子叫"马寨黄瓜"，入选了全国名特优新产品。这个村子从 2005 年就住上楼房了，就是因为种菜村里富起来的。他们每个户有 3 个大棚。

下车的时候，梁元跟跄一下，他不好意思地说："老了，人老腿先老。"王为民说："老，怕什么？我们年轻的时候，拼着命干实事，不后悔。"这时候，马寨村主任马新出来接着他们，这个收菜的小广场上最北面有一排平房，挂着两块牌子，菜乡土海果蔬专业合作社，是党支部领办的合作社。王为民就来到这里，马新个子不高，很壮实，80 后的青年，一桌子人在喝茶。他们都是来送黄瓜的，早上 2 点钟起来采摘，上午 8 点左右已经卖完了。他们用白色的泡沫箱子，胶带封好，一箱有 30 斤。一辆来自临沂的大货车装了一半，可能要到农副产品批发市场再装上一半别的，然后批发到外地的市场。

王为民十多年前就来参观过马寨的别墅，这次再来有种熟悉的感觉。这是原支部书记马凳领着建设的。说起自己的爱将马凳，王为民有些伤感，这些和梁元一样的支书，对于市委的安排的工作，不折不扣地完成。没有他们的拼命支持，就没有现在的菜乡蔬菜事业的快速发展。当年他们比自己大，五十岁左右，干工作有勇有谋。王为民看到菜农脸上满意的笑容，他十分高兴。马寨现在的支书是马海，他开会去了，村主任马河领着大家看看。马河的家在最西边第一排第一户，他很热情地让大家去家里坐坐。他的院子里种着花，进门沙发茶几，墙上挂着画，干干净净得让人觉得十分清爽。楼房共两层，看起来还是那么新。

马寨村的年轻人在家的多，充满活力，随着形势发展，他们的大棚不断更新，一个大棚就有 200 米长，4 亩多地，一年种两茬黄瓜，一茬毛收入 15 万元左右。卷帘是自动的，放风是自动的，放遮阳网也是自动的，用遥控器就行。浇水滴灌，温度、湿度都是手机控制。马河说，每天的交易都在十几万斤，都发往一二线城市，上海、广东的，打开就知道是马寨黄瓜，没有经过二次包装。

有人说，人要知足，有一户人家，一个男人长期在外指导种棚，挣了好多钱，还嫌少，一年一年不回来。妻子也没办法，在家哄着孙子，忽然那边捎信来说，出了事故。妻子赶到那里，人早没了。妻子盼了十几年的团聚，成了泡影。若及时回来，这种悲剧不是可以避免吗？

幸福社区的李生打电话，力邀梁元带着王为民去看看。李生就是当年修弥河坝时被打的乡镇党委书记，当年就是转不过弯来，辞职后，去南方做买卖，这次分了新房后，回到家乡。梁元和王为民说了李生的意思，王为民说："我都退休了，大伙子还这样对待我，我很高兴，只要有时间去看看。"

在王为民的印象中，尧水这五个村子十分平常，一般是三间或者四间北屋，有的很高大，有的很矮小，也有破败的小屋和断壁残垣。位置远离县城，没有任何优势，就是土地多，二十多年的蔬菜种植，有了底气。到那里一看，空旷的田野里，崛起了一座整齐的楼房社区，比一线城市的楼房还漂亮呢，这就是尧水幸福社区，ABCD 四个小社区组成的大社区。王为民想，农民楼上楼下，电灯电话的美好生活已经实现了。过去农民住楼房集体取暖是不敢想的事情，现在很多人从棚户区直接搬进了新楼房。李生对王为民说："新房子很舒服，比老家干净多了，采暖也不用生炉子，新年住新房，双喜临门。感谢王书记呀！如果不是您老人家推广大棚，菜乡的老百姓哪有今天的幸福生活呀！"

李生说这话是发自肺腑的，王为民的根扎在菜乡，菜乡人永远把他看作自己的书记，政府机关有大的活动，只要与蔬菜有关，都邀请他参加。很多企业，不管是个人的还是国有的，只要与蔬菜有关也邀请他。他走到哪里，人们也认出他来，都会和对待自己的亲戚一样邀请他家去吃饭，他可是从没吃过老百姓的饭。近郊的西屯田村，因为靠近弥河，蔬菜科研基地占用土地，改造村庄，他们住的是电梯房，每家两套。村委打造了一个仓颉汉字艺术馆，里面有很多仓颉的画像。其实，你若到菜乡各地转一转，你就会发现，原来菜乡有许许多多塑像，比如创造汉字的始祖仓颉，他的墓在寿光。传说仓颉长着四只眼睛，两只用来看天，两只用来看地，造字二十四个。圣人孔子都去问字。还有做宰相的王猛，还有传说中的东方朔等等。农圣贾思勰的雕塑终于落户三元朱村了，就在新村委的大院内。张晓卜、蒋大蒜、李秋莓都是农圣贾思勰和王仁义感召过来的。企业家张恩荣把自己的企业和花费 3 亿建造的具有汉唐风格的墨龙书院捐给当地政府。王为民大为赞赏，他也盼着双王城的盐业博物馆早日建成。马寨和三元朱是最理想的村庄，少占耕地，多发展蔬菜种植，然后让农民过上好日子，这是他一个优秀共产党员的初心。他在新建的蔬菜小镇，看到智能玻璃温室里，一天能看 1500 平方米的菜地，从施肥、授粉到采摘、巡检，22 台机器人各司其职，都感到很欣慰。

王为民问："没听见动静，就住上新房了。"

李生说："去年 10 月份开始动工建房，今年 10 月就分了房子。很公平，政府'一把尺子量到底，一个标准不动摇'。很公道，社区里有王东、王西、前李、后李、康家五个村的村民。"

王为民问："上楼花了多少钱？"

李生说："以宅基地置换公寓，地上辅助物估价补贴，我们没有花一分钱，还能拿到补贴，新型户分为 180 平方和 120 加 60 平方，两种组合。原来房屋很破烂，娶媳妇费劲，搬到了高大上的小区，人人羡慕，大家伙很高兴。"

梁元说："你的菜市场怎么办得这么好？"

李生说："这个老板娘卖菜不计较，有人忘了付钱，也不问，很远的人都过来买菜，蔬菜循环得快，新鲜。"

李生接着说："也有问题呀，在平房里很要好的邻居，一块来选楼房，成了上下楼的邻居，就有了矛盾。去地里，脚上带土，三更半夜装菜或者摘菜回来，互相影响。一个人喜欢拾东西，抱了一些未燃尽的鞭炮筒放在楼道里，着了火，虽然扑灭了，心里很不舒服。人们之间就有了矛盾。还有啊，就是五层楼房不安电梯，老人们腿脚不好，上下楼费劲呢。"

李生意识到自己说多了话，就说："乡愁是有的，不过村委还好，给在外边工作的人留下了回乡的路，不管你的户口出去了还是没出去，只要有过宅基地，一律有 180 平的大房子。俺村里没有光棍了，都有了新媳妇。冬天集体供暖，夏天有空调，蔬菜就是菜乡的宝啊！"

王为民一听到说蔬菜，脑海里总是想起已经去世的韩大山，总觉得有愧于他，几十年对他家里照顾，总觉得照顾不够。于是立刻告辞，不管周慈姑愿意不愿意，他得去三里小区看看。

二

周慈姑拄着拐给他开了门，她的膝盖刚刚做完手术。她很高兴王为民过来看她，她也是七十七岁的人了，瘦瘦的，穿一件碎花短袖坐在椅子上。齐肩的短发上有了星星点点的白，那双大眼睛还是很有神，很和气。周慈姑说："省委刘书记好，我这两次手术都免费了。潍坊市的领导和菜乡的领导送来一万元。是政府张罗着给她做了手术，年前做了右腿，年后做了左腿，我这腿疼了 6 年，终于不疼了。更换半月板，每月有生活费，福利院的人每月来打扫一下卫生，逢年过节，民政局的人都来看我。"

王为民说："好，好，这我就放心了。"儿媳妇就在楼下住，这时候过来照顾婆婆。周慈姑对王为民解释说："单位领导照顾呢，安排她做保管，时间自由，让她先照顾我。"

上次王为民登门拜访，已是几年前的事了。当时周慈姑听说为民书记的儿子要结婚了，就派自己的儿子伦伦，给他送去一个红包。她对儿子说："我们家这一切都是人家为民书记给的，不能忘记人家，人家儿子结婚，咱得表示一下。"谁知道，三天后，有人敲门，周慈姑打开门一看是王为民书记和市里一名副市长。王为民先是进来问问家庭情况，又问儿子女儿的生活。问了一圈后，王为民把红包从口袋里掏出来，往周慈姑的手里递。周慈姑伸手接也不是，不接也不是，很尴尬。王为民见周慈姑不接，就放在条几子上，自己顺便坐了下来。他说："弟妹！不能要啊！要犯错误的。"

周慈姑就笑笑，说："心意呀！又不多。您对俺全家这么照顾，俺没法表达呀！"眼圈就红了。

王为民说："弟妹这是说什么话呢？我把韩大山留下来，给菜乡出了这么大的力。你40多岁就自己带着孩子过，我有责任呀！还有什么为难的事，就说。我虽然退休了，同仁们还在这里，他们会办的。"

周慈姑这些年把王为民当作亲人了，她吞吞吐吐地说："这不是，房子要办房产证、土地证，办下来才算自己的，没有证，没有所有权呀！"

周慈姑说的这套房子，就是市委当年奖励韩大山的。在这个小区倒数第二排第三单元，也是这个小区最好的房子，只有五层。她在二楼出钱买了一套70平方的，给儿子住。三里小区南面就是菜市场，附近有圣城小学、现代中学，孩子上学十分方便。周慈姑对王为民说："我现在有两个孙子，两个外孙，托您的福，儿子女儿的工作，都是您帮着安排的，他们在单位很能干。"

王为民答应了，后来土地局、财政局等部门，要求填表格，一份材料，又一份材料交上去，一周办一件，直到办了下来。这套奖励的商品房历经多年，终于成了韩大山家里的私有财产。

周慈姑记得，过年过节的时候，她会买上点水果或者杂粮，带着孩子去王为民家拜访，中午了，两口子就留她吃饭，他们端出自己腌的咸菜，有黄澄澄的小米稀饭。王为民说："我们俩顿顿小米稀饭都不嫌烦，就爱喝这个，你也喝，尝尝老侯的手艺。"周慈姑就喝了，果然很好。以后周慈姑在去王为民家的时候，只买上五斤小米，要么让孩子们去，要么自己去看看王为民。王为民一定让孩子带回超出五斤小米价值的礼物。

两人叙旧后，王为民就把去北京领奖的事和周慈姑说了。周慈姑环顾了博古架上韩大山得的奖杯。博古架上有一个金色的奖牌：授予韩大山中国蔬菜大棚发展"二十五年·二十五人"，落款是菜乡市委宣传部发的，时间是2014年11月。周慈姑接着让儿媳妇把最近的一个奖杯拿过来，给王书记看看。这是一个立柱式的水晶杯，上面有一行红色的大字：新中国成立60周年，寿光时代功勋人物。她把奖杯抱在怀里，仔细地端详着，笑了。王为民心里酸楚，又想起韩大山临终的话。他想，这哥们活着，也七十六岁了，比周慈姑小一岁呢，更是蔬菜老专家了，会得更多的奖呢。

三

下午，王为民穿着一件长袖白衬衣，深蓝色的西裤，坐着车，穿过大牌坊，进了三元朱村的地界，王为民看到平整的公路两旁是10多年树龄的杨树，每棵杨树挂着一个红色的旗子，写着"中国农民丰收节"，在风中猎猎招展。近了，右侧出现大批大棚，大棚前大柳树，随风摆动，挨着马路的一边有今年新种的小树苗用木棍支撑着。大棚周围同样很整洁，有卡通样的蘑菇房出现，蓝色、红色、橙色、绿色、黄色，这些色彩中画上了白菜、萝卜、黄瓜、西红柿，既是景点又是放农具进大棚的门。

车子左侧是别墅区，一栋栋看起来很时尚的楼房一闪而过。

王为民心里想："三元朱村、马寨村真是乡村振兴最好的例子，全村就是凭着在土地上种菜，把以前破烂不堪的村庄变成了楼房村、花园村。"村在最前边，也就是老宅基地上，一栋时尚的多层楼房正在建设。

树丛中陡然竖起一个广告牌，在蓝天、白云、长城、华表、狮子等中国元素的映衬下，出现醒目的红字："壮丽70年，热烈庆祝2019年中国农民丰收节"。

　　这是去年国务院才设的农民的节日，是第一个在国家层面专门为农民设立的节日，时间为每年的秋分。今年全国庆祝这个节日选了 70 个全媒体直播活动点，其中就有三元朱村。作为全省的一项活动，主题是"壮丽 70 年，丰收悦山东"。今年的 5 月，潍坊市报了他和王仁义参加"新中国最美奋斗者"全国评选。

　　在三元朱村委，王仁义、赵银杏、王土豆、马涛、杨喜、孙成、葛甜甜等一大帮人在等着他，见他来了上前扶着他下车。马涛自从在孙集镇上参与建设了第一批大棚后，冬暖式大棚成了他一辈子的情结。五台镇干党委书记时，推广大棚种植全县第一，接着被提拔为副市长，分管农业，还是抓冬暖式大棚建设，一直到退休。退了休，也不歇着，主动来三元朱应聘，做蔬菜工作。这里洒下了他青春的汗水，是他启航的地方，他要把自己一生的智慧和汗水奉献给菜乡蔬菜的发展。

　　一块来接王书记的还有 1 号棚总经理杨喜，搞水雾栽培的，孙成、葛甜甜他们是山东省党员干部现代农业培训基地的负责人。杨喜当年也是孙集镇土管局的一名职工，调整土地种植蔬菜时，把自己的思想也调整过来了，把自己培养成了一名蔬菜专家，把媳妇培养成了蔬菜专家，在南昌做技术指导。儿子青岛大学毕业后，也开始蔬菜研究，在江苏做蔬菜指导，三人三个地方。杨喜实验的水雾栽培是水培的一种，杜绝了土壤中一切病菌的发生，从而避免农药的应用，这是无公害蔬菜发展的方向。

　　孙成和葛甜甜都在这里，孙成原来在孙集镇科委工作，就是想研究冬暖式大棚，他说做蔬菜得有情怀，他很热爱蔬菜行业，一直在做设施农业。一个高个子，穿黑色 T 恤、理着平头的小伙子带着电视台的记者过来采访王为民。他就对着话筒说，结束采访的时候，他认真地加上一句："这不是我个人的成绩，都是王仁义和大伙子干得好，党的政策好，我只是一名执行者。"电视台的记者又去采访别人了，那小伙子没走，想留下说几句话。

　　王仁义介绍说："他叫王葱，我们三元朱村委第一个本科生兼着村文书，才 27 岁，和妻子种着三个温室大棚，年毛收入超过 20 万元。还有一位 80 后的小徐担任村会计，小徐高中毕业后一直种大棚，是远近闻名的菜博士。"

王为民说:"这种选择不简单,三元朱后继有人。"

王仁义说:"记得吧,是王鑫的儿子。"

王为民点点头,很感兴趣地问起王鑫的近况。王葱说:"我爸爸和妈妈从日本指导蔬菜种植回来后,去了海南种葡萄,已经十多年了,效益很好。等承包土地到期了,他们就会回三元朱。"

因为还早,王为民做什么也要求自己一个早字,杨喜便拉着他们去1号大棚喝茶。

从村委前面这条马路穿过去,很醒目地看到了最前面的1号棚。一间屋子看起来很漂亮很时尚,蓝色和绿色,推开门,有绿色的地毯,接着又是一扇门,门内是立体栽培的兰草,几公分椭圆形的叶片,乳白色的花盆,像瀑布一样壮观。听见有动静,有人喊:"来喝茶!来喝茶!"穿着一件淡蓝色T恤的杨喜说:"不用喊,来了!"他说这是他的搭档,安徽的朋友。王为民感到好奇,杨喜的个子超过一米八,安徽的朋友只有一米六多一点。他们走进去是一个大型的水池,是雾培的实验基地。有芹菜、西红柿、茄子,西红柿棵子离着地面很高。人家的樱桃西红柿还很绿很小,这里西红柿棵子上已经有很多红的了,它们红彤彤的,一串一串地藏在绿叶间。一个拱形门样的茄子架,茄子棵离地面半米,有的茄子很大,有的很小,忽然在中间出了西红柿棵子,开枝散叶,结出了很多大西红柿,有一个特别红。这是他们在做嫁接观赏实验,叫X架管道式种植,通风光照都很好。西边空地上正在做架子,他要把这个实验做大。

从1号棚出来,转到村委院子里贾思勰的塑像前,王为民想起了曾经在这里并肩奋斗的兄弟韩大山,他的眼睛湿润了。

放眼望去,三元朱到处是彩旗,到处是一块蓝一块黄一块红一块绿的人群,王为民也被三元朱这个欢乐的气氛感染了。30年前的今天,70年后的中国,这个国庆节,他来到了这里,心里激动。

2018年的时候,总书记两次说到菜乡模式,三元朱是冬暖式大棚的发祥地,丰收节在这里举办,意义非凡。他要办出菜乡特色,展现出菜乡乡村振兴的新变化。

王为民坐在主席台，听到歌曲《在希望的田野上》：我们的家乡在希望的田野上，炊烟在新建的住房上飘荡，小河在美丽的村庄旁流淌……五谷丰登新气象；他在想，真正让农业成为有奔头的产业、农民成为有吸引力的职业、农村成为安居乐业的美丽家园。菜乡特色舞《农圣乐舞》，合唱《丰收新时代》相声《万事通》一一展开。

接着，蔬菜男孩唱起《燃烧吧蔬菜》。

王为民听到主持人说，接下来看是科技筑梦振兴乡村，请大家谈体会，农村农业局李秀局长、十佳种田能手、十佳农村电商能手、十佳家庭农场等出场。接着对评出的"百名种棚能手"进行表彰。

王为民看到赵银杏化着妆，穿着龙凤呈祥的红色唐装，下身是红色的宽大裤子，一双红色的方口舞蹈鞋，双手持扇，带领一群女人轻盈盈地跳着欢乐的丰收舞。赵银杏平日里组织妇女成立了两支舞蹈队，时常参加活动，这时候派上用场了。

接着下来主持人邀请王仁义和王为民出来讲话。后面有60名青春少年表演快板《菜乡颂》，王仁义宣读主题"爱党爱国爱农业、学科技用科技勇创新"的倡议书。

听到王仁义说蔬菜，王为民坐在主席台上忽然走神了，他觉得自己为蔬菜付出太多了，记起自己第三次住院的情景。第一次在2003年，王为民得了胃病动手术。

王仁义和梁元、曹田、惜福一帮农村支部书记结伴去潍坊医院看他的时候，他刚刚动完了手术从北京回来。听说，省委书记一直陪了三个小时，看着他动完手术。王仁义俯身握住他的手，竟然说不出话来。他只好坐在他的身边，掉下了眼泪。梁元、曹田、惜福也难过起来，王为民像一个委屈的孩子，呜呜咽咽地哭起来。在下属面前，第一次露出了无助的软弱，他这一刻想到了早逝的韩大山。王仁义觉得这么不容易，韩大山最年轻，因为病走了，自己从35岁得了这个病，一直带着病干事，怎么让敬爱的王书记又得病了呢？苍天应该有眼，他们都是为大伙子服务的人，好人应该有好报呀！

惜福说："我听说你病了，心疼得流泪，十里八乡的村民到我家里来，询问打听，为民书记怎么样了？你要是去北京看他，带上我们好不好？"

王为民答应着，有些感动，他说："大伙子太客气了，我为大家服务得不够。这阵子，蔬菜价格怎么样？"

惜福说："乡亲们这种感情深深地打动了我的心，我想那句老话说得真对：老百姓心里有杆秤，谁对老百姓好，老百姓就对谁亲。"

梁元、惜福他们来看他，总不能空着手，他们七八个人总想表示一下心意，买东西很麻烦，就三百、二百的凑了两千元，想让王为民自己买点营养品补补身体，他们又带上了十个青萝卜。这两千元收不收，他们心里没底，因为王书记脾气大。

王为民看到他们拿出钱来，恼怒地说："你们不是来惹我生气的吧？我留下你们的青萝卜，这个好，通气！"看着他深陷的眼窝，一风就能刮倒的身体，这几个老支书禁不住哭了。惜福说："老书记呀！过去我们跟着您风里来雨里去，摸爬滚打，没送你一粒芝麻、一颗豆子，这些年来，我们没把你当领导，一直把你当一个老兄弟，这点情谊你都不接受，难道咱连兄弟也做不成吗？"

媳妇侯莲花跑出去三次，把钱硬塞给他们，说啥也不留，一分也不留。

惜福说："老书记，当年我按您说的补贴办，俺村沾您大光了。我们村300户人家，600个大棚，我5个侄子，家家年收入过10万元，我们村里100多栋别墅，30多辆小轿车，都是蔬菜大棚里长出来的。"

第二次动手术，没有人知道，他悄悄地住院治疗。

这年的冬天，他第三次住进了医院，他心里也没数，八十岁的人了，不知道能不能闯过这一关。这是他经历九生一死两次大胃部手术后，又一次住院。他将自己最后想说的话，歪歪扭扭地写在一张医院工作单的空隙里："为人民服务""为人民服务好""谁为人民服务好，就是一个好人好官。"

这样想着，3000人的会场忽然沸腾起来，一块巨大的红团向王为民袭来，并包裹了他。他抬头看到一面巨大的五星红旗覆盖了包括主席台在内的整个会场。透过红色，他看到天空中呈现出祖国您好的字样，而这时，王为民随着欢呼的人群站了起来，耳边传来了嘹亮的歌声。

尽管他的腿已发酸，却蓦然发现，人们口中唱的正是《我爱我的祖国》。